eden

gefällt dir, was du siehst?

don both

FSC
www.fsc.org
MIX
Papier aus verantwortungsvollen Quellen
Paper from responsible sources
FSC® C105338

Impressum

EDEN - gefällt dir, was du siehst?

März 2024

Kontakt: bethy86@hotmail.de

Mit besonderem Dank an Jenny Zuschke

Lektorat: Zeilenzauber

Korrektat: Damla Bal

Cover: Marie Graßhoff

Buchsatz: Patricia Zimmermann

Dieser Roman wurde unter Berücksichtigung der neuen deutschen Rechtschreibung verfasst, lektoriert und korrigiert.

Herstellung und Druck über tolino media GmbH & Co. KG, München.

Printed in Germany

Für alle, die so mutig sind und ihr Leben trotz Einschränkungen meistern.
Für alle Kämpfer dieser Welt.
Für alle, die am Rande leben, obwohl sie in die Mitte gehören.
Für den Bro, der die größte Kämpferin von allen ist.
Du warst die Vorlage für Eden, weil du so ein großes Herz hast.

prolog

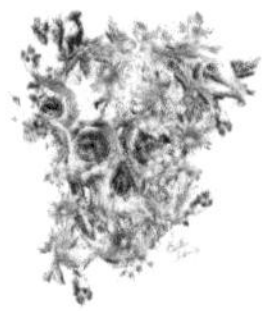

SIE TUT ES SCHON WIEDER. Schon wieder zieht sie sich einfach vor ihrem Fenster aus. Und sie weiß ganz genau, dass ich sie dabei beobachte. Denn sie beobachtet mich auch.

Seit drei verdammten Monaten liegt der Blick aus ihren grünen Augen ständig auf mir. Er lockt mich, er spielt mit mir, er verspottet mich, er begehrt mich, er fordert mich heraus – aber weiß sie wirklich, wen sie hier herausfordert?

Weiß sie wirklich, was es heißt, mich jeden Tag dermaßen zu reizen?

Weiß sie, was sie sich wünscht, wenn sie abendelang an ihrem Schreibtisch sitzt, mit ihrem Stift spielt und zu mir rüberstarrt? Weiß sie, was es heißt, wenn sich ihr Blick dermaßen verdunkelt? Wenn man ihre dreckigen Gedanken förmlich darin lesen kann?

Weiß sie, was ich hier tue?

Sie hat keine Ahnung, wieso ich hierhergezogen bin.

Sie hat keine Ahnung, dass der Teufel persönlich seine Finger im Spiel hat.

Sie weiß nicht, dass ich weiß, dass sie mich will.

Sie weiß nicht, dass sie genau das tut, was ich will.

Sie weiß nicht, dass ich sie treibe. Genau in die richtige Richtung. In meine Richtung.

Sie tapst geradewegs in meine Falle.

Denn ich will, dass sie mich begehrt. Ich will zu ihrem einzigen feuchten Traum werden. Ich will, dass sie sich verzehrt. Ich will mich in ihre Gedanken brennen.

Ich will ihr zeigen, was dieser unschuldig lockende Blick mit einem Mann wie mir macht. Ich will ihr zeigen, wie es sein kann, sich anders zu berühren als mit Blicken.

Aber ich warte, ich lauere, ich bin geduldig wie der Löwe vor dem Sprung. Und Eden Flowers ist die zarte Gazelle. Bald werde ich sie erlegen. Sie wird mich nicht kommen sehen – und sie wird sich wünschen, niemals zu mir rübergesehen zu haben.

Aber dann wird es zu spät sein. Für sie. Für ihre Schwester. Für ihre Mutter.

Für alle, die den Teufel verärgert haben.

Denn dieser Teufel will eines: Rache.

wahre liebe

• • •

EDEN FLOWERS

»ICH WEISS WIRKLICH NICHT, was das soll«, murmle ich meiner Schwester zu und ignoriere ihr lautes Knuspern, als sie auf einen Kartoffelchip beißt.

»Was denkst du, was in diesen Kisten drin ist?«, fragt Trudy interessiert und linst am Vorhang vorbei. »Waffen? Kokain? Aligatorenbabys?« Ich bin viel zu vertieft in meine Beobachtungen, deswegen werfe ich ihr lediglich einen abgelenkten Blick zu. Aber *eigentlich* würde ich ihr gern den Vogel zeigen.

»Aligatorenbabys? Ernsthaft?«

»Vielleicht ist er Tierhändler«, murmelt sie hochkonzentriert und schiebt sich noch einen Chip zwischen die Lippen.

»Jetzt werd nicht lächerlich. Shit!« Als sein Blick zu meinem Fenster schweift, ziehen wir uns eilig zurück und halten den Atem an. Ich weiß auch nicht, wieso man in solch angespannten Situationen immer das Bedürfnis verspürt, die Luft anzuhalten. Als wäre man dann weniger sichtbar. Ich bin sicher sichtbar, aber das Licht in meinem Zimmer ist ausgeschaltet und wenn wir Glück haben, bemerkt mein Nachbar uns nicht. Er hat uns noch nie beim Stalken erwischt und das haben wir die letzten drei Monate sehr ausgiebig getan. Denn vor drei Monaten ist er in diese gottlos langweilige Gegend gezogen und seitdem versuchen wir rauszufinden, was es mit dem Kerl auf sich hat. Ein paar Fakten haben wir schon gesammelt.

Erstens: Er fährt einen schwarzen Camaro.

Zweitens: Er hat keine Freunde.

Drittens: Er bunkert ominöse Kisten in seinem Keller.

Viertens: Er geht genauso wenig raus wie Trudy und ich.

Trudy, weil sie im Rollstuhl sitzt.

Ich, weil ich Menschen nicht ausstehen kann.

Er – keine Ahnung!

Das erste Fragwürdige an ihm war, dass er nicht am Tag, sondern in der Nacht eingezogen ist. Wer macht so etwas? Was hat der Typ für Probleme? Menschenallergie? Sonnenallergie? Ich habe ihn immerhin noch nie im Sonnenlicht gesehen.

»Vielleicht ist er ja Vampir?«, murmle ich und linse an dem apricotfarbigen Vorhang vorbei, doch der Typ ist bereits in seinem Haus verschwunden.

»Oder ein Massenmörder.« Auch Trudy nimmt ihren Beobachtungsposten wieder ein und schiebt ihre Brille auf der Nase zurück.

»Dann wäre er ein ziemlich gut aussehender Massenmörder«, antworte ich etwas enttäuscht, weil sich in dem heruntergekommenen, dunklen Haus nebenan nichts mehr tut, und lasse mich auf mein Bett sinken. Der Geruch von frischer Wäsche schlägt mir entgegen, denn Mom hatte heute mal wieder Putztag. Dann summt und flirrt sie wie ein emsiges Bienchen durch das gesamte Haus, wird aber zum Drachen, sollte man ihr in die Quere kommen. Ich *kam* ihr nicht die Quere. Ich verbunkerte mich mit meiner Schwester und tat so, als würde ich nicht leben. Das ist die sicherste Vorgehensweise.

»Echt? Du findest ihn hübsch?« Trudy rollt an mein Bett heran und mustert mich kritisch aus ihren hellblauen Augen.

»Schon«, nuschle ich irgendwie ertappt. Denn er ist *wirklich* hübsch und das nicht nur, weil er mit seinen schwarzen Haaren und seiner schwarzen Kleidung meine schwarze Seele anspricht, sondern vor allem, weil ihn diese mystische Aura umgibt. Irgendwas Gefährliches. Irgendetwas, was meine

Nackenhärchen aufstellen lässt, allein, wenn ich an ihn denke. Dabei habe ich noch nie ein Wort mit ihm gewechselt. Ich habe noch nie einen Blick mit ihm getauscht. Ich weiß nicht mal, ob er weiß, dass ich lebe.

»Ich finde, er ist ein bisschen zu groß. Ich mag keine großen Männer«, plappert Trudy, wie sie es so oft tut, und ich lächle weich, denn Trudy hatte seit Jahren keinen Mann mehr. Männer interessieren sich nun mal nicht für andersartige Frauen. Sie sehen nicht, dass meine Schwester *besonders* ist. Sie sehen nicht, wie unglaublich trocken und witzig ihr Humor ist, und sie verwechseln ihr Strahlen mit Dämlichkeit, weil sie selbst im Inneren nicht strahlen. Außerdem macht den meisten Menschen Andersartigkeit Angst und deswegen stoßen sie sie ab. Trudy wurde, seit sie im Rollstuhl sitzt, ausgeschlossen, ob in der Schule, in unserer Straße oder der gesamten Stadt. Seitdem wurde sie nie in ein Sportteam gewählt oder zu einer Party eingeladen. Wegen ihr habe ich mit sechzehn Jahren angefangen, Menschen zu hassen – und das tue ich auch mit meinen einundzwanzig Jahren noch. Ich hasse Menschen, ich hasse es, wie bösartig sie sein können. Weil sie so widerlich zu Trudy waren, wurde ich auch widerlich zu ihnen. Auch ich habe, seit sie ihre Unterschenkel verloren hat, keine einzige Party mehr besucht, oder bin einem Sport nachgegangen. Ich habe nichts mehr getan, was sie nicht tun konnte. Ich habe jedes Leid mit ihr geteilt, jede Träne, jede Beeinträchtigung. Und ich finde es nicht schlimm, ich finde, das hat sie verdient. So ist es leichter für sie. Außerdem ist es kein wirkliches Leid für mich, nicht mehr am sozialen Leben teilzunehmen. Ich kann andere wie gesagt nicht ausstehen und halte mich von ihnen fern. Als ich letztes Jahr auf ein Date eingeladen wurde, habe ich den Typen gefragt, ob er auch meine Schwester daten würde. Seine Antwort war ein abfälliges Nein, meine war meine Cola in seinem Gesicht. Als die Volleyball-Bitches mich im Sommer im Team wollten, habe ich ihnen lediglich den Mittelfinger gezeigt und als es zum Abschlussball ging, bin ich mit Trudy auf unseren Lieblingsberg gefahren und habe mir mit ihr die Sterne angesehen. Dann haben wir uns betrunken und komische Sachen gemacht, die irgendwie an Tanzen erinnern sollten. Am nächsten Morgen hat uns unsere Mutter völlig aufgelöst am Berggipfel aufgegabelt und uns Hausarrest verpasst, aber das war es wert.

Trudy ist der einzige Mensch dieser Welt, den ich liebe und ich liebe nicht mal mich selbst. Eigentlich hasse ich mich, denn äußerlich bin ich gut aussehender als mein Zwilling. Allerdings unterstreiche ich diese Schönheit nicht auch noch. Ich trage immer unförmige Kleidung und lege auch niemals Make-up auf. Meine aschblonden Haare kämme ich lediglich jeden Morgen. Sie haben schon ewig kein Glätteisen oder Lockenstab mehr gesehen und ich mache auch sicher keinen Sport mehr, um meinen Körper zu stählen. Es ärgert mich, wenn mich jemand schön findet, ich hasse es, Komplimente zu erhalten und ich kriege die Krise, wenn meine Tante versucht, mich dazu zu überreden, wieder mehr aus mir zu machen.

Trudy kann nicht, denn an ihr ist einiges nicht so, wie es der Norm entspricht. Sie trägt eine Brille und leidet wegen der Tabletten, die sie jeden Tag nehmen muss, unter Übergewicht. Trudy hat Hasenzähne, die ich süß finde, die sie aber nicht ausstehen kann. Außerdem bedecken unzählige Sommersprossen ihre rundlichen Wangen und ihr rotblondes Haar ist einfach immer kraus. Egal, welche Kur sie verwendet. Egal, wie lange ich es kämme. Sie hat auch sicher keinen Knackarsch oder perfekte Titten. Aber sie strahlt dennoch auf eine besondere Art – und das liebe ich an ihr. Ich liebe es und verachte, dass es andere Menschen nicht sehen. So sehr.

Denn mein zweieiiger Zwilling hat einen wirklich schlimmen Autounfall überlebt. In ihrer Brust schlägt ein Kämpferherz. In *meiner* Brust schlägt nur ein kalter, harter Stein – denn ich wünschte, ich wäre an ihrer Stelle gewesen, aber ich war an diesem Tag beim Reitunterricht und konnte nicht mitfahren.

Es kommt mir vor, als hätte ich meine Schwester allein mit meinem Dasein beklaut. Es kommt mir vor, als hätte ich ihr das

Leben genommen. Und deswegen ist es eigentlich egal, wie mysteriös unser neuer Nachbar ist und wie anziehend ich ihn finden mag. Ich werde mich ihm sowieso nicht nähern, ich werde mich nicht von ihm küssen lassen und ich werde niemals in meincm Leben Sex haben.

Ich werde gar nichts haben, was meine Schwester nicht hat.

Denn das ist wahre Liebe und niemand weiß das.

Außer uns.

ficklächeln

. . .

EDEN

SCHON IMMER WOLLTE ich mit Menschen eigentlich nichts zu tun haben, deswegen war es für mich klar, dass ich nicht irgendetwas Gängiges wie BWL oder Jura studieren würde. Dass ich es überhaupt an die Uni geschafft habe, habe ich auch nur Trudy zu verdanken, denn sie ist unglaublich intelligent und schafft es sogar, mir Dinge zu erklären und schmackhaft zu machen, die ich hasse. Sie hat mich durch jede Klausur geprügelt, immer wieder angespornt, immer wieder ermutigt und auch psychisch unter Druck gesetzt, indem sie mich immer wieder daran erinnerte, dass sie ohne mich die Uni nicht besuchen würde. Also habe ich meine Arschbacken zusammengekniffen und irgendwie meinen Abschluss geschafft. Nur Gott weiß wie.

Nun studiere ich Veterinärmedizin – genau wie meine Zwillingsschwester. Sie liebt Tiere nämlich über alles und kann allem Leben auf dieser Welt etwas Gutes abgewinnen. Ich kann das nicht. Ich hasse das meiste, aber *sie* liebe ich und mit Tieren geht es mir ähnlich. Als wir klein waren, habe ich eine Reittherapie gemacht, denn ich habe ADHS. Zweimal die Woche sind wir zu der Small Heath Ranch gefahren, die sich etwas außerhalb New Yorks befindet, und nach meinen Reitstunden habe ich mich immer im Stall verkrochen. Denn dort, abseits der Stadt, der Menschen und den Reizen, fand ich meine Ruhe. Genauso ging es mir, als ich vor ein paar Jahren Sozialstunden in einem Tierheim machen musste. Und das nur, weil ich auf der Schultoilette dabei erwischt wurde, wie ich einen Joint geraucht habe. Ich fand diese Sozialstunden super. Noch heute fahre ich mit Trudy öfter in das Tierheim, in dem ich diesen einen Sommer verbracht habe. Manchmal gehen wir mit den Hunden spazieren, manchmal beschäftigen wir uns mit den Katzen und manchmal säubern wir die Nagerkäfige. Zu Hause haben wir leider nur einen Goldfisch, der drei Jahre alt ist und den Mom von einem Jahrmarkt angeschleppt hat. Sie war mal wieder betrunken und wollte ihn die Toilette runterspülen. Trudy und ich konnten sie gerade so davon abhalten. Der Goldfisch heißt Hank und lebt auf unserem Küchentresen in einem runden Glas. Eine Kokosnuss ist sein Häuschen und jeden Morgen blubbert er mich fröhlich an, wenn ich vorbeigehe.

Mom hat eine Tierhaarallergie, deswegen konnten wir nie Tiere haben, aber ich weiß nicht, ob das nicht nur eine Ausrede von ihr ist. Wahrscheinlich will sie einfach nicht noch mehr Verantwortung übernehmen und schiebt es auf ihre sowieso immer laufende Nase. Vielleicht hat sie ja eine andere Allergie. Eine Allergie gegen uns oder so.

Ich weiß es nicht. Ich traue niemandem, nicht mal meiner eigenen Mutter.

Trudys Lachen dringt genau in diesem Moment durch die dünne Holzwand. Wahrscheinlich schaut sie wieder einmal eine ihrer Lieblingsserien. Ich lächle leicht, als meine Schwester härter lacht. Ich mag es, wenn sie das tut. Ich mag es, dass sie ihr Leben so unbeschwert meistert, obwohl jeder andere alles an diesem Dasein hassen und aufgeben würde. Trudy gibt nicht auf und sie ist auch nie auf irgendetwas neidisch. Wäre jeder wie Trudy, wäre diese Welt ein friedlicher Ort.

Scheinwerfer fluten mein Zimmer, als der Nachbar auf sein Grundstück biegt, und ich recke den Kopf, um aus dem Fenster sehen zu können. Dann stocke ich, denn *er* ist nicht allein. In seinem Auto sitzt eine Frau! Eine Bombe von Frau. Ihr glattes tiefschwarzes Haar ist vom Fahrtwind leicht zerzaust und auf ihren vollen Lippen liegt ein Lächeln, als sie aussteigt. Sie sieht aus, als hätte sie indigene Gene oder etwas dergleichen. Sie verschlingt meinen Nachbarn mit den Augen, als auch er sich aus dem Wagen erhebt. Er sagt kein Wort. Er lacht auch nicht. Er nickt sie lediglich zum Haus und sie setzt sich mit wiegenden Hüften in Bewegung. Ihre halsbrecherisch hohen Schuhe klacken auf dem Asphalt. Sie ist eine einzige Sexeinladung und ich glaube, er wird diese heute Nacht annehmen. Wie aufregend. Während er den Schlüsselbund um einen Finger kreisen lässt, folgt er ihr den überwucherten Pfad zum Haus entlang, dann die knarrenden Verandastufen hoch und ... ich ziehe mich in dem Moment zurück, als sein Blick zu meinem Fenster schweift. Eilig schmeiße ich mich flach auf mein Bett und beiße mir auf die Unterlippe.

Fuck.

Hat er mich jetzt erwischt?

Hat er mich gesehen?

Fuck, Scheiße.

Als seine Haustür knallt, wie ich durch mein geöffnetes Fenster höre, recke ich mich wieder vorsichtig nach oben. Aber die Luft ist rein. Die beiden sind im Haus verschwunden. Erst wird das Licht im Flur angeschaltet, dann in der Küche.

Trinken die beiden jetzt etwas? Setzt er sie auf die Anrichte und macht sie mit seinen Lippen wahnsinnig? Was passiert da unten?

Vorsichtig schiebe ich mich aus dem Bett und durchquere barfuß mein Zimmer. Dabei muss ich aufpassen, nicht auf allerhand Scheiß zu treten. Trudy lässt ihre Sachen gern einfach bei mir liegen. Ich glaube, sie mag es, wenn etwas von ihr immer bei mir ist. Und das ist auch okay, aber verdammt nochmal, es war nicht okay, als ich letzten Monat auf diese Gabel getreten bin!

Als ich am Fenster ankomme, schlägt mir die Hitze entgegen, denn der Sommer ist in vollem Gange. Aber ich ignoriere die zirpenden Grillen, genauso wie den Grillgeruch, der von der anderen Straßenseite hineinwabert. Vorsichtig linse ich durch sein Küchenfenster und was ich sehe, lässt mich wieder erstarren – aber diesmal vor Schock. Darauf war ich nicht vorbereitet – oder doch irgendwie. Was weiß ich! Er hat seine sexy Besucherin mit seinem Körper an die Anrichte gepresst und murmelt ihr von hinten irgendwas ins Ohr. Aber das ist es nicht, was mich schockiert. Es ist das blitzende Messer in seiner Hand, mit dem er über ihren Bauch fährt. Die Frau krallt sich in die Anrichte, scheint nicht zu atmen, als er mit der Klinge unter ihren Blusenknopf fährt und ihn aufschneidet.

Ist das ein krankes Spiel?

Ich habe schon viel gelesen, viele Filme gesehen und auch viel zu vieles mit eigenen Augen beobachtet. Ich war mal Teil der New Yorker High Society. Ich weiß genau, wie krank es manchmal beim Sex werden kann. Aber ist das hier nur ein Spiel oder Ernst? Ich kann es nicht richtig ausmachen. Aber ich sehe sehr gut, wie er die Bluse der Frau Knopf für Knopf aufschneidet. Sie krallt sich immer fester, aber sie schiebt ihn nicht von sich, sie schreit nicht. Nein, stattdessen nickt sie auch noch. Äh, was gibt es denn da zu nicken? Er hat ein Messer in der Hand! Hallo? Spinnt die?

Ja, sie spinnt. Denn sie hält ihn nicht auf.

Will sie das auch *wirklich*? Sollte ich da rübergehen? Sollte ich was tun? Sollte ich die Polizei rufen? Sollte ich Mom Bescheid sagen? *Was mache ich jetzt?*

Verdammt. Was mache ich denn?

Fest beiße ich mir auf die Unterlippe, als er seine tätowierte Hand unter ihre Bluse schiebt und ihre Brust packt. Stöhnt sie? Ich glaube schon. Ihr Kopf sinkt gegen seine breite Schulter in dem schwarzen Shirt, ihre Augen verdrehen sich nach oben, als er mit den Lippen über ihren Hals streicht.

Riecht er etwa an ihrem Haar? Wie animalisch.

Ich glaube, das geschieht auf freiwilliger Basis.

Ich *könnte* mich entspannen. Ich *könnte* wegsehen. Aber ich tue es nicht. Ich bleibe genau da, wo ich bin, und rege mich nicht. Aber mein Herzschlag beschleunigt sich, als er auch ihre Jeans aufknöpft. Dann verschwinden seine Finger einfach darin und in meinem Bauch prickelt es heiß. Noch ein bisschen heißer, als sie sich ihm lustvoll entgegen windet und offensichtlich völlig zerfließt. Aber er hält sie fest, so fest, dass sie sich nicht regen kann. Er scheint etwas in ihr Ohr zu wispern und sie wirkt, als würde sie immer mehr von der Lust eingesaugt werden. Auch in mir geschehen Dinge, die ich ganz sicher nicht geplant habe. Aber ich sehe nicht weg. Auch nicht, als er sie am Nacken auf die Anrichte drückt und seine Hose öffnet, auch nicht, als er ihr Höschen einfach aufschneidet. Ich sehe auch nicht weg, als ein wirklich großer Schwanz in Sicht kommt. Was ist das denn? Als er sich langsam in sie schiebt, kann ich ihn plötzlich tief in mir fühlen. Sein Kopf sinkt in den Nacken. Kein Ton verlässt seine Lippen, als er sich zurückzieht und plötzlich hart in sie stößt. So hart, dass *ich* zusammenzucke und ihn noch tiefer in mir zu fühlen scheine. Und dann stößt er einfach immer und immer wieder tief aber kontrolliert in sie. Genau beobachte ich sein konzentriertes Gesicht, seine dunklen Augen, seine geblähten Nasenflügel, seinen angespannten Kiefer und als sie stöhnt, tue ich es auch.

In dem Moment hebt er den Blick zu mir und umklammert mich damit. Ich kann mich nicht mehr regen, viel zu schockiert bin ich. Viel zu *erregt* bin ich. Viel zu faszinierend ist diese Situation.

Er wirkt nicht verblüfft davon, mich beim Starren zu erwischen. Es bringt ihn gar nicht aus der Ruhe, scheint ihn nicht mal wirklich zu berühren. Aber mich berührt es, mich berührt dieser Blick an Orten, wo mich noch nie ein Mann berührt hat. Mich berührt diese Düsternis in seinen Augen, dieses Verlangen, dieses Versprechen. Aber was verspricht er mir denn? Was soll das? Heißkalt erschauere ich von Kopf bis Fuß. Während er sich zurückzieht und härter in die Frau stößt, lächelt er mich an.

Und ich bin verloren. Völlig verloren.

Eilig stolpere ich zurück und zerre meinen Vorhang zu.

Scheiße. Verdammte Scheiße!

Was stimmt mit dem nicht?

Was sollte das?

Wieso grinst der mich an, während er fickt?

Fuck!

Nein!

Ich lasse mich auf mein Bett sinken, kralle die Finger in die Matratze, versuche, wieder zu Atem zu kommen, versuche, aus dieser Blase zu finden, in der er mich gerade eingesperrt hat. Versuche, irgendwie, auf mein Leben klarzukommen. Aber das ist nicht so leicht, verdammt nochmal. Gar nicht leicht. Denn diese Augen und dieses Lächeln haben sich in mein Hirn gebrannt.

Ich sehe ihn immer noch – selbst, als ich meine Lider schließe. Ich fühle ihn immer noch in mir – obwohl er das gar nicht war. Ich habe keine Ahnung, was gerade geschehen ist. Keine Ahnung, was das sollte. Aber ich weiß, dass ich bei einer einzigen Berührung kommen würde. Mein gesamter Körper scheint unter Strom zu stehen, alles in mir ist so geladen, dass es mich regelrecht foltert.

Atemlos schiebe ich meine Hand unter meine Höschen und merke sofort, wie sehr mich diese Show angemacht hat, wie sehr mich sein glühender Blick angemacht hat. Als ich über meinen Lustpunkt streiche, zuckt ein Lustblitz durch meinen Unterleib. Mir entkommt wieder ein verzweifeltes Stöhnen, aber ich höre nicht auf. Fest beiße ich mir auf die Unterlippe, als ich mich genauso fest massiere.

Wie wäre es wohl, wenn er sich auch so tief und kontrolliert in mich schieben würde, wie wäre es, wenn er mich küssen würde, wie wäre es, wenn er mich packen würde? Wie wäre es, wenn er in mir kommen würde? Wie wäre es, wenn er mir dabei direkt ins Ohr stöhnen würde?

Bei diesem Gedanken erschauere ich heftig.

Mein Kopf sinkt in den Nacken und die Hitze zerfetzt mich, dann explodiere auch ich völlig unverhofft. Es passiert so schnell, dass ich selbst kaum folgen kann. Aber ich zerfalle in tausend Einzelteile. Meine Zehen verkrampfen sich, genauso wie meine Waden. Fester beiße ich auf meine Unterlippe, versuche, keinen Ton von mir zu geben und schaffe es doch tatsächlich irgendwie.

Völlig ausgelaugt lasse ich mich rückwärts auf mein Bett fallen und starre an die Decke. Verdammt, was war das denn? Was habe ich getan und wieso war es so verdammt gut?

Wieso kann ich diesen Blick einfach nicht vergessen?

Auch nicht, als ich schon längst schlafen sollte, liege ich noch da und denke an ihn. Bis in die frühen Morgenstunden ist da nur eins. Dieser unglaublich heiße Typ, seine dunklen Augen und der perfekteste Penis, den ich je gesehen habe.

ungebetener besuch

• • •

EDEN

AM NÄCHSTEN TAG bin ich noch zutiefst verwirrt.

Beim Frühstück habe ich Mom und Trudy kaum zugehört. Ich weiß nicht, worüber sie sich unterhalten haben, ich weiß auch nicht, wieso Mom mir so viel Essen aufgehäuft hat, aber ich habe keinen Bissen davon gegessen. Ich hatte keinen Hunger und ich hasse Pancakes. Hat sie mir denn nie zugehört? Ach nein, das tut sie ja nie. Stimmt. Wie konnte ich das vergessen?

Die Fahrt zur Uni habe ich auch schweigend verbracht, während Trudy mir wie jeden Morgen aufgezählt hat, welche Vorlesungen wir besuchen werden. Das brauche ich, denn mein Kopf ist meistens ein einziges Chaos und sie muss ihn immer wieder ordnen, aber heute ist es besonders schlimm.

Ich stehe sogar noch neben mir, als ich auf dem Unigelände parke und meine Sonnenbrille überstreife. Die Sonne scheint schon jetzt unbarmherzig auf dieses verdammte Kaff herab. Es wird ein unerträglich heißer Tag, deswegen schwitze ich auch wie ein Schwein, als ich Trudys Rollstuhl aus dem Auto hieve und ihr hineinhelfe. Sie mag es nicht, wenn ich sie schiebe, also rollt sie eigenständig neben mir her. Mittlerweile haben wir beide gelernt, die Blicke der anderen an uns abprallen zu lassen. Du wirst einfach immer angestarrt, wenn laut der anderen irgendwas an dir nicht stimmt. Seien es zu viele Pickel, ein zu fetter Bauch, ein zu fetter Arsch, eine zu große oder dünne Statur, oder eben die Tatsache, dass du nicht mehr gehen kannst. Irgendwann lernst du, nicht mehr hinzusehen, wenn *sie* hinsehen, aber du fühlst es trotzdem. Du fühlst ihre Abscheu, du fühlst ihre Verachtung, du fühlst ihre Vorurteile. Du fühlst, was sie über dich denken – und ich hasse sie alle noch ein bisschen mehr.

Glücklicherweise wurde die Universität vor sechs Jahren behindertengerecht umgebaut, deswegen gibt es eine Rampe, die Trudy nutzen kann und die Türen öffnen sich automatisch. Das Campuslogo ist silbern im grauen Boden eingelassen, alles wurde im alten Stil neu hergerichtet – weil Menschen nie mit dem zufrieden sind, wie es gerade ist. Sie müssen immer etwas verändern, immer etwas neu machen. Sie können es nicht einfach lassen. Also wurden die ursprünglichen Fliesen gegen neue ausgewechselt, die alt *aussehen,* aber eigentlich nicht alt sind. Die Säulen, die das hohe Gemäuer tragen, erzählen die Campusgeschichte, die auch auf sepiafarbigen Fotos zu finden ist. Als hätte sich jemals irgendein Schüler, der kein totaler Streber ist, diese Fotos angesehen. Als würde sich jemand für irgendeine Entstehung interessieren. Alles, was Menschen interessiert, ist der Ist-Zustand und über diesen können sie nicht hinaussehen.

Glücklicherweise funktioniert heute der Aufzug. Letzten Freitag musste ich mit Trudy den gesamten Tag im unteren Stockwerk verbringen, denn er war kaputt. Auch dieser *Aufzug* wurde nur oberflächlich erneuert, aber in seinem Inneren ist er alt, stinkig und klapprig wie die meisten Menschen. Vor allem in New Yorks High Society – zum Glück habe ich mit dieser nichts mehr zu tun. Bei diesem Aufzug weißt du nie, ob du wirklich oben ankommst, wenn du losfährst und genauso wenig weißt du bei manchen Menschen, was für Absichten sie haben, wenn sie dir das erste Mal ins Gesicht lächeln. Aber wenigstens haben wir hier drin unsere Ruhe, denn alle anderen Studenten nehmen die Treppe, die rechts und links vom Flur in die obere Etage führt. Eine Ewigkeit fahren wir mit dieser Todesfalle und kommen sogar oben an, bevor uns graue Haare wachsen. Fast rennt uns irgendein Penner um, der nur auf seinen eigenen Arsch achtet. Denn Menschen verfolgen immer nur ihre eigenen Ziele. Wohin ein anderer will, interessiert sie schlichtweg nicht. Ich würde ihm gern ein Bein stellen, aber leider ist er schon an mir vorbeigezogen. Auch gut.

Fest klammere ich mich an den Träger meiner Tasche und lasse erst alle anderen in den Saal treten. Auch Robert, der mir ein liebliches »Freak« zuwispert. *Ihm* stelle ich prompt das Bein, weswegen dieser Wichskopf unelegant in den Raum stolpert. Er soll mich nicht ansprechen, er soll mich nicht ansehen, er soll einfach weitergehen oder ich bringe ihn um. Dieser blonde Bastard ist – wie ich aus eigener Erfahrung weiß – der größte Abschaum von allen hier und das hat einiges zu bedeuten. Wie eine Herde Warzenschweine, die sich für Schwäne halten, trampeln sie in den Saal und ich kann vor lauter Hass kaum noch atmen. Doch dann endlich sind alle drin und wir dürfen auch eintreten. Wie gütig.

Trudy und ich nehmen in der letzten Reihe Platz. Trudy würde gern vorn sitzen, das hat sie auch schon in der Schule getan, denn sie wollte immer alles mitbekommen. Das war gut für mich, denn ohne sie hätte ich in der letzten Reihe gesessen und sicher nur Scheiße gebaut. Aber hier führen nur Treppenstufen in die vordersten Reihen, also bleibt uns keine andere Möglichkeit, als hinten Platz zu nehmen.

Schon jetzt klebt mein weißes Shirt an mir und die ausgeleierte Jeans ist am Bund viel zu eng. Mein Höschen zwickt zwischen meinen Arschbacken, was mich zusätzlich extrem nervt, aber ich lasse mir nichts anmerken, als ich mich setze und Trudy ihr Tablet gebe. Ich mag es lieber altmodisch und nehme mein zerfleddertes Notizheft hervor. Meistens schreibe ich aber nicht mit, sondern überlasse das Trudy. Ich vertreibe mir die Zeit mit dem Malen meiner Gedanken. Eine viel wertvollere Aufgabe, als dem altersschwachen Professor zu lauschen, aber gut. Ich muss ja, ich sehe es ein. Denn wir wollen später eine

Praxis eröffnen und es wäre gut, wenn ich Ahnung von dem hätte, was ich tue.

Ich höre nur halbherzig zu, als Professor Winston uns begrüßt und schiebe mir zwei Kaugummis zwischen die Lippen. An meinem Sneaker prangt ein hässlicher schwarzer Fleck, stelle ich fest, als ich den Fuß an der Lehne vor mir abstütze. Doch ich werde davon abgelenkt, ihn wegzuwischen, weil die Saaltür sich öffnet.

Ah ja, wieder mal ein Nachzügler. Wieder mal ... Ich erstarre, denn es ist doch tatsächlich mein *Nachbar*, der in den Hörsaal spaziert, als würde dieser ihm gehören und als wäre es völlig okay, fünf Minuten nach Vorlesungsbeginn zu kommen. Ist er nicht zu alt für all das hier? Er ist doch sicherlich Mitte zwanzig, aber der Professor bemerkt ihn gar nicht. Nur die anderen Studenten und vor allem Student*innen* bemerken ihn – sehr gut sogar. Sofort funkeln die weiblichen Augen, sofort wird in den Fickmodus geschaltet und leider verstehe ich es. Ich bin wohl die Anführerin der läufigen Hündinnen, denn ich habe es mir gestern schamlos auf ihn gemacht und heute morgen auch gleich nochmal. Und das wird niemals irgendwer erfahren.

Hat er eigentlich schon immer so gut ausgesehen? Oder betrachte ich ihn jetzt mit anderen Augen, weil ich ihn beim Sex beobachtet habe, weil ich beobachtet habe, wie er mit Frauen umgeht, weil ich die Lust in seinen Augen gesehen habe? Und der Blick aus diesen so verflucht faszinierenden Augen strandet auch auf mir. Ich würde am liebsten im Erdboden versinken. Sofort fühle ich mich bei etwas Verbotenem ertappt. Das Gefühl kenne ich normalerweise gar nicht. Mir ist nichts peinlich, aber das hier *ist* mir peinlich. Es kommt mir vor, als wüsste er, was ich gestern noch getan habe. Und als der Penner eine Braue hebt und seine Augen zu glühen beginnen, würde ich am liebsten wirklich einfach verpuffen. Aber ich bleibe, wie ich bin, ich bleibe ausdruckslos, ich bleibe ich. Auch wenn die Hitze in meine Wangen steigt, hebe ich den Mittelfinger. Er soll nicht denken, dass er erst eine andere vor meinen Augen ficken, mich total heißmachen und mich dann so provokant ansehen kann. Pisser. Was soll dieser herausfordernde Blick überhaupt?

Und jetzt schiebt er sich auch noch schmunzelnd in unsere Reihe. War ja klar. Und dieser Wichser drängt sich selbstverständlich auch noch *direkt* an mir vorbei, wobei er mir praktisch seinen Schwanz in Gesicht presst. Ja. Ich habe diesen Schwanz gestern gesehen. Dieser Schwanz war gestern wirklich sehr groß und sehr schön und es kann sein, dass mir sofort wieder heiß wird. Es kann sein, dass es mir gefallen hat, ihn zu sehen, aber das ist alles kein Grund, mir jetzt damit so nahe zu kommen und ... fuck, wieso riecht dieser Bastard eigentlich so gut? Verdammte Scheiße noch eins, das ist ja abartig.

Er schiebt sich auch an Trudy vorbei und lässt sich dann an ihrer anderen Seite auf einen harten Plastikstuhl sinken. Ich bin genauso hart wie der Plastikstuhl, meine Faust ist geballt und einsatzbereit, ich werde sie ihm ins Gesicht rammen. Bei Gott, ich werde es tun. Ich werde ihm diese sicherlich schon mal gebrochene Nase brechen, wenn er meine Schwester jetzt dumm anmacht oder sie irgendwie mies fühlen lässt. Vielleicht will er ihr diesen Schwanz ja auch mal zeigen.

Aber er lächelt Trudy nur knapp an und wendet den Blick dann nach vorn. Trotzdem starre ich ihn noch ein paar Sekunden an. Er soll bloß keine Dummheiten machen. Seine verschränkten Arme, die Art wie er tief in den Sitz herabgerutscht ist, seine kurzen schwarzen Haare und dieser dämliche Dreitagebart reizen mich. Den hatte er gestern aber noch nicht, also ist es eigentlich nur ein Eintagebart. Er trägt eine dünne Silberkette, ein Muskelshirt und seine Hose sitzt ein wenig zu tief auf seinen Hüften. Hat er Latinoblut in sich? Seine Haut wirkt natürlich gebräunt. Und wieso sind diese Lippen so voll und was sollen die Tattoos auf seinem Handrücken, seinen Armen und seinen Knöcheln? Seine ganze Gangsteraufmachung reizt mich, als wäre er geradewegs aus dem Ghetto nach Roxbury gekommen. Auch er kaut Kaugummi, weswegen seine Kiefermuskeln immer wieder spielen. Aber er erwidert meinen Blick nicht, tut so, als wäre ich gar nicht da und eigentlich ist er mir auch scheißegal. Er soll nur Trudy in Ruhe lassen, bepisster Piss-Penner. Erst, als ich sicher sein kann, dass meine Schwester sicher ist, sehe ich wieder nach vorn.

Und ich versuche diese Stunde wirklich hart, mich nicht von seinem Geruch ablenken zu lassen. Er ist frisch, aber auch irgendwie schwer und verführerisch, irgendwie verlockend. Aber ich werde mich sicher nicht locken lassen. Nicht von ihm! Ganz sicher nicht von ihm und seinen bescheuerten Tattoos! Ich versuche ja, bei der Sache zu bleiben, aber es ist schwer. Verdammt schwer. Besonders schwer, weil das Kostbarste, was ich besitze, direkt zwischen uns sitzt. Aber er spricht Trudy nicht an, er sagt gar nichts mehr, er schweigt die ganze Stunde und regt sich nicht. Mit vor der Brust verschränkten Armen lauscht er völlig ausdruckslos der Lesung.

Ich habe keine Ahnung, was die Scheiße soll. Muss er sich denn nicht Notizen machen? Ist mir ja auch egal, und ich bin tierisch erleichtert, als diese Stunde endlich vorbei ist und er verschwindet. Alles, was er hinterlässt, ist sein Duft.

Er sieht mich auch nicht nochmal an. Er tut gar nichts, als würde er mich nicht kennen. Ich frage mich, ob er mich vielleicht gestern doch nicht bemerkt und einfach so gelächelt hat. Vielleicht ... hat er mich ja gar nicht gesehen. Wie enttäuschend.

»Oh mein Gott«, murmelt Trudy plötzlich aufgeregt und ich nehme meinen verschwommenen Blick vom Whiteboard.

»Was ist?«

»Unser Nachbar riecht sooo gut, hast du das gemerkt?« Ich pendle meinen Blick nur schwerfällig auf sie ein und entdecke einen ganz neuen Glanz in ihren Augen. Einen Glanz, den ich dort schon sehr lang nicht mehr gesehen habe, einen Glanz, der mir gar nicht behagt. Er gefällt ihr. Dieser Typ gefällt auch ihr. Äh, nur *ihr*.

»Was?«

»Ich dachte, ich sterbe. Er hat soooo gut gerochen und er hat mich angelächelt, hast du das gesehen?«, fragt sie, während ich unser Zeug zusammenpacke. Sie ist ja ganz aus dem Häuschen.

Ihre Wangen sind gerötet und sie fühlt sich besonders. Sie ist glücklich, also lächle ich auch.

»Natürlich hat er dich angelächelt, er durfte ja auch neben dir sitzen.« Sie wird knallrot, nimmt mein Kompliment aber sofort an. Sie ist nicht so verdammt heuchlerisch wie die meisten Menschen, die so tun, als wären Komplimente ihnen unangenehm, die aber doch nichts anderes hören wollen. Diese Menschen, die förmlich danach lechzen, die Bestätigung brauchen, statt einfach auf die Meinung anderer zu scheißen und sich selbst Komplimente zu machen.

»Ja, stimmt«, sagt Trudy und richtet ihr Haar etwas. Sie ist süß, wenn sie sich hübsch macht. Und ich würde ihr die Illusion, dass dieser Wichser vielleicht auf sie stand, auch niemals kaputtmachen. Deswegen sage ich nichts mehr. Und ich sehe ihn heute auch nicht mehr, was wirklich besser so ist. Noch eine Ladung von diesem Mistkerl würde ich wohl kaum ertragen und Trudy auch nicht. Denn sie redet den ganzen Tag von nichts anderem mehr als seinem Lächeln.

eine waffe

. . .

EDEN

AUCH WÄHREND DER Heimfahrt redet Trudy nur von dem Typen. Wie er sie angesehen, wie er gerochen hat und was er anhatte, wie muskulös seine Oberarme und wie breit seine Schultern waren. Sie fragt sich, ob er vielleicht Sport macht. Und sie macht sogar eine Ausnahme bei ihm, wenn es um die Körpergröße geht – da sie eigentlich nicht auf große Männer steht. Sie könnte ja mal eine Ausnahme machen. Sie könnte ja mal zu ihm rüberrollen und klingeln, oder sie könnte direkt vor seinem Haus vorgeben, ihr Rollstuhl hätte einen Platten. Dann könnte er sie nach Hause tragen. *Ich könnte mich auch einfach totstellen, dann müsste er mich retten und währenddessen könnte er sich in mich verlieben …*

Als wir in unsere Straße biegen, klingeln meine Ohren, aber ich sage kein Wort. Stattdessen lausche ich jedem einzelnen meiner Zwillingsschwester. Als ich an der alten Granny Graham vorbeifahre, die ihre verdammten preisgekrönten Dahlien gießt, würde ich sie aber am liebsten umnieten. Ich bin nicht so gut drauf, irgendwas nervt mich gewaltig. Wahrscheinlich die Tatsache, dass ich auch immer wieder an den Typen denken muss. Ich kenne ja nicht mal seinen Namen. Ich weiß gar nichts von ihm – nur, wie groß sein Penis ist. *Super.*

»Wir könnten herausfinden, wie er heißt«, spricht Trudy wie so oft meine Gedanken aus. Dadurch, dass sie mein Zwilling ist, sind wir tief verbunden und ich liebe es normalerweise, dass sie praktisch in meinen Kopf schauen kann. Das erleichtert eigentlich so vieles. Und ich hasse dieses Arschloch schon allein deswegen, weil ich etwas vor meiner Schwester verbergen muss – dass ich auf ihn stehe.

»Wie denn?«

»Wir könnten auf sein Klingelschild sehen«, meint sie und wir beide mustern das schwarze Einfamilienhaus mit den verblassten türkisblauen Fensterläden überlegend. Sein Auto steht nicht vor der Tür, das heißt, er ist nicht da, was wiederum heißt, er würde uns nicht bemerken. Also *mich*. Trudy kann ja nicht gehen. Aber eigentlich will ich sein Grundstück nicht betreten. Ich will mit dem Kerl *eigentlich* nichts zu tun haben.

»Du musst nur kurz drauf sehen, ich halte Wache«, meint Trudy und ich biege seufzend auf unseren Parkplatz vor der Garage. Darin befindet sich Moms Ford, aber sie fährt nur noch selten Auto, weil ihr der Verkehr zu unübersichtlich ist und sie überfordert.

»Ich weiß nicht, Trudy«, murmle ich und starre zu dem Nachbarhaus. Es regt sich nichts, nicht mal ein Windhauch streift über den ungemähten Rasen, kein Lüftchen lässt die Hollywoodschaukel wiegen, keine Wolke am Himmel verdeckt die Risse in der Hausfassade.

»Jetzt komm schon, was soll schon passieren?«, fragt Trudy aufgeregt und ich sehe abwägend zu ihr. Ihre blauen Augen funkeln schon wieder so lebendig. Wenn sie mich so ansieht, würde ich alles für sie tun. Also seufze ich tief und steige einfach aus. Die Hitze erschlägt mich fast, aber ich verschränke trotzdem die Arme vor der Brust, als ich eilig über den Gehweg husche. Der Zaun des Nachbarhauses ist völlig kaputt und das Tor hängt nur noch an einer Angel. Ich muss es nicht mal öffnen, um sein Grundstück zu betreten. Und als ich das tue, schlägt mein Herz ein wenig schneller. Ich mag das hier. Ich mag das Kitzeln des Adrenalins in meinen Venen, aber ich hoffe, mich sieht gerade niemand. Als ich über die Schulter blicke, ist die Straße menschenleer. Nur Trudy sitzt in meinem uralten schwarzen VW und zeigt mir den erhobenen Daumen.

»Okay«, murmle ich in mich hinein und beeile mich, den Pfad zum Haus entlangzuschreiten. Unkraut überwuchert ihn, Mom würde die Krise kriegen. Sie steht sowieso schon jeden Morgen mit ihrer Kaffeetasse am Fenster und beschwert sich darüber, wie heruntergekommen es hier ist. Aber mich stört das gar nicht. *Was* mich stört, ist dass ich das hier tue, allerdings komme ich manchmal eben nicht aus meiner Haut. Also gehe ich hoch und neige mich eilig dem Klingelschild entgegen. Sein Nachname lautet doch tatsächlich *Fitzgerald*.

Ist das ein Witz?

Ich runzle meine Stirn, denn das passt gar nicht zu dem Typen. Er ist doch nicht mit F. Scott Fitzgerald verwandt? Ich schnaube. Er würde es doch niemals schaffen, auch nur einen Satz aus dem Gatsby niederzuschreiben.

Wenn ich schon mal hier bin, werfe ich doch gleich einen Blick durch das verglaste Fenster neben der Tür, aber es ist zu dreckig. Ich kann kaum etwas erkennen. Eine Lederjacke hängt am Haken, ein Paar Schuhe stehen am Boden, Boots, Sneaker und ist das etwa ... eine *Waffe* auf der Kommode?

»Was machst du da?«, ruft Mom mit einem Mal und ich sinke ertappt zurück auf die Hacken. Mit einem Mal schlägt mein Herz wie ein Presslufthammer. Mit einem Mal will ich hier nur noch weg.

»Nichts«, antworte ich zerstreut und weiche rückwärts von der Tür weg, als könnte sie sich gleich öffnen, als könnte das Haus mich verschlingen.

»Eden, komm hierher«, schimpft meine Mutter auch schon drauf los und ich wirble mit einem Ruck herum. Nichts lieber als das! Eilig spurte ich die Verandatreppen herab und stolpere fast zu meinem Auto. Dabei fühle ich mich, als wäre der Teufel persönlich hinter mir her. »Was denkst du dir denn dabei, einfach bei ihm einzubrechen?«, fragt Mom, als ich Trudys Rollstuhl aus dem Wagen nehme und meiner lachenden Schwester aus dem Auto helfe. Ich bin doch gar nicht eingebrochen. Mein Gott! »Du kannst doch nicht einfach da herumlungern und...«

»Trudy wollte wissen, wie er heißt«, zische ich immer noch atemlos und helfe meiner Schwester in ihren Rollstuhl. Sie kriegt sich wirklich gar nicht mehr ein, also zuckt auch mein Mundwinkel, aber eigentlich ist mir wirklich nicht nach Lachen zumute. Wieso braucht der Typ eine Waffe? Ist er gefährlich? Wirklich gefährlich? Was ist das nur für ein Psycho?

Wieso zittern meine Finger jetzt so? Und das Adrenalin kitzelt auch nicht mehr. Es rauscht in heftigen Wellen durch mein Inneres. Ich kann kaum denken. In meinem Kopf herrscht ein heilloses Durcheinander.

»Dann klingelt man, man stellt sich vor und fragt den anderen, wie er heißt, aber man bricht nicht auf ein fremdes Grundstück ein.« Moms Gesicht ist fast so rot wie der Kupferstich in ihrem braunen Haar. Gleich wird sie einfach platzen. Und wenn Fitzgerald nicht will, dass ich auf sein Grundstück trete, soll er seinen Zaun reparieren.

»Es ist doch nichts passiert«, beruhigt Trudy sie keuchend, während wir ihr ins Haus folgen. Darin riecht es nach Apfelkuchen, das mag ich, denn Trudy mag Apfelkuchen. Aber was ich *nicht* mag, ist das flaue Gefühl in meinem Magen. Als ich die Haustür schließe, werfe ich noch einen Blick zu seinem Grundstück, aber immer noch ist es gespenstisch still. Immer noch ist er nicht da und immer noch habe ich keine Antworten. Nur immer mehr Fragen.

»Es hätte aber was passieren können! Du weißt niemals, mit wem du es zu tun hast, Eden. Mit diesem Typen stimmt sowieso etwas nicht.« Mom schimpft sich ihren Weg durch den kleinen Flur und ich streife meine Sneaker von den Füßen.

»Wieso denkst du das?«

»Er ist einfach komisch.« Wir folgen ihr in die sonnengeflutete Küche und finden uns im Hausfrauenparadies wieder. Das Einzige, was das idyllische Bild etwas stört, ist die Flasche Gin, die Mom immer hinter der Kaffeemaschine bunkert. Aber ich weiß, dass sie da ist und ich weiß, dass Mom ab einer gewissen Uhrzeit immer wieder einen Schluck daraus trinkt, bis sie auf der Couch vor dem Fernseher einschläft und nicht mehr an Dad denken muss.

»Wieso ist er komisch?« Während Trudy sich endlich einbekommt und an den Tisch heranrollt, linse ich in den Topf auf dem Herd. Lecker, es gibt Hähnchenragout, das liebe ich, aber immer noch bin ich innerlich angespannt.

»Weil er tätowiert ist und niemals grüßt.« Mom ist genauso altmodisch wie jeder andere Bürger dieses Staates. Was soll man von Menschen, die in einem amerikanischen Vorort aufwachsen und deren größtes Jahreshighlight das Limonadenfest ist, auch anderes erwarten? Auch in unserer Straße hängen schon überall Schilder aus und die Hausfrauen horten emsig Obst und andere Dinge, die sie für ihre Limonaden brauchen. Ich könnte jedes Mal abkotzen, wenn sich die Stände in unserer Straße aufreihen, wie es auch nächstes Wochenende der Fall sein wird. Vielleicht könnte ich diese Waffe ja nutzen, um einfach alle zu erschießen.

»Hmhm«, mache ich unbeeindruckt und schenke erst Trudy, dann mir ein Glas Limonade ein. Selbstgemacht, denn Mom übt schon mal. Sie will ja auch den ersten Platz ergattern. So gibt es für Trudy und mich jeden Tag eine andere Sorte.

»Außerdem hatte er gestern Nacht Frauenbesuch«, meint Mom mit bedeutungsvoll hochgezogenen Brauen. Fast rammt sie sich vor lauter Empörung beim Schneiden einer Lauchzwiebel das Messer in ihren Finger.

»Oh, das weiß ich«, murmle ich so leise, dass Mom es nicht hören kann. Sie stellt mein Glas auf den Tisch, reicht aber Trudy ihres nicht. Wütend funkle ich sie an, als ich es vor meine Schwester knalle. Ich mag es wirklich gar nicht, wenn Trudy vergessen wird, nur weil sie so still ist.

»Was hast du gesagt?«, fragt Mom und schöpft etwas Essen auf blumengemusterte Teller. Alles so schön, hell, freundlich – um bloß keinen sehen zu lassen, wie verrottet es im Inneren ist. Auch ein paar Lauchzwiebeln landen auf dem Ragout und endlich beruhige ich mich etwas. Auch, was Fitzgerald angeht. Gut, dann hat er eben eine Waffe. Vielleicht war er ja bei der Army oder sowas. Vielleicht gehört ihm diese Waffe auch nicht. Vielleicht ist er ja kein verrückter Psychopath, der uns alle umbringen will. Ich sollte wirklich weniger Thriller schauen. Vielleicht besitzt er diese Waffe auch nur aus den gleichen dummen Grünen wie viele andere Amerikaner.

»Ich habe gesagt, dass nicht jeder dich grüßen muss«, antworte ich lauter und setze mich an meinen Platz am runden Tisch. Sogar die Tischdecke ist mit Blümchenmustern bedruckt.

»Doch! In einer guten Nachbarschaft grüßt man sich!« Mom wird langsam cholerisch und ich liebe das, solange es einen gewissen Punkt nicht überschreitet.

»Vielleicht mag er dich ja nicht«, reize ich sie also noch ein bisschen weiter und lächle, als sie mir einen vorwurfsvollen Blick zuwirft. Ja, sicher. Wie kann man Everybody's Darling – aka meine Mutter – nicht lieben? Habe schon verstanden. Trudy beginnt kommentarlos zu essen. Sie mag es nicht so gern, wenn ich Mom reize, aber manchmal hat sie die besten Ideen, wie man sie auf die Palme bringen könnte.

»Ich denke, dass du dich einfach von ihm fernhalten solltest.« Mom rührt wie verrückt in ihrem Ragout und mir wird schwindlig, wenn ich ihr weiter dabei zusehe. Deswegen lege ich meine Hand über ihre.

»Beruhige dich jetzt. Ich hatte nicht vor, bei ihm einzubrechen und mich selbst in seinen Keller zu sperren.«

»Noch schöner wäre es«, murmelt meine Mutter und zieht ihre Hand unter meiner hervor, aber Trudy neigt den Kopf zur Seite. Ihr Blick sagt mir, dass das eine gute Idee wäre, und ich kann gerade so ein Lachen zurückhalten.

»Nein, wäre es nicht! Jetzt iss!«, antworte ich ihr laut und sie tut schmunzelnd, wie ihr geheißen. Auch ich esse ein paar Bissen, wobei sie wie Steinbrocken in meinem Magen landen. Meine Mutter spricht nicht, weil sie beim Essen nicht gern redet und meine Schwester schweigt, weil sie vor Mom nun sicher nicht weiterschwärmen wird.

Aber umso schlimmer wird es, sobald wir das Essen beenden. Den ganzen Abend höre ich mir nichts anderes an, als wie der Typ geduftet hat – und genau deswegen erzähle ich Trudy auch nichts von der Waffe.

Ein fataler Fehler.

luftsex

• • •

EDEN

EIN KNALL LÄSST mich aus dem Schlaf schrecken und ich schieße in meinem Bett hoch. Erst bin ich völlig orientierungslos und habe keine Ahnung, wo ich mich befinde. Kurz glaube ich, jemand wäre erschossen worden, aber dann dringen Männerstimmen durch mein Schlafzimmerfenster. Stirnrunzelnd schiebe ich mich etwas hoch, um hinaussehen zu können, und bemerke, dass ein weißer Lieferwagen vor dem Nachbarhaus parkt.

Sofort bin ich hellwach.

Sofort will ich wissen, was da los ist.

Also schlage ich die Decke zurück und erhebe mich. Auf Zehenspitzen schleiche ich zum offenen Fenster und sehe an den Vorhängen vorbei. Zwei Männer schleppen Kisten ins Haus, während sich mein Nachbar mit einem anderen unterhält. Dabei raucht er eine Zigarette und wirkt völlig entspannt, aber die Männer sind das nicht. Sie beeilen sich, die Kisten ins Haus zu schaffen, und als einer von ihnen mich mit dem Blick streift, ziehe ich mich schnell etwas zurück. Ich weiß nicht, was sie liefern, aber es ist mitten in der Nacht. Die ganze Straße ist still und leer. Nur der Mond wird Zeuge des Geschehens und mir wird immer klarer, dass es da drüben nicht mit rechten Dingen zugeht. Mit gar nicht rechten Dingen. Mit *kriminellen* Dingen.

Eine Kiste, zwei Kisten, drei Kisten ... *fünfzehn* Kisten bringen die Männer ins Haus. Währenddessen unterhält sich mein Nachbar die ganze Zeit mit einem dunkelhäutigen Typen, der ebenfalls ein wenig nervös wirkt. Fast, als wäre er auf Drogen, denn er zieht immer wieder hektisch an seiner Zigarette und kann kaum stillstehen. Ich habe ihn hier noch nie gesehen und das Kennzeichen weist aus, dass der Wagen aus New York stammt. Sofort packt mich die Sehnsucht. Denn auch ich habe die wichtigsten Jahre meines Lebens in New York gelebt, bis wir wegziehen mussten. Ich hasse es, umgezogen zu sein. Ich hasse das Land. Ich liebe die Stadt, aber das tut hier nichts zur Sache.

Was zum Teufel passiert hier?

Mein Nachbar beobachtet genau, wie jede Kiste hineingeschleppt wird. Er wirkt nicht, als hätte er schon geschlafen. Ein schwarzes Longsleeve und eine gleichfarbige Hose bedecken seinen Körper und sein Blick ist völlig klar. Wahrscheinlich ist tatsächlich die Nacht seine Zeit. Nach der zweiten Zigarette sind die Männer fertig und er schüttelt die Hand des Dunkelhäutigen. Dann setzen die Männer sich in den Lieferwagen und verschwinden.

Er sieht ihnen nach, während er sich ein Handy ans Ohr hält. Obwohl ich meine Ohren spitze, kann ich nicht verstehen, was er sagt. Nicht einmal ein leichter Hauch seiner Stimme klingt zu mir durch. Doch als er sich umdreht, um reinzugehen, streift sein Blick mein Fenster und ich ziehe mich eilig zurück. Ich kann ihm nicht schon wieder in diese Augen schauen und ich glaube so langsam, dass ich Dinge beobachte, die ich besser nicht sehen sollte. Wie aufregend.

Ich verharre ein paar Sekunden reglos und erst als ich mir sicher bin, dass er nicht mehr draußen ist, linse ich wieder aus dem Fenster. Die Straße ist still, der Lieferwagen weg, aber nun geht das Licht im ersten Stock seines Hauses an und ich halte den Atem an.

Ist das etwa sein Schlafzimmer, in das ich so perfekten Blick habe?

Seine Vorhänge sind nicht zugezogen, deswegen kann ich beobachten, wie er sein Handy ablegt und sich das Shirt abstreift. Er ist wirklich sehr groß und muskulös. An seinem rechten Arm prangt eine beeindruckende Tätowierung von einem Totenkopf und einem Schlangendrachen, der durch die Augen des Schädels kriecht und bis über seine Brust Feuer speit. Mein Nachbar/Fitzgerald reibt über diese trainierte Brust, während er wahrscheinlich den Fernseher anschaltet. Er ist also ein Mensch, der die Stille nicht erträgt. Gut zu wissen. Aber jegliche Gedanken werden zerschlagen, als er seinen Gürtel öffnet. Mein Mund wird schlagartig trocken. *Ist das gesund?*

Und noch viel wichtiger: Wird er sich jetzt ausziehen? Also *ganz nackt* ausziehen? Und sollte ich dann nicht eigentlich wegsehen? Nun. Keine Ahnung. Ich sehe *nicht* weg. Ich behalte ihn sogar sehr genau im Auge, als er seine Jeans zu Boden sinken lässt und nachlässig raussteigt. Dann nimmt er wieder sein Handy zur Hand und lächelt leicht. Ich weiß nicht, was er darauf sieht, warum er lächelt, das ist ganz schön störend. Er tippt etwas und ich betrachte währenddessen ausgiebig sein Sixpack und das V, das in seine schwarzen Shorts führt – und wieder mal wird mir heißer. Wieder mal beginnt es, in mir zu prickeln. Das ist ungewöhnlich. Normalerweise blocke ich jegliche Anziehung sofort ab. Männer interessieren mich eigentlich gar nicht, aber dieser hier tut es irgendwie. Er gefällt mir, obwohl er eine Knarre besitzt, obwohl er mit einem Messer an einer Frau rumgespielt hat. Obwohl oder gerade *weil* mit diesem Typen eindeutig was nicht stimmt.

Als mein Handy auf dem Nachttisch vibriert, ziehe ich die Brauen zusammen. Wer zum Teufel schreibt mir mitten in der Nacht und stört meine Privat-Show? Nur sehr wenig Leute haben meine Nummer und Trudy würde an der Wand klopfen, wenn sie etwas von mir wollte. Genervt verlasse ich meinen Beobachtungsposten und öffne die Nachricht. Sie stammt auch noch von einer mir unbekannten Nummer und als ich die Worte lese, erfriert alles in mir.

Unbekannt: Gefällt dir, was du siehst, kleine Eden?

WAS?

Mein Blick schießt zu dem Mann gegenüber und als ich direkt auf seinen durchdringenden treffe, dreht sich mein Magen um. Er beobachtet mich und er weiß, dass ich es bei *ihm* tue.

Wie lang weiß er das schon?

Was ist das hier für eine kranke Scheiße?

Was *will* er von mir?

Wieso sieht er mich an, wie er die Frau gestern angesehen hat?

NEIN!

Ich werfe mein Handy auf den Schreibtisch, als hätte ich mich daran verbrannt, und weiche einen Schritt zurück.

Schon wieder bin ich atemlos. Schon wieder weiß ich nicht, was ich machen soll und als er einfach ins angrenzende Zimmer schlendert und offensichtlich im Bad Licht einschaltet, vibriert mein Handy erneut.

Verdammt, das ist wie eine Horrorshow!

Unbekannt: Das hier wird dir noch besser gefallen.

Und dann streift er sich einfach die Boxershorts ab und steigt unter die Dusche. Den Vorhang lässt er geöffnet. Ich kann genau sehen, wie er das Wasser anstellt und es auf seinen muskulösen, gebräunten Körper prasselt. Ich kann sehen, wie er durch sein Haar streicht. Immer noch sieht er mich direkt an, irgendwie lockend, irgendwie herausfordernd, irgendwie so glühend, dass ich meinen Blick nicht lösen kann. Und dann lässt er seine Hand einfach an seinem Körper herabgleiten. Mir wird immer heißer, in mir pocht es immer härter, genauso hart, wie *er* wird. Und als er sich umfängt, entkommt mir der Atem mit einem Keuchen. Er fährt langsam an sich entlang, holt sich einfach schamlos einen runter und je weiter er seine Lust steigert, umso höher rauscht es auch in mir.

Verdammt nochmal.

Was macht dieser Kerl mit mir?

Was soll das?

Wieso verschlingt er mich so mit den Augen?

Wieso prickelt es immer heftiger in mir, wieso beschleunigt sich mein Atem und wieso zieht es schon wieder so unerträglich zwischen meinen Beinen? Verdammt, ich kann mich nicht wehren. Und ich *will* mich auch nicht wehren.

Ich bin wie gebannt, wie hypnotisiert, und als ich meine zitternden Finger unter mein Höschen schiebe und er teuflisch lächelt, komme ich fast, weil ich mit einem Mal so geladen bin.

Was tue ich hier eigentlich schon wieder?

Wieso gefällt es mir so, dass er seine Nasenflügel bläht und seine Hand schneller bewegt?

Wieso bewegen sich meine Finger auch automatisch schneller?

Wieso liebe ich es, wie er mich immer heftiger mit seinem Blick verschlingt, wie er damit über meinen Körper streicht, wie er jede einzelne meiner Fasern zu elektrisieren scheint?

Fest beiße ich auf meine Unterlippe, um nicht zu stöhnen. Er ist so verflucht sexy. Ich will mehr als diesen Blick. Am liebsten hätte ich jetzt alles von ihm. Einfach alles.

Das hier ist das Heißeste, was ich je erlebt habe. Es hüllt mich völlig ein, es ist so verboten, so dreckig und verrucht wie sein Lächeln, wie die Botschaft in seinen Augen. Wie das, was er mit der Frau gemacht hat. Als ich mir vorstelle, von ihm an den Küchentresen gedrückt zu werden stöhne ich und er tut es mir nach. Fast kann ich ihn hören, aber nur fast.

Mein Orgasmus ist so nah, dass meine Knie zittern, und ich grabe die Zähne so fest in meine Unterlippe, dass es wehtut. Aber das macht nichts, verdammt nochmal, das macht nichts.

Und als er sich ruckartig an der gegenüberliegenden Wand abstützt und erschauernd seine Erlösung findet, komme auch ich. Ich komme so heftig, dass ich mich an den Schreibtisch krallen muss, dass ich nicht mehr stehen kann, dass meine Welt sich auf den Kopf dreht. Ich komme so heftig wie noch nie.

Unser Orgasmus stoppt im selben Moment und als mein Nachbar tief durchatmet, tue ich es ihm nach. Sein Blick ist so herausfordernd, so einsaugend, so verdammt einladend. Ich weiß aber nicht, was er von mir will. Und ich will auch nicht folgen. Ich will nicht fühlen, was ich fühle. Ich will diese unglaubliche Anziehung nicht. Ich will das alles nicht, also zerre ich mit einem Ruck meinen Vorhang zu und schlüpfe eilig in mein Bett.

Dort reiße ich die Decke über meinen Kopf.

Was war das gerade?

Was habe ich gerade getan?

Was hat *er* mit mir getan?

Ich kann hier nie wieder raus, ich darf ihm nie wieder begegnen.

Woher hat er meine Nummer überhaupt?

Woher weiß er, dass ich ihn beobachte?

Woher kennt er meinen Namen?

Und verdammt nochmal, wieso ist es eigentlich so schwer, ihm nicht zurückzuschreiben? Wieso liege ich die ganze Nacht wach und kann an nichts anderes denken, als an die Lust in diesen dunklen Augen? An nichts anderes als ihn?

ein kick

• • •

EDEN

AM NÄCHSTEN MORGEN bin ich *richtig* mies drauf, denn ich habe kaum geschlafen und ich will auch nichts von meiner Mutter hören. Ich will nicht hören, dass ich nicht vergessen soll, nach der Schule im Supermarkt vorbeizufahren und ihr ihren Limonadenscheiß zu kaufen. Ich will auch Trudys Schwärmereien eigentlich nicht hören, aber ich *höre* sie mir an. Ich gebe ihr immer, was sie will.

Sie weiß ja nicht, was ich gestern getan habe. Sie weiß nicht, dass ich irgendwie ... Sex mit dem Typen hatte. Luftsex? Wie kann man es nennen? Ich weiß es nicht. Auf jeden Fall war es wirklich verdammt aufregend und mein Herz schlägt viel zu schnell, als ich an seinem Haus vorbeifahre. Sein mattschwarzer Camaro steht vor der Tür, aber seine Vorhänge sind zugezogen. Wahrscheinlich schläft er noch tief und fest, und ich würde das auch gern tun, aber ich kann nicht. Ich kann wahrscheinlich nie wieder schlafen, denn irgendwie fühlt es sich an, als hätte ich Trudy hintergangen. Schließlich steht sie auf den Kerl, dessen Vornamen wir nicht einmal kennen, und ich habe Dinge mit ihm getan. Versaute Dinge. Dinge, die man mit dem Mann, auf den die Zwillingsschwester steht, einfach nicht tun sollte.

Das kotzt mich richtig an. *Ich* kotze mich an. Dementsprechend bin ich auch gelaunt, als ich auf den Uni-Parkplatz biege.

Verfickte Scheiße.

Ich hasse all diese Menschen. Ich hasse die Sonne. Ich hasse Autos. Ich hasse die Uni. Ich hasse Amerika. Ich will in mein Bett, aber ich kann mich nicht einfach verkriechen und Trudy allein losschicken. Wie denn auch? Sie kann ja nicht mal Auto fahren.

»Ist alles okay?«, fragt sie, als ich etwas zu harsch vor einer Blondine stehenbleibe und sie panisch zur Seite springt. *Fotze.*

»Nein, alles ist gut«, knurre ich und starre die Schlampe unheilvoll an. Ich wünschte, sie würde sich mit mir anlegen. Ich wünschte, es würde auf eine Prügelei hinauslaufen, aber die Barbie will sich nicht die Nägel abbrechen, und geht eilig weiter.

Verdammt nochmal, nicht mal das klappt.

»Du siehst nicht so aus.«

»Wieso nicht, Trudy?«

»Du reißt gleich das Lenkrad aus«, teilt Trudy mir trocken mit und schnallt sich ab.

Ups.

Ich nehme meine verkrallten Finger vom Lenkrad und schnalle mich ebenfalls ab.

»Mir geht es gut, ich habe nur schlecht geschlafen«, murmle ich und steige aus. Verdammt nochmal, ist das hell. Ich erblinde gleich, nicht mal meine Sonnenbrille kann mich retten. Genervt reiße ich Trudys Rollstuhl heraus und helfe ihr hinein. Dabei fühle ich ihre Sorge, aber ich kann sie gerade nicht so beruhigen wie ich es normalerweise tun würde, weil das schlechte Gewissen mich fertigmacht. Deswegen tippe ich ihr einfach nur unter das Kinn und als sie die Augen verdreht, zuckt auch mein Mundwinkel. Aber die Übelkeit killt mich gleichzeitig fast.

Gemeinsam machen wir uns auf den Weg und ich verabscheue das wirklich.

Ich verabscheue mich. Doch Trudy wird davon nichts erfahren. Oh nein.

Er taucht den ganzen Tag nicht auf und so langsam frage ich mich, ob ich ihn mir gestern nur eingebildet habe, aber Trudy hat ihn auch gesehen, also kann er keine Einbildung gewesen sein. Allerdings hebt sich meine Laune nicht gerade und während Professor Winston über Diabetes bei Tieren referiert, male ich mein Notizbuch mit Totenköpfen und Messern voll. Außerdem ist auch der ein oder andere Drache dabei.

Ich habe seine Nummer. Ich könnte ihm schreiben. Ich könnte ihn fragen, was die ganze Scheiße soll, aber ich tue es nicht. Ich werde gar keinen Kontakt zu ihm aufnehmen. Das, was gestern passiert ist, war schon viel zu viel.

Ich bin immer noch genervt, als Professor Winston endlich damit aufhört, seine Studenten einzuschläfern, und ich mich erhebe. Mein Rücken knackt, denn ich habe mich kaum gerührt und Trudy beobachtet mich wieder mal sehr genau, während wir den Saal verlassen. Dabei ignoriere ich das Starren der anderen noch vehementer. Ich will ja nicht Amok laufen.

»Ich muss aufs Scheißhaus«, teile ich Trudy mit, als wir uns in den Gang schieben.

»Okay, ich rolle schon mal vor«, antwortet sie ernst und ich lächle leicht. Sie hat überhaupt keine Angst, sich unter die anderen zu mischen. Sie hat keine Angst vor den Blicken und sie hasst auch niemanden. Sie ist immer so offen und fröhlich und ich bin ein Miststück. Ein mieses Miststück.

Jawohl.

Genervt stoße ich die Toilettentür auf und ignoriere Samantha und Lara, die am Waschtisch stehen und sich mal wieder aufhübschen. Als würden die fünfhundert Tonnen Make-up, die sie schon in ihren Fressen kleben, nicht reichen. Ich kenne die beiden noch aus dem letzten Highschool-Jahr, das wir in Roxbury besucht haben, und kann sie einfach nicht ausstehen. Ihnen geht es mit mir nicht anders, deswegen mustern sie mich auch gleich mal abfällig, als ich an ihnen vorbeigehe. Sie waren schon immer all das, was ich nicht ausstehen konnte. Prom-Queens, Schwanzmagneten, diejenigen mit den kürzesten Röcken und wenigsten Gehirnzellen. Diejenigen, die andere fertigmachen, wenn sie nicht ihrem Ideal entsprechen. Sie geben einen mitleidig-abfälligen Laut von sich und ich beiße die Zähne aufeinander. Gleich werde ich sowas von explodieren, aber ich tue es jetzt nicht. Ich umfange den Träger meiner Tasche fester und stoße hart eine Kabinentür auf.

Ich tue so, als würde ich ihre Lästereien nicht hören, aber ich höre jedes Wort. Ich höre, wie sie sich über meine Kleidung lustig machen. Ich höre, wie sie sich darüber unterhalten, dass ich stinke. Ich höre, wie sie sich fragen, ob ich eigentlich lesbisch bin und wie sie zu dem Schluss kommen, dass sowieso niemand mich anfassen würde. Und dann höre ich, wie sie Trudy als Krüppel beleidigen. Das ist der Moment, in dem es in mir explodiert.

»Was hast du gerade gesagt?«, frage ich und zerre die Kabinentür auf. Samantha wird kreidebleich und packt eilig ihren Lippenstift ein, aber Lara tut so, als wäre sie unbesiegbar. Deswegen stellt sie sich mir ach so mutig und kommt mir so nah, dass ihre Nase meine fast berührt und ihre Parfümwolke mich betäubt.

»Ich habe gesagt, deine Schwester ist ein widerlicher Krüppel und...« Weiter kommt sie nicht, weil ich ihr kackbraunes Haar packe. An genau diesem donnere ich ihr Gesicht gegen den Handtrockner. Ihr Schreien ist Musik in meinen Ohren und Samantha springt dramatisch zurück. Am liebsten würde ich immer und immer wieder Laras blutendes Gesicht gegen das Teil donnern, bis es in Einzelteile zerbricht, bis sie so etwas nie wieder sagt. Bis sie nie wieder spricht.

Ich darf nicht.

ICH. DARF. NICHT.

STOPP!

Mit einem Ruck nehme ich die Hände von ihr und sie sackt fast in sich zusammen. Heulend krallt sie sich an den Waschtisch, aber das ist mir scheißegal. Bitch! Noch eine Aussage und ich reiße ihr das verfickte Herz aus der Brust.

»Wenn du noch einmal ein Wort über meine Schwester sagst, kille ich dich«, knurre ich ihr mit bebender Stimme zu und fege aus dem Raum. Ich weiß nicht, was sie vor sich hinschnieft, während sie sich die ramponierte Nase hält. Ich höre nicht, was Samantha mir hinterherruft, ich eile weiter durch den mittlerweile menschenleeren Gang und ramme meine Fäuste in die Hosentaschen. Ich muss hier raus, sonst bringe ich diese Schlampe wirklich um.

Fuck, verdammt nochmal.

Mein Herz rast wie ein Presslufthammer und ich kann kaum atmen.

Ich bin so geladen, dass ich die ganze Uni auseinaderfetzen könnte, aber ich darf nicht. Ich kann nicht zulassen, dass Mom schon wieder einen Anruf von ihrer Freundin bekommt, die im Sekretariat arbeitet. Schon zu Schulzeiten hat sie ständig solche Anrufe erhalten. *Miss Flowers, Ihre Tochter hat versucht, ihre Mitschülerin mit Brei zu ersticken. Miss Flowers, Ihre Tochter hat ein Fahrrad demoliert. Miss Flowers, Ihre Tochter hat das Schulzimmer demoliert. Miss Flowers, Ihre Tochter ist mitten während eines Spiels auf eine Cheerleaderin losgegangen. Miss Flowers, ihre Tochter hat eine Überdosis Tabletten geschluckt. Miss Flowers, Ihre Tochter wollte einem Mitschüler die Hoden abschneiden.*

Noch ein einziger Anruf dieser Art und Mom schmeißt mich raus – damit hat sie mir schon gedroht. Allerdings will ich Trudy nicht alleinlassen, also müsste ich mich *eigentlich* zusammenreißen, aber ich kann einfach nicht. Ich hasse sie alle, ich hasse ...

Oh, was ist das denn?

Trudy steht mit ihrem Rollstuhl neben meinem Auto und lacht aus vollem Halse. Grund dafür ist unser Nachbar. Ich kann nur seinen breiten Rücken erkennen, aber der Rauch einer Zigarette steigt an seiner Schulter hoch. Sein Silberkettchen funkelt in seinem Nacken und liegt fast über dem dort eintätowierten Kreuz.

Ich drehe gleich *richtig* durch.

Offensichtlich unterhält er sich mit meiner Schwester und sie amüsiert sich köstlich.

Was soll die Scheiße?

Über die Schulter sieht er zu mir und als er mich anlächelt, reißt es fast in mir. Alles bricht fast aus mir raus. Ich weiß nicht genau, worüber er mit Trudy spricht oder was er von ihr will, aber bevor ich fragen kann, stößt er sich von meinem Auto ab und steigt in seines.

»HEY!«, rufe ich ihm zu, aber da gibt er schon Gas und das Röhren seines Motors fährt geradewegs in meinen Magen. Als ich an meinem Auto ankomme, ist nur noch eine Abgaswolke von ihm übrig.

»Er hat was für dich dagelassen«, meint Trudy äußerst skeptisch und erst jetzt bemerke ich das Paket auf meiner Motorhaube. Es ist schwarz, es ist klein und ich habe keine Ahnung, was sich darin befindet. Aber irgendwie habe ich das Gefühl, dass ich das jetzt vor Trudy nicht öffnen sollte.

»Was wollte er von dir?«, erkundige ich mich stattdessen und nehme das Päckchen von der Haube.

»Er hat gefragt, ob das hier unser Wagen ist.« Sie ist immer noch skeptisch, aber ich tue so, als würde ich es nicht bemerken.

»Aha.«

»Und wie lange ich hier studiere.« Sie ist außerdem ganz berauscht. Verdammt nochmal. Harsch atme ich aus und öffne meine Tür, dann schmeiße ich das Paket auf die Rückbank. Was soll das? Wieso spricht er sie einfach an? Wollen mich heute eigentlich alle nerven?

»Er war richtig nett, ist einfach stehengeblieben, als er mich gesehen hat«, schwärmt Trudy weiter. »Du hast recht, er ist wirklich schön.« Habe ich das gesagt? Fuck, ich glaube schon.

»Aha.« Ich öffne die Beifahrertür und sie rollt fröhlich heran. Wieder bin ich froh, dass sie trotz unserer Bindung nicht allzu genau in mir lesen kann. Mit einem Ruck hebe ich sie auf den Sitz und brodle nur so vor Wut.

»Eden? Was ist in diesem Paket?«, will sie durchdringender

wissen, aber ich schüttle nur den Kopf. Keine Ahnung. Munition für seine Waffe? Ein Fernglas, damit ich seinen Schwanz während der nächsten Dusche noch besser sehen kann?

»Was weiß ich«, antworte ich harsch, denn ich will jetzt nicht darüber nachdenken, nicht darüber reden. Gar. Nichts. Trudy ist Trudy. Also geht sie nicht weiter darauf ein.

»Und was ist mit *dir* los?«

»Schlampen haben mich genervt.« Ich schließe ihre Tür und atme tief aus, als ich den Rollstuhl verstaue. Dann setze ich mich hinter das Steuer und gebe etwas zu viel Gas. Er war also richtig nett? Er ist einfach stehengeblieben, ja? Was will er von Trudy? Verflucht!

»Was haben sie gemacht?«

»Sie waren eben sie.«

»Haben sie dich wieder provoziert?«

»Ja.«

»Was hast du gemacht?«

»Ich habe Laras Gesicht gegen das Lufttrocknungsding gedonnert«, knurre ich verbissen und Trudy seufzt nur noch, wo ein anderer wahrscheinlich einen Schock erlitten hätte. Dann legt sie ihre kleine Hand über meine und in meiner Brust verkrampft es sich. Sie sollte mich nicht so berühren, ich bin ein schlechter Mensch. Ich habe das nicht verdient. Ich bin widerlich. Ich habe sie betrogen. *Betrogen!*

»Ist schon gut, sie haben es verdient«, sagt sie besänftigend, denn sie weiß, was für widerwärtige Menschen Samantha und Lara sind.

»Das haben sie.« Und ich sollte ihr gegenüber nicht so widerlich sein. Ich sollte mich für sie freuen, denn offensichtlich ist *er* einer der Männer, die nicht auf sie herabschauen. Er hat sie zum Lachen gebracht und das sollte mir alles bedeuten.

»Was hat er noch gesagt?«, erkundige ich mich etwas versöhnlicher und sie zieht ihre Hand wieder zurück.

»Ach, er hat sich einfach mit mir unterhalten.« Sie zuckt mit den Schultern, als wäre es kein großes Ding, aber in ihrer Welt *ist es* ein großes Ding. Ich sehe es an ihren geröteten Wangen und ihren leuchtenden Augen. Verdammter Bastard. Sicherlich ist das hier ein Spiel oder sonst was und ich sollte aufhören, ihn zu stalken, an ihn zu denken oder es mir auf ihn selbst zu machen. »Er fand mich witzig«, gibt sie leiser hinzu und sie hört sich an, als hätte sie Angst. Aber gleichzeitig ist sie so aufgeregt.

Ich kann es mir vorstellen. Trudy ist ja auch einer der witzigsten Menschen, die ich kenne. Aber leider ist das den meisten Menschen egal. Sie sehen erstmal ihr Äußeres und geben ihrem Inneren gar keine Chance. Menschen sind widerlich. Sie sind oberflächlich. Sie tun so, als wären sie ach so tolerant, aber in Wahrheit sind sie das nicht. Vielleicht ist *er* ja tatsächlich anders.

Aber dann sollte er mich in Ruhe lassen und sich meiner Schwester widmen. Sie hätte es verdient – ich nicht. Ich habe gar nichts Gutes verdient und ich werde sein Päckchen einfach ungeöffnet wegschmeißen und ihn ignorieren. Das nehme ich mir fest vor. Leider kann ich mir selbst meistens am wenigsten trauen und weiß, dass ich mich nicht an meine Vorhaben halte, noch während ich sie beschließe.

Und so kommt es, dass ich fünf Stunden später auf meinem Bett sitze und das Paket auf meinem Schreibtisch unheilvoll anstarre. Ich habe es nicht weggeschmissen, denn meine Neugierde war zu groß.

Und Trudys auch, aber ich habe ihr gesagt, dass es sicher ein Versehen war. Das hat sie skeptisch gestimmt, aber weil Trudy nicht bei Dingen bohrt, die mir unangenehm sind, hat sie das auch jetzt nicht getan und ist in ihr Zimmer gerollt, um Tagebuch zu schreiben. Ich werde dieses Paket nicht öffnen, ich werde es einfach verbrennen, am besten vor seinen Augen. Er kann mit mir keine Spiele spielen. Ich bin nicht so dumm wie die anderen.

Wieso stehe ich dann jetzt auf und nähere mich dem schwarzen Objekt? Mein Blick schweift aus dem Fenster. Der Mond scheint rund auf die Straße herab und in seiner untersten Etage brennt Licht, aber von ihm ist nichts zu sehen. Vielleicht ist er ja gar nicht da. Vielleicht fährt er durch die Stadt und macht alle Rollstuhlfahrer an, die ihm unterkommen. Vielleicht hält er sich ja für einen Samariter oder sowas, aber er ist kein Samariter. Er hat eine Waffe. Er bedroht Menschen. Er zieht sich nackt aus und holt sich einen vor seiner Nachbarin runter. Er ist nicht ganz dicht. Und leider zieht mich das mehr an, als jeder blonde Schönling an meiner Uni es je könnte. Also schiebe ich den Deckel des Paketes mit einem Zeigefinger auf und ziehe ihn schnell wieder zurück. Ich fühle mich schon wieder, als hätte ich mich verbrannt. Und das habe ich irgendwie auch. Dieser Typ ist die purste Hölle und an Unverschämtheit nicht zu überbieten.

Ungläubig reiße ich den Deckel herab und starre auf die schwarze Spitze.

Er hat mir Dessous gekauft.

Un – fucking – glaublich.

Was denkt er eigentlich, wer er ist?

Denkt er, ich ziehe das jetzt für ihn an und posiere für ihn vor meinem Fenster?

Denkt er, ich mache bei dieser kranken Scheiße mit?

Denkt er, ich gehe auf sein Spiel ein?

Ich ziehe den feinen Stoff hervor und eine Karte kommt zum Vorschein.

Handgeschrieben, nicht aufgedruckt, prangt mir eine Herausforderung entgegen.

Traust du dich?

Das ist alles.

Keine Unterschrift.

Kein Hallo. Kein Bye.

Kein *ich stehe total auf dich und ich liebe es, was wir tun*. Oh nein, gar nichts. Nur diese drei Worte und das sind genau die Worte, die meinen Kampfgeist wecken. Niemand soll jemals denken, ich wäre feige. *Sie* sind alle feige, verstecken sich hinter ihren Regeln und Normen, gehen in einem Leben ein, das sie nicht erfüllt, weil sie niemals etwas riskieren. Sie sind zu feige, um für andere einzustehen, wenn es für sie ungemütlich werden könnte. Sie sind zu feige, um sich abzukapseln und ihre wahre Abgefucktheit zu tolerieren. Sie sind feige, niemals mutig und ich verabscheue sie dafür. Ich kneife nicht. Niemals. Ich heuchle nicht. Ich verstecke mich nicht, wie sie es am liebsten von jedem hätten, der anders ist.

Aber nicht mit mir.

Und als ich rübersehe, lehnt er doch tatsächlich in der Dunkelheit seines Schlafzimmers am Fensterrahmen. Nur seine glühende Zigarette kann ich wirklich ausmachen, seine Umrisse sind kaum sichtbar. Aber ich weiß, dass er da ist. Ich weiß, dass er mich beobachtet. Ich weiß, dass er mich herausfordert. Ich weiß, dass er denkt, ich würde es nicht wagen.

Doch er kennt mich nicht.

Ich wage alles.

Also streife ich einfach mein Shirt über den Kopf und hoffe, dass er meine Kampfansage sieht. Ich hoffe, dass er sieht, dass er mich nicht verarschen oder einschüchtern kann. Ich schiebe auch mein Höschen meine Hüften herab und stehe nackt vor meinem Fenster.

Nackt und schutzlos. Nackt und mit rasendem Herzen. Aber ich stehe hier.

Da, du Penner.

Ich habe keine Angst.

Und ich kneife nicht.

Nie.

Und was macht er jetzt? Was denkt er jetzt? Er tut gar nichts. Er regt sich nicht, dafür geht mein Atem immer schneller und mein Pulsschlag dröhnt nur so in meinen Ohren. Mit jeder

Sekunde, die verstreicht, komme ich mir verletzlicher vor. In meinem Magen verkrampft es sich und auch meine Hände werden schweißnass, aber ich rege mich nicht. Ist er vielleicht gar nicht mehr da? Habe ich mich jetzt zum Affen gemacht? Gerade, als ich zurückweichen will, sehe ich, wie die Glut erneut aufflackert, als er nochmal an seiner Zigarette zieht.

Dann boxt er auf den Lichtschalter und sein hungriger Blick fährt mir wieder mal geradewegs in die Knochen, als er erhellt wird. Er sieht an meinem Körper herab, scheint sich mit seinem Blick durch jede Faser zu brennen. Wenn möglich wird er noch dunkler, noch glühender, noch einsaugender. Ich erschauere fast, fast fühle ich zarte Fingerspitzen, die meinen Bauch herabstreichen, bevor er mich hart packt. Fast fühle ich *ihn*, als ich mich ihm präsentiere.

Fast verlässt mich der Mut. Aber ich bleibe, wo ich bin, und ich greife nach dem BH, bevor ich ihn mir überstreife. Anschließend steige ich auch in das Höschen.

Da.

Bitte.

Gefällt *dir*, was du siehst?

Du wirst es niemals bekommen.

Du wirst niemals die Oberhand haben.

Ich werde niemals tun, was du erwartest.

Während er langsam seine Zigarette ausdrückt, lege ich den Kopf schief und streiche mit den Knöcheln meinen Bauch herab.

Was jetzt?

Willst du mich?

Du kriegst mich nicht.

Niemals.

Damit zeige ich ihm den Mittelfinger und schließe die Vorhänge.

Fuck, verdammt nochmal.

Mein Herz schlägt so heftig, dass ich kaum atmen kann. In meinen Venen rauscht es nur so. Das hat mir gerade den absoluten Kick gegeben. Das hat mich gerade in ungeahnte Höhen gepusht und ich liebe es, wie heftig es in mir kribbelt. Ich fühle mich, als wäre ich auf Drogen. Und obwohl ich gern wüsste, was er jetzt macht, obwohl ich gern so etwas wie gestern hätte, öffne ich meine Vorhänge nicht nochmal.

Ich lege mich in dieser Unterwäsche ins Bett und schlafe. Und in dieser Nacht träume ich das erste Mal von ihm.

der hase in der falle

• • •

EDEN

ICH HASSE LIMONADENFESTE. Ich hasse es, wenn die ganze Straße aussieht wie ein Zirkus. Bunte Girlanden hängen zwischen wunderbar gepflegten Häusern. Ein Eiswagen parkt an der Straßenecke, ein Zuckerwatteverkäufer hat sich auch gleich daneben eingereiht und vor jedem der zwanzig Häuser ist ein anderer Limonadenstand zu finden. Alle sind bunt gekleidet, manche tragen auffällige Hüte, manche Grannys haben es mit dem Make-up übertrieben und etliche Kinder strömen auch noch am Abend herum, als gäbe es hier was umsonst. Und das gibt es ja auch. An jedem Stand dürfen sie einen Schluck Limonade probieren – als würde die Scheiße nicht überall gleich schmecken. Und am Ende der Straße, wo sich ein geschmücktes Podest befindet, dürfen sie abstimmen, welche ihnen am besten schmeckt.

Der Gewinner bekommt einen Einkaufsgutschein von unserem Supermarkt und einen peinlichen Anstecker. Und deswegen ist meine Mutter schon seit Wochen aus dem Häuschen. Ich frage mich nur, wieso sie dieses peinliche Fest nicht eine Straße weiter feiern können. Oder ein paar Blocks weiter, direkt am *Mohawk River*. Oder darin. Dann können sie alle mit ihrer Limonade ersaufen. Man könnte diese Menschen einfach ertränken. Dann würden sie nicht so dämlich grinsend durch die Gegend watscheln. Zum Glück sitzt Trudy neben mir. Sie liebt das Limonadenfest und hört gar nicht mehr auf zu strahlen. Aber ich muss diese Pisse ausschenken, ich muss allen einen fucking schönen Tag wünschen. Ich muss lächeln, aber ich lächle nicht. Düster schenke ich die Limonade aus. Es sollte bald vorbei sein, denn die Sonne geht bereits orange glühend hinter den hübschen Einfamilienhäusern unter und erhellt episch die amerikanische Flagge, die über dem Podium aufragt.

Meine Fresse.

Man kann es echt übertreiben.

Ich unterdrücke ein Gähnen, bevor ich einen Schluck von der Wodkaflasche nehme, die ich eigens für diesen Anlass besorgt habe. Man muss sich ja irgendwie über Wasser halten. Ab und zu schütte ich auch ein wenig in die Limonade. Die Kinder werden davon schon nicht sterben und ihre Eltern vielleicht nicht mehr ganz so sehr nerven. Bei den meisten Menschen weiß ich sowieso nicht, wieso sie Kinder bekommen haben. Sie sind gehetzt, während sie ihnen hinterherrennen. Sie kommen mit ihren Wutanfällen nicht klar. Sie wünschen sich doch eigentlich, ganz woanders zu sein, aber das gängige Bild der glücklichen Familie suggeriert dir nun einmal, dass du einen Mann, ein Haus, zwei Kinder und einen Golden Retriever haben musst. Sonst bist du nichts. Sonst bist du schon wieder *abnormal* und *unglücklich*. Obwohl ich nicht denke, dass man glücklich ist, wenn man sich irgendwelchen anderen Bildern als seinen eigenen beugt. Aber wer bin ich schon, das zu beurteilen? Mom sagt immer, ich solle nicht so viel nachdenken. Also versuche ich, nicht nachzudenken, und betäube mein Hirn lieber mit Alkohol. Alles für meine Mutter, die wie ein verdammter Kanarienvogel um unseren Stand schwirrt. Wieso hat sie dieses gelbe Kleid denn nur angezogen? Es ist hässlich. Aber sie bekommt dafür natürlich Komplimente, weil man sich ja nun mal Komplimente machen muss, egal, ob diese ernst gemeint sind oder nicht.

»Gott, diese Scheiße langweilt mich so.«

»Ich weiß«, seufzt Trudy, die mich natürlich gehört hat, obwohl ich so leise nuschelte, dass ich es selbst kaum wahrgenommen habe.

»Wir könnten sie alle erschießen.«

»Dann wären alle tot.«

»Das ist Sinn und Zweck davon.« Ich reiche einem älteren Herren einen Becher Limonade und warne ihn mit meinem Blick, mich anzusprechen. Er ist schlau, er geht einfach weiter.

»Dann ist alles voller Blut«, macht Trudy mich bedeutungsvoll aufmerksam und ich lächle in mich hinein.

»Stimmt, es wäre eine Schweinerei«, gebe ich ihr recht.

»Und wir können das alles nicht wegwischen.«

»Können wir nicht.«

»Nein.« Sie ist zufrieden, denn sie hat mich mal wieder von einem Mord abgehalten. Aber ich könnte ja auch einfach brüllend diesen Tisch umschmeißen, mal schauen, wie Mom das findet.

»Schau mal«, sagt Trudy und nickt zum Nachbarhaus. Oh nein, keine gute Richtung.

»Was denn?«, frage ich bemüht gelassen und sehe jetzt bloß nicht rüber. Schon die letzten Tage habe ich sehr wenig von ihm gesehen, was vielleicht daran liegt, dass ich meine Vorhänge zugezogen und nicht zu ihm rüber geschaut habe. Das alles geht einfach viel zu weit – er hat mich nackt gesehen. Er hat mir Reizwäsche geschenkt. Ich wollte ihm beweisen, dass ich kein Feigling bin und habe wahrscheinlich doch genau das getan, was er wollte. Und. Das. Gefällt. Mir. Nicht.

Vor allem, weil Trudy sich wirklich gut mit unserem neuen Nachbarn versteht. Letztens habe ich beim Müll rausbringen mitbekommen, dass die beiden sich über den Zaun hinweg unterhalten haben, während er irgendwas in seinem Garten zusammengebastelt hat. Trudy war so verdammt glücklich und hat gestrahlt. Danach hat sie mir natürlich alles erzählt. Er verdient sein Geld mit irgendwas, wovon er ihr nicht erzählen wollte. Natürlich. Denn es ist ja kriminell. Er ist erst vor kurzem in diese Gegend gezogen und weiß noch nicht so recht, was er studieren wird. *Er hat keine Freun-*

din, aber er findet mich süß. Und er hat mir unter das Kinn getippt. Und – ach ja – er heißt Drake. Ist das nicht ein wunderschöner Name?

Nee. Ist es nicht. Aber ist mir jetzt auch egal. Ich muss mich von ihm fernhalten, denn Trudy hat zwei Tage lang von nichts anderem gesprochen. Das heißt, sie hat wahres Interesse an ihm und ich darf ihr das nicht kaputtmachen!

Gut, dann ist er vielleicht einer dieser seltenen Menschen, die sich vom Äußeren nicht blenden lassen und offensichtlich mag er meine Schwester. Sie mag ihn auch. Und wenn dieser Penner ihr wehtut, breche ich ihm die Nase. Wieso schenkt er mir Reizwäsche, wenn er Trudy süß findet? Wieso macht er mich ganz offensichtlich an und reizt mich, wenn er sich ach so gern mit ihr unterhält, huh?

Ich werde es herausfinden, aber ich werde ganz sicher nicht dazwischenfunken. Sollte er mich noch einmal auch nur auf diese dunkle Art *ansehen*, frisst er meine Faust. Allerdings hat er mich die letzten Tage eben *nicht* angesehen. Auch gut. Mir egal.

»Er ist nicht da«, sagt Trudy, als hätte sie meine Gedanken gehört, und ich reiße mich aus eben diesen.

»Und?«

»Wir könnten mehr herausfinden.«

Ich verharre mit den Fingern am Verschluss meiner Flasche. Wann habe ich eigentlich schon wieder begonnen, sie aufzudrehen und wer hat fast den ganzen Wodka geleert? So viel habe ich nun auch nicht in die Limonaden geschüttet.

»Wir sollten es lassen, Trudy.« Mein Gott, ich versuche doch, Abstand zwischen ihn und mich zu bringen.

»Nein! Er hat was zu verstecken und ich will wissen, was es ist!«, meint sie im Dedektivmodus. Ich will das auch, aber ich wollte mich ja eigentlich *nicht mehr mit ihm befassen.* Ich wollte ihn vergessen, obwohl er mir nicht aus dem Kopf geht – was gar nicht so leicht ist. »Was, wenn er gefährlich ist?« Das mag ich. »Was, wenn er wirklich Menschen umbringt?« Dann will ich ihn nicht in Trudys Nähe. Echt nicht. Ich beiße die Zähne aufeinander.

»Schau einfach nur kurz rein, es wird niemand merken, dass du weg bist.«

»Ja, gut! Wie du willst!«, blaffe ich sie an und erhebe mich. Sie hat recht. Wir sollten wirklich herausfinden, wer er ist. Besonders, wenn er mit meiner Schwester zu tun hat. Jeder ist so mit sich selbst beschäftigt – besonders Mom –, dass niemand bemerkt, dass ich den Stand verlasse und zu *Drakes* Haus husche. Das einzige Haus, vor dem kein Stand prangt und um das jeder einen großen Bogen macht. Es passt auch gar nicht in diese hübsche, gepflegte Straße, aber ich finde es tatsächlich am schönsten. Denn man sieht, wie alt das Haus ist. Man sieht, dass darin tatsächlich gelebt und bestimmt auch gesündigt wurde. Man sieht, dass es schon Stürme überstanden und Generationen beherbergt hat.

»Huch.« Ich schwanke ein wenig, während ich das Grundstück betrete, und zucke zusammen, als das kaputte Tor knarzt. »Ups«, nuschle ich in mich hinein, aber diese dummen Menschen sind mit ihren dummen Limonaden beschäftigt. Sie merken gar nicht, dass ich sein Haus umrunde.

Das hohe Gras ist verdörrt und piekt in meine Sohlen. Wo habe ich eigentlich meine Schuhe gelassen? Ah, unter dem Stand. Vielleicht hätte ich nicht so viel Wodka in Moms Limonade mischen sollen, aber so werden diese Spießer wenigstens ein bisschen Spaß haben.

»Idioten«, murmle ich und stocke vor der Hintertür. Das Stimmengeraune und die gruselige Musik des Eiswagens dringen nur noch gedämpft an meine Ohren und in meinem Kopf dreht es sich etwas. Aber das ist egal. »So egal«, nuschle ich und ziehe eine Haarklammer aus meiner Frisur. Meine *Frisur* besteht aus einem ganz normalen Pferdeschwanz, nicht mehr, nicht weniger. Nur eine einzige Strähne muss ich immer mit einer Haarklammer bändigen, weil die sich ständig irgendwie löst. Ich habe mal ein Youtube Video darüber gesehen, wie man einbricht, und in New York habe wir es immer wieder versucht. Ein paar Mal hat es auch geklappt und so pople ich mit dieser Klammer so lang in dem Türknauf herum, bis es doch tatsächlich leise klackt.

Was?

Mein Herz bleibt stehen, als die Tür tatsächlich leicht aufschwingt. Damit habe ich jetzt nicht gerechnet.

»Wow«, mache ich überrascht, denn ich hätte nicht gedacht, dass ich das hier schaffe. Aber die Tür ist offen. Sein Reich ist offen. Und ich betrete es jetzt. Vorsichtig stoße ich die Tür ein wenig weiter auf und sehe in einen Flur. Es ist recht aufgeräumt, nicht so, wie ich erwartet hätte, aber ich entdecke nichts Auffälliges. Keine Waffen, keine Gummipuppen, keine Folterwerkzeuge. Kein Nichts. Nur ein paar Männerschuhe und Jacken. Von der anderen Seite dringt durch die verglaste Haustür leichter Laternenschein ins Haus und ich belasse es dabei. Ich will ja nicht von Mom oder gar *ihm* erwischt werden. Wobei die Vorstellung mich schon ein wenig in Aufregung versetzt. Was würde er wohl tun? Die Bullen rufen? Sicher nicht. Mich bestrafen? Das schon eher. Mich über diese Kommode beugen und auspeitschen? Vielleicht auch das. Elektrisiert und doch vorsichtig schiebe ich mich ins Haus und schließe die Tür mit meinem Rücken. Das ist so verdammt aufregend, dass es nur so in meinen Venen prickelt. Ich liebe das hier viel mehr als gut für mich ist. Aber welcher Mensch tut schon immer, was gut für ihn ist? Ich nicht. Ich will lieber den Kick. Ich will das Adrenalin. Ich will als uralte Oma von den verrücktesten Erlebnissen erzählen. Ich habe gelacht. Ich habe getrunken. Ich bin über dieses Dach spaziert. Ich bin in dieses Haus eingebrochen. Ich bin gesprungen und habe nicht nur am Klippenrand rumgestanden und mir in die Hosen geschissen. Also gehe ich weiter.

Eine Tür führt in den Wohnraum ab, aber dort finde ich nichts Besonderes. Eine ausgeblichene dunkelbraune Sitzecke dominiert den Raum, der Fernseher ist nicht so übergroß wie man es von anderen Männern kennt und eine riesige Plattensammlung deutet auf guten Musikgeschmack hin. Ein halb gerauchter Joint liegt in einem Aschenbecher und ich nehme das Zippo zum Anzünden her. Meine Lippen berühren etwas, was er auch berührt hat, und das gibt mir einen weiteren Kick. Tief ziehe ich den süßen Rauch in meine Lunge und er berauscht meinen Kopf noch weiter. Ich nehme mir ein paar Minuten, um mich auf dem Ledersofa niederzulassen und so zu tun, als würde ich hier wohnen. Mit einem Finger blättere ich nebenbei durch das Notizbuch, in dem Namen, Zahlen und ein paar Telefonnummern zu finden sind. Auch meine.

Ich frage mich, woher er sie eigentlich hat. Er hat mir einfach geschrieben. Ich stehe in diesem Notizbuch. Was will er von mir? Woher kennt er mich? Was soll das alles und was will er von meiner Schwester?

Mit einem Billigkugelschreiber male ich einen Mittelfinger neben die Nummer. Dann erhebe ich mich und krame in den Schränken. Allerdings finde ich nichts Besonderes. Ein paar Kabel, ein paar Handys, ein bisschen Weed, eine Waage, die man als Kiffer nun mal braucht. Ansonsten nichts. Gerade will ich das Wohnzimmer verlassen, als mir ein Fotoapparat auf der schwarzen Holzkommode auffällt.

»Was ist das denn?«, murmle ich und lasse den Joint in meinem Mundwinkel hängen, während ich das Gerät anschalte. Und was mir als erstes Foto entgegenprangt, lässt meinen Atem stocken. *Ich* bin darauf zu sehen. Offensichtlich wurde das Foto aus diesem Haus geschossen und ich habe es nicht bemerkt. Ich sitze an meinem Schreibtisch und versuche offensichtlich, mich zu konzentrieren. Das fällt mir manchmal sehr schwer. Auf dem nächsten Foto lache ich. Auf einem weiteren sehe ich direkt zu diesem Haus rüber und es folgt sogar eines, auf dem ich mich ausziehe.

Heilige Scheiße.

So viele Fotos von mir.

So viele Lagen, in denen er mich fotografiert hat.

Er beobachtet mich schon die ganze Zeit.

Er ist ... ein Stalker. Dabei dachte ich, *ich* wäre das.

Und dann sind da auch noch Fotos von Trudy, sogar von meiner Mom. Was zum Teufel soll das? Ist der eigentlich total bescheuert! Was will er mit diesen Bildern? Ist er wirklich ein Irrer? Sollte ich was tun? Sollte ich...

Als etwas im Flur klackt, gefriert das Blut in meinen Adern. Eilig lege ich die Kamera weg, wobei sie fast zu Boden fällt. Gerade so kann ich sie abfangen und auf die Kommode legen.

Das war die Haustür, die ins Schloss gefallen ist, oder?

Fuck, er ist zu Hause.

Fuck, verdammte Scheiße. Fuck, ich muss verschwinden!

Ich muss abhauen. Sofort abhauen.

Den Joint lasse ich auf der Kommode liegen, bevor ich vorsichtig in den dunklen Flur linse. Niemand ist da, aber ein Hauch Parfum liegt in der Luft. Vielleicht bilde ich es mir jedoch auch nur ein. Mein Herz schlägt mit einem Mal so heftig, dass ich denke, es sprengt meine Brust und ich traue mich wieder mal nicht zu atmen. Wo auch immer er ist, was auch immer er gerade tut, ich kann hier nicht einfach bleiben. Ich muss verschwinden. Also hechte ich zur Hintertür, doch als ich sie aufziehen will, stoße ich auf Widerstand. Sie öffnet sich nicht.

Fuck, sie öffnet sich nicht!

Ich komme nicht raus und meine Kehle schnürt sich vor Panik ab. Mir wird regelrecht schlecht vor Angst.

Fuck, verdammt nochmal, *ich* habe nicht zugesperrt! Mit einem Mal fühle ich mich wie der Hase in der Falle und sehe mich hektisch um, aber hier ist niemand. Oder? Was soll das? Hat er mich eingesperrt?

Dann eben durch die Vordertür. Ist mir auch scheißegal. Hauptsache raus hier!

Ich hechte zu eben jener und kralle mich in die Klinke, aber die. Tür. Ist. Zu. Egal wie hart ich daran rucke, sie regt sich nicht und ich kann sie auch von innen nicht öffnen. Mit einem verzweifelten Laut ziehe ich meine Finger zurück. Schweiß bricht aus jeder meiner Poren und die Wände scheinen näherzukommen.

Ich bin eingesperrt. Fuck, ich werde verrecken!

Ich kann nicht atmen. Ich will nicht sterben.

Ich muss hier weg.

Ich muss abhauen. Sofort abhauen!

Zur Not purzle ich auch vor den Augen aller Straßenbewohner aus seinem Fenster. Es ist mir scheißegal, ich kann schon lang nicht mehr klar denken. Ich drehe mich einmal um meine eigene Achse.

Was mache ich jetzt? Was mache ich jetzt? *Was mache ich jetzt?*

Wohnzimmer. Fenster. *Ja!*

Aber ich komme nicht an. Ich schaffe es nicht.

Denn in der nächsten Sekunde packt mich jemand am Nacken und ich werde mit dem Bauch gegen eine Kommode gedrückt. Hart knallt mein Becken dagegen, hart dreht es sich in meinem Kopf und noch härter verkrampft es sich in mir, als sich plötzlich eine Klinge gegen meinen Hals drückt. Genauso unnachgiebig wie es der männliche Körper hinter mir tut. Dann höre ich das erste Mal seine Stimme und ich weiß instinktiv, dass ich verloren bin. So verloren.

»Hast du es nicht mehr ausgehalten, kleine Eden?«

wie eine bestie

. . .

EDEN

ALLES IN MIR schwirrt völlig durcheinander, ich kann nicht denken. Ich kann meinen Kopf nicht nutzen, denn die Panik ist viel zu mächtig. Was ich hinter mir spüre, ist viel zu mächtig und wie sehr mein Herz rast, ist viel zu ablenkend. Es rauscht viel zu sehr in mir.

Ich kann nichts tun und fühle mich völlig ausgeliefert. Verbissen kralle ich meine Hände in die Kommode und versuche hart, zu atmen. Aber ich *kann* nicht atmen, egal, wie sehr ich auch nach Luft ringe, ich bekomme nicht genügend in meine Lunge.

Er ist hier, direkt hinter mir und er streicht mit seiner Nase durch mein Haar. Sein Duft steigt in meinen Kopf, macht mich völlig fertig, verflüssigt mein Hirn förmlich.

Verdammte Scheiße, er riecht so verdammt gut und er fühlt sich noch besser an, aber ich weiß nicht, was er mit mir vorhat. Will er mich umbringen? Will er mich einsperren? Mit einem Mal *will* ich nicht bestraft werden. Ich will hier nur noch raus.

»Jetzt bist du in meinem Haus und es gibt kein Entkommen.« Fuck, ich sterbe gleich. Was soll das heißen? Fester beiße ich die Zähne zusammen, als er mir das Haar auch noch nach hinten streicht. »Aber genau das wolltest du ja, Baby, richtig?«

Wollte ich das? Ich weiß gerade nicht, was ich will und wollte. »Und was soll ich jetzt mit dir machen?«, haucht er und schnippt urplötzlich meine Jeans auf. Heftig zucke ich zusammen. Was wird das? Was macht er da? Fuck, was passiert hier? »Willst du, dass ich dich endlich ficke?« *Ficken?* Hat er gerade *ficken* gesagt? Er will *Sex* mit mir? Mein Magen macht einen Ruck und mein Herz trommelt so heftig los, dass es schmerzt. Damit habe ich nicht gerechnet. Ich dachte, er würde andere Dinge mit mir tun wollen, aber nicht das. Und ich ... Ich will das aus unerfindlichen Gründen auch. Völlig unvorbereitet schießen Bilder von ihm durch meinen Kopf. Wie er mich anfasst. Wie er sich anfasst. Wie er die Frau in seiner Küche anfasst. Wie er mir diese beschissene Spitzenunterwäsche vom Körper schält. Wie er mich mit diesen sinnlichen Lippen küsst. Wie seine Augen völlig dunkel werden … und fast geben meine Beine unter mir nach.

Alles in mir schreit mit einem Mal JA. Aber ich bringe es nicht über die Lippen, also atme ich harsch aus und presse die Lider aufeinander. Niemals könnte ich das zugeben. Aber es ist genau das, was ich von ihm will, seit ich ihn mit dieser Frau beobachtet habe. Seit er mich das erste Mal so dunkel angesehen hat. Ich bin *krank,* völlig krank! Ich sollte laufen, aber ich *kann nicht.* »Willst du endlich fühlen, was du die ganze Zeit so sehnsüchtig mit deinen gierigen, hübschen Augen verschlingst? Wovon du die ganze Zeit träumst und was dich so feucht macht?« Er presst sich an meinen Hintern und er ist *steinhart.* Mir entkommt ein verzweifelter Laut und er knurrt ungehalten. Genauso ungehalten zerrt er meine Hose auf und ich vibriere förmlich am ganzen Körper. Ich kann es mit einem Mal nicht erwarten und an nichts anderes denken, mir nichts anderes vorstellen. Dabei wollte ich das nicht. Ich wollte *ihn* nicht und ich hatte es auch ganz sicher nicht auf *das hier* abgesehen, oder? Fuck, habe ich das vielleicht in meinem kranken Unterbewusstsein? Er ist gefährlich, er hat eine Waffe, er könnte mich umbringen und ich will ihn *trotzdem.*

»Willst du mich in dir spüren?« Er zerrt die Jeans mit einem

Ruck herab und ich erschauere, als etwas Kühles sich unter den Bund meines Höschens schiebt. Ist es etwa sein Messer? Das sollte so nicht sein, aber mein Herz rast noch schneller.

»Willst du mich *fühlen*?« Damit schneidet er mein Höschen auf. »Tief. Hart. Bist du schreist?«

Auch auf der anderen Seite zerschneidet er den Stoff, sodass er herabrutscht und ich kriege einfach keine Luft mehr.

»Soll ich in dir sein?«

Jetzt bin ich unten ohne – so entblößt vor diesem Mann und völlig seiner Gewalt ausgeliefert. Er ist fremd. Er ist gefährlich. Aber er ist alles, was ich jetzt will. Er ist alles, was ich schon die ganze Zeit will. Es ist die Wahrheit, sie brüllt nur so durch meinen Körper. Als er mit der Klinge hauchzart über meinen Venushügel gleitet, schießt heiße Lust durch mich, doch gleichzeitig erzittere ich vor Angst. Ich liebe es. Gott, ich liebe es so sehr. Ich will es. Ich will ihn.

Fuck, ich will ihn.

Ich will nicht sterben, aber *ich will ihn. Tief. In mir.*

Verlangend recke ich ihm meinen Arsch entgegen, aber gleichzeitig schießt der Schweiß aus jeder einzelnen Pore. Ich kann nicht atmen vor Angst – oder vor Lust? Es ist alles zu intensiv, zu viel, viel zu viel. Ich stehe unter Strom.

»Fuck«, knurrt er und als er hart auf meinen Arsch klatscht, stöhne ich auf. »Ich wusste, dass du ein versautes Miststück bist.« Seine Stimme ist so rau und lustgetränkt. Sie schießt direkt in meinen Unterleib und ich erschauere am ganzen Körper. Er will mich auch. Fester kralle ich die Finger in das Holz und stöhne völlig kopflos, als er plötzlich zwei Finger in mich schiebt. So tief, förmlich bis in meinen Bauch – bis in meine Seele. Dort ertastet er alles, befühlt jede Ecke, jede Kante, jedes noch so kleine Stück von mir. Er elektrisiert mich bis in jede noch so kleine Zelle. Noch nie hat mich ein Mann so berührt. Noch nie war jemand so tief in mir. Noch nie war ich so geladen. Ich wusste nicht, was Lust ist. Ich glaube, ich lerne es erst jetzt.

»Was ist *das* denn, Baby?«, murmelt er in mein Haar, als er mein Jungfernhäutchen ertastet. Gott, ich weiß nicht! Was ist das? Ich zerfließe gleich und er ist schuld. Ich lechze sowieso nach seinen Berührungen. Ich könnte einfach explodieren.

Er knurrt animalisch, als er hart dagegenruckt und der Schmerz in mir explodiert. Fast schreie ich *wirklich*, als mein Jungfernhäutchen zerreißt – genauso wie das letzte bisschen kläglicher Unschuld, das ich mir bewahren konnte. Aber ich zucke nicht von ihm weg. Ich *schreie* nicht. Verbissen dränge ich meine Tränen zurück, obwohl es unmöglich scheint, denn meine Augen sind randvoll. Mir egal, dann tut es eben weh. Soll es doch wehtun. Das ist genau das, was ich jetzt verdient habe, was Trudy verdient hat. Schließlich will sie ihn und doch bin *ich* hier. Doch stecken seine Finger bis zum Gehtnichtmehr in mir.

Ungezügelt dränge ich mich ihm entgegen und er bewegt sich hart, aber kontrolliert in mir. Tief, so tief. Ich spüre jedes einzelne Streichen und versinke in einem blutroten, alles einnehmenden Delirium.

»Magst du das?«, raunt er an meinem Ohr. Seine Stimme hallt in mir nach, hallt in meiner Lust nach. Als er die kühle Klinge fest unter mein Kinn drückt, sinkt mein Kopf gegen seine Schulter. So muss ich ihn ansehen, aber ich kann nicht antworten, denn ich weiß nicht mehr, wie man spricht. Ich kralle mich fest an seinen Unterarm, dränge mich seinem Schwanz entgegen und ernte das nächste tiefe Stöhnen.

»Fuck, du *magst* das.« Er klingt fast überrascht und das bin ich auch. Diese Seite von mir kenne ich nicht und sie macht mir Angst. Was tue ich hier? Ist das hier Wahnsinn? Wieder presst er sich an meinen Arsch und ich hebe immer weiter ab. Ich liebe es, wie hart er ist. Ich liebe es, wie fest er mich hält. Ich liebe es, wie er seine Finger in mir bewegt und immer wieder meinen G-Punkt streift. Jede Sekunde werde ich explodieren und es wird der heftigste Orgasmus, den ich je hatte. Fester kralle ich meine Nägel in seinen Arm und er stöhnt an meinem Ohr, beißt in mein Ohrläppchen. Ich erschauere. Heftiger. Höher. Ich fliege immer höher, immer mehr fühle ich mich, als würde ich den Boden unter den Füßen verlieren, als ich *mich* völlig verliere. Ich kann nicht atmen, ich bekomme keine Luft und Schweiß tränkt mein Shirt.

»Sag es«, fordert er und drückt seine Finger hart gegen diesen Punkt in mir. Alles in mir erzittert. Was? Was will er von mir hören? Ich habe keine Ahnung. Härter ruckt er in mich und presst die Klinge gegen meine Kehle. Ich kann nicht schlucken, nicht sprechen, nicht atmen. »Sag, dass du mich willst. Eden. *Jetzt.*« Auch in seiner Stimme klingt die Ungeduld mit, er kann sich kaum noch beherrschen, aber er bekommt von mir nicht, was er will. Ich sage nicht, was er hören will.

Ich bewege mich ihm stöhnend entgegen und sehe über meine Schulter direkt in seine dunkel glühenden Augen. Ich verliere mich darin, aber auch er verliert sich in mir.

»Fuck«, knurrt er wieder und will seine Finger zurückziehen, aber da komme ich schon. Ich komme heftig. Ich komme laut und presse dabei meine Lippen auf seinen Mund, denn ich kann es nicht mehr aufhalten. Ungehalten bewege ich meine Lippen auf seinen, meine Zunge auf seiner. Er schmeckt nach Kaffee und Tabak, nach dem Kick, den ich brauche. Meine Sinne sind übersensibel, ich nehme alles an ihm wahr – schmecke seine Männlichkeit auf seiner Zunge, fühle sie an meinem Arsch und erschauere erneut, als er es tut. Das Messer fällt klirrend zu Boden, dafür packt er grob meinen Kiefer. Ich presse mich an ihn, schlinge meinen Arm um seinen Nacken. Ich halte mich an ihm fest, obwohl ich weiß, dass ich das nicht tun sollte. Auch er hält mich an Ort und Stelle, küsst mich stöhnend tiefer, lässt mich noch höher fliegen – immer höher, bis ich glaube, von der Sonne verglüht zu werden. Bunte Blitze tanzen vor meinem geistigen Auge, aber dann verklingt der Orgasmus und ich bleibe atemlos zurück.

Verdammt, was war das gerade?

Träge öffne ich die Lider und treffe auf seinen immer noch so verdammt durchdringenden Blick. Ich fühle mich wie hypnotisiert. Langsam streicht er mit dem Daumen über meine feuchte Unterlippe. Er sieht mich an, als würde er sich jeden Moment wie eine wilde Bestie auf mich stürzen und zerfleischen wollen.

»Und jetzt lauf besser, sonst ficke ich dich tot«, raunt er heiser.

So schnell, wie er mich gepackt hat, lässt er von mir ab. Atemlos sehe ich dabei zu, wie er die Hintertür aufschließt.

Was? Ich bin noch gar nicht bei mir und schaffe es kaum, meine Hose hochzuziehen. Ich starre ihn noch ein paar Sekunden an, aber je dunkler sein Blick wird, desto besser funktioniert mein Hirn wieder. Und dann übernimmt mein Instinkt. Ich laufe.

ein krankes spiel

. . .

DRAKE

JETZT BIN ich doch tatsächlich fast in meiner Hose gekommen. Das ist zuvor noch nie in meinem Leben passiert. *Ich* bestimme, was die Frauen tun. *Ich* bestimme, wie sie mich anfassen, und ich bestimme auch ganz sicher, wann ich komme. Aber gerade habe ich gar nichts bestimmt, denn dieses Miststück hat mir völlig die Kontrolle entrissen.

Ich fühle mich wie einer der sieben Zwerge.

Brach in mein Haus ein.

Schnüffelte herum.

Rauchte meinen Joint.

Und rieb sich dann so hart an mir, dass ich an mich halten musste, meine Shorts nicht zu versauen. Dabei war sie noch Jungfrau! Sie war unschuldig und ich habe ihr diese Unschuld geraubt, sie mir einfach genommen, wie ich mir immer alles nehme. Aber sie hat nicht mitgespielt, wie sonst jede Frau mitspielt. Sie kam einfach, ohne dass ich es ihr erlaubt hatte, und jetzt bin ich verdammt wütend.

Was sollte das überhaupt?

Ich weiß ja, dass wir ein krankes Spiel spielen. Ich weiß, dass sie mich am liebsten von ihrem Zimmerfenster aus beobachtet und denkt, ich merke es nicht. Aber ich habe es schon beim ersten Mal gemerkt. Das gehörte schließlich alles zum Plan. Sie soll mich beobachten. Sie soll mich wollen. Sie soll sich nach mir verzehren. Aber das ist nicht alles.

Sein Plan ist größer, so viel größer.

Sie hat von alldem keine Ahnung.

Sie hat keine Ahnung, wo sie ihr hübsches Näschen reinsteckt. Und sie sollte sich eigentlich von mir fernhalten, zumindest ist es das, was jede gesunde Frau tun würde. Aber ich habe Glück. Eden fucking Flowers ist nicht gesund und sie hat keine Ahnung, mit wem sie sich anlegt. Sie ist auch nicht wie andere Frauen. Sie ist völlig anders.

Sie hat keine Ahnung, was ich hier tue, und sie hat keine Ahnung, wo sie hineingeraten ist.

Wenn sie es erfährt, wird es zu spät sein.

Viel zu spät.

Und so lang muss ich *wirklich* auf meinen Schwanz aufpassen, denn diese blonde Nymphe ist ungemein gefährlich. Genauso gefährlich wie ich – und auch das weiß sie nicht.

Noch nicht.

ansage

• • •

EDEN

ICH HASSE WOCHENENDEN, dabei habe ich sie früher geliebt.

Ich habe es geliebt, dass Dad zu Hause war und Mom sich immer ein anderes Ausflugsziel überlegt hat. Ich habe es geliebt, raus aufs Land zu fahren oder zum Wandern zu gehen. Ich habe es geliebt, das Umland New Yorks zu erkunden oder einen Spaziergang durch den Central Park zu machen. Ich habe es geliebt, dass die Pancakes schon fertig waren, wenn Mom Trudy und mich weckte, und ich habe es geliebt, samstags immer besonders lang im Stall zu sein. Denn eigentlich wollte ich nicht Veterinärmedizin studieren. Ich wollte immer Reitlehrerin für Menschen mit körperlichen Beeinträchtigung werden und ich war verdammt gut darin. Es war meine größte Leidenschaft, im Stall auszuhelfen und mich mit den Tieren und diesen besonderen Menschen zu umgeben. Da wurde es immer so schön still in meinem Kopf, kein Chaos, kein Brüllen, keine Unordnung.

Doch dann, an einem einzigen Samstag, veränderte sich mein Leben grundlegend. Seitdem kann ich Samstage nicht ausstehen.

Am liebsten würde ich mich nur in meinem Zimmer verbunkern, den ganzen Tag im Bett liegen und mich nicht rühren.

Aber ich weiß, dass Trudy bei mir klopfen und mich rausholen wird, wenn ich nicht freiwillig komme. Also erhebe ich mich schwerfällig und zucke fast zusammen. Denn zwischen meinen Beinen brennt es leicht und ich weiß wieso. Ein Mann hatte gestern das erste Mal seine Finger in mir und es war wirklich grandios. Zu dem Haus dieses Mannes sehe ich also nicht rüber. Und ich antworte auch nicht, als ich bemerke, dass er mir geschrieben hat.

Unbekannt: Komm rüber.

Was denkt er denn eigentlich, was er hier tut? Ganz ehrlich? Er denkt wohl, ich springe, wenn er ruft, nur weil er bisschen an mir rumgespielt hat, aber das werde ich ganz sicher nicht tun. Ich werde ganz sicher nicht seinen Befehlen folgen, auch wenn ich sofort wieder sein raues Stöhnen höre und alles in mir erzittert.

Er stalkt mich wahrscheinlich gerade sowieso, also zeige ich auch erstmal meinen Mittelfinger Richtung Fenster und mache mich dann fertig.

Nicht mit mir, Mister.

Nachdem ich mich ausgepinkelt und meine Zähne geputzt habe, sehe ich erstmal nach meiner Schwester. Ein ungewohntes Bild empfängt mich. Sie liegt bäuchlings auf ihrem Bett und ist mit ihrem Handy beschäftigt. An den Anblick ihrer ab dem Knie fehlenden Beine habe ich mich schon gewöhnt. Normalerweise ist sie meistens schon angezogen, wenn ich komme, oder werkelt mit Mom in der Küche rum. Trudy kann sehr vieles selbst erledigen, aber für die Treppe im Haus benutzt sie den Lift. Heute jedoch nicht. Heute ist alles anderes, heute liegt sie einfach im Bett und ihre Augen strahlen schon wieder so verdächtig.

»Hey?«, meine ich fragend, denn irgendwas an der Situation gefällt mir nicht. Es gefällt mir auch nicht, dass sie nichts weiter als ein Top und ihr Höschen trägt. Also schließe ich erstmal die Vorhänge und Trudy gibt einen protestierenden Laut von sich.

»HEY!«

»Was ist?«, frage ich angespannt und linse durch einen Spalt im Vorhang. Beobachtet er sie etwa auch? Macht er gerade Fotos von ihr? Ich habe ja welche auf seiner Kamera gefunden. Was soll das eigentlich? Arschloch! Was fotografiert er einfach meine Schwester?

»Die Sonne ist weg!«

»Macht nichts, Trudy. Wir brauchen keine Sonne«, antworte ich abwesend und scanne jedes Fenster in seinem Haus. Aber ich denke, die Luft ist rein.

»Oh, du bist heute mal wieder düster.«

»Ein wenig.« Ich setze mich neben sie auf das Bett und sehe, dass sie mit jemandem chattet. Mein Magen verkrampft sich, denn ich ahne, wer es ist. Dennoch versuche ich, ruhig zu bleiben. »Mit wem schreibst du?«

»Mit Drake«, flötet sie und ich bin mir sicher, dass ihre Füße hin und her schwingen würden. Diese Information gefällt mir nicht, sie kotzt mich regelrecht an.

»Was denn?«

»Er hat mir einen guten Morgen gewünscht und er nennt mich *Kleines*.«

»Kleines, aha.«

»Ja, und ich habe ihn gefragt, was er heute vorhat. Er meinte, er wüsste es noch nicht, es hinge von einer bestimmten Person ab. Dann hab ich gefragt, ob es sich um seine Freundin handelt. Aber er hat gemeint, er hätte keine Freundin und dann hat er mir einen zwinkernden Smiley geschickt. Schau!« Sie rammt mir ihr Handy fast ins Gesicht, weil sie schon wieder dermaßen aus dem Häuschen ist, und in mir passiert etwas Ungutes. Es beginnt zu brodeln. Heiß zu brodeln. Heftig zu brodeln. Also senke ich ihr Handy mit einem Ruck.

»Denkst du nicht, dass das alles ein bisschen schnell geht?«, zische ich und merke, dass ich meine Zähne kaum auseinanderbekomme. Ich könnte ihr auch einfach von gestern erzählen. Ich könnte ihr erzählen, wieso ich so durch den Wind war, als ich an den Limonadenstand zurückkam. Aber ich habe es gestern nicht getan und ich werde es auch jetzt nicht tun. Ich will ihr einfach nicht das Herz brechen.

»Es geht doch nicht schnell«, antwortet Trudy etwas irritiert und tippt wieder auf ihrem Handy. »Wir unterhalten uns ja nur.«

»Du magst ihn.« Shit, sie mag ihn wirklich.

»Ist das verboten?«

»Nein, natürlich nicht. Aber du solltest wirklich vorsichtig sein ...«

»Sagst *du* mir?« Ungläubig mustert sie mich und schiebt die Brille genauso ungläubig auf ihrer Nase zurück. Ihr Blick erinnert mich an all die waghalsigen Dinge, die ich schon getan habe, und ich knirsche mit den Zähnen.

»Ich meine nur, dass er irgendwie verschlagen wirkt.«

»Findest du? Ich finde ihn wirklich nett und lustig.« Ehrlich? Bei mir war er bis jetzt weder nett noch lustig. Ganz im Gegenteil. Was ist das nur für eine kranke Scheiße, die er hier mit uns abzieht? Bei jeder von uns gibt er sich anders, zeigt uns andere Seiten. Er ist wie ein Chamäleon und mir wird immer übler.

»Er ist nicht nett und er ist auch nicht lustig«, knurre ich und Trudy senkt ihr Handy.

»Du hast doch noch gar nicht mit ihm geredet«, erinnert sie mich und wirkt immer irritierter. Natürlich. Weil ich mich wie eine Wahnsinnige aufführe. Weil ich total bescheuert bin und ihr nicht einfach die Wahrheit sage. Vielleicht *sollte* ich das jetzt aber tun. Also atme ich tief durch und nehme ihre Hand. Sie hat immer so wunderschöne Nägel, denn sie verbringt viel Zeit damit, sich so gut wie möglich zu pflegen. Sie denkt, sie müsste extra viel in ihr Äußeres investieren, um etwas wert zu sein. Aber das muss sie gar nicht. Sie ist auch so liebenswert und ich liebe sie sogar über alles. Ich will nicht, dass sie verletzt wird. Erst recht nicht von mir, also reiße ich mich jetzt zusammen.

»Ich muss dir etwas sagen«, beginne ich behutsam und Trudy wird sofort ernst.

»Was ist denn?«, fragt sie besorgt und legt ihre Hand über meine. Sie versucht immer so sehr, mir Halt zu spenden, für mich da zu sein, mir zu helfen, und ich bin einfach nur ein Miststück. Jetzt ignoriert sie auch das Vibrieren ihres Handys, sie konzentriert sich völlig auf mich, weil ich das Wichtigste in ihrem Leben bin. Und sie ist das Wichtigste in *meinem* Leben. Ihr *Herz* ist das Wichtigste und ich kann es einfach nicht brechen. Ich kann es ihr nicht sagen, denn ich sehe, dass sie sich bei ihm *wirklich* Hoffnungen macht. Hoffnungen auf etwas, das so schwer für sie zu finden ist. Für mich jedoch wäre es leicht, denn die Menschen sind oberflächlich, und Drake scheint tief genug in sie zu sehen, um ihr wahres Wesen wahrzunehmen. Vielleicht ist es auch was anderes, aber er lässt sie das erste Mal nach Jahren wieder auf diese Art gut fühlen und das werde ich ihr nicht zerstören. Niemals. Doch ich werde mit ihm reden und ihm klarmachen, dass er mich nie wieder anfassen soll. Ich werde mich zurückziehen, auch wenn ein Teil in mir dagegen protestiert. Ich werde Trudy nicht die wohlverdiente Show stehlen.

»Ich will einfach nur, dass du aufpasst. Dein Herz ist zu kostbar, um gebrochen zu werden«, sage ich also und streiche mit meinem Daumen über ihre zarte Haut. Ihr Blick wird weicher. So sieht sie mich immer an, wenn sie mich für besonders schlau oder mutig hält. Aber ich bin weder das eine noch das andere. Ich bin einfach nur ein Chaos und ohne sie wäre ich aufgeschmissen.

»Das werde ich, versprochen«, antwortet sie ernst und ich nicke. Nun hat sich ein Kloß in meinem Hals gebildet, an dem ich kaum vorbei atmen kann. Aber ich erhebe mich trotzdem.

»In einer halben Stunde will ich dich am Esstisch«, sage ich gebieterisch und Trudy verdreht die Augen.

»Ja, große Königin der Dunkelheit, wie auch immer Sie wünschen.« Lächelnd verschwinde ich aus ihrem Zimmer, aber es tut fast weh. Das alles tut weh und ich werde nicht zulassen, dass *er* ihr wehtut. Also stapfe ich geradewegs durch das Haus und direkt auf die Haustür zu. In meinem Schlafshirt stürme ich barfuß in den sonnigen Tag und über den Vorplatz. Ich stürme durch unser Gartentor und ich stürme auch auf sein Grundstück. Ich stürme über den unkrautüberwucherten Pfad und ich stoppe erst an seiner Haustür. Dort hämmere ich. Ich hämmere so hart, dass er es hören muss, selbst wenn er schläft. Aber er schläft ja nicht, weil er mit meiner Schwester schreibt. Und gleichzeitig befiehlt er mir, rüberzukommen. Was stimmt nicht mit ihm?

Arschloch.

Verdammtes Arschloch.

Und als die Tür aufschwingt, schwingt meine Faust fast in sein Gesicht. Verdammt nochmal, jetzt steht er plötzlich vor mir und er sieht unglaublich gut aus. Dieser Bastard trägt nichts weiter als eine dunkle Schlafhose und sein Lächeln ist mehr als süffisant, als er meine Faust senkt.

»Aller Achtung, Babe. Das ging schnell«, sagt er anerkennend und ich trete noch näher. So nah, dass sein verdammter Duft wieder mein Hirn umnebelt und ich nur noch an gestern denken kann. So nah, dass ich es kaum aushalte. Aber trotzdem sehe ich ihm direkt in diese dunklen Augen und merke erst jetzt, dass sich darin ein eigenartiger Blaustich befindet.

EGAL. Ich bin nicht hier, um seine hübschen Äuglein zu bewundern, verdammt.

»Ich weiß nicht, was das hier wird, wieso du mit mir das eine machst und meiner Schwester das andere schreibst. Ich weiß nicht, was du hier für ein krankes Spiel spielst. Aber wenn du ihr wehtust, wirst du dir wünschen, niemals in diese Straße gezogen zu sein. Und ich will auch nicht mehr, dass du mir schreibst, ich will nicht mehr, dass du mich beobachtest. Ich will auch nicht mehr, dass du mich anfasst. Hast. Du. Das. Verstanden?«, frage ich mit bebender Stimme und ignoriere das Protestieren in mir. Ich ignoriere mein hart pochendes Herz. Ich ignoriere all die Alarmsignale, die wild durch meinen Körper tosen. Er wirkt mit einem Mal gar nicht mehr süffisant oder nett. Nein, er scheint sich vor meinen Augen zu transformieren, eine neue Art der Finsternis scheint sich über ihn zu legen. Und als er nun einen Schritt auf mich zumacht, weiche ich zurück, bis ich gegen eine Verandasäule knalle. Seine Hand knallt über meinen Kopf und ich zucke *fast* zusammen, fast reißen meine Nerven.

»Ich glaube, es ist an der Zeit, dass ich mich vorstelle, Eden Flowers. Mein Name ist Drake Hollow und ich bin nicht der Typ Mann, bei dem du in aller Herrgottsfrühe auftauchen und den du bedrohen kannst. Ich bin auch nicht der Typ Mann, dem du vorschreiben kannst, was er zu tun und zu lassen hat. Ich werde dich ganz sicher weiter beobachten und ich werde dich auch wieder anfassen, solange deine Augen mich weiterhin darum anbetteln. Und was ich mit deiner *Schwester* mache, hat dich einen Scheißdreck zu interessieren. Also wenn du nicht hergekommen bist, um zu lernen, wie man ordentlich bläst, rate ich dir, deinen kleinen heißen Arsch von meinem Grundstück zu schwingen. Du hast drei Sekunden.«

Scheiße, hat er das gerade wirklich gesagt?

Hat er mir gerade eine Kampfansage gemacht?

Meint er das *wirklich* ernst?

Okay, er hat eine Waffe, er scheint völlig berechnend und skrupellos, er wirkt gefährlich, er ist mir körperlich überlegen. Aber er hat keine Ahnung, wie weit ich für Trudy gehen würde. Er weiß nicht, wie hart mein Herz für sie schlägt, also sehe ich ihm direkt in diese dunklen Augen und hauche ein »Fick dich.«. Dann schiebe ich ihn von mir. Wieder mit einem kleinen überlegenen Lächeln lässt er es zu, seine Augen funkeln bedrohlich und in mir zittert alles. Aber ich ignoriere das, ich ignoriere meine weichen Knie. Ich ignoriere die Warnung in meinem Kopf. Ich ignoriere die Angst.

Mit erhobenem Kinn verlasse ich sein Grundstück und nun ist es sicher. Dieser Typ ist ein Wichser und ich will nichts mehr mit ihm zu tun haben.

eine show für mich

. . .

EDEN

DIESE WOCHE IST GENAUSO BESCHISSEN, wie es dieser Samstag war.

In der Uni haben sie mich zur Weißglut getrieben. Gleich am Montag hat mich der Dekan zu sich gerufen und ich wurde wegen Samantha und Lara verhört. Allerdings bin ich nochmal davongekommen, denn Samantha traut sich nicht, gegen mich auszusagen und Lara hat schon öfter gelogen. Und so haben sie keine Beweise, dass ich für Laras gebrochene Nase verantwortlich bin. Am Dienstag hat sich herumgesprochen, was mit den beiden geschehen ist, und alle haben einen weiten Bogen um Trudy und mich gemacht. Niemand hat mich Freak genannt oder Trudy auch nur schief angesehen. Das hätte meine Laune normalerweise extrem gehoben, aber mit jedem Tag war ich mieser drauf. Denn es hat sich eingebürgert, dass Drake – unser Arschlochnachbar – sich immer wieder mit Trudy unterhält. Mal tauchte er in der Uni auf, wobei Trudy mir aber erzählte, dass er mit seinen sechsundzwanzig Jahren auch eigentlich viel zu alt für all das ist. Dann trafen sie sich zufällig nach ihrer Reitstunde und gestern Abend, als sie die letzten Sonnenstrahlen auf der Veranda genoss, hat er mit seinem Auto angehalten und sich regelrecht mit ihr *verquatscht*. Eine Stunde lang! Was soll die Scheiße eigentlich?

Er hat sogar ein paar Mal gelacht. Er hat sich bei ihr ganz anders verhalten als bei mir, was ich dunkel aus dem Küchenfenster beobachtet habe, während ich vor mich hin brodelte. Trudy war im siebten Himmel und schwebt nur noch auf Wolken. *Drake* ist ihr körperlich nicht nahegekommen, aber in seinen Augen flackert doch tatsächlich etwas wie *Interesse*. Was soll das eigentlich? Er fingert mich, er bringt meine Schwester zum Lachen, er schenkt mir Reizwäsche und dann unterhält er sich mit Trudy, als wäre nichts geschehen. *Mich* beachtet er seit meinem Auftritt bei ihm gar nicht mehr und ich bin froh. So verdammt froh. So froh, dass ich gestern fast Mrs. Hanson überfahren habe, weil sie so langsam die Straße überquerte. So froh, dass ich immer heftigere Mordfantasien zusammenspinne. So froh, dass ich nicht mehr weiß, wohin mit meinem Frust. Ich versuche, es nicht an Trudy auszulassen. Sie weiß von nichts und tut nichts weiter, als endlich mal das Gefühl zu genießen, eine ganz normale Frau zu sein. Ohne Beeinträchtigungen. Sie kann nichts dafür, vielleicht sollte ich ihr einfach sagen, was in mir vor sich geht. Vielleicht sollte ich ihr sagen, dass ich eifersüchtig bin und dabei weiß ich nicht mal, ob ich es wegen ihr oder ihm bin.

Aber tief in mir würde ich gern wissen, wie sich mehr von ihm anfühlt. Er ist der erste Mann, der mich auf diese Art berührt hat, und es war wirklich unglaublich. Mein Körper hat so extrem auf ihn reagiert und meine Seele hat in einer Frequenz geschwungen, die ich bisher nicht kannte. Er hat mich neugierig gemacht. Auf Küsse, Berührungen, auf Sex und ich kann seine verdammten Augen nicht vergessen. Am liebsten würde ich nachts einfach zu ihm rübergehen und ihn anflehen, mir mehr zu geben, mir mehr zu zeigen. Aber das tue ich natürlich nicht. Ich halte mich zurück, obwohl das eigentlich nicht meine Art ist. Es kostet mich nichts, für Trudy auf Partys oder Freunde zu verzichten, die sowieso keine richtigen Freunde wären. Es kostet mich nichts, die Abende lieber mit ihr zu Hause zu verbringen, als um die Häuser zu ziehen. Aber es fühlt sich an, als *würde* es mich etwas kosten, auf *ihn* zu verzichten und das nervt mich. Es nervt mich extrem und so gehe ich Trudy momentan aus dem Weg.

Auch an diesem Freitagabend habe ich mich schon früh in mein Zimmer zurückgezogen. Ich habe behauptet, ich würde noch lernen, aber in Wahrheit liege ich auf meinem Bett, höre Musik und starre das Spiel der Autoscheinwerfer an meiner Decke an. Immer, wenn ein Wagen in unsere Straße biegt, erscheint ein Lichtstrahl über meiner Tür, er zieht sich quer durchs Zimmer und verschwindet über meinem Fenster. Mein Blick folgt jedes Mal, ich bin so verdammt gelangweilt und irgendwie auch so genervt von der ganzen Welt. Ich kann mich selbst nicht ausstehen, weiß eigentlich gar nicht, was ich mit mir anfangen soll. Abwesend umkreise ich den kleinen Schmetterling, den ich mir auf den linken Oberschenkel tätowieren lassen habe. Er ist schwarz, weil das meine Lieblingsfarbe ist, und ein Datum ist darin verewigt. Der 20.12.18, denn an diesem Tag verlor meine Schwester ihre Beine und ich schwor mir etwas. Ich schwor mir, sie irgendwie trotzdem zum Fliegen zu bringen. Ich schwor mir, alles zu sein, was sie benötigt – ihr Herz, ihre Arme, sogar ihre Beine. Wieso habe ich also getan, was ich getan habe? Wieso habe ich gegen meine eigenen Prinzipien verstoßen?

Als plötzlich ein ganz bestimmtes Scheinwerferlicht über meine Decke spielt, verkrampft es sich in mir und ich setze mich auf.

Angespannt strecke ich mich etwas, um nach draußen sehen zu können, und verkrampfe mich dann noch mehr. Denn er ist wieder nicht allein. Er hat *wieder* eine Frau dabei. Ich glaube, es ist die vom letzten Mal. Was soll das denn jetzt? Ich dachte, er steht auf meine Schwester. Für sie halte *ich* mich von ihm fern. Was soll jetzt diese Bitch bei ihm? Wieso verschwindet er mit ihr im Haus, als wäre es völlig normal? Das Klacken ihrer Heels verklingt und als die Tür ins Schloss fällt, bin ich auf den Beinen.

Mir reicht es.

Ehrlich.

Ich luge an meinem Vorhang vorbei und beobachte, wie erst im Flur, dann im ersten Stock das Licht angeht. Durch seine dünnen weißen Vorhänge sehe ich dabei zu, wie sie das Schlafzimmer betreten und wie er sie einfach auf sein Bett schubst. Immer wieder weht der Vorhang leicht und gibt etwas von ihren Gestalten preis. Als Drake sich über sie beugt und seine Lippen auf ihre presst, weiß ich ganz genau, wie es sich für diese Bitch anfühlt. Fest. Dominant. So hat er auch mich gepackt und ich würde gern den Atem anhalten, aber er beschleunigt sich.

Vor Wut. Vor Erregung. Vor Enttäuschung. Vor Hilflosigkeit.

Und als er beginnt, sich an ihrem von einem schwarzen Lederkleid bedeckten Körper herabzuküssen, hebt er den Blick direkt in meine Augen. Er weiß, dass ich ihn beobachte, und er tut das hier für mich.

Als Strafe?

Um mich zu provozieren?

Um mich aus der Reserve zu locken?

Ich habe keine Ahnung, aber er kommt schon bald zwischen den Beinen der Frau an und bohrt seinen Blick in meinen, als er ihr Höschen abstreift.

Bastard.

Gottverdammter Bastard.

Ich sollte mich einfach hinlegen und ihn ignorieren. Aber ich kann nicht. Ich kann einfach nicht wegsehen. Nicht, als er leicht lächelt und erst recht nicht, als er seine Lippen an ihre Mitte senkt. Sie bäumt ihren Rücken auf und stöhnt ausgiebig. Ein leichter Nachhall davon ist im Garten zu hören und ich balle meine Fäuste so fest, dass es wehtut. Er bringt sie mit seinen Lippen und seiner Zunge zum völligen Durchdrehen, packt ihr Knie, schiebt es weiter hoch und macht sie immer wahnsinniger.

Das Schlimme?

Ich werde das auch. Völlig. Wahnsinnig.

Und zwar auf alle Arten.

Ich würde am liebsten Amok laufen.

Ihn von dieser Frau wegzerren. Ihn irgendwie auch bestrafen. Ihn genauso wütend machen, wie ich es bin. Aber ich kann mich leider nicht regen. Ich kann nur dabei zusehen, wie die Frau sich immer heftiger unter ihm windet, wie sie in sein schwarzes Haar greift und sich daran festkrallt, wie sie sich in ein Tier verwandelt. Und dann kommt sie sichtbar. Ich beiße wieder mal so fest auf meine Unterlippe, dass es wehtut, und atme so schnell, dass ich es kaum noch durch die Nase tun kann.

Wichser.

Ich hasse ihn.

Während sie explodiert, bewegt er seine Finger langsamer in ihr, beobachtet mich, aber konzentriert sich auch darauf, *ihr* Lust zu bereiten. Sehr langsam zieht er seine Finger zurück, sodass ich fast spüren kann, wie er das bei mir tut, und erhebt sich. Er schlendert auf das Fenster zu und sieht mir in die Augen. Seine sagen: *das könntest du haben, aber du traust dich nicht. Du bist ein Feigling. Ein verdammter Feigling, Eden.*

Dann schließt er die Vorhänge.

Er sperrt mich aus.

Er beendet die Show ... und ich sinke geschlagen auf meinen Schreibtischstuhl. Ich fühle mich mies, so richtig mies, dabei weiß ich gar nicht wieso. Ich kenne diesen Typen gar nicht, er bedeutet mir *nichts*, und ich bin auch ganz sicher nicht eifersüchtig. Aber ich hasse es dennoch, was er tut. Ich hasse es, was ich gerade gesehen habe, und ich hasse die Vorstellung davon, was in seinem Schlafzimmer wohl nun noch passiert. Ich hasse es außerdem, dass er mich einfach ausgesperrt hat. Das geht gar nicht. Fuck!

Mit einem Mal kann ich nicht mehr atmen. Ich kann nicht mehr hier sein. Ich muss verschwinden. Also greife ich eilig nach der erstbesten Hotpants, die ich finden kann, und streife sie über meine Hüften. Mein weites weißes Schlafshirt schiebe ich nachlässig in den Bund. Dann verlasse ich mein Zimmer.

Kurz lausche ich, aber hinter Trudys Tür ist es still und es dringt auch kein Licht mehr in den Flur.

Hoffentlich schläft sie schon und hat nicht gesehen, was der Bastard getan hat. Dieser Wichser vergisst wohl, dass auch sie in sein Schlafzimmer sehen kann, aber vielleicht ist es ihm egal. Vielleicht will er ja, dass wir beide zusehen. Vielleicht gibt ihm das einen besonderen Kick. Ich weiß es nicht.

Mom ist wieder mal vor dem Fernseher eingeschlafen und bekommt gar nicht mit, wie ich das Haus verlasse. Der Asphalt unter meinen nackten Sohlen ist nicht mehr so glühend heiß wie am Mittag und die Straße ist mal wieder wie ausgestorben. Irgendwo uhut ein Uhu, die Grillen zirpen laut und der Wind ist keineswegs abkühlend. Dabei hätte ich das jetzt wirklich so dringend nötig. Ich sehe an seinem Haus hoch, überlege, ob ich es vielleicht einfach anzünden sollte, aber dann gehe ich weiter – immer weiter. Und ich habe keine Ahnung wohin, ich weiß nur, dass ich verschwinden muss.

Jetzt.

Also setze ich mich in meinen Wagen und fahre einfach drauf los. Mein Auspuff rattert, ich müsste ihn wirklich dringend mal reparieren lassen. Aber wenn wir schon kein Geld für Trudys Prothesen haben, werde ich mich sicher nicht um dieses Auto kümmern.

Verdammt nochmal. Ich bin so verdammt wütend.

Ich ignoriere einfach eine rote Ampel, aber in diesem beschissenen Kaff ist nichts los, deswegen werde ich leider nicht getötet. Dann umrunde ich die Kirche, die dunkel in den noch dunkleren Himmel ragt.

Wahrscheinlich schiebt er sich jetzt tief in sie und sie stöhnt seinen Namen. *Drake. Drake. Drake. Fick mich tiefer, Drake.* Im nächsten Moment ist es Trudy, die er in meinem Kopf vögelt, und ich mache mitten auf einer Kreuzung eine Vollbremsung.

Nein!

Ich. Werde. Nicht.

Ich werde nicht eifersüchtig auf meine Schwester sein!

Mit beiden Händen umklammere ich das Lenkrad, Schweiß

steht auf meiner Stirn und mein Shirt ist ebenfalls getränkt. Ich werde jetzt nicht völlig durchdrehen und mich solch bescheuerten Fantasien hingeben. Ich sollte froh sein, verdammt froh, wenn ihr so etwas passiert. Ich sollte es ihr gönnen. Ich sollte keine Bitch sein ... ich ...

Als ein *Camaro* an mir vorbeiprescht, zucke ich heftig zusammen und ehe ich mich versehe, gebe ich Gas.

Schon fertig mit vögeln? Das ging ja schnell. Und wohin fährt er überhaupt mitten in der Nacht? Ich drücke das Gas ganz durch, um ihm hinterherzukommen, aber als ich es um die Kurve schaffe, biegt er auf den Highway Richtung New York. Dort war ich seit Dads Tod nicht mehr. Ich habe den Kontakt zu meinen Freunden abgebrochen. Ich war nicht mehr in unserem wunderschönen Penthouse. Ich habe mein altes Leben und diese Stadt völlig hinter mir gelassen – und ich wollte nie wieder dorthin zurückkehren.

Aber jetzt kribbeln meine Finger. Alles in mir kribbelt, endlich fühle ich wieder diesen einen besonderen Kick. Endlich lebe ich wieder. Also gebe ich Gas und tue es.

Ich kehre zurück, denn ich will endlich wissen, was es mit ihm auf sich hat.

Ich muss.

blutmond

. . .

EDEN

ICH KENNE jede Ecke dieser von Ratten verseuchten Stadt – und damit meine ich nicht die Tiere. Früher habe ich ein ganz anderes Leben gelebt, früher war ich auf jeder Party zu finden. Ich hatte Unmengen an Freunden, ich war an einer Schule, in der man sich ohne Uniform und der neuesten Handtasche nicht blicken lassen sollte. Ich war ein beliebtes blondes Mädchen der Upper East Side und Trudy war das auch.

Nur in einer Hinsicht war ich nicht wie die anderen. Ich hatte keinen Sex, denn ich wollte meinen Körper nicht einfach irgendwem schenken. Jetzt *habe* ich meinen Körper aber jemandem geschenkt und das zeigt nur, wie sehr ich mich wirklich verändert habe.

Ich habe mich verändert, aber diese Stadt ist gleich geblieben.

Alles hier erinnert mich an damals. An die vielen Clubbesuche, die Pyjamanachmittage und Mottopartys. An unzählige Stunden bei Starbucks, Shopping-Marathons in der 5th Avenue oder Schule schwänzen im Central Park – an ein völlig anderes Leben. Aber als Trudy ihre Beine verlor, verlor ich auch meinen Glauben an die Menschheit. Meine Freunde waren keine richtigen Freunde, denn als ich den Kontakt kappte, fragten sie nicht nach. Sie nahmen es einfach hin. Sie ließen uns einfach ziehen und ich habe ihnen nie vergeben. So ist nun alles in mir völlig zusammengekrampft, als ich in ein eher unschönes Viertel biege, das direkt am Hudson River liegt. An scheinbar jeder Ecke lungern Dealer, Junkies, Prostituierte. Diese Orte habe ich früher gemieden, jetzt meide ich sie nicht mehr. Jetzt ist mir mein Leben nicht mehr genug wert und ich habe aufgehört, in meiner rosa Traumwelt zu leben.

Ich habe es irgendwie geschafft, mit Drake mitzuhalten, aber eigentlich nur, weil diese Stadt niemals schläft und er immer wieder vom Verkehr aufgehalten wurde. Ein paar miese Schleichwege hat er auch genommen, was heißt, dass auch er New York gut kennt. Schließlich hält er vor einem dreistöckigen Gebäude dessen Lichter sich im Fluss spiegeln.

Über dem Eingang leuchtet ein Blutmond in flackerndem Neon. ***Red Lightning*** prangt in geschwungener Schrift darunter. Zwar ist einiges los, aber bei weitem nicht so viel wie in den Clubs in der Innenstadt. Das weiß ich, denn früher habe ich sie öfter besucht. Der Vater einer meiner Freunde betrieb eine Kette und wir konnten in diesen Nobelclubs ein- und ausgehen, wie es uns passte. Natürlich haben wir das restlos ausgenutzt. Ich parke am vollgestellten Straßenrand und beobachte, wie Mister-ich-ficke-irgendwelche-Bitches-vor-deinen-Augen seinen Wagen neben dem Eingang abstellt. Oh, er hat wohl Sonderrechte, dass er einfach im Parkverbot stehen darf. Oder er nimmt sich dieses Recht einfach raus, wie er es bei meiner Schwester und mir tut. Parkt einfach, wo es ihm passt. Seine Finger in mir, sein Lächeln in Trudys Herz. Penner!

Ach, und wie es aussieht, kennt er auch noch jeden hier persönlich, oder was? Denn er begrüßt den glatzköpfigen Türsteher mit Handschlag und verschwindet dann einfach im Inneren. Er muss nicht anstehen, er muss keinen Ausweis vorzeigen – gar nichts. Wahrscheinlich ist er hier öfter.

Auch ich steige aus und nähere mich dem dunkelhäutigen, riesigen Typen vor der schweren Eisentür. Sein Blick folgt mir über die Straße und ich schlucke trocken. Je länger er mich anstarrt, desto langsamer werden meine Schritte.

Verdammt, ich bin ein bisschen dämlich, denn ich habe keinen Geldbeutel und keinen Führerschein, keinen einzigen Cent dabei. Wahrscheinlich wird er mich ohne Ausweis nicht reinlassen. So, wie er aussieht, könnte er mich auch einfach bei lebendigem Leibe auffressen. Blinzelt er eigentlich mal? Ohne meinen wachsamen Blick von ihm zu nehmen, pirsche ich näher. Immer noch lässt auch er mich nicht aus den kalten Augen.

Oh mein Gott, aber er frisst mich auch nicht auf, sondern tut etwas völlig Unerwartetes: Er öffnet einfach die schwere Metalltür für mich und das verwirrt mich.

»Willkommen«, begrüßt er mich mit tiefer monotoner Stimme, während die Bässe mir entgegendröhnen. Willkommen? Äh, ja. Okay. Wenn er das sagt. Und wieso glotzt er mich jetzt so wissend an? Ich nicke ihm nur etwas skeptisch zu und schiebe mich barfuß in den Club. Mir egal, ich will jetzt wissen, was Drake hier treibt. Der Boden ist unglaublich klebrig, als ich direkt vor einem schwarzen Samtvorhang stocke, aber es ekelt mich nicht. Nur wenig ekelt mich. Ein paar Sekunden zögere ich, und ich weiß nicht mal wieso. Ich liebe es doch dunkel, oder? Ich mag doch viel lieber die Abgründe der Menschen als ihre arschglatten, langweiligen Oberflächen und ich glaube, hier tummeln sich die Abgründe nur so. Ich mag es abgefuckt, aber vor allem mag ich die Wahrheit.

Als ich den Vorhang entschlossen zur Seite schiebe, finde ich mich in einer Lusthölle wieder. *Woha, okay. Was?* Nebel wabert durch den Raum, in dem Käfige genauso silbrig schimmern, wie die Stripperinnen darin. Sie haben sich mit irgendetwas vollgekleistert, weswegen ihre Haut dermaßen glänzt, dass sie mich fast blendet. Die Sitzecken bestehen aus schwarzem Samt und auch der Tresen wurde aus schwarzem Glas gefertigt. Tiefrote Lichtspots zucken durch den Raum und setzen die perfekten Frauenkörper gekonnt in Szene. Es riecht nach einer Komposition von Lust und schweren Parfüms und als ich an einem Käfig vorbeigehe, zwinkert mir die Stripperin darin zu. Ich zwinkere zurück. Was soll ich denn sonst machen? Ich will sie ja nicht kränken oder so, auch wenn ich total verwirrt bin. Ich bin ja auch bestimmt eine nette Abwechslung, wenn ich mir die Männer hier so ansehe.

Sie trinken, sie feiern, sie verlieren sich völlig und paffen Zigarren. Aber Moment mal, jetzt war ich schon wieder abgelenkt. Ich suche doch Drake! Wo ist er denn? Nicht in dem riesigen Käfig, der den Mittelpunkt des Raumes darstellt. Darin hängen nur zwei Frauen an einem Trapez, nicht Drake. Ich lache in mich hinein, als ich mir vorstelle, wie er beinah nackt Kunststücke vollführt. Die beiden Tänzerinnen, die nicht Drake sind, vereinen ihre Körper auf verrückte Arten. Offensichtlich sollen sie einen Mond darstellen und das verstört mich wieder, aber egal. Ich muss wirklich aufpassen, denn die düstere, mystische Atmosphäre, die Drake in allen Hinsichten gleicht, droht mich zu verschlingen. Als ich an der Bar strande, bin ich elektrisiert. Und das nicht nur von den tiefen Elektro-Beats, die durch meinen Körper wummern oder den unglaublich vielen Reizen, die mein Hirn überfordern.

»Oh Schätzchen, bist du dir sicher, dass du hier sein willst?«, fragt mich die dralle Barkeeperin und schenkt einem Gast einen Whisky aus. Ihre langen Fingernägel schimmern Babyblau, genauso wie es ihr aufwändiges Augen-Make-up tut.

»Wieso nicht?«, frage ich und sehe mich weiter um, aber Drake ist nicht da. Er befindet sich weder in der Sitzecke, in der ein Besucher einen Lapdance erster Klasse erhält, noch steht er oben auf dem Ding, was wohl einen Balkon darstellen soll. *Was?* Wieso gibt es denn mitten in diesem Club bitte einen Balkon? Und wer ist der Typ, der dort herumsteht? Wenn er frische Luft schnappen wollte, ist das hier die falsche Seite des Clubs. Hier stinkt es nur nach Sex.

»Devon Hollow, ihm gehört dieser Club«, sagt die Barkeeperin etwas lauter, um die Musik zu übertönen. Dann landet ein Drink vor meine Nase. »Du wirst ihn brauchen.«

Ach ja? Werde ich das?

Hollow?

»Ist er mit Drake Hollow verwandt?«, frage ich konzentriert und mustere den großgewachsenen Mann genauer. Er trägt ein dunkles Hemd, das er an den Ärmeln hochgekrempelt hat, dazu eine passende Hose. Er wirkt nicht so rebellisch wie Drake, aber nicht weniger gefährlich. Außerdem ist er sicher zehn Jahre älter. Sein Blick, mit dem er alles überschaut, gibt absolut nichts Preis, und seine Augen sind nicht dunkel. Hell strahlen sie mir entgegen, als sein Blick auf mir strandet. Ein kaum wahrnehmbares Lächeln bildet sich auf seinen sinnlichen Lippen.

So.

Und jetzt will ich alles wissen.

Also schiebe ich mich einfach vom Hocker, kaum, dass ich mich gesetzt habe, und durchquere den Club.

»Das würde ich nicht tun!«, ruft mir die Barkeeperin nach, aber ich ignoriere sie genauso, wie ich meine Alarmglocken ignoriere, die mit jedem Schritt lauter schrillen. Ich weiß einfach, dass Drake da oben ist, und ich werde ihn zur Rede stellen. Jetzt. Außerdem will ich wissen, wieso dieser Typ mich angelächelt hat.

Ich eile einfach die Wendeltreppe hoch, stocke oben aber abrupt, als sich mir ein Security in den Weg schiebt. Und der sieht echt übel aus. Sein ganzes Gesicht ist zutätowiert und in seinen Augen blitzt es hart und eiskalt. Mike Tyson ist ein Witz dagegen.

»Du bist?«, fragt er leise und neigt sich mir entgegen, um mir direkt in die Augen zu starren. Ach, was sage ich. Eigentlich starrt er mir geradewegs in die Seele. Jetzt würde ich wirklich gern laufen. Aber ich laufe nicht. Ich bin kein kleines Häschen, das einfach davonhoppelt.

»Ich will mit Drake sprechen.« Der Typ legt den Kopf schief, als hätte er sich verhört. Für ein paar grauenhafte Sekunden denke ich, er schubst mich einfach die Treppe runter und ich breche mir das Genick. Fast stolpere ich schon eine Stufe runter, aber dann erklingt eine Stimme hinter ihm.

»Lass sie rein, Crave. Ist schon gut.« Und es ist nicht Drake, der spricht. Es ist ... sein Bruder? Sein Cousin? Was auch immer. Um sein Vater zu sein, ist er allerdings zu jung. Der Security mustert mich noch ein paar Sekunden mit einem Blick, der meine Eingeweide verkrampfen lässt, aber dann macht er mir Platz. Als ich langsam an ihm vorbeigehe, bin ich äußerst wachsam. Er könnte mich immer noch schubsen.

Aber er schubst mich nicht. Ich überlebe *und* ich betrete den Raum. Hier ist es kein klebriger Boden, den meine nackten Sohlen berühren, sondern ein weicher goldfarbiger Teppich. An der Decke hängt ein schwarzer Kronleuchter und alles ist äußerst klassisch und stilvoll eingerichtet. Von Drake ist allerdings weit und breit nichts zu sehen. Dafür steht der Clubbesitzer vor mir und irgendwas an ihm ist wirklich nicht ganz koscher. Obwohl er eher wie ein sauberer, gestandener Geschäftsmann aussieht, blitzt etwas Gefährliches in seinen grünen Augen, als er mich überschaut.

»Wie heißt du?«, fragt er mit einer viel sanfteren Stimmlage, als Drake sie anwendet. Einer Stimmlage, die mir klarmacht, dass dieser Mann niemals brüllt oder ausfällig wird – weil er es nicht nötig hat.

»Ich suche Drake, wo ist er?«, antworte ich und drehe mich mit dem Mann mit, als er beginnt, mich zu umkreisen. Was ist das denn jetzt für ein Psychospiel? Was zur Scheiße soll das? Aber ich sollte ihm nicht den Rücken zukehren, auch das sagt mir mein Instinkt. Deswegen lasse ich ihn nicht aus dem Blick.

»Ach, du kommst also in meinen Club, stellst dich nicht einmal vor und forderst auch noch etwas von mir?«, erkundigt er sich nur oberflächlich belustigt. Seine Augen sind steinhart, alles an ihm wirkt, als würde er mich als dicke, fette Maus sehen, die einer Schlange in die Falle getappt ist. Als würde er gleich zuschnappen. »Das ist äußerst unhöflich.« Was will er denn, mein Gott? Ich will mit Drake sprechen und ihm kann es egal sein, wie ich heiße.

»Soll ich dir meinen Namen vortanzen?« Wieder lächelt er leicht, allerdings macht mich dieses Lächeln wütend, denn es ist ziemlich arrogant.

»Es würde reichen, wenn du ihn mir nennst.« Wenn es unbedingt sein muss ...

»Eden«, knurre ich.

»Eden wie das Paradies.« Vor mir bleibt er stehen und ich straffe meine Schultern, um nicht zurückzuweichen, denn seine Aura ist viel zu stark, viel zu vertreibend. Als würde er mich gleich nur mit ihr zermalmen. Aber ich will das nicht. Ich werde keine Schwäche zeigen und mich auch nicht zermalmen lassen. »Du bist hier falsch, Kleine. Das hier ist die Hölle.« Ich sehe es, denn vor mir steht der Teufel persönlich. Verdammte Scheiße.

»Ich will nur mit Drake reden«, wiederhole ich nicht mehr ganz so fest und frage mich, was ich hier eigentlich tue. Wieso hat dieser Kerl mich dazu gebracht, diesen Club zu betreten? Wieso bin ich ihm gefolgt? Wieso bin ich nicht einfach zu Hause geblieben? Gott, ich bin es leid, mich das zu fragen. Ich bin es leid, erst zu handeln und dann zu denken. Ich ermüde mich selbst.

»Drake ist nicht hier. *Ich* bin hier.«

»Das sehe ich.« Er ist ja auch kaum zu übersehen, dieser Mann mit diesen stechend grünen Augen.

»Und was soll ich jetzt mit dir anfangen, Eden?«

»Gar nichts.« Das scheint ihm nicht zu gefallen, denn er hebt eine Braue, aber ich muss ihm nichts erklären. Ich bin ihm keine Rechenschaft schuldig.

»Setz dich«, fordert er bestimmend, aber ich denke ja nicht mal dran und das gebe ich ihm auch mit meinem Blick zu verstehen. »Du bist störrisch«, stellt er amüsiert fest.

»Ich *will* nicht sitzen.« Ich bin keine seiner Tänzerinnen da draußen und ich setze mich nicht, wenn er es verlangt. Ich springe nicht, wenn er schnippt. Wer ist er schon?

»Und ein wenig kindisch.« Ich verenge die Lider. Was ist das denn für ein Arschloch? Wäre ich kindisch, hätte ich ihm schon längst unvermittelt mein Knie in die Eier gerammt, weil er mich so aufregt.

»Nun gut, du kannst dich auch gern stehend den Tatsachen stellen. Drake ist damit beschäftigt, unsere neuesten Stripperinnen auszusuchen. Einige sind freiwillig hier, andere, na ja ... eher nicht.« Shit. Ich wusste, dass irgendwas mit ihm nicht stimmt. Ich wusste es. Was heißt *nicht freiwillig* und was heißt überhaupt *aussuchen*? »Sie haben alle etwas mit dir gemein. Ein perfektes Äußeres.« Aber genau darauf achtet er nicht ein einziges Mal, sondern sieht mir nur in die Augen. Je länger er das tut, desto kälter wird mir – eiskalt. Scheiße, wo bin ich hier nur reingeraten? »Kannst du tanzen, Eden?«, erkundigt er sich interessiert und lehnt sich mit dem Steißbein an eine Kommode. Tanzen? Hier? Ganz sicher nicht! Spinnt der? Ich kann ihm ja auch einfach in den Magen boxen, dann sehen wir, wer tanzen kann. Wichser!

»Sicher nicht für dich«, antworte ich verkrampft. Ich würde ihn auch gern beleidigen und kleinmachen, aber seine Ausstrahlung und sein Blick machen es mir unmöglich. Je länger ich hier bin, umso mehr zieht es mich zur Tür. Was heißt, nicht freiwillig? Heißt das, sie zwingen Frauen, hier zu arbeiten? Und ich bin hier einfach feuchtfröhlich hochmarschiert und habe mich dem Löwen direkt ins Maul geworfen? *Was stimmt nicht mit mir?*

»Aber das tun sie doch alle.« Schön, sehe ich aus wie *alle*?

»Ich bin nicht alle.«

»Ich sehe es.« Kurz senkt er seinen Blick auf meine nackten, mittlerweile sicherlich dreckigen Füße und ich würde am liebsten schreien. Wieso. Bin. Ich. So. Dumm? Wieso habe ich nicht nachgedacht? Sie könnten hier jetzt sonst was mit mir tun und ich habe Trudy nicht mal Bescheid gesagt. »Merkst du jetzt, in welche Lage du dich gebracht hast?«, fragt er interessiert und schenkt sich Whisky ein. Ja, das merke ich. Aber ich zeige ihm nicht, dass ich mir immer mehr ins Höschen scheiße. Ich zeige nicht, was in mir vorgeht. Hoffe ich.

»Hör mal zu, ich bin nicht hier, um eine deiner neuen Bitches zu werden. Ich bin hier, weil ich mit Drake reden will, und du musst mich auch gar nicht ansehen, als wärst du was Besseres als ich, nur weil dir ein abgefuckter Stripschuppen gehört und du mit der Verzweiflung anderer Kohle verdienst«, platzt es stattdessen aus mir heraus und er stockt mit dem Glas an seinen Lippen.

Verfickt nochmal, vielleicht hätte ich ja einfach meine Fresse halten können. Warum schaffe ich das denn nie? Ich verkrampfe meine Faust.

Kurz runzelt er die Stirn, dann stellt er seinen unangerührten Drink zur Seite. Und als er einen Schritt auf mich zumacht, weiche ich zurück, denn es blitzt in seinen Augen. Und *dieses* Blitzen ist gefährlich. Zwischen uns baut sich immer mehr Spannung auf. Ich weiß nicht, was als Nächstes passiert, aber gerade traue ich ihm alles zu. Er wirkt so gefährlich und ich fühle mich so eingeengt. *Fuck!*

Doch als eine Tür in meinem Rücken aufschwingt, zerreißt es die Spannung und ich stürze direkt in die Realität, zurück in diesen Club ... zu Drake, der wie vom Donner gerührt stehenbleibt. Sein Blick schießt von meinem Gegenüber zu mir und wieder zurück. Dann verhärtet sich sein Kiefer, als er die Zähne aufeinanderbeißt. Das hier gefällt ihm nicht, das ist nicht schwer zu erraten.

»Devon«, sagt er scharf, aber *Devon* nimmt nicht seinen Blick von mir. Er wirkt wie ein Löwe, der unbedingt diese verdammte Gazelle fressen will und ich will keine verfickte Gazelle sein, die gefressen wird.

»Beruhige dich«, sagt Drake auch noch und kommt vorsichtig näher. Als er seine Hand um meinen Oberarm schließt, lasse ich es geschehen. Alles, nur raus hier. Ich will hier nur noch raus. »Es ist noch nicht an der Zeit«, redet er weiter auf Devon ein, aber dieser regt sich nicht mehr. Drakes Gesagtes verpufft auch sofort wieder in meinen Gedanken, denn Devon bläht die Nasenflügel. Aber dann zischt sein Blick zu Drake. Gott sei Dank! Es ist, als würde meine Lunge sich weiten, sobald er mich nicht mehr anstarrt. Drake erwidert seinen Blick durchdringend, sie scheinen irgendwas mit den Augen zu kommunizieren, was ich absolut nicht verstehe, und es ist mir auch verfickt egal. Ich versuche immer noch, mein rasendes Herz unter Kontrolle zu bringen. Devon nickt kaum merkbar und

Drake zieht mich sofort mit sich – aus dem Raum, die Treppe runter und durch den Club. Sein Kiefer ist immer noch verhärtet und sein Blick ist ebenfalls so verdammt hart. Und ich bin so überrumpelt, dass ich ihm einfach an der Bar vorbei folge. Er führt mich nicht durch den Samtvorhang, sondern durch einen langen Gang und dann aus einer Hintertür hinaus.

Kaum, dass ich rausgestolpert bin, presst Drake mich gegen die Wand.

»Bist du völlig wahnsinnig?«, zischt er mich an. So aufgebracht habe ich ihn noch nie gesehen, dabei stalke ich ihn schon wirklich lang. So sehr hat es in seinen Augen noch nie getobt, so hat er mich noch nie angestarrt. »Willst du sterben, verfickt nochmal?«, knurrt er und packt meinen Kiefer.

Warum ist er denn so aufgewühlt? Wieso *sterben*?

»Du ...«

»Nein!«, unterbricht er mich scharf und ich klappe meinen Mund zu. »Du wirst *nie wieder* auch nur einen Fuß hier rein setzen. *Hast du mich verstanden?*«, fragt er durchdringend und ich runzle die Stirn. Scheiße, was ist denn los? Wieso wirkt er, als hätte er mich davor bewahrt, von einer verfickten Brücke zu springen?

»Was ...«

»Hast. Du. Mich. Verstanden?«, wiederholt er gepresst und irgendwas in seinen Augen lässt alles in mir explodieren.

»BIST DU EIGENTLICH BESCHEUERT?«, brülle ich und schlage seine Hand von meinem Kiefer. »Was ist das für eine Scheiße, die du da abziehst!? Erst beobachtest du mich, dann küsst du mich und machst all diese Dinge mit mir und dann ... bin ich plötzlich Luft für dich und du schmeißt dich an meine Schwester ran! Und dann ... dann nimmst du diese Schlampe mit zu dir und ziehst deine widerliche Show mit ihr ab! Direkt vor meinen Augen! Macht dich das eigentlich an, du verkackter Psycho!?«

»WIESO BIST DU MIR GEFOLGT?«, antwortet er genauso laut und ich schubse ihn hart. Er soll mich nicht anbrüllen. Er soll mich nicht durcheinanderbringen. Er soll einfach aufhören!

»Weil. DU. MIR. NICHT. AUS. DEM. KOPF. GEHST!« Jedes Wort begleite ich mit einem Schubser. Ich hasse es, dass ich ihm das offenbaren muss! Ich hasse es, dass ich nicht einfach würdevoll gehen kann! Verdammt! Ich. Hasse. Das. Und als ich wieder und wieder meine Fäuste gegen seine Brust donnere, fängt Drake meine Handgelenke ab. Ich bin so wütend, dass ich in sein Gesicht brüllen will – einfach brüllen.

»Ich weiß, dass du mit mir spielst! Ich weiß, dass du mit Trudy spielst!« Hart winde ich mich, aber er drückt mich wieder gegen die Wand.

»Hör auf!«, knurrt er mich an, aber ich denke ja nicht mal dran. Jetzt habe ich angefangen, jetzt höre ich sicher nicht auf.

»Oh, das würde dir gefallen, oder?«, höhne ich. »Wenn alle das täten, was du willst.«

»Beruhige dich!«, fordert er nachdrücklicher.

»Nein! Ich werde mich nicht beruhigen! Was willst du in unserer Straße? Was willst du von meiner Schwester und von mir? Was heißt, *es ist noch nicht so weit?* WAS. HEISST. DAS?«

»Halt die Klappe«, zischt er und sieht sich um, aber wir sind allein in der Hintergasse. Und auch wenn wir es nicht wären, wäre es mir egal. Ich will jetzt Antworten! Ich muss wissen, wieso er sich in mein Leben gegraben hat, wieso er mich angefasst hat. Ich muss wissen, was all das hier soll.

»Sag mir, was du von mir willst! Sag mir, wieso du mich anfassen musstest!« Er beißt die Zähne aufeinander, während die pure Verzweiflung sich durch mich frisst. »Wieso hast du das getan?« Wieso hat er mich je berührt und in seinen Bann gezogen?

»Weil ich dich wollte«, knurrt er.

»Und meine *Schwester*?«

»Will ich nicht.« Und verdammt, das zerfetzt mein Herz, aber gleichzeitig bin ich so erleichtert. Ich bin ein verdammtes Miststück und ich werde in die Hölle kommen, aber als er mich küsst, stöhne ich sofort auf. Denn endlich fühle ich wieder, was ich so sehr brauche. Endlich fühle ich wieder mich – das erste Mal seit so langer Zeit.

im arsch

. . .

EDEN

HART BEWEGEN sich unsere Lippen aufeinander. Ich weiß nicht genau, was es ist, aber etwas treibt mich tief in meinem Inneren. Es fühlt sich so gut an, ihn zu küssen, so gut, wie sein harter Körper sich gegen mich presst. So gut, als er mein Bein packt und es um seine Hüfte schlingt.

Und sofort stöhne ich, als ich fühle, wie hart er ist. Wie sehr er mich will. Ich will ihn genauso. Egal, was er heute getan hat. Egal, was das alles hier zu bedeuten hat. Ich will ihn und ich kann mich gerade auch nicht wehren. Ich bin Wachs in seinen Händen, aber gleichzeitig fliege ich. Ich fliege so hoch, wie ich schon ewig nicht mehr geflogen bin. Und als er mein Haar packt, mich noch tiefer küsst, erzittere ich am ganzen Körper. Mich hat noch nie ein Mann derart gewollt, vor allem, weil ich es nicht zugelassen habe. Aber gerade kann ich mich nicht wehren und ich will es auch nicht. Ich will einfach alles, was er mir gibt, oder besser gesagt, ich will ihm alles geben, was er mir *entreißt*. Die Kontrolle allem voran.

»Das ist ein Fehler«, knurrt er an meinen Lippen und zerrt harsch meine Hotpants auf. »Du wirst es bereuen.« Ja, das werde ich ganz sicher. Aber ich will es nicht anders. Ich will ihn, also küsse ich ihn noch tiefer, noch drängender, streiche gieriger mit meiner Zunge über seine. Sein raues Stöhnen fährt mir geradewegs in den Bauch, heiß prickelt es von dort durch meinen ganzen Körper und lässt mein Blut kochen. Als er mich herumwirbelt und mit dem Vorderkörper gegen die Wand drückt, stöhne ich erneut.

Ja, ich will das.

Ich will ihn.

Jetzt.

Er reißt meine Hotpants und mein Höschen herab und ich bin atemlos, als er seinen Gürtel öffnet.

»Du wirst mich hassen.« Er küsst sich meinen Hals entlang und ich kralle mich fester in die kalte Wand, dränge mich ihm heftiger entgegen. Immer weiter kocht es in mir hoch, immer schwerer kann ich atmen, immer hefiger prickelt es in meinen Venen. »Du wirst dir wünschen, mich niemals getroffen zu haben.« Als sich seine rauen Finger in meinen Arsch graben, stöhne ich auf und als ich seinen Schwanz an mir spüre, zergehe ich fast vor Lust. Alles in mir pulsiert, drängt mich, treibt mich, näher, mehr, immer mehr. Ich kann kaum darüber nachdenken, dass sich ab jetzt alles ändern wird, dass das erste Mal ein Mann in mir sein wird.

»Das tue ich jetzt schon«, keuche ich und lehne meine Stirn gegen den Stein. Ich hasse ihn, ich hasse *mich* und doch höre ich nicht auf. Ich fange jetzt erst an.

»Ich weiß.« Er tut es nicht langsam. Er tut es nicht bedacht. Er nimmt keine Rücksicht. Fest legt er seine Hand an meinen Mund und reißt meinen Hinterkopf gegen seine Schulter, als er sich einfach komplett in mich schiebt. Der Schmerz zerfetzt mich fast. Er ist so heftig, dass sich mein ganzer Körper verkrampft und ich aufkeuche. Tausend brennende Blitze zucken durch meinen Unterkörper, scheinen mich zu rösten. Aber Drake stöhnt an meiner Schläfe und packt mich fester. Kein Entkommen jetzt. Keine Chance jetzt. Jetzt gehöre ich ihm. Das sagt mir alles an ihm und als er sich zurückzieht und nochmal in mich stößt, erzittere ich am ganzen Körper.

Verdammt nochmal, das tut weh. Richtig weh. Es brennt. Es

ist nicht schön, aber es ist, was ich gerade verdient habe. Trudy. Trudy. Trudy. Ich bin so ein Miststück. Also zucke ich nicht zurück, ich halte ihn nicht auf. Ich kralle mich verbissen in seinen tätowierten Unterarm und sehe direkt in seine glühenden Augen. Ich lasse mich völlig fallen, tänzle nicht nur an einem Klippenrand entlang.

Ich stürze. Immer tiefer, immer schneller, immer heftiger, je länger er sich in mir bewegt.

Stöhnend schiebt er seine Hand unter mein Shirt, packt meine Brust und auch mir entkommt ein Stöhnen, als sich ein Lustblitz durch den Schmerznebel zieht. Oh Gott, was tut er nur mit mir? Er fegt völlig über mich hinweg, er ist so animalisch, er nimmt sich, was er braucht und obwohl seine Augen glühen, ist sein Blick irgendwie kalt. Irgendwie schneidend. Irgendwie genau so, wie ich es liebe.

Das nächste Stöhnen küsst er mir von den Lippen. Aber im nächsten Moment gräbt er hart seine Zähne hinein und die Lust pulsiert stärker in mir. Schon schiebt er seine Zunge in meinen Mund, fordert wie selbstverständlich Einlass und ich verwehre ihm diesen jetzt sicher nicht. Er plündert mich völlig, nimmt sich absolut alles, bis nichts mehr von mir zurückbleibt. Bis ich nur noch aus Lust, Schmerz, Schweiß und diesem wilden Rauschen bestehe. Fest gräbt er seine Finger in meine Hüfte und beugt sich an mein Ohr.

»So verdammt eng«, wispert er lusttrunken und schiebt sich langsamer in mich. Meine Augen verdrehen sich nach oben, als ich ihn genauer spüre, und nun wird die Lust übermächtig. Als er direkt an meinem Ohr stöhnt, stellt sich jedes einzelne Härchen auf meinem Körper auf. Noch nie hat mich ein einziger Laut dermaßen angemacht. Noch nie war ich so verdammt gelöst. Noch nie war alles so egal. Noch nie tat irgendwas so verdammt gut. Ich dränge mich ihm entgegen und er gibt einen gepressten, animalischen Laut von sich, der mich noch mehr elektrisiert. Er fickt mich schneller, immer härter und ich kann dem kaum standhalten, aber ich tue es trotzdem irgendwie. Ich bekomme nicht genug, denn ich will das hier. Ich will ihn. Ich will genauso in ihm versinken, wie er es immer wieder in mir tut.

»Fuck«, knurrt er gepresst und knallt seine Hand gegen die Wand. Noch einmal schiebt er sich tief in mich, dann zieht er sich verbissen aus mir zurück und kommt auf meinem Arsch. Stöhnend lehnt er seine Stirn an meinen Hinterkopf und ich schließe die Lider, fühle einfach alles von ihm. Fühle, dass auch er verzweifelt ist, habe aber keine Ahnung wieso. Ich fühle, wie hektisch sein Atem über meinen Nacken streicht und ich fühle, wie er von seinem Hoch runterkommt. Wie er langsam wieder auf dem Boden landet, dort, wo ich mich schon seit Jahren befinde. Vielleicht sogar seit meiner Geburt.

Ein paar Sekunden ist es völlig still. Man hört nur die gedämpften Bässe des Clubs und das Rauschen des Flusses. Ich begreife kaum, was hier gerade passiert ist. Verdammt, alles ging so schnell! Drake streicht mit seiner Nase durch mein Haar, was mich hart erschauern lässt.

»Jetzt sind wir beide im Arsch, Baby«, murmelt er in mein Ohr und dreht mich um. Der Mond scheint direkt auf seine Augen und nun schimmern sie fast silberbraun. Erst jetzt fällt mir auf, dass dieser Mann wirklich schön ist. Trotz der Narbe, die sich über sein kantiges Kinn zieht und trotz, dass er auf den ersten Blick so harsch wirkt; trotz, dass in seinen Augen dieser getriebene Ausdruck liegt. Oder vielleicht *gerade* deswegen. Vielleicht ist es genau dieser animalische Hauch, der ihm Schönheit verleiht.

»Wieso?«, frage ich und würde ihn gern anfassen, aber ich traue mich nicht. Ich habe noch nie einen Mann angefasst und werde auch jetzt nicht damit anfangen. Ich weiß nicht wie. Er beißt die Zähne aufeinander und schüttelt seinen Kopf.

Was? Was denkt er? Was spannt ihn jetzt so an? Wird er mich wieder von sich stoßen? Aber noch ehe ich weiter darüber nachdenken kann, drückt er seinen Mund erneut auf meinen. Er küsst mich sanfter, nicht so getrieben - sinnlich und langsam. Sodass mein Kopf sofort zu schwirren beginnt. Und als er seine

Hand zwischen meine Beine schiebt, stöhne ich überrascht auf, denn ich komme schon wieder fast.

»Denk nicht drüber nach«, wispert er an meinen Lippen und bewegt seine Finger zart. So verdammt sanft im Gegensatz dazu, wie er gerade über mich hinweggewütet ist. Ich kralle mich in seine Lederjacke, versuche irgendwie, mich an ihm festzuhalten, aber ich weiß wirklich nicht, ob er dafür geeignet ist. Ich glaube eher nicht. Doch gerade ist mir das scheißegal. Er massiert langsam meinen Lustpunkt, küsst mich genauso langsam. Ich erzittere am ganzen Körper, kralle mich fester. Alles in mir weicht immer mehr auf, jede Schicht fällt ab und mein Kern drängt sich enger an ihn, will sich mit ihm verbinden, will noch ein bisschen mehr.

»So ist es gut, Baby. Lass los«, flüstert er heiser und sieht mir direkt in die Augen. Er treibt mich mit seinem Blick immer weiter und hält mich doch aufrecht. Ich kann nicht wegsehen. Ich kann nicht antworten. Ich kann nicht denken. Ich will nur dieses Hoch spüren. Ich will nur abheben. Ich will nur, dass er nie, niemals seine Finger aus mir nimmt. Bitte. Ich will das hier für immer.

»Komm für mich.« Und als er seine Finger fester auf mich drückt, kann ich nicht anders, als seinem Befehl zu folgen. Ich komme so heftig, dass mir ganz schwindlig wird. Stöhnend lasse ich meine Stirn gegen seine Schulter sinken und er presst seine Lippen in mein Haar, bewegt seine Finger weiter, lässt mich immer weiter schweben, immer weiter fliegen, wie er es schon beim ersten Mal getan hat. Ich bin schwerelos, völlig losgelöst von der Realität und ich liebe das. Es ist so. Unglaublich. Gut.

Ich will es nicht. Ich will dieses phänomenale Gefühl noch weiter auskosten, doch dann endet der Orgasmus und wieder mal komme ich hart auf dem Boden auf.

Viel zu schnell bin ich wieder völlig klar und das, obwohl sein maskuliner Duft in meine Nase steigt. Obwohl ich gerade Dinge getan habe, die ich eigentlich nie tun wollte. Obwohl ich

Trudy hintergangen habe. Bei dem Gedanken macht alles in mir dicht.

Wie konnte ich ihr das nur antun?

Was für ein ekelhaftes Miststück bin ich eigentlich?

»Ich muss nach Hause«, wispere ich erstickt und er nickt verstehend. Aber er versteht gar nichts. Er versteht nicht, was für einen Vertrauensbruch ich gerade begangen habe.

»Das musst du.«

Ja, das muss ich. Ich muss zu Trudy. Ich muss mit ihr reden. Ich muss ihr sagen, was ich getan habe. Ich muss ihr sagen, was ich fühle und wie sehr ich mich verstrickt habe. Und sie muss mich verstehen. Ich hoffe so sehr, dass sie mich verstehen kann.

»Ich fahre dich. Gib mir deinen Autoschlüssel.« Und diesmal protestiere ich nicht, denn dafür bin ich einfach viel zu schwach. Das ist es, was er mit mir tut. Er macht mich schwach – und das ist wohl das Gefährlichste an ihm.

dieser mann

• • •

EDEN

TIEF ZIEHT Drake an seiner Zigarette und der Rauch strömt aus dem geöffneten Fenster. Meine Zigarette verraucht einfach zwischen meinen Fingern, während New Yorks Skyline an uns vorbeizieht. Ich bin irgendwie leer. Irgendwie, als hätte man mir alles aus dem Körper gesaugt und das fühlt sich gut an. Egal, was ich getan habe. In diesem Moment kann ich alles andere von mir schieben.

Ich muss nicht mehr die ganze Zeit nachdenken, ich muss mir nicht den Kopf zerbrechen. Schwer ruht er an der Lehne und ich schlucke das Gähnen, das meinen Hals hochkriecht, verkrampft herab.

Als Drake seine tätowierten Finger auf dem Lenkrad pumpt, sehe ich träge zu ihm. ***ALIVE*** steht auf den Knöcheln seiner linken, ***DEAD*** auf seiner rechten Hand.

»Wieso lebendig und tot?«, frage ich leise und er antwortet, ohne mich anzusehen.

»Weil du entweder alles tust, was du tun willst, egal, wie riskant es auch sein mag, oder tot bist.« Meine Meinung. Interessant. Aber dort, wo er hingezogen ist, kann er nicht lebendig sein.

»Bist du in Roxbury nicht tot?« Er lächelt spöttisch, keine Wärme liegt in dieser Geste.

»Weil ich unter Rentnern und American Darlings lebe?«

»Ja.« So kann man es nennen. »Wieso bist du dorthin gezogen?«

»Weil meine Oma gestorben ist. Das Haus hat ihr gehört.« Aha. Ja, genau, ich erinnere mich an die ältere Dame, von der man nie viel gesehen hat. Sie lebte sehr zurückgezogen und hat sich mit niemandem aus der Straße unterhalten. Und es ist auch schon ein paar Jahre her, dass sie gestorben ist. Bis Drake einzog, stand das Haus leer.

»Sie hieß Fitzgerald?«, erkundige ich mich. Zwar zuckt sein Mundwinkel, aber er bringt es nicht zu einem Lächeln.

»Ja.« Seine Antwort ist knapp, als würde er nicht darüber reden wollen.

»Du sprichst nicht gern über sie.«

»Sprichst *du* gern über Tote?« Sofort denke ich an Dad und alles in mir blockiert. Nein, ich spreche wirklich nicht gern über ihn. Alles, was ich über ihn zu erzählen hätte, werde ich nie wieder zurückbekommen. Es tut nur weh, mir das vor Augen zu führen.

»Nein«, gebe ich also heiser zu und schnippe meine Zigarette aus dem Fenster. Als es anfängt, leicht zu nieseln, schließe ich es fröstelnd. Mit einem Mal ist mir gar nicht mehr so heiß. Ich komme runter und frage mich, was vorhin eigentlich in mich gefahren ist. Wieso bin ich ihm eigentlich blindlings gefolgt und habe mich in einer schmutzigen Gasse von ihm vögeln lassen? Es ist doch offensichtlich, dass was mit ihm nicht stimmt. Er zwingt Frauen, für ihn zu arbeiten. Er beobachtet mich, während er andere Frauen fickt. Er hat Fotos von meiner Schwester und mir zu Hause. Und trotzdem sitze ich hier.

»Wie lang beobachtest du mich schon?«, erkundige ich mich und schlinge einen Arm um meinen Oberkörper.

»Seit ich eingezogen bin.« Heilige Scheiße! Das ist lang! Und er gibt es völlig schamlos zu. Gelassen lenkt er den Wagen weiter und macht nicht mal Anstalten, sich zu erklären.

»Wieso?«

»Weil ich gern meine Umgebung im Auge habe.« *Lügner. Krimineller Lügner!*

»Was hat es mit den Kisten auf sich?« Er wirft mir einen gereizten Blick zu, aber das hält mich nicht auf. Ich will wissen, wer er ist. Er war in mir. Er hat Trudy zum Lachen gebracht. Er beobachtet uns.

»Du solltest nicht so viele Fragen stellen.«

»Wieso nicht?«

»Weil das gefährlich sein könnte.« Aber das interessiert mich wirklich nicht. Immerhin weiß ich jetzt, dass sein Bruder zur üblen Sorte gehört, er eine Waffe besitzt und gern mit Messern an Menschen herumspielt und bin nicht weggelaufen. Sieht er nicht, dass ich nicht zu den ängstlichen Frauen dieser Welt gehöre?

»Hast du es noch nicht gemerkt?«, erkundige ich mich und er runzelt die Stirn.

»Was denn?«

»Ich liebe die Gefahr.«

»Das habe ich gemerkt, als du bei mir eingebrochen bist.«

»*Sie* hat mich drauf gebracht«, murmle ich unwillig und in mir zieht es sich zusammen. Heute habe ich Trudy aufs Übelste hintergangen. Was ich getan habe, geht gegen jeden Kodex, jede Liebe. Ich beiße die Zähne zusammen und sehe aus dem Fenster, gegen das der Regen peitscht.

»Deine Schwester«, stellt er fest, als wüsste er vollends über uns Bescheid, aber er weiß gar nichts. Und er soll nicht über meine Schwester reden. Er hat sie dazu gebracht, sich in ihn zu verlieben und dann hat er mich gefickt. Fuck!

»Ja.«

»Sie ist nicht so ein Engel, wie es scheint«, sagt er auch noch und sofort peitscht Wut durch meinen Bauch. Niemand darf über Trudy urteilen. Niemand kennt sie. Erst recht nicht er! Er sollte auf gar keinen Fall ein falsches Wort über sie verlieren.

»Sprich nicht über sie.«

»Wieso? Ich mag sie.« Ach, er *mag sie also*? Wie schön.

»Redest du deswegen jeden Tag mit ihr?« Nun lächelt er in sich hinein und gibt Gas, als er auf den Highway fährt. Dieses Lächeln gefällt mir nicht, es ist fast *weich*. Es ist fast zu viel und in meiner Brust fängt es auch noch an, heftiger zu poltern.

»Ja. Sie ist amüsant und nicht auf den Kopf gefallen.« Aber sie macht sich Hoffnungen auf mehr! Sie hat sich in ihn *verliebt* und ich hatte mein erstes Mal mit ihm. Verdammt, ich hätte es niemals so weit kommen lassen sollen. Ich hätte ihn abweisen sollen, aber ich wollte ihn. Und deswegen bin ich einfach über alles getrampelt, was mir etwas bedeutet. Geschlagen streiche ich über mein Gesicht.

»Hast du ein schlechtes Gewissen?«, erkundigt er sich wissend.

»Ich hätte keinen Sex mit dir haben sollen«, murmle ich unwillig.

»Nein, hättest du nicht. Aber du tust ja grundsätzlich das, was du nicht tun solltest.«

»Woher willst du das wissen?«, frage ich gereizt und nun funkelt es in seinen Augen.

»Ich beobachte dich. Schon vergessen?«

»Stalker«, knurre ich düster und er lacht leise. Sein Lachen habe ich wirklich noch nie gehört und der Laut gefällt mir. Mein Herz schlägt gleich noch ein bisschen schneller, verflucht. Ich glaube, nicht nur Trudy will mehr von ihm. Ich glaube, bei mir ist das auch so.

»Du hast also Stripperinnen ausgesucht?«, frage ich leise und Drake seufzt schwer.

»Devon wollte nur mit deinen Ängsten spielen. Das kann er besonders gut.« Ich bin viel zu ausgelaugt, um herauszufinden, ob das eine Lüge ist. Woher will Devon überhaupt wissen, wovor ich Angst habe? Er kennt mich doch gar nicht.

»Ist *Devon* dein Bruder?«, erkundige ich mich etwas schleppend und er wirft mir einen Seitenblick zu.

»Ja.«

»Er hat mich angesehen, als würde er mich verabscheuen.« Der Hass in seinen Augen war so greifbar, aber wieso? Ich habe ihm nichts getan. Ich kenne ihn nicht. Ich kenne Drake nicht. Der pumpt nun seine Faust auf dem Lenkrad.

»Meistens verabscheut Devon sich selbst.« Drake sieht stur nach vorn und ich ahne, dass das nicht die ganze Wahrheit ist. Ich ahne, dass irgendwie mehr dahintersteckt, aber auch, dass Drake nicht weiter darüber sprechen wird.

»Du bist sehr verschlossen.«

»Findest du?« Er hebt eine Braue und mustert mich bedeutungsvoll. Ich weiß schon, was er sagen will. Beim Sex ist er das nicht, jaja. Aber wir reden doch hier gar nicht von Sex.

»Zumindest wenn du vor meinen Augen keinen Sex mit anderen Frauen hast. Wieso hast du das überhaupt gemacht?«

»Weil ich vögeln wollte.«

»Und wieso hast du mich dabei beobachtet?«

»Weil es mich angemacht hat.« Aber *ich* habe es gehasst. Wirklich gehasst. Ich will das nicht mehr sehen, ich will auch eigentlich nicht mehr mit ihm reden oder ihn noch näher an mich ranlassen. Aber gleichzeitig könnte ich ewig so mit ihm weiterfahren. Wohin? Egal. Am besten wir kommen nie an.

»Mich nicht«, antworte ich so leise, dass ich nicht weiß, ob er es gehört hat. Und er sagt nichts mehr. Irgendwie wirkt sein Schweigen skeptisch und das nervt mich, also mustere ich ihn blitzend. Eigentlich ist es mir egal, was er mit anderen Frauen macht. Soll er doch die ganze Straße vögeln. Nur meine Schwester nicht.

»Sieh mich nicht so an, kleiner Kaktus«, meint er, ohne meinen Blick zu erwidern. Oh, er soll sich *bloß* nichts einbilden. Und wie nennt er mich überhaupt? Sehe ich aus wie ein fucking Kaktus?

»Kaktus?«

»An dir kann man sich ja nur stechen.« Er zuckt mit den Schultern und ich mustere ihn angewidert. So viel Tiefe hätte ich Fitzgerald gar nicht zugetraut.

»Das war ja *poetisch*.«

»Erzähl es keinem.«

»Sicher nicht.« Ich werde sicher niemandem von ihm erzählen, außer Trudy. Aber mit wem sollte ich auch sonst sprechen? Mit meiner Mom? Sicher nicht. Jemandem aus der Uni? Dass ich nicht lache.

»Was hast du überhaupt in meiner Vorlesung gemacht?«

»Ich wollte nach dir sehen.« Nach mir sehen?

»Wieso das denn?«

»Es ging mit mir durch.« Meine Fresse, geht es noch kryptischer?

»Und was machst du sonst an der Uni?«

»Studieren.«

»Was denn?« Vielleicht erzählt er mir ja etwas anderes als Trudy.

»Ich weiß es noch nicht.« Gott, ich hasse es, keine richtigen Antworten zu bekommen. Aber Drake scheint nicht sehr offen oder redselig zu sein. So mag ich es *normalerweise* am liebsten. Die meisten Menschen reden zu viel, ohne wirklich etwas von ihrem Gesagten ernst zu meinen. Die stillen Menschen sind meistens die, die wirklich was zu sagen hätten.

Als wir in unsere Straße biegen, spanne ich mich etwas an. In unserem Haus brennt kein Licht, aber das heißt nicht, dass alle schlafen. Vielleicht ist Trudy aufgewacht und hat gemerkt, dass ich abgehauen bin. Vielleicht hat sie sich wieder Sorgen gemacht. Vielleicht hat sie versucht, mich anzurufen, aber ich hatte nicht mal ein Handy dabei. Vielleicht wird sie auf mich warten und ich werde ihr das Herz brechen müssen. Am liebsten würde ich Drake sagen, dass er weiterfahren soll, aber ich tue es nicht.

»Ich werde dir morgen schreiben und du wirst antworten«, beschließt er, als er auf seinen Parkplatz fährt. Meine Antwort ist nur ein Schnauben. In seinen Träumen vielleicht. Er packt jedoch mein Kinn und zwingt mich, ihm in die Augen zu sehen. Seine sind wirklich faszinierend – in diesem Moment so dunkel und anziehend, weil kein Licht ins Wageninnere fällt, so verlockend. »Was bist du nur für ein störrisches Wesen, kleine Eden?«, murmelt er und küsst mich. Und ich sollte es nicht tun, aber meine Lippen bewegen sich sofort mit seinen im Einklang.

Ich liebe diesen weichen Mund, ich liebe diesen Geschmack, ich liebe diese Zunge. Ich könnte süchtig danach werden. Nach der Art, wie geduldig er seine Lippen auf meinen bewegt, der Art, wie er mich dabei mustert. Aber ich schließe meine Lider, denn ich will nicht, dass er zu tief in mich hineinsieht. Ich will nicht, dass er etwas Fatales sieht. Dieser Mann macht mich verletzlich und das *darf* ich doch nicht sein. Niemals.

»Du wirst antworten«, wispert er an meinem Mund und streicht mit dem Daumen über meine Unterlippe. Ich erschauere, aber weil er nicht denken soll, dass ich jetzt zu einem gehirnamputierten Zombie mutiere, ziehe ich mich zurück.

»Vielleicht«, antworte ich und mache, dass ich davonkomme. Ungläubig schüttelt er den Kopf, als ich die Tür zuschlage und auf das Haus zugehe. Eigentlich würde ich am liebsten umdrehen. Aber ich bin immer noch kein Feigling, also stelle ich mich der widerlichsten Aufgabe, die ich je hatte. Ich werde meiner Schwester das Herz brechen. Das wollte ich nicht, aber ich bereue auch nicht, Sex mit ihm gehabt zu haben. Denn irgendwas in mir hat sich verändert. Ich bin vielleicht verletzlicher, aber auch irgendwie stärker geworden.

Was macht dieser Mann nur mit mir?

Als ich wieder zu meinem Auto sehe, ist er verschwunden, als wäre er nie da gewesen. Doch er war da, in mir – und das werde ich nie wieder vergessen.

ein hollow an meinem tisch

. . .

EDEN

MANCHMAL HABE SOGAR ICH GLÜCK, denn als ich mein Zimmer betrete, liegt meine Schwester in meinem Bett und schläft tief und selig. Sie wirkt so friedlich, als hätte die Welt sie nie gebrochen – so entspannt. Und ich bin kein Monster, auch wenn ich mich manchmal wie eines verhalte. Ich werde diesen Frieden nicht zerstören. Ich werde sie nicht aufwecken, um ihr das Herz zu brechen. Ich werde morgen mit ihr reden. Dann werde ich auch wieder etwas Abstand zu dem haben, was zwischen uns passiert ist, und etwas klarer sein.

Meine Fußsohlen schmerzen, als ich mein Zimmer durchquere, um mein Fenster zu schließen. Aber als ich hinaussehe, stocke ich. Erst höre ich eine weibliche Stimme, dann stürmt Drakes Tussi plötzlich aus dem Haus. Sie knallt die Tür hinter sich zu und schimpft vor sich hin. Mit ihren Heels in der Hand und ihrem Handy am Ohr stürmt sie die Straße herab und wirkt wirklich außer sich.

Lächelnd sehe ich ihr nach.

Hat er sie etwa rausgeschmissen?

Hat er sie sitzen lassen?

Hat er vorhin den Sex unterbrochen?

Die Vorstellung gefällt mir und ich lehne die Schläfe an den Fensterrahmen. Immer noch kann ich nicht glauben, was ich die letzten Stunden mit Drake in diesem Club erlebt habe. Ich bin keine Jungfrau mehr, der Beweis dafür brennt immer noch leicht zwischen meinen Beinen. Aber ich bereue es nicht. Ich kann nicht. Ich will es nicht bereuen. In diesem Moment hat es sich so richtig angefühlt, obwohl es eigentlich so falsch war. Abwesend streiche ich über meinen Bauch, in dem es bei der Erinnerung an ihn in mir so angenehm kribbelt. Doch dann bemerke ich eine Bewegung in seinem Schlafzimmer. Shit, er beobachtet mich und ich reiße mich eilig zusammen. Schnell wische ich dieses dämliche Lächeln von meinem Gesicht und straffe mich, aber *sein* zufriedenes Lächeln zeigt mir, dass er schon bemerkt hat, was in mir vorgeht. Als ich ihm den Mittelfinger zeige und erst mein Fenster und dann meine Vorhänge schließe, kommt es mir vor, als würde sein Lachen zu mir rüberwabern. Und verdammt nochmal, schon wieder zucken meine Mundwinkel.

Was macht dieser Mann nur mit mir? Wieso fühle ich mich so leicht, obwohl in meinem Leben normalerweise doch alles so schwer ist? Eigentlich sollte ich duschen. Ich bin verschwitzt, ich stinke, ich bin dreckig und ich bringe mich wenigstens dazu, kurz meine Füße zu waschen. Allein das kostet mich unmenschliche Kräfte.

Völlig erschöpft, lege ich mich schließlich ins Bett. Als Trudy sich mit dem Rücken an mich kuschelt, schlinge ich meinen Arm um ihre Hüfte. Und ich weiß, dass sie wach ist. Ich weiß, dass sie vielleicht sogar etwas ahnt. Aber sie sagt nichts. Und auch ich sage nichts.

Ich halte sie die ganze Nacht einfach nur in meinen Armen und frage mich, wieso ich so verdammt kaputt bin. Aber die Antwort darauf kenne ich bereits. Ich bin kaputt, weil ich ich bin und einfach alles kaputtmache – sogar mich selbst.

»Freust du dich?«, fragt mein Vater.

»Ja, Dad. Sicher«, antworte ich bemüht spöttisch, denn eigentlich bin ich zu alt, um Ausflüge mit meinem Vater zu machen. Aber er lässt sich immer etwas anderes einfallen, was ich mögen könnte. Es wird nie langweilig, auch wenn ich manchmal so tue, als wäre es das. Heute fahren wir zum Weihnachtsmarkt – dem größten New Yorks. Ich liebe Weihnachtsmärkte. Ich liebe Weihnachten, ich liebe es, wenn dicke Schneeflocken vom Himmel segeln und Zimtzucker an meinen Lippen klebt. Ich liebe es, Punsch zu trinken und den Eisläufern dabei zuzusehen, wie sie ihre Runden drehen. Vielleicht überrede ich Dad ja auch dazu, mit mir aufs Eis zu kommen. Er hasst das eigentlich und fällt immer wieder hin. Letztes Jahr hatte ich so einen harten Lachanfall, dass ich mir fast in die Hosen gemacht habe und Dad war wirklich mürrisch. Aber er ist nie ernsthaft gereizt, immer nur oberflächlich. Man merkt stets, wie viel meine Schwester und ich ihm bedeuten, dass wir sein Leben sind, und so sieht er mich auch an, als wir aus unserer Straße biegen.

Die Sonne scheint in den Wagen, direkt auf seine grünen Augen. Die Augen meiner Schwester, mystische Augen, Katzenaugen. Meine sind blau und ein wenig langweilig, aber das ist schon okay.

»Du freust dich«, nagelt er mich fest und legt einen besonders strengen Blick auf. Allerdings bringt der mich nur zum Kichern.

»Ich freue mich nicht.«

»Du liebst es, Zeit mit deinem alten Herren zu verbringen.«

»Ich liebe es nicht.«

»Du liebst es.«

»Ich...« Ich komme nie zum Antworten, denn plötzlich kracht mit voller Wucht ein Sprinter in unseren Wagen – genau in Dads Seite. In einem Moment lacht er noch, in einem Moment spricht er noch, im nächsten besteht er nur noch aus einer matschigen Masse und ich schreie. Ich schreie so sehr, wie ich noch nie geschrien habe ...

Keuchend schrecke ich aus dem Schlaf und bin erstmal total orientierungslos. Ich habe keine Ahnung, wo ich bin. Ich habe keine Ahnung, wie spät es ist. Ich habe keine Ahnung, ob es Tag oder Nacht, Sommer oder Winter ist. Ich habe keine Ahnung, ob ich Eden oder Trudy bin.

Hektisch taste ich meine Beine ab ... Sie sind noch da.

Ich bin ich.

Verdammt nochmal. Ich sitze nicht im Rollstuhl.

Aber ich habe gerade geträumt, ich würde in der Haut meiner Schwester stecken. Fuck, das war krank. Ich bin schweißüberströmt, die Kleidung von gestern klebt an mir und die Sonne scheint durch einen Spalt im Vorhang direkt auf mein Bett. Aber ich bin allein. Trudy ist nicht mehr da und ich fühle mich sofort wie ein verlassener One-Night-Stand. Dann fällt mir ein, was ich gestern getan habe, dass ich *wirklich* einen One-Night-Stand hatte, und ich lasse mich atemlos in die Kissen zurücksinken.

Das Herz trommelt noch hart in meiner Brust und ich lege meine Hand darauf, um mich zu beruhigen. Das ist mir schon ewig nicht mehr passiert, schon ewig habe ich nicht mehr von dem Unfall geträumt. Aber wahrscheinlich hat das schlechte Gewissen, das ich wegen Drake empfinde, einige Scheiße nach oben geholt. Früher habe ich oft geträumt, den Unfall an Trudys Stelle zu erleben. Ich habe davon geträumt, wie das Auto zusammengequetscht wurde und meine Beine gleich mit. Wie ich stundenlang besprenkelt mit dem Blut meines Vaters und seinem Leichnam neben mir verharren musste. Ich habe davon geträumt, wie ich immer mehr den Verstand verlor, wie ich immer wieder ohnmächtig wurde und zu mir kam. Wie lang es dauerte, bis die Feuerwehr mich endlich aus dem Wrack geschnitten hat. Wie ich in die Notaufnahme gebracht und alles endlich schwarz wurde. Und ich habe sogar geträumt, wie ich erwachte und sie mir mitteilten, dass sie beide Unterschenkel abnehmen mussten. Ich habe davon geträumt, wie mein gesamtes Leben sich änderte und wie ich neidisch dabei zusah, wie meine Schwester Eden mit ihren tollen Beinen an mir vorbeispazierte. Ich habe davon geträumt, wie ich innerlich immer mehr verbitterte, und hier unterschieden sich meine Träume wohl von der Wirklichkeit. Denn Trudy war nicht ein einziges Mal neidisch oder verbittert. Sie war nur froh, am Leben zu sein, und hat alles dafür getan, Mom und mich nach dem Tod unseres Vaters aufzufangen.

Trudy war ein wahrer Engel. So gebrochen, aber doch für uns da.

Und was mache ich jetzt?

Ich fühle mich wie ein Haufen Scheiße, als ich die Decke zurückschlage und aufstehe. Dann reiße ich die Vorhänge auf und will eigentlich auch das verschwitzte Shirt über meinen Kopf reißen, als ich merke, dass vor unserem Haus ein Wagen parkt. Ein schwarzer Mercedes mit getönten Scheiben. Das gefällt mir nicht. Gar nicht. Es erinnert mich an New York. Also ziehe ich das Shirt wieder an meinem Bauch herab und reiße mein Fenster auf. Dann beuge ich mich hinaus. Aber ich sehe niemanden, nur Mister Hancock geht mit seinen preisgekrönten Dackeln spazieren.

Ich habe allerdings – mal wieder – ein schlechtes Gefühl, also durchquere ich mein Zimmer eilig. Als ich die Tür einen Spalt öffne, dringt Moms Lachen in die obere Etage. Es ist gekünstelt und mit einer leicht nervösen Note versehen, die sofort meine Alarmglocken schrillen lässt. Eilig haste ich den Gang entlang, aber ich stocke am oberen Treppenabsatz, denn ich bemerke, dass Trudy in ihrem Rollstuhl vor der Küchentür steht und etwas beobachtet. Sie ist auch sehr aufmerksam, auch sehr angespannt und ihre Finger krallen sich etwas zu fest in ihre Reifen. Als wäre sie bereit, jede Sekunde loszurollen und sich dramatisch dazwischenzustürzen. Aber zwischen was?

»Hey«, zische ich und ihr Kopf fährt herum. In ihren Augen blitzt es unnatürlich unheilvoll, was mich nur noch mehr alarmiert.

»PSCHT!«, macht sie sofort und presst ihren Zeigefinger vor die Lippen. Stirnrunzelnd husche ich weiter herab und das mulmige Gefühl verstärkt sich mit jeder Stufe mehr.

Was zum Teufel passiert hier schon wieder?

»Was ist los?«, flüstere ich, als ich bei meiner Schwester ankomme und linse ebenfalls in die Küche. Dann erstarrt alles in mir, denn *damit* habe ich nun wirklich nicht gerechnet. Ich habe nicht damit gerechnet, dass ausgerechnet Devon Hollow an unserem Küchentisch sitzt und sich mit meiner Mutter unterhält. Ein paar Sonnenstrahlen fallen auf sein akkurat frisiertes dunkelbraunes Haar, seinen gepflegten Dreitagebart und den teuren Anzug. Außerdem auf den Ring, der aufblitzt, als er einen Schluck Kaffee trinkt. Ein Ehering? Ich weiß es nicht. Echt nicht. Sein Kiefer ist markant und die Brust unter seinem schwarzen Hemd trainiert. Nicht so sehr wie Drakes, aber trotzdem muskulös.

»Was macht er hier?«, frage ich meine Schwester starr.

»Er will das Haus kaufen«, antwortet sie unwillig. »Alle Häuser dieser Straße.«

»WAS?«, rufe ich etwas zu laut aus und wir beide ziehen uns schnell zurück. Erst jetzt bemerke ich, wie verdammt schnell mein Herz schlägt und dass der Schweiß wieder aus all meinen Poren gebrochen ist.

Dieser Mann ist gefährlich.

Ich will ihn nicht in diesem Haus.

Ich will ihn nicht bei meiner Mutter und ich will ihn erst recht nicht bei meiner Schwester.

Er soll verschwinden.

Ich drehe so langsam durch. Irgendwas stimmt hier nicht – mit Devon als auch mit Drake und es hat mit uns zu tun. Das alles kann kein Zufall sein. Ich werde das hier allerdings nicht weiter zulassen. Ich werde nicht zulassen, dass sie hier eindringen und uns verarschen. Also straffe ich mich und atme tief durch.

»Was hast du vor?«, fragt Trudy, die sofort merkt, dass ich in den Kampfmodus schalte.

»Ich vertreibe ihn.« Und dann biege ich einfach in die Küche und laufe erstmal mit voller Wucht gegen seinen Stuhl. Da er gerade einen Schluck Kaffee trinken wollte, schwappt die Brühe aus der Tasse und über ihn.

»Ups«, lalle ich, als wäre ich betrunken und Mom keucht schockiert. Er jedoch nimmt nur langsam seine Serviette und tupft damit über seine Brust. Sein Blick ist eiskalt, hasszerfressen, er wirkt, als würde er mich jeden Moment eigenhändig erwürgen. Aber ich unterdrücke die Angst, wie ich es schon so oft getan habe.

»Wer is das denn?«, frage ich Mom und ignoriere ihr verkniffenes Gesicht, das sich langsam rötet. Stattdessen stütze ich mich an seiner Armlehne ab und sehe direkt in diese so eisigen, grünen Augen. »Ist das dein Neuer? Der ist ja hübsch!«

Sein Kiefer mahlt und ich kann die Hitze seiner Wut förmlich fühlen, aber das ist mir scheißegal. Er ist in meinem Haus, bei meiner Familie und er soll sich verpissen. Das zeige ich ihm mit meinem Blick, aber scheiße mir dann fast ins Höschen, als er samtweich spricht.

»Du bist wohl Eden Flowers. Schön, dich kennenzulernen. Um deine Frage zu beantworten – nein, ich bin nicht der neue Partner deiner Mutter.« Sein Blick sagt mir: ich bin der Teufel, der dir das Leben zur Hölle machen wird. »Ich bin Bauunternehmer und interessiere mich für euer Haus.«

»ACH?« *Verarsch mich doch nicht, Wichser.*

Ein leicht überhebliches Lächeln zupft an seinem Mundwinkel.

»Ich habe gehört, deine Schwester hat ihre Beine verloren. Prothesen sind teuer.« Und jetzt würde ich ihm am liebsten eine schmieren, ich würde mich am liebsten blindlings auf ihn stürzen. Aber meine Mutter reißt mich zurück.

»Eden! Jetzt reicht es!«, blafft sie, aber ich starre nur diesen Wichser hasserfüllt an. *So* ist er hier reingekommen? Er hat mit den Hoffnungen und Sorgen meiner Mutter gespielt? Ich kille ihn. Ich bringe ihn um. Vor Wut steigen mir Tränen in die Augen. Das passiert oft, wenn der Zorn mich so heftig überrollt. Doch Devon erhebt sich völlig gelassen und legt seine Serviette neben seine Tasse. Außerdem auch eine Visitenkarte.

»Überlegen Sie es sich, Mrs. Flowers. Mein Angebot gilt eine Woche.« Damit nickt er meiner Mutter zu, während ich am ganzen Körper vor Hass bebe. Sein Blick scheint aus Eis zu bestehen, doch dann verschwindet er aus der Küche und ich spitze meine Ohren, denn um nach draußen zu gelangen, muss er an Trudy vorbei und ich hoffe für ihn, dass er sie nicht dumm anlabert. Allerdings bleibt es still im Flur. Vielleicht hat sie sich ja noch rechtzeitig zurückgezogen.

Endlich klackt die Haustür. Endlich ist er weg. Aber sein Parfüm liegt noch wie ein feiner Nebel in der Luft und dreht mir den Magen um.

»Du wirst ihn nicht anrufen«, sage ich sofort zu meiner Mutter und sie runzelt die Stirn.

»Aber ...«

»Nein! Er ist ein Betrüger! Er will auch sicher nicht dieses Haus kaufen, Mom. Mit dem stimmt was nicht!«

»Das weiß ich, ich kenne Devon Hollow«, antwortet sie angespannt und überschaut mich genauer. Was soll das heißen, *sie kennt ihn*? Vielleicht noch aus ihrer Zeit in New York? »Wie siehst du überhaupt schon wieder aus?«, fragt sie, bevor ich nachhaken kann.

»IST DOCH JETZT SCHEISSEGAL!« Ich starre diese Visitenkarte an und frage mich, ob die darauf abgedruckte Adresse seine wirkliche ist. Vielleicht könnte ich ja was rausfinden, wenn ich dort vorbeischneie. Kurzerhand schnappe ich mir die Karte und stürme aus der Küche.

»Eden, warte!«, ruft Mom mir nach, aber da stehe ich schon vor Trudy. Sie ist immer noch im Flur und wirkt ein wenig ... benebelt.

»Trudy?«

»Eden«, sagt sie stirnrunzelnd und starrt die Haustür an. Aber ich ignoriere ihr komisches Verhalten. Ich kann damit jetzt nichts anfangen.

»Wir müssen, was rausfinden, komm.«

Devon Hollow ist nicht nur Nachtclubbesitzer, sondern tatsächlich auch Bauunternehmer. Er gehört zu einer von New Yorks ältesten und einflussreichsten Familien. Er ist fünfunddreißig Jahre alt, nicht verheiratet, hat keine Kinder. Er hatte eine Frau, aber die ist vor fünf Jahren verstorben. Außerdem hat er einen Bruder – Drake – und eine Schwester Abigail. Er lebt im teuersten Viertel New Yorks und gehört zu den begehrtesten Junggesellen. Allerdings datet er nicht. Niemals. Natürlich setzt er sich für die Umwelt ein und hat eine Entzugsklinik gegründet. Außerdem steht er auch mit einem Bein in der Politik und es wird gemunkelt, dass er vielleicht sogar für den Senat kandidieren wird. Dies sind allerdings nur Gerüchte der High Society, mit der ich ja nichts mehr zu tun habe. Eigentlich sollte ich die Familie Hollow kennen und ganz tief in meinem Hirn, in dem ich so vieles ganz weit nach hinten gepackt habe, weil es zu sehr weh tut, rattert es auch irgendwie. Aber auf den ersten Blick kommt mir keines der drei Geschwister bekannt vor. Trudy und ich haben Stunden damit verbracht, alles über sie rauszufinden. Meine Schwester ist bei so etwas ein kleines Genie und ich saß eigentlich die ganze Zeit nur brodelnd daneben und habe Süßigkeiten gefressen, wie immer, wenn ich wütend bin.

Über Drake fanden wir am wenigsten. Er ist wie ein verdammtes Phantom. Kein Artikel. Keine sozialen Medien. Kein Foto. Kein Nichts. Über Abigail Hollow fanden wir allerdings etliche Artikel und Angaben, denn sie ist Influencerin und angesehenes Model. Die drei sind halbe Brasilianer, halbe Amerikaner und ihre Mutter ist eine brasilianische Schönheit, während ihr Vater ein eiskalter, patriotischer Klotz ist – das habe ich schon auf den Fotos erkannt.

Das alles hat mich so sehr eingenommen, dass ich ganz vergessen habe, Trudy zu beichten, was ich gestern getan habe. Ich denke erst wieder daran, als ich am Nachmittag *endlich* unter der Dusche stehe und bemerke, dass ich wund bin. Wegen Drake. Verdammt nochmal. Was wollen die beiden Brüder von uns? Wieso ist Drake in diese Straße gezogen? Was will er hier und was will er von *mir*? Wieso musste er mich nur ansehen, anfassen, all diese Dinge mit mir tun, die ich einfach nicht verdrängen kann? Wieso musste das alles so verdammt kompliziert werden?

Verbissen steige ich aus der Dusche und greife nach einem Handtuch.

»Sagst du mir jetzt endlich, was es mit diesem Devon wirklich auf sich hat?«, fragt Trudy vor der Tür, als hätte sie nur darauf gewartet, dass ich das Wasser abstelle. Ich rubble mich heftig ab. Nein, eigentlich will ich es ihr immer noch nicht mitteilen, eigentlich will ich einfach für alle Zeit schweigen und so tun, als wäre nichts geschehen. Aber das wäre unfair und sie sollte wissen, mit wem sie sich abgibt. Also zerre ich ein Höschen über meine Beine und schlüpfe in einen BH. Dann verlasse ich einfach das Badezimmer. Trudy sitzt immer noch an meinem Schreibtisch, aber sie sieht vom Laptop auf, als ich eintrete.

»Drake und Devon sind Brüder«, erkläre ich.

»Verarsch mich nicht«, sagt sie entrüstet und ich nehme eine Bodylotion von meinem Schreibtisch.

»Ich verarsche dich nicht. Ich bin Drake gestern nach New York in Devons Club gefolgt«, berichte ich möglichst unverfänglich und schmiere meine Beine ein.

»Und?«, fragt sie etwas lauernder und ich meide ihren Blick gekonnt. Ich bin ja schließlich beschäftigt.

»Irgendwas stimmt mit diesem Devon nicht, er hat mich angesehen, als würde er mich jeden Moment erschießen und Drake ist ausgerastet, weil ich in dem Club war. Die beiden haben irgendwas zu verbergen.« *Und ich hatte Sex mit ihm. Und ich will es dir nicht sagen.*

»Und?«

»Dann hat Drake mich heimgefahren.« OH MEIN GOTT. WAS STIMMT NICHT MIT MIR? WIESO SAGE ICH ES NICHT EINFACH? Ich spüre, dass sie mich anschaut. Ich fühle, dass sie ahnt, dass etwas nicht mit mir stimmt, aber weil Trudy Trudy ist, bohrt sie nicht weiter. Sie weiß, wie sehr es mich durcheinanderbringen kann, wenn das jemand tut. Sie weiß, wie schnell ich mich in die Ecke gedrängt fühle und wie mein Kopf einfach aussetzt, wenn man ihn überfordert.

»Okay. Wir müssen rausfinden, was das soll«, beschließt sie.

»Ja.«

Immer noch mustert sie mich forschend, aber ich konzentriere mich auf das Eincremen meiner Arme. Schließlich streife ich ein weißes Top über meinen Kopf und schlüpfe in einen Jeansrock. Ich muss hier raus, ich muss diesem Blick entkommen und vor allem muss ich meinem schlechten Gewissen entkommen.

»Ich werde jetzt nach New York fahren und seine Adresse überprüfen«, beschließe ich und stelle die Creme wieder auf den Schreibtisch. Ich werde mich einfach von Drake fernhalten und mich auf seinen Bruder konzentrieren. Was gestern passiert ist, wird nicht nochmal passieren. Jetzt erst recht nicht.

»Bist du dir sicher?« Sie weiß, dass ich mich von dieser Stadt eigentlich vehement fernhalte, aber ich zucke mit den Schultern.

»Was soll schon passieren?«

»Du weißt nicht, mit was für Männern du es hier zu tun hast. Sie könnten wirklich gefährlich sein.« Ja, und?

»Das sind sie wahrscheinlich nicht. Sie tun nur so.« Trudys Schweigen ist äußerst skeptisch, also drehe ich sie mit ihrem Rollstuhl zu mir um und stütze mich auf ihre Armlehnen. Endlich kann ich sie auch wieder ansehen, denn ich habe etwas beschlossen. »Mir wird nichts zustoßen, aber ich kann doch nicht einfach zulassen, dass der eine uns stalkt und der andere in unserem Haus herumschleicht, ohne nachzusehen, was es mit ihnen auf sich hat.«

»Ich würde dich so gern begleiten.« Sie ist so verdammt zerknirscht und die Sorge strahlt mir nur so aus ihren blauen Augen entgegen. Mein Herz bricht fast. Früher haben wir alles zusammen gemacht. Nichts konnte uns trennen. Niemals.

»Dann nehme ich dich mit«, beschließe ich und streiche ihr eine Strähne hinter das Ohr, aber sie schüttelt den Kopf.

»Wahrscheinlich wäre ich nur eine Last.«

»Nein! Wärst du nicht«, antworte ich fest. »Du kannst im Auto Wache halten und mich warnen, wenn jemand das Haus betritt. Das wäre sogar ziemlich gut.« Ich kann sie nicht fühlen lassen, als wäre sie eine Last für mich. So fühlt sie sich viel zu oft. Sie muss merken, dass sie gebraucht wird, und verdammt, ich *brauche* sie doch auch.

»Das könnte ich tun«, antwortet sie abwägend und ich kicke einfach die Bremse aus ihrem Rollstuhl, wobei ich sie verschwörerisch anlächle. Das tue ich immer, bevor ich sie auf dumme Ideen bringe, aber meistens liebt Trudy diese Ideen. Sie liebt es, zu leben, und ich liebe es, sie leben zu lassen. Zumindest war das früher der Fall, die letzten Jahre haben wir sowas überhaupt nicht mehr gemacht und irgendwie hat es mir gefehlt.

»Dann los.«

»Und Mom?«, fragt sie und in ihren Augen funkelt es aufgeregt. Nichts will ich mehr als *das.*

»Sagen wir natürlich nichts.« Sie ist von heute Vormittag noch völlig traumatisiert und betrunken auf der Couch eingeschlafen.

»Wie du willst.« Und das erste Mal seit längerem lächle ich *wirklich,* denn die Aufregung schwingt auch in der Stimme meiner Schwester mit. Eines Menschen, der eigentlich nichts Aufregendes mehr erleben kann. Vielleicht kann ich ja so irgendwie wiedergutmachen, dass ich ein Miststück bin. Ein echtes Miststück.

genau das

• • •

EDEN

SELBSTVERSTÄNDLICH NIESELT ES LEICHT, als wir durch New Yorks Straßen fahren. Wieso sollte uns auch ein lauer Sommerabend empfangen? Diese Stadt ist nicht lau und sie ist auch nicht freundlich. Die meisten New Yorker versuchen nur irgendwie, ihren vollgestopften Alltag unterzubekommen. Wenn sie draußen unterwegs sind, wollen sie so schnell wie möglich von A nach B gelangen. Da wird sich ganz sicher nicht freundlich gegrüßt, wie es in unserer Kleinstadt der Fall ist. Es wird nicht innegehalten, um sich kurz zu unterhalten, denn jeder könnte ein Psychopath und das Gespräch dein letztes sein. New Yorker sind misstrauisch und missmutig. Sie sind wirklich keine Menschenfreunde und somit passen sie eigentlich perfekt zu mir. Zu Trudy nicht. Sie war schon immer eine in der Sonne aufgehende Blume und hat unserem Nachnamen alle Ehre gemacht. Ich nicht. Jede Woche hatte ich einen anderen Bitchfight. Ich habe immer gesagt, was mir auf dem Herzen lag und im Grunde meines Herzens habe ich jeden schon immer verabscheut.

Und es geht mir auch jetzt so. Jetzt sogar noch viel mehr als jemals zuvor, denn ich vergesse nicht, wie unsere Freunde unbeholfen an Trudys Krankenbett standen, wie sehr man ihnen angemerkt hat, dass sie eigentlich gar nicht da sein wollten. Ich vergesse nicht, dass sie immer seltener vorbeikamen und sie irgendwann einfach ganz hinter sich ließen. Ich vergesse nicht die Blicke, als Trudy das erste Mal in einem Rollstuhl angefahren kam. Ich vergesse nicht, wie sie hinter ihrem Rücken tuschelten und sie ausschlossen.

Ich vergesse nicht, wie oft das Herz meiner Schwester gebrochen wurde. Aber sie blieb immer freundlich, sie hat sie nie verurteilt, sie hatte immer Verständnis, aber *ich* nicht. Ich habe kein Verständnis für Menschen mit miesem Charakter. Niemals.

»Da ist es«, murmelt Trudy, als wir vor einem gepflegten Apartmentkomplex halten.

»Okay«, erwidere ich und schnalle mich ab, bevor ich mich ihr zuwende. »Du wirst den Eingang im Auge behalten, sollte er sich nähern, wirst du mich anrufen.«

»Okay«, antwortet sie ernst und die Aufregung strahlt mir nur so aus ihren blauen Augen entgegen. Ich liebe das. Ich liebe sie wirklich.

»Pass auf dich auf«, sagen wir gleichzeitig und lachen dann. Aber als ich mich aus dem Auto schiebe, vergeht mir das Lachen. Sofort knallt der Regen kalt auf meine nackten Arme und ich werde völlig ausdruckslos. Ja, okay. Danke für nichts. Ich beeile mich, unter das Vordach des Eingangs zu gelangen. Erstmal will ich sehen, in welchem Stockwerk er wohnt. Jeweils drei Klingelschilder in fünf Reihen und seines befindet sich rechts oben, also wird sich dort wohl auch seine Wohnung befinden. Es ist einfach, in das Haus zu kommen, dafür muss ich nur einmal alle Klingeln drücken. Irgendjemand wird einfach öffnen, ohne zu fragen, selbst in einer Stadt wie dieser. Während die Gegensprechanlage knarzt, surrt es doch tatsächlich und ich kann die Glastür aufdrücken. Im Treppenhaus riecht es frisch und auch hier sieht alles sehr ordentlich aus. Ich ignoriere den auf alt getrimmten Aufzug mit den schwarzen Gittertüren und husche die Treppe hoch. Schon im dritten Stockwerk sticht es in meiner Seite und ich presse meine Hand dagegen, während ich weitergehe.

Es kann natürlich sein, dass er zu Hause ist. Deswegen klingle ich oben angekommen erstmal an seiner Wohnungstür und gehe um die Ecke in Deckung. Allerdings öffnet niemand, auch nicht nach dem zweiten und dritten Klingeln. Die Luft ist rein, niemand ist zu Hause und mein Herz schlägt schon wieder viel zu schnell. So schnell, wie ich es liebe.

Die weiße Wohnungstür sieht robust aus, weswegen ich mit meiner Haarklammer wohl nicht weit komme. Als sich im Stockwerk unter mir eine Tür öffnet, verharre ich atemlos, aber die Schritte verklingen nach und nach. Ich könnte es mit meiner Bankkarte versuchen, so bin ich auch schon mal in die Privatschule eingebrochen. Früher. In meinem vorigen Leben. Ich ziehe sie aus meiner hinteren Tasche und schiebe meine Zunge konzentriert zwischen meine Zähne, als ich die Karte in den engen Spalt zwänge. Damals habe ich sie an der Schultür einfach völlig wirr auf und ab geschoben. Ich hatte Glück, dass unser Hausmeister ein Alkoholproblem hatte, und meistens vergaß abzusperren. Also hat es plötzlich geklackt und wir haben uns über das Schwimmbad hergemacht. Aber jetzt wird es doch nicht so leicht sein, oder? *Oder?* Als der Aufzug sich ratternd in Bewegung setzt, schlägt mein Herz noch schneller. Und was, wenn er jetzt nach Hause kommt?

Was, wenn er mich hier erwischt?

Dann bin ich im Arsch. Völlig im Arsch. Aber ich mache verbissen weiter. Das ist eine meiner guten Eigenschaften. Wenn ich etwas will, dann bekomme ich es auch – und ich. Will. Jetzt. Da. Rein. Genau in dem Moment, in dem unten wohl jemand in den Aufzug steigt und nach oben fährt, klackt doch tatsächlich die Tür.

Ich kann es nicht glauben. Ich bin drin. Einfach drin.

Wahnsinn.

Eilig schiebe ich mich in den Flur und schließe die Tür hinter mir.

Mit rasendem Herzen lehne ich mich an das Holz und lausche in den Gang, aber offensichtlich geht jemand an dieser Tür vorbei und verschwindet in der Wohnung nebenan.

Gott sei Dank. Ein paar Sekunden verharre ich noch, gehe ganz sicher, dass die Luft rein ist. Aber das ist sie. Niemand hält sich hier auf. Ich bin ganz allein und mein Herz schlägt mittlerweile wie ein Presslufthammer.

Und jetzt?

Jetzt sehe ich erstmal einen Scheißdreck, denn es ist echt dunkel. Aber Licht kann ich auch nicht anmachen. Das wäre ein bisschen dumm. Ich stecke die Karte ein und ziehe dafür mein Handy aus der Tasche. Es ist schon etwas derangiert, aber die Taschenlampenfunktion klappt einwandfrei. Mit dem kleinen Strahl erhelle ich einen weiträumigen Flur von dem drei Türen abgehen. Ich ignoriere diese Türen erstmal und gehe auf einen Rundbogen zu. Die grellen Lichter der belebten Straßen New Yorks, die gepaart mit den bunten Neonfarben des Times Square durch die Fensterfront scheinen, erhellen ein Wohnzimmer. Es ist extrem luxuriös, die perfekt arrangierten Sitzmöbel sind mit den feinsten Stoffen überzogen und die Farben sind geschmackvoll aufeinander abgestimmt. Es ist wirklich riesig und verschiedene Kunstobjekte werden gekonnt in Szene gesetzt, außerdem ... ich vernehme ein Klacken, das das Blut in meinen Adern gefrieren lässt.

Sofort schießt mein Blick zur Couch und ich stolpere einen Schritt zurück, als ich bemerke, dass dort jemand sitzt. Etwas blitzt im bunten Schimmer, den die Stadt hineinwirft, und ich weiß sofort, was es ist. *Ein Messer*.

»Nenn mir einen Grund, dir jetzt nicht die hübsche Kehle aufzuschlitzen«, fordert mich eine mir allzu bekannte Stimme auf und tief in mir erschauere ich. Denn ich habe unterschwellig schon den ganzen Tag an diese Stimme gedacht. Besonders an sein Stöhnen. Ich wollte schon den ganzen Tag mehr von ihr, mehr von *ihm*. Und jetzt bekomme ich es, aber eigentlich hätte ich es mir sparen können.

Verdammt nochmal. Was tut *er* denn hier? Hat Trudy ihn gesehen? Weiß sie, dass er das Haus betreten hat? Was glaubt sie, was wir hier tun? In meiner Kehle wird es eng.

»Komm her«, fordert Drake dann jedoch und meine Knie werden ganz weich. Er bringt mich durcheinander.

Was, wenn ich jetzt folge? Was macht er dann? Mich wieder so anfassen?

Was macht er, wenn ich laufe? Mich einfangen?

»Was wollt ihr von meiner Familie?«, frage ich, so fest ich kann, und tue mal so, als wäre ich nicht gerade hier eingebrochen. Sein Messer klackt wieder zu und langsam nehme ich mehr wahr als seine Umrisse. Ich nehme den durchdringenden Blick aus seinen dunklen Augen wahr, ich nehme die Warnung in ihnen wahr. Ich nehme wahr, dass ich schon wieder in Gefahr schwebe. Und ich liebe es. Ich liebe es wirklich extrem.

»Was willst du in dieser Wohnung?«, stellt er die Gegenfrage und seine Lederjacke glänzt im bunten Licht, als er einen Arm über die Couchlehne streckt.

»Was wollte er bei meiner Mutter?«, zische ich und mir wird immer heißer. Immer heftiger tobt es durch mich, während er mich einfach nur anstarrt. Sein Blick scheint mich förmlich von innen zu rösten, mich zu durchlöchern. Und ich weiß, dass ich jetzt gehen sollte. Ich weiß, dass ich Abstand halten sollte. Das hat zumindest mein Geist beschlossen, aber mein Körper ist anderer Meinung. Denn die Spannung lädt sich immer weiter auf, scheint förmlich zu knistern.

»Komm. Her«, knurrt er nachdrücklicher, so schneidend, dass es sich in meinem Bauch verkrampft. Allerdings spanne ich mich an und halte dagegen. Er wird mir jetzt keine Angst machen – nein!

»Antworte mir!«, zische ich und weiche doch einen Schritt zurück, als er sich erhebt. Verdammte Scheiße, wieso bleibt er nicht einfach sitzen? Wieso schüchtert mich seine Größe dermaßen ein? Wieso schüchtert mich sein kalter Blick dermaßen ein? Wieso liebe ich es, dass er jetzt auf mich zukommt, obwohl ich es eigentlich hassen sollte? Wieso bringe ich mich nicht in Sicherheit? Jede Chance wird mir genommen, als er meinen Hals packt und mich hart gegen die Wand drückt.

»Es reicht«, zischt er mich an und ich halte den Atem an. Oh fuck, jetzt wird er mich einfach killen, oder? Jetzt bin ich zu weit gegangen. Ich wusste, dass das irgendwann passieren würde. »Du hast genug rumgeschnüffelt, du hast genug verlangt, und du bist verfickt nochmal genug aus der Reihe getanzt. Ich habe die Schnauze voll von dir und deinen waghalsigen Aktionen. Hast du eigentlich eine Ahnung, was du hier verfickt nochmal tust? Weißt du, was passiert wäre, wenn *er* hier gewesen wäre?«, knurrt er in mein Gesicht und ich schlucke trocken. Ich weiß es nicht. Aber ich ahne es. Er hätte mich einfach umgebracht, oder? Ist Devon Hollow zu einem Mord fähig?

Langsam nickt Drake, als das Blut meine Wangen verlässt.

»Wieso?«, flüstere ich starr und sehe hektisch zwischen seinen tiefdunklen Augen hin und her. Verdammt nochmal, was mache ich hier eigentlich? Wieso lasse ich es nicht einfach sein? »Wieso will er mich töten?«

Drake streicht mit dem Daumen über meine Kehle und sein Blick folgt. Ich bin mir sicher, er spürt mein Schlucken. »Nicht nur er will das«, murmelt er dunkel und jetzt halte ich den Atem an. Fuck, was? »Auch *ich* will das, aber das Problem ist, kleine Eden, dass es da auch noch was anderes gibt, was ich will.«

»*Was* willst du?« Fuck. Ich kann nicht denken und die Angst rückt völlig in den Hintergrund. Ich kann nicht atmen. Schon wieder. Es hilft auch nicht, dass das Adrenalin sich in etwas anderes verwandelt: Verlangen. Pures Verlangen.

»Dich«, haucht er und diesmal ist es nicht er, diesmal bin es *ich*, die den ersten Schritt macht. Kaum hat er ausgesprochen, presse ich meinen Mund auf seinen und schlinge meinen Arm um seine breiten, muskulösen Schultern. Verdammte scheiße, ich will ihn auch. Ich will ihn fühlen, ich will, dass er mich anfasst, *ich* will *ihn* anfassen, ich will endlich wieder in diesen Strudel gezogen werden, vor dem ich mein Leben lang weggelaufen bin. Ich will darin ertrinken, ersticken und doch das erste Mal wirklich atmen. Ich will nicht mehr tot sein, ich will mir nicht mehr alles verwehren, was Leben für mich bedeutet, und ich will mehr von diesem berauschenden Duft. Mehr von diesen sinnlichen Lippen. Mehr von diesen rauen Händen, mehr von diesen sexy Tönen, die er von sich gibt und die mich noch mehr benebeln. Drake presst sofort seinen Körper an mich und ich keuche in seinen Mund.

»Weißt du, wie hart du mich machst, du kleine Irre?«, knurrt er und küsst mich tiefer. Ich lache und stöhne in einem. Denn ja, ich *bin* irre. Ich drehe gerade durch. Ich lasse gerade alles einfach los und es tut so verdammt gut.

Gott, es tut so gut.

»Tu es nochmal«, antworte ich atemlos und reiße seinen Gürtel auf. Ich will ihn nochmal in mir fühlen. Ich will, dass er mir nochmal wehtut, ich will, dass er mich nochmal heilt. Er stöhnt gepresst, auch ein wenig verzweifelt. Ehe ich mich versehe, zerrt er die Lederjacke von seinen Armen und fetzt mein Höschen zur Seite. Fest packt er meinen Kiefer und schiebt zwei Finger in mich. Tief.

»Das?« Die Lust explodiert so heftig in mir, dass ich nicht mehr antworten kann und mein Hinterkopf gegen die Wand sinkt. Fuck, ja. Ja, ja. Genau das hier. Das hier und noch mehr. Das will ich. So sehr. *Ihn* will ich. So sehr. Er dreht seine Finger in mir und streicht hart über meinen G-Punkt. »Oder das?«

Oh Gott, ich komme fast. Ich hatte keine Ahnung, dass ich so geladen war und obwohl es etwas brennt, dränge ich mich ihm entgegen. Fuck, dann tut es eben weh, aber ich will trotzdem mehr.

»Alles!«, antworte ich atemlos und zerre auch seine Hose auf.

Ich bin völlig getrieben. Ich stehe völlig neben mir und doch sehe ich alles so klar. Das dunkle Glühen in seinen Augen, das Verlangen, das aus jeder seiner Poren schießt, den Hass, der unterschwellig immer heftiger brennt, aber vor allem etwas, was ich auch empfinde. Faszination.

»Wie du willst.« Er fetzt mein Höschen meine Beine hinab und hebt mein Knie. Mein Atem überschlägt sich fast und stockt dann völlig, als er sich einfach in mich schiebt. So tief, so hart, so heftig, dass mir der Atem stockt. Stöhnend lässt er die Stirn gegen meine Schulter sinken, seine Finger an meinem Bein verkrampfen sich genauso wie meine Zehen. Wie alles an mir. Es ist, als würde sich etwas tief in mir winden, ihm entgegendrängen, durch ihn zum Leben erwachen.

»Fuck«, flüstert er und zieht sich zurück, unbarmherzig stößt er wieder in mich und sein Stöhnen direkt an meinem Ohr katapultiert mich in ungeahnte Höhen. Tief erschauere ich, als mein Körper förmlich vibriert. Ich kralle mich an ihm fest, versuche, ihm standzuhalten, als er beginnt sich in mir zu bewegen. Nicht ganz so getrieben wie in der Gasse, nicht ganz so schnell, nicht ganz so heftig. Eher so, dass ich jeden einzelnen Zentimeter spüre, und es sind wirklich viele Zentimeter.

»Das?«, fragt er an meinem Hals und beißt sanft hinein. Ich antworte mit einem Stöhnen.

Ja. Das. Genau. Das. *Fuck. Das. Das. Das. Das.*

Ich kann diesem Ansturm an meine Sinne kaum standhalten.

Mit dem Schenkel ziehe ich Drake noch näher, noch tiefer. Ich glaube, ich will *noch* mehr und er gibt ein lusterfülltes Knurren von sich, bewegt sich genau so, wie ich es brauche. Aber dieses Mal ist irgendetwas anders. Dieses Mal fühle ich ihn noch intensiver, und das nicht nur, weil seine Hand unter mein Top und meinen BH fährt und seine rauen Finger sich in meine Haut bohren. Nicht nur, weil er meinen Mund wieder einfängt und mich sinnlich küsst, nicht nur, weil seine andere Hand mich noch fester packt. Nicht nur, weil er sich so verdammt tief und kontrolliert in mir bewegt. Ich fühle ihn, weil ich ihn nicht nur mit meinem Körper fühle.

Das alles sollte nicht passieren. So sollte das nicht sein. Fuck.

Er zieht seinen Kopf zurück, sieht mir direkt in die Augen, während er sich immer und immer wieder in mich schiebt, während er immer wieder meine Seele fickt. Mich immer wieder aufschneidet und alles hervorholt, was ich niemandem jemals zeigen wollte. Ich will das hier nicht, aber ich liebe es. Und er liebt das auch, denn sein Blick wird noch durchdringender. Er saugt alles von mir in sich auf, absorbiert es und verwandelt es in etwas Neues. Als er sanft über mein Bein streicht, fühle ich seine Berührung tausendfach in mir. Ich bin so empfindlich, dass ich davon fast komme. Ich weiß nicht, wie mir geschieht, aber als er lächelt, ist es nicht nur das Lächeln des Teufels, es ist auch etwas anderes. Ein Engel. Ein Gott. Irgendwas Überirdisches, was mich gerade einnimmt. Mir schießen aus unerfindlichen Gründen Tränen in die Augen, ich weiß nicht wieso, aber das hier ist zu intensiv. Viel zu intensiv.

Er soll mich nicht so ansehen, er soll mich nicht so berühren. Das ertrage ich nicht.

»Shhh«, macht er jedoch beruhigend und fängt meine Lippen wieder ein. Ich kann kaum meine Zunge bewegen, so sehr lähmt mich, was ich empfinde. »Alles gut. Alles. fucking. Gut.« Jedes Wort begleitet er mit einem Stoß. »Lass einfach los, Babe.« Gezielter treibt er sich in mich und ich explodiere einfach. Diesmal bin ich mir sicher, nicht zu fallen, sondern zu fliegen. Und davor hatte ich doch immer Angst. Verzweifelt kralle mich an ihm fest und stöhne in seinen Mund.

»Oh fuck, Eden«, wispert er an meinen Lippen und streicht mit seinen geöffneten darüber. Dann packt er meine Hüfte, hält mich still und kommt ebenfalls tief in mir. Dadurch, dass wir uns nicht bewegen, fühle ich unsere Orgasmen nur deutlicher. Schauer um Schauer umfegen uns und meine Muskeln verkrampfen sich immer wieder. Doch auch ich bleibe still, während ich immer höher und höher steige, während ich kurz tatsächlich den Garten Eden berühre ... Doch dann pralle ich mit einem harten Ruck auf, denn ich habe es schon wieder getan.

Verdammt. Ich hatte schon wieder Sex mit ihm.

Was stimmt nicht mit mir?

Geschlagen lasse ich meinen Hinterkopf gegen die Wand sinken und fühle seine Finger intensiv, als er mit zwei Knöcheln über meinen Hals streicht.

»Hast du jetzt aufgehört, gegen das hier zu kämpfen?«, fragt er mit rauer Stimme und ich mustere ihn unter trägen Lidern. Wieder mal fällt mir auf, wie verdammt attraktiv er ist. Besonders jetzt, direkt nach seinem Orgasmus, wenn seine Lippen feucht von meinen Küssen und seine Augen so verklärt sind.

Und sein Blick geht schon wieder viel zu tief. Irgendwie scheint er direkt in mich hineinzusehen und eine Seite in mir hervorzuholen, die ich eigentlich niemals hochlassen wollte.

»Hab ich denn noch eine Wahl?«

»Hast du nicht, Baby.«

»Hast *du* noch eine Wahl?« Er lächelt leicht und streicht über meinen Puls und die Kuhle zwischen meinen Schlüsselbeinknochen.

»Ich hatte nie eine Wahl.«

»Wieso nicht?« Er beißt die Zähne aufeinander und sein Kiefer spielt, aber als ich merke, dass er jeden Moment aus mir gleiten wird, halte ich ihn am verschwitzten Shirt auf und ziehe ihn näher, auch wieder tiefer in mich. Genauso tief sehe ich in seine Augen. Offensichtlich öffnet sich etwas in mir ihm gerade. Also will ich jetzt endlich wissen, was hier los ist.

»Was machst du in meiner Straße? Was will dein Bruder von uns? Was ist das hier, Drake?« Das erste Mal spreche ich seinen Namen aus und er kommt völlig natürlich über meine Lippen. Genauso wie die Verzweiflung wieder in mir aufsteigt, denn ich darf nicht zulassen, dass Trudy etwas zustößt. Ich habe schon einmal nicht auf sie aufgepasst und gerade habe ich sie auch schon wieder hintergangen. Ich muss aufhalten, was auch immer hier los ist, aber ich weiß nicht wie. Verdammt nochmal. Ich sehe, wie hin und her gerissen Drake ist. Ich sehe, wie er mit sich kämpft und ich weiß nicht, wieso … »Sag es einfach«, wispere ich und streiche mit meinen Lippen über seine. »Bitte.« Er knurrt unwillig an meinem Mund und packt mein Haar. Harsch zieht er meinen Kopf zurück.

»Hör auf damit, außer du willst, dass ich dich nochmal ficke«, antwortet er gepresst und ich merke, dass er wieder hart in mir wird. Ich merke, wie sehr ihn das hier anmacht, wie sehr *ich* ihn anmache und auch mein Geist vernebelt sich langsam wieder, als die Lust anfängt, sanft zu brodeln. Und schon ist wieder alles vergessen.

»Sag mir, was du *noch* von mir willst.« Er zieht sich zurück und stößt hart in mich, weswegen es heiß in meinem Unterleib explodiert.

»Nein.« Stöhnend erschauere ich, denn mit einem Mal fühle ich ihn wieder bis in meinen Bauch.

»Sag es mir!« Hart dränge ich ihm mein Becken entgegen und wir stöhnen beide auf.

»NEIN!«, blafft er und presst seinen Mund auf meinen. Am liebsten würde ich ihn anbrüllen, zerfetzen, ihm wehtun, irgendwie diese Wut rauslassen, denn ich weiß, dass er etwas vor mir geheim hält. Stattdessen kralle ich meine Faust fester in sein Shirt und er seine in mein Haar. Doch gerade, als er beginnt, sich richtig in mir zu bewegen, klackt das Schloss.

»Fuck!«, knurrt Drake und zieht sich mit einem Ruck aus mir zurück.

Gerade so kann er seine Hose hochzerren, da öffnet sich auch schon die Eingangstür. Und davor steht leider nicht nur Devon Hollow, sondern auch Trudy ...

FUCK, er sagt es.

abschaum

• • •

EDEN

»NA, was haben wir denn da?«, fragt Devon Trudy scheinbar interessiert, ein eiskalter Unterton schwingt in seiner so samtweichen, kultivierten Stimme mit. Das Blut gefriert in meinen Adern. Dabei ist nicht mal Devon das schlimmste, nein, es ist Trudy. Trudy, die langsam von mir zu Drake schaut, der wohl genauso gefickt aussieht wie ich. Schock und Erkenntnis blitzen in ihren blauen Augen auf, als sie mich wieder ansieht, und dann kommt das Schlimmste: *Enttäuschung*.

Scheiße.

Scheiße.

Scheiße.

Ich würde am liebsten sterben.

»Hat sie dir davon erzählt, dass sie meinen Bruder fickt?«, fragt Devon sie und zwirbelt eine Haarsträhne meiner Schwester um seinen Finger. Er soll sie nicht anfassen, verdammt!

»Lass sie ihn Ruhe!«, fahre ich ihn an, aber Drake hält mich am Oberarm zurück, als ich auf ihn losgehen will.

»Nicht«, presst er hervor, aber ich denke ja nicht mal dran. Hier geht es um Trudy und niemand schreibt mir vor, wann ich dazwischengehen darf und wann nicht, wenn sie in Gefahr schwebt.

»Trudy …«, setze ich an, aber sie schneidet mir das Wort ab.

»Nein, ich will nichts hören!«, zischt sie und ich balle meine Faust. Fuck, sie hasst mich. Ich habe sie enttäuscht und das tut so verdammt weh, aber als Devon sich räuspert, strande ich wieder in der Realität. Und als mein Blick zu ihm schießt, kocht es endgültig in mir hoch.

»Was soll das hier?«, knurre ich und reiße mich von Drake los. »Was wolltest du bei meiner Mutter?« Direkt vor Devon bleibe ich stehen, spüre aber den Blick meiner Schwester. Ich fühle, wie verraten *sie* sich fühlt. Aber darum werde ich mich später kümmern. Ich werde ihr gleich alles irgendwie erklären und vielleicht wird sie mich verstehen, mir verzeihen. Erst will ich allerdings wissen, was hier verdammt nochmal gespielt wird. Devons Blick schweift über meinen Kopf zu Drake und ich weiß wieder mal nicht, was sie kommunizieren, aber schließlich lächelt der Mann vor mir kalt.

»Kommt doch rein, dann erzähle ich es euch.« Ich weiß nicht, ob ich dieses Angebot annehmen sollte. Irgendwas sagt mir, dass ich schleunigst verschwinden sollte. Als ich zu Drake sehe, schüttelt er knapp den Kopf und brüllt mich mit seinen Augen an, zu gehen.

»Wir bleiben«, beschließt Trudy, bevor ich antworten kann, und fährt in die Wohnung. Verdammt! Ich glaube, das war nicht gut. Gar nicht gut. Trotzdem folge ich ihr natürlich eilig. Ihr Brodeln, das nur selten zu fühlen ist, scheint mich komplett auszufüllen. Allerdings wird sie das jetzt nicht rauslassen. Trudy kann sich – im Gegensatz zu mir – sehr gut kontrollieren, wenn sie will. Sie lenkt ihren Rollstuhl direkt an Drake vorbei, der zähnemahlend seine Hose schließt, und bleibt neben der Couch stehen. Als Devon das Licht anschaltet, blendet es mich fast und ich würde ja gern mein Höschen anziehen, aber leider liegt es nicht mehr auf dem Boden. Wahrscheinlich hat dieser heiße Bastard es eingesteckt. Also setze ich mich nur mit Jeansrock auf die Couch, neben der Trudy steht, und beobachte, wie

Devon erst einmal sein dunkelrotes Hemd etwas aufknöpft und die Ärmel seine sehnigen Unterarme hochkrempelt.

»Wollt ihr etwas trinken, Ladys?«, fragt er wie ein Mann von Welt, aber er ist ein abgefuckter Stripclubbesitzer und soll mir nichts vormachen. Drake reißt die Balkontür auf und zündet sich eine Zigarette an. Mit beiden Händen stützt er sich auf das Geländer und lässt seine Schultern rollen. Das eintätowierte Kreuz sticht an seinem angespannten Nacken hervor. Es wirkt, als müsste er sich beruhigen, aber was weiß ich schon.

»Nein, danke«, sagt Trudy und das ist auch gut so. Wer weiß, ob er nicht noch irgendwas in die Drinks kippt. Devon lächelt sie leicht an und meine Schwester wird nervös, aber das merke ich nur, weil ich sie besonders gut kenne.

»Drake, du?«, fragt er ach so freundlich, aber der Unterton in seiner Stimme könnte immer noch Diamanten schneiden.

Drake wirft ihm einen tödlichen Blick zu, woraufhin Devon die Schultern zuckt und sich selbst aus einem Bumbler einschenkt. Dann setzt er sich uns gegenüber auf die Armlehne eines dunkelroten Sessels und mustert uns eingehender. Langsam lässt er seinen Drink schwenken, was etwas Hypnotisierendes hat und an meinen Nerven zerrt. Mich beachtet er nicht großartig, sondern taxiert meine Schwester. Am liebsten würde ich es ihm verbieten, aber ich denke mal, ich habe gar nichts mehr zu bestimmen. Denn immer noch fühle ich ihr Brodeln. Immer noch fühle ich ihre Enttäuschung und ich hasse mich noch ein bisschen mehr, als ich es sowieso schon tue.

»Sprich jetzt«, sage ich und Devon gibt einen belustigten Laut von sich. Gemächlich trinkt er einen Schluck.

»Hörst du das?«, fragt er Drake, aber der antwortet nicht, obwohl er seinen Bruder nicht aus den Augen lässt. Tief zieht er wieder an seiner Zigarette. »Nun gut, bevor mein Bruder mich noch mit Blicken tötet, *spreche ich lieber*. Ich bin Inhaber von Hollow Industries und möchte in eurer Straße eine Shoppingmall errichten, dafür möchte ich alle Häuser dort kaufen. Ich...«

»Bullshit!«, stoße ich hart aus. Er soll mich nicht verarschen und mir keine Scheiße auftischen. In seinen Augen blitzt es, wohl, weil ich ihn unterbrochen habe, aber ich halte seinem Blick stand. »Er ist nicht in unsere Straße gezogen und hat uns gestalkt, weil *du* etwas dort kaufen willst. *Gehört* das Haus überhaupt eurer Oma?«, frage ich höhnisch und Drake pumpt seine Hand auf dem Geländer.

»Das tut es«, antwortet Devon sanft. »Wir haben während unserer Kindheit dort viele Stunden verbracht. Deswegen kennen sich unsere Familien und wir kannten auch euren Vater.« WAS? Damit habe ich jetzt nicht gerechnet. Bei der Erwähnung unseres Vaters wird mir ganz anders und mein Kampfgeist sackt in sich zusammen. »Ihr seid auch ursprünglich aus New York. Doch vor ein paar Jahren seid ihr wieder aufs Land gezogen, weil euch der Trubel wohl zu viel wurde, hm?« Interessiert schwenkt er seinen Drink und mir wird immer mulmiger zumute. Woher weiß er das alles? Wieso interessiert ihn unsere Familiengeschichte? Woher kannte er meinen Vater? »Oder wieso seid ihr sonst umgezogen?«, bohrt Devon weiter und die Balkontür knallt.

»Das reicht«, bestimmt Drake und deutet mir, aufzustehen.

»Was hat das mit unserem Vater zu tun?«, frage ich jedoch. Mein Puls rast immer mehr und mir wird immer übler. Devon kommt nicht zum Antworten, denn es klopft an der Tür und Drakes Blick schnellt herum.

»Oh, mein Besuch ist da«, informiert Devon uns und schlendert zur Tür.

»Komm jetzt!«, knurrt Drake fester und reißt mich auf die Beine. Ich bin so verdammt verwirrt und will mehr erfahren. Aber er bohrt seinen Blick genauso fest in meinen, wie er die Finger in meinen Oberarm bohrt und irgendwas daran alarmiert mich zutiefst. »Komm oder stirb«, flüstert er kaum hörbar und mit einem Mal weiß ich, dass wir *wirklich* gehen sollten. Endlich springen meine Instinkte wieder an, endlich fühle ich, was ich wohl schon die ganze Zeit fühlen sollte. Angst. Pure Angst.

Ich bin hier nicht allein. *Trudy* ist auch dabei.

Also nicke ich völlig verkrampft und packe Trudys Rollstuhl. Sie protestiert nicht, obwohl sie es eigentlich nicht mag, angeschoben zu werden. Wir folgen Drake in den Flur, wo Devon sich an der Tür mit zwei Männern unterhält. Einer davon ist der glatzköpfige Security aus dem Club, wegen dem ich mir schon einmal ins Höschen gemacht habe. Bei dem anderen handelt es sich um einen schwarz gekleideten Typ, der alles andere als freundlich aussieht. Als ich merke, dass unter dem Jackett des Glatzkopfs etwas silbern blitzt, wird mein Mund trocken und mein Magen verkrampft sich so heftig, dass es wehtut. Ist das eine Waffe?

»Wir gehen«, bestimmt Drake und alle drei sehen zu uns. Das gefällt wohl keinem von ihnen und mir wird immer übler, meine Beine wollen ihren Dienst verweigern. Fest verkrampfe ich meine Finger an den Rollstuhlgriffen. Doch Drake legt seine Hand an meinen unteren Rücken und schiebt mich an. Und tatsächlich machen die zwei Männer auf einen Blick von ihm Platz. Ich sehe zu Devon, der gar nicht mehr so entspannt wirkt.

»Wenn du das Ende der Geschichte hören willst, kannst du mich jederzeit besuchen, kleine Blume«, wendet er sich an Trudy – und das äußerst sanft. Die beißt ihre Zähne aufeinander und antwortet nicht. Ich beiße auch meine Zähne aufeinander. Er soll meine Schwester nicht anlabern.

Wir passieren die drei und als wir in den Flur treten, fühle ich ihre Blicke in unserem Rücken. Es prickelt unerträglich und irgendwas drängt mich dazu, zu laufen. Aber ich laufe nicht. Bis zum Aufzug sprechen wir nicht. Auch nicht, als wir runterfahren und auch nicht, als wir aus dem Haus treten.

»Fahr nach Hause«, weist Drake mich immer noch ziemlich angespannt an. »Ich melde mich später.« Und ich diskutiere diesmal nicht. Ich sage gar nichts mehr.

Ich mache, dass ich davonkomme. Und zwar schnell.

Denn irgendwie fühlt es sich wirklich so an, als wäre ich dem Tod gerade so von der Schippe gesprungen.

Trudy spricht kein Wort mit mir. Das konstante Rauschen der Reifen und das Prasseln des stärker gewordenen Regens ist alles, was ich höre. Drei Mal habe ich das Gespräch zu ihr gesucht. Drei Mal hat sie gesagt, dass sie nicht mit mir reden will. Ich fühle mich wieder mal mies, richtig mies, und jedes High, in das mich Drake versetzt hat, ist lang verflogen, als wir in unsere Straße biegen.

Fest halte ich das Lenkrad umklammert und versuche irgendwie, mit meinen Emotionen klarzukommen. Außerdem auch mit dem, was ich erfahren habe. Was hatte Dad mit Kriminellen aus New York zu tun? Und was sollten sie jetzt von uns wollen? Wieso wollen die beiden mich töten? Dass Devon irgendwas bei uns bauen will, glaube ich nicht und ich denke auch nicht, dass Drake zufällig zu uns gezogen ist. Vielleicht aber auch schon. Ich muss mit ihm sprechen – völlig offen. Aber vielleicht wird er mich auch einfach belügen. Vielleicht sollte ich auch einfach meine Mutter und meine Schwester packen und verschwinden, solange ich noch kann. Vielleicht sollte ich auch nicht übertreiben. Vielleicht geht meine Fantasie mit mir durch und es ist alles gar nicht so schlimm. In meinem Kopf herrscht wie so oft ein einziges Chaos und ich habe keine Ahnung, wie ich es sortieren soll.

»Weißt du, was am schlimmsten für mich ist?«, fragt Trudy und ich merke erst jetzt, dass wir vor unserem Haus stehen. Ich merke auch erst jetzt, wie verkrampft ich das Lenkrad umklammere. »Nicht, dass du was mit ihm hattest, sondern dass du es mir nicht erzählt hast.«

»Ich wusste nicht, wie«, antworte ich heiser und starre die verregnete Windschutzscheibe an. Was soll ich denn sonst sagen? *Ich war eine Schlampe, die sich nicht beherrschen konnte? Ich wollte mehr von dem, wie er mich fühlen ließ? Ich habe mit ihm das erste Mal seit Jahren wieder gelebt?* Nein, das alles geht nicht. Das kann ich ihr nicht sagen.

»Wie, du wusstest nicht wie? Du hättest einfach den Mund aufmachen und mit mir reden können!«, knurrt sie aufgebracht.

»Ich wollte dir nicht wehtun!«, antworte ich, während der Regen immer härter auf das Auto prasselt.

»Ja, ich habe ein bisschen für ihn geschwärmt. Es war schön, sich vorzustellen, dass irgendein Mann vielleicht *mich* und nicht dich wollen könnte, dass irgendjemand vielleicht auch mal auf *mich* achten und *mich* als Frau sehen könnte! Aber ich war nicht unsterblich in ihn verliebt. Ich liebe *dich* unsterblich, du bist nicht nur meine Schwester, du bist mein zweiter Seelenteil und ich dachte, wir hätten keine Geheimnisse!« Verdammt, es tut weh, das zu hören. Es tut weh, wie sie mich ansieht, und es tut weh, als ihr zeitgleich mit mir Tränen in die Augen steigen. »Du bist der einzige Mensch, dem ich vertraue«, flüstert sie und ich packe das Lenkrad fester. Ich weiß nicht, was ich sagen, wie ich es wiedergutmachen soll. Mir ist klar, dass ich Scheiße gebaut habe. Das muss *sie* mir nicht sagen.

»Du *kannst* mir auch vertrauen, es war nur ... ich wollte das alles nicht. Ich wollte Drake nicht anfassen, ich wollte ihm nicht nahekommen. Ich wollte dir den Vortritt lassen, aber er war so verdammt einnehmend, mich hat es einfach zu ihm gezogen. Ich konnte nicht anders und ... dann habe ich mich jedes Mal so mies gefühlt, weil ich wusste, dass du ihn auch magst ...«, versuche ich, zu erklären und klinge dabei so zittrig, dass ich mir selbst in den Arsch treten will. Vehement schüttelt Trudy den Kopf und mir wird kotzübel.

»Verstehst du nicht, Eden? Der Mann ist mir scheißegal! *Du* bist es, die hier für mich zählt! *Du* und deine Lüge! Wir machen sowas nicht«, ruft sie und wischt sich harsch die Tränen vom Gesicht.

»Ja, ich weiß, was du meinst, aber ...«

»Du hättest es mir einfach erzählen sollen, dann hätte ich auch aufgehört, mir diese blöden Hoffnungen zu machen!«, zischt sie mit bebender Stimme. Verdammt, ich hasse das hier. Ich hasse, wie sie sich fühlt. Ich hasse, dass ich sie dermaßen hintergangen habe. Ich hasse, hasse, hasse das hier!

»Diese Hoffnungen waren nicht blöd. Du bist so viel besser

als ich.« Harsch lacht sie auf und erst jetzt bemerke ich Dinge, die ich davor noch nie an ihr bemerkt habe.

Frust. Schmerz. Resignation. *Neid.* Und das trifft mich wie ein Messer direkt in mein Herz.

»Das bin ich nicht, Eden. Du warst schon immer die Schlauere, die Lustigere, die Charakterstärkere von uns beiden. Dich haben *alle* bewundert, weil du besonders bist. So anders als alle anderen. Jeder wollte mit dir befreundet sein, dabei hast du es nicht mal darauf angelegt. Jeder Typ wollte dich haben. Du warst schon immer schöner als ich. Du warst schon immer interessanter und tiefgründiger. Du hattest schon immer Charisma und Anziehung. Du warst schon immer diejenige, die *alles* hatte. Sogar *Beine.*« Und diese zwei letzten Worte scheinen das Messer in meiner Brust zu drehen. Sie kratzen genau das in meinem Herzen auf, was sowieso schon die ganze Zeit darin brodelt. Und für ein paar Sekunden kann ich nicht atmen.

Dann platzt dieser Knoten in mir endlich.

»GLAUBST DU ETWA, DASS ICH MIR NICHT JEDEN TAG WÜNSCHE, AN DEINER STELLE ZU SEIN? GLAUBST DU ETWA NICHT, DASS ICH JEDEN TAG BEREUE, NICHT MIT DAD IN DIESES AUTO GESTIEGEN ZU SEIN? GLAUBST DU, ICH WÜRDE NICHT ALLES DAFÜR GEBEN, MIT DIR TAUSCHEN ZU KÖNNEN?«, brülle ich und die Tränen brechen sintflutartig aus meinen Augen. Sie laufen genauso heiß über meine Wangen wie die Wut, die Qual, und der Frust aus meiner Seele schießen. »Glaubst du etwa, ich finde es nicht verdammt ungerecht? Ich habe eine Zeit lang sogar darüber nachgedacht, mich auch irgendwie zu verstümmeln, nur damit du nicht so verdammt allein sein musst! *Ich leide mit dir, Trudy!* Jeden verdammten Tag! Ich würde alles für dich geben, ich würde dir *meine Beine geben,* wenn du dann nur wieder glücklich sein könntest. Ich würde dir mein Herz geben, wenn du es bräuchtest. Ich würde dir mein verficktes Aussehen geben. Alles, Trudy. Aber ich kann es nicht, also wirf mir das jetzt nicht vor! Denn es gibt niemanden auf dieser beschissenen Welt, der sich mehr dafür hasst, als ich mich selbst dafür hasse, nicht an deiner Stelle gewesen zu sein! Fuck!« Damit steige ich einfach aus und presche über die Straße. Ich kann sie nicht mehr ansehen und ich kann auch nicht mehr brüllen, ich kann nicht mehr denken und ich hasse das alles so sehr.

Ich hasse mich. Ich hasse sie. Ich hasse diese Straße.

»EDEN!«, ruft Trudy mir nach, aber ich sehe nicht zurück. Ich gehe weiter, immer weiter. Ich fühle mich so beschissen und weiß nicht, wann ich das letzte Mal geheult habe. Vor fünf Jahren, vor sechs? Die Tränen laufen immer heftiger über meine Wangen und Schluchzer zerreißen meine Brust, während der Regen mich völlig durchnässt. Trudy ruft mir noch etwas nach, aber das wird vom harten Prasseln verschluckt.

Ich stapfe mit geballten Fäusten weiter, versuche erst gar nicht, mich zusammenzureißen, weil es gerade sowieso nicht möglich sein wird.

Ich wünschte wirklich, ich wäre an ihrer Stelle mit Dad gefahren. Ich wünschte wirklich, es wäre nicht alles so verdammt beschissen. Ich wünschte, wir hätten das beschissene Geld, um ihr die Prothesen zu kaufen. Ich wünschte, ich könnte irgendwas tun, aber ich *kann* nichts tun.

Ich kann nur davonlaufen, wie ich es immer mache, wenn Probleme auftauchen. Ich wünschte, ich hätte sie nie enttäuscht. Ich wünschte, ich könnte wie sie sein, aber ich kann es nicht. Ich bin nicht Trudy, ich bin Eden.

Ich bin Abschaum.

Und vielleicht lande ich deswegen nach einem endlosen Marsch durch die Nacht auf Drakes Verandastufen und warte auf ihn.

ein bastard

. . .

EDEN

DAS TIEFE BRUMMEN eines Motors reißt mich aus einem leichten Dösen. Müde blinzle ich dem Scheinwerferlicht entgegen, das glücklicherweise sehr schnell erlischt. Außerdem wird es still, als Drake seinen Motor abstellt. Ich sitze immer noch auf seiner Verandatreppe, mein Arsch ist eingeschlafen und meine Schläfe an das Treppengeländer gesunken.

Ich sitze hier und warte auf einen Mann, den ich eigentlich gar nicht kenne. Ich sitze hier, obwohl ich weiß, dass dieser Mann gefährlich ist. Und ich hinterfrage das jetzt lieber nicht, ansonsten würde ich nur Dinge bemerken, die ich gar nicht bemerken will. Immer noch ist meine Kleidung durchnässt, aber ich fröstle schon lang nicht mehr, denn mein Körper hat sich an die Kälte gewöhnt. Vielleicht bin ich aber auch so abgestumpft, dass ich es gar nicht mehr bemerke. Wer weiß.

Trudy befindet sich auf jeden Fall nicht mehr in meinem Auto. Auch gut.

Als Drake auf mich zukommt, erscheint er mir wie ein beschissener Engel. Dabei ist er ganz sicher der Teufel, der irgendein krankes Spiel mit mir spielt. Aber es ist mir egal. Es ist mir gerade egal, ob er mich verarscht. Es ist mir egal, was sein Bruder im Schilde führt. Ich will einfach nur vergessen, was zwischen Trudy und mir vorgefallen ist. Ich will ihre Enttäuschung nicht mehr sehen und ich will auch ihre Worte nicht mehr hören. Ich will die Vorwürfe und die Schuld nicht mehr fühlen. Verdammt, ich will mich doch einfach nur nicht mehr so mies fühlen! Ich will doch nur, dass es aufhört. Ich will doch nur, dass es jemand besser macht. Kann *er* es besser machen? Er wirkt so, als ich zu ihm hochsehe.

»Bist du dir sicher, dass du hier richtig bist, kleine Eden?«, fragt er und geht vor mir in die Hocke. Etwas, was noch nie ein Mann für mich getan hat, und ich fühle Dinge, die ich noch nie bei einem Mann gefühlt habe. Als der Laternenschein sein viel zu schönes Gesicht erhellt, weiß ich, dass es das einzige Gesicht ist, das ich gerade sehen will. Und auch das sollte mir zu denken geben, aber es ist mir egal. »Was ist passiert?«, fragt er auch noch sanft und fast schießt wieder alles aus mir raus, aber ich bin zu fertig. Viel zu fertig und viel zu ausgelaugt.

»Meine Schwester«, antworte ich also nur träge.

»Ihr habt euch gestritten?« Vielleicht sind es Tränen, vielleicht ist es Dreck, den er mit seinem Knöchel aus meinem Gesicht wischt. Wer weiß das bei mir schon. Durch diese Geste bricht schon wieder fast alles hervor, was sich schon so lang in mir verknotet hat. Es liegt viel zu schwer in meiner Brust. Oftmals kann ich deswegen nicht atmen und meistens tue ich alles, um all diese verknoteten Emotionen, diese Schuld, Ängste, diesen Hass und die Zweifel nicht zu fühlen. Ich kann es kaum ertragen, wie Drake mich gerade aus seinen blaustichigen und doch so dunklen Augen mustert. Als würde er mich verstehen, als hätte ich ein Recht darauf, dass sich jemand um mich sorgt. Dieses Recht habe ich nicht, es wurde mir vor fünf Jahren genommen.

»Ja.« Ich habe mich nicht nur mit Trudy gestritten, sie hat mich zerfetzt und ich habe das bei ihr auch getan.

»Willst du mit reinkommen?«

Nein. Ich sollte wirklich nicht mit ihm reingehen, deswegen schüttle ich träge den Kopf.

»Sollen wir hier draußen sitzen?« Zweifelnd hebt er die

Braue und seine Augen funkeln so verdammt anziehend. Ich kann nicht wegsehen.

»Nein.« Was weiß denn ich. Ich weiß gar nichts mehr, auch nicht, was ich hier eigentlich will. Jetzt reicht es ihm wohl, denn er erhebt sich. Dann zieht er mich einfach am Arm hoch und ich lasse es geschehen.

»Okay, wir gehen rein«, beschließt er und öffnet seine Haustür. Was auch immer ... ist doch sowieso schon egal. Ich blicke nicht zu unserem Haus, als er mich in seines zieht. Ich will Trudy nicht sehen. Ich will nicht schon wieder vor Augen geführt bekommen, was für ein beschissener Mensch ich bin. Ich will auch nicht weiter darüber nachdenken und sein Duft hilft mir schon mal dabei. Drake führt mich in sein Wohnzimmer und ich lasse mich starr auf die Ledercouch sinken. Dann drückt er mir etwas zu trinken in die Hand und zündet sich einen Joint an. Ich beobachte, wie er etwas auf seinem Handy tippt. Die Muskeln spielen unter seinem stoppeligen Kiefer und sein schwarzes Shirt spannt sehr an seinen trainierten Oberarmen. Er ist wirklich ein schöner Mann, rau und wild, als hätte der Teufel persönlich ihn geformt. Aber seine perfekten Gesichtszüge wirken, wie von Engeln erschaffen. Eigentlich ist mir so was egal, aber bei ihm fällt mir sein gutes Aussehen extrem auf. Außerdem reagiert mein Körper auf seinen Anblick, wieder erinnert er sich daran, wie tief er vorhin in mir war. Wieder erinnere ich mich an diesen Moment beim Sex, als alles sich änderte, langsamer und intensiver wurde, als ich Drake Hollow das erste Mal mit meiner Seele und nicht nur mit meinem Körper gefühlt habe. In meiner Brust verkrampft es sich heiß, während er sich auf den Sessel mir gegenüber setzt und mich durch den Rauch nachdenklich mustert. Und wieder scheinen seine Augen förmlich zu glühen, wieder zieht er mich magisch an. Ich würde mich gern vor ihn knien und meine Wange auf seinem Schenkel betten, ich hätte gern, dass er durch mein Haar streicht. Eine ganz komische Fantasie ist das, aber sie entsteht plötzlich meinem Kopf und ich kann mir vorstellen, wie gut sich das anfühlen würde. Ich kann mir vorstellen, wie sehr es mich beruhigen würde. Ich wurde schon lang nicht mehr von einem anderen Menschen als Trudy beruhigt, aber gerade hat es sich ausgetrudyt. Und ich hasse das.

»Wieso habt ihr euch gestritten? Wegen mir?«, fragt er schließlich ruhig. Ich glaube ihm nicht, dass meine Probleme ihn wirklich interessieren. Das tun sie *sicher* nicht. Andere Menschen interessieren sich eigentlich nie dafür. Sie fragen zwar, wie es einem geht, aber sie wollen es nicht wirklich wissen, sie wollen auch nichts daran ändern, wenn es dir beschissen geht. Sie wollen nur nicht mit dir tauschen und werden sich von dir fernhalten, so wie es unsere Freunde mit Trudy und mir getan haben.

»Nicht nur.« Ich nippe an meinem Glas. Es ist Whisky. Whisky ist gut. Alles, was mich gerade betäubt, ist gut.

»Wieso noch?«

»Wegen allem.«

»Allem?« Er hebt eine Braue und zieht wieder tief an dem Joint. Das leise Knistern, als die Glut sich durch das Papier frisst, erfüllt das Wohnzimmer und wieder mal fällt mir auf, wie sinnlich geschwungen seine Lippen sind. Nicht zu voll, nicht zu schmal, genau richtig für tiefe, lange Küsse.

»Wieso interessierst du dich dafür?«, frage ich und reiße mich von seinem Mund los, als er wissend lächelt.

»Vielleicht, weil du so heiß bist.«

»Ich denke ... ich sollte gehen.« Denn das ist nicht die Antwort, die ich hören wollte. Das ist eine Antwort, die ich hasse. Aber als ich hochschnelle, erhebt Drake sich ebenfalls und hält mich mit einer Hand an der Brust auf.

»Setz dich«, fordert er und schiebt mich zurück auf die Couch. Fest beiße ich die Zähne aufeinander, als ich wieder auf meinem Arsch lande. Verdammt, ich wollte auch eigentlich gar nicht gehen und bin froh, dass er mich aufhält.

Er nimmt mir das Glas ab und beobachtet mich kopfschüttelnd, als er einen Schluck trinkt. Es sollte mir nicht dermaßen gut gefallen, so vor ihm zu sitzen, aber ich kann es nicht ändern und das macht mich wieder wütend. Das alles hier macht mich rasend.

»Was?«, zische ich mit einem Mal und er seufzt tief, bevor er sich neben mich setzt und mir den Joint reicht.

»Es ist nicht nur, weil du heiß bist, beruhige dich«, meint er und beobachtet, wie ich tief ziehe. Ich brauche diese Beruhigung jetzt. Ich bin aufgewühlt und durcheinander.

»Ist ja auch scheißegal«, murmle ich und er trinkt einen Schluck, bevor er schwer seinen Hinterkopf anlehnt. Erst jetzt merke ich, dass auch er ziemlich fertig aussieht, und frage mich, wie es wohl weiterging, nachdem Trudy und ich verschwunden sind.

»Hast du dich auch mit deinem Bruder gestritten?«, frage ich und Drake schließt die Lider, bevor er mit Daumen und Zeigefinger darüber reibt.

»Kann man so sagen«, antwortet er erschöpft.

»Weil du uns rausgebracht hast?« Und Devon das nicht wollte? Weil er mich killen will?

»Du bist schlauer, als mir lieb ist.« Das bringt mich fast zum Lächeln.

»Du hast uns geschützt.« Denn ich ahne, dass wir sonst nicht so glimpflich davongekommen wären. Schon wieder.

Statt zu antworten, deutet er mir, nochmal zu ziehen und mustert mich unter trägen Lidern mit eindeutigem Sexblick. Und er ist dieser eine Mann, den ich nicht davon abhalte, weil es mir viel zu gut gefällt. Es gefällt mir viel zu gut, wenn seine Augen dermaßen glühen und wenn mir allein sein Blick Dinge verspricht, die ich eigentlich nie wollte. Dinge, die jetzt doch so verlockend wirken.

»Sagst du mir *irgendwas*?«

»Walkühe sind fünfzehn Monate trächtig«, antwortet er ernst und das bringt mich urplötzlich zum Lachen. Langsam entspanne ich mich und lasse den Streit mit Trudy hinter mir. Ihre Augen, ihre Worte, alles, was ich gefühlt habe, wird langsam in Watte gepackt und rückt in den Hintergrund.

»Elefanten sind auch ewig schwanger«, antworte ich glucksend und nun bringe ich ihn auch zum Lachen. Kurz. Dann hört er sofort wieder auf, als würde er es sich verbieten. Das ist wirklich schade, denn sein Lachen ist einnehmend, entspannt und auch irgendwie verdammt sexy.

»Ach, verdammte Scheiße«, murmelt er dann geschlagen und reibt sich wieder über das Gesicht. Er ist so hin und hergerissen. Aber wieso? Was ist sein verdammtes Problem?

»Was ist?«, frage ich neugierig und ziehe nochmal.

»Ich bin im Arsch.« Das hat er schon bei unserem ersten Mal gesagt.

»Wieso?«

»Ach.« Unbestimmt zuckt er mit den Schultern.

»Wieso?«, bohre ich jedoch weiter und beuge mich näher, wobei sein unvergleichlicher Duft in meine Nase steigt. »Ist es wegen mir, Mister Camaro?«

Plötzlich drückt er mich auf den Rücken und beugt sich über mich. Plötzlich ist er zwischen meinen Beinen und seine silberne Kette schwingt zwischen uns hin und her. Und plötzlich glühen seine Augen nur so.

»Weil du mich wahnsinnig machst«, antwortet er und streicht über mein Bein – direkt über den eintätowierten Schmetterling, direkt über das Zeichen meines Verrates. Doch ich halte ihn nicht auf. »Diese Augen, dieser Mund, diese Pussy. Das alles macht mich wahnsinnig.« Er gleitet mit zwei Fingerspitzen über meine Mitte und ich stöhne auf, denn ich trage immer noch kein Höschen. Also fühle ich ihn so direkt, so heftig. Besonders, als er mit den Lippen über meinen Hals fährt. »Es macht mich wahnsinnig, dass ich der Erste war, der das hier gespürt hat, dass ich der Erste war, der hier drin war.« Langsam schiebt er zwei Finger in mich und ich beiße die Zähne aufeinander. Aber ich kann die Lust nicht zurückhalten. Ich kann gar nichts zurückhalten, was ich fühle, wenn er mich so anfasst. Ich kann den Brand nicht löschen. Ich kann nicht denken. Ich kann nicht. Ich kann nicht. Ich kann nicht. »Ich will dich immer wieder und wieder und ich weiß, dass es dir genauso geht. Ich weiß, dass du mehr von dem hier willst.« Er zieht meine Hand an seinen harten Schritt und ich kneife die Lider aufeinander. Lust durchrauscht mich, als ich über seinen Schwanz streiche und ich genieße es, dass auch sein Atem sich beschleunigt.

»Willst du mich, Baby?«, haucht er an meinem Ohr und ich erschauere, als sein heißer Atem mich streift. »Willst du, dass ich alles andere wegficke?«

Ja, das will ich. *Genau das*. Ich will einfach nicht mehr nachdenken. Ich will ihn einfach nur fühlen.

»Du musst es nur sagen.« Er hinterlässt eine feuchte Spur mit seiner Zunge bis zu meinem Kiefer und die Härchen in meinem Nacken stellen sich auf. Gleichzeitig bewegt sich mein Becken im Takt seiner Finger. Er macht mich *auch* wirklich wahnsinnig und ich will ihn tatsächlich immer wieder, immer mehr. Er zieht mich magisch an und hat einen Bann um mich gelegt, dem ich mich nicht mehr verwehren kann. Jetzt ist es sowieso schon egal, also bewege ich meine Hand ebenfalls an ihm und genieße das elektrische Knistern, das sich immer heftiger auflädt.

»Sag es«, wispert er vor meinen Lippen und dreht seine Finger leicht, saugt mich mit seinem Blick ein, während er langsam über meinen G-Punkt streicht.

»Ich will, dass du es wegfickst«, antworte ich und sehe ihm dabei direkt in die Augen. Er stöhnt an meinem Kiefer und zieht sofort seine Finger aus mir zurück. In der nächsten Sekunde schiebt er sich an meinem Körper herab und neben der Couch auf die Knie. Ein kühler Luftzug erfasst meine Mitte, als er meinen Rock hochzieht.

»Fuck«, murmelt er, als er direkt zwischen meine Beine sieht. Ja, fuck. Ich bebe vor Lust und noch schlimmer wird es, als seine Zunge heiß über mich schnellt. In meinem Unterleib explodiert ein wahres Feuerwerk. Während er meinen Lustpunkt umkreist, verschlingt er mich mit seinen Augen und ich kann auch nicht wegsehen. Ich bin wie gebannt und bewege mein Becken völlig automatisch mit. Hart kralle ich mich an die Couch. Schweiß sammelt sich zwischen meinen Schulterblättern und die Watte in meinem Kopf verdichtet sich, als die Lust mich fast zerreißt.

»Zieh dich aus«, fordert er heiser und leckt einmal an meiner gesamten Mitte entlang. Ich erzittere bis in meine tiefsten Tiefen und reiße das Shirt über meinen Kopf. »Das auch.« Sanft lässt er meinen BH gegen mich schnalzen und schnalzt auch mit der Zunge auf meine Klitoris. Laut stöhne ich auf und mein Rücken biegt sich durch. Das hier ist so gut. Verdammt, hätte ich das gewusst, hätte ich das schon viel öfter gemacht. Aber ich wollte es nie, zumindest, bis Drake kam. Jetzt will ich es nur noch. Auch meinen BH zerre ich von meinem Körper und er packt stöhnend meine Brust. Es vibriert an meiner Pussy nach und ich explodiere fast. Schon wieder.

»Nicht kommen«, fordert er jedoch und bewegt seine Zunge langsamer, während er seinen Gürtel öffnet. Fester presse ich die Zähne aufeinander, jetzt wird aus der Lust süße Qual und ich verkrampfe meine Zehen. Sein Lächeln ist mehr als teuflisch, es besteht praktisch aus Sadismus und Überlegenheit und ich liebe es. »Nicht«, warnt er mich nochmal und zieht seinen Kopf zurück. Dafür schiebt er langsam zwei Finger in mich. Seine Lippen sind genauso feucht, wie sein tätowierter, muskulöser Oberkörper, als er auch sein Shirt über den Kopf zerrt. Seine breiten, muskulösen Schultern kommen in Sicht und ich stöhne allein von seinem Anblick. Tief bewegt er seine Finger in mir und knöpft seine Hose auf.

»Hat das schon mal ein Mann bei dir gemacht?«, fragt er und zieht seine Shorts herab. Als er sich selbst umfängt und ich sehe, wie verdammt hart er ist, muss ich schon wieder stöhnen und meine Muskeln zucken.

»Ah, nicht!«, warnt er und stoppt seine Bewegungen an mir sofort, doch sich selbst massiert er langsam und kontrolliert weiter. Ich beiße alles zusammen, um nicht zu explodieren, aber sein Anblick macht es mir nicht gerade leicht. Ich verrecke fast. Es ist so heiß, dass ich kaum atmen kann. Er killt mich. Was ist das für ein Mann?

»Also?«, fragt er, als die größte Gefahr vorbei ist und bewegt seine Finger langsam weiter. Ich schüttle meinen Kopf.

»Nein, niemand. Nie ...«

»Hier war nur ich drin?« Leicht dreht er seine Finger und ich presse meine Lippen gegen meinen Arm. Das hier ertrage ich nicht. Es ist zu viel.

»Ja«, keuche ich jedoch, als er auffordernder in mich ruckt. »Ja, nur du!«

»Ich will, dass das so bleibt. Das hier gehört ab heute mir und es ist mir egal, wer etwas dagegen hat. Deine Mutter, mein Bruder, deine Schwester.« Er presst seinen Daumen auf meinen Lustpunkt und bläht die Nasenflügel, als ich mich ihm entgegenwinde. Dann bewegt er seine Hand an seinem Schwanz etwas langsamer, weil es wohl auch ihm zu viel wird. »Verstanden?«, fragt er rau, aber ich lache nur stöhnend.

»Du hast mir gar nichts zu sagen«, keuche ich und fühle, dass sich der Orgasmus nicht mehr aufhalten lässt.

»Wirklich?«, fragt er und zieht seine Finger langsam aus mir zurück. Ich funkle ihn an, aber er erwidert meinen Blick ernst. Todernst.

»Ja«, blaffe ich ihn trotzdem an.

»Okay«, antwortet er und zieht seine Finger ganz zurück. Während mein Orgasmus immer weiter davondriftet, explodiert Drake mitten auf meiner Pussy und ich keuche schockiert. Aber ihm ist das egal, er kommt mit diesem sadistischen Funkeln in den Augen. Er verschlingt mich immer noch mit seinem Blick und macht die Folter mit einem leisen Stöhnen perfekt. Zum Abschluss streicht er noch einmal mit seiner Spitze an mir entlang, zieht sich aber zurück, als ein kleiner Vororgasmus durch mich rauscht.

»Wie du willst, kleine Eden«, wispert er und küsst mich sanft. Ich kann es nicht glauben. Völlig schockiert liege ich unter ihm.

Wie kann er es wagen?

Wie kann er das tun?

»Bastard«, keuche ich überrumpelt und er summt genüsslich an meinen Lippen.

»Ich habe nie gesagt, dass ich nett bin.« Zart küsst er meinen Kiefer, aber ich drücke ihn zurück. So braucht er mir jetzt auch nicht zu kommen.

»Du bist ein Arschloch!«

»Das bin ich.« Unbeeindruckt zieht er seine Shorts hoch und setzt sich neben mich. Dann greift er wieder nach dem Joint und zündet ihn an, als wäre nichts passiert. Ich starre ihn immer noch schockiert an, als er meine Beine über seinen Schoß zieht.

»Was ist?«, fragt er gelassen, und ich versuche hart, mich zusammenzureißen, ich versuche irgendwie, zu denken, aber das geht wirklich schwer. In mir pocht es heiß und alles in mir schreit nach Erlösung.

»Ich könnte nach Hause gehen und es mir selbst machen.«

»Ich könnte dich an mein Bett ketten«, antwortet er und hält mir den Joint an die Lippen. Und ich weiß, dass er es ernst meint. Immer noch nicht sicher, ob ich wütend oder einfach nur frustriert sein soll, ziehe ich. »Oder ich ficke dich die ganze Nacht.« Ja, das hört sich schon besser an. Als er über meinen Unterschenkel streicht, pocht es wieder heftiger in mir, aber ich versuche, das zu ignorieren. Versuche, mich zusammenzureißen und nicht so verdammt armselig zu sein.

Was zum Teufel soll das überhaupt? Wieso lasse ich zu, dass ein Mann dermaßen mit meinem Körper spielt? Ah ja, weil es sich wirklich gut anfühlt und dieser Mann sehr genau weiß, was er macht, weil ich vielleicht ein wenig süchtig nach diesem Rausch geworden bin und weil ich wissen will, wie intensiv es noch werden kann. Deswegen ignoriere ich auch einfach den Fakt, dass ich sterben könnte. Schon klar.

Mir ist wirklich nicht mehr zu helfen, aber ich gehe nicht.

Ich bleibe.

verfallen

• • •

EDEN

»WIESO BIST DU WIRKLICH HIERHERGEZOGEN?« Während ich tief an dem Joint ziehe, streicht Drake wieder über mein Bein und sieht wirklich unglaublich aus. Das schummrige Licht der Stehlampe erhellt seinen trainierten Oberkörper und die Drachentätowierung, die sich zusammen mit einem Totenkopf über seinen sehnigen Arm bis über seine breite Brust zieht. Das Feuer, das der Drache speit, reicht fast bis zum Ansatz seines Sixpacks. Seine Jeans steht immer noch offen und alles, was darunter liegt, ist genauso anziehend und verführerisch, wie der ganze Rest, denn ich habe mich immer noch nicht ganz beruhigt. Aber ich versuche, das sanfte Pochen in mir nach wie vor zu ignorieren.

»Weil meine Großmutter unbedingt wollte, dass ich dieses Haus bekomme und hier lebe.« Das hört sich nach einer halben Wahrheit an, denn in seinen Augen glänzt es schmerzerfüllt.

»Sie war dir wichtig.«

»Sie war die wichtigste Frau in meinem Leben«, gibt er heiser zu. Der wichtigste Mann in meinem Leben war mein Vater für mich, er war sogar genauso wichtig für mich wie Trudy. Aber von einem Tag auf den anderen war er weg und ich wusste gar nicht, wie ich ohne seinen Rat und seinen

Rückhalt leben sollte. Plötzlich stand ich ganz allein da und das in einer Phase meines Lebens, in der ich ihn besonders gebraucht hätte. War es bei Drake und seiner Großmutter genauso?

»Du hast sie geliebt.«

»Ja.«

Und hat er das auch schon mal bei einer anderen Frau getan?

»Was ist mit dieser Tussi?«

»Hm?«, fragt er abgelenkt und nimmt mir den Joint ab. »Welche Tussi?«, will er wissen, während er sanft mit dem Daumen über meine Fußsohle streicht. Das fühlt sich gut an und ich ignoriere nach wie vor dieses Kribbeln, das seine Berührungen in mir auslösen.

»Na, die du gefickt hast. Vor mir.«

»Ach, Leona.«

»*Leona*«, wiederhole ich spöttisch und er lächelt leicht. Während er den letzten Rauch aus seiner Nase stößt, beugt er sich vor, um den Joint auszudrücken. Und ich hasse es, wie gut es mir gefällt, dass er meine Beine dabei auf seinem Schoß festhält.

»Sie ist meine Ex«, antwortet er, als er sich zurücklehnt.

»Ex?« Dafür lag sie aber ganz schön stöhnend unter ihm. Bedeutet Ex nicht, dass man die andere Person hinter sich lässt? Aber in dieser Gesellschaft versteht ja niemand den Sinn von irgendetwas. Sie sagen, sie trennen sich, aber vögeln. Sie sagen, sie sind einzigartig, sehen aber alle gleich aus.

»Für mich ist es vorbei. Für sie nicht. Die übliche Geschichte.« Er zuckt mit den Schultern und ich spanne mich leicht an, als er meine Wade immer weiter hinauf streicht. Hart versuche ich trotzdem, cool und gelassen zu bleiben. Was hat er gesagt? Die übliche Geschichte? Wenn es für ihn vorbei ist, finde ich es komisch, dass er sie vögelt.

»Wieso hast du dann noch Sex mit ihr?«

»Bist du eifersüchtig, kleiner Kaktus? Das macht mich an.« Ich werde niemals zugeben, dass er ins Schwarze getroffen hat.

Und seit wann ich eifersüchtig bin, weiß ich auch nicht. Vielleicht seit den letzten fünf Minuten.

»Wieso schläfst du mit ihr, obwohl es aus ist?« Ehrlich, das verstehe ich nicht. Es macht mich regelrecht sauer.

»Weil sie heiß ist. Weil der Sex gut ist. Weil ich fürs Ficken keine Gefühle brauche, kleine Eden.« Ach, also fühlt er beim Sex mit mir auch nichts, super. Das macht mich ja noch wütender! Außerdem sollte man Menschen nicht benutzen. Wie widerlich ist das denn?

»Hm«, mache ich und verschränke die Arme vor der Brust. »Das ist ekelhaft«, murmle ich abfällig in mich hinein.

»Das ist diese Welt.«

»Vielleicht deine.« Sein leises Lachen lässt die Härchen auf meinen Armen förmlich vibrieren und nistet sich viel zu warm in meinen Bauch. Nicht gut. Gar nicht gut. Aber ich habe eigentlich keinen Grund, mich aufzuregen. Er darf schließlich vögeln, wen auch immer er will. Ob mit oder ohne Gefühlen.

Er gleitet auch über mein Knie und meinen Schenkel – direkt über den eintätowieren Schmetterling.

»Was ist das?«, fragt er leise und leider taut er mich schon wieder auf, obwohl ich mich doch eigentlich verschließen wollte.

»Die Flügel meiner Schwester«, flüstere ich, aber ich glaube, ich habe sie gebrochen. Kurz zuckt etwas durch seine Augen, was ich nicht fassen kann, kurz pochen seine Kiefermuskeln, kurz weiß ich nicht, was er als Nächstes tun wird. Doch dann streicht er einfach meine Seite hoch und als er unter meiner Brust ankommt, bestehe ich praktisch nur noch aus Gänsehaut. Verdammt nochmal, was *tut* er nur mit mir? Und tut er es wirklich völlig gefühllos?

»Du lebst also für andere?«, meint er und umkreist langsam mit seinem Daumen meinen Nippel. Es tut fast weh, wie mein Körper darauf reagiert.

»Trudy ist ich, ich bin Trudy und als sie ihre Beine verlor, habe ich mir geschworen, alles für sie zu sein, was sie braucht«, antworte ich etwas heiser und wieder zuckt etwas Ungreifbares durch seine Augen.

»Du bist mutig. Das imponiert mir«, murmelt er ganz auf sein Spiel mit meinem Körper konzentriert. Als er sanft an meinem Nippel zupft, zuckt sein Blick in meine Augen. Er will meine Reaktion und er bekommt auch eine, denn mein Hirn umnebelt sich prompt. *Wie macht er das nur?* Wie schafft er es, dermaßen mit meinem Körper und Geist zu spielen, mich dermaßen mit ein paar Berührungen zu berauschen?

»Und so verdammt heiß«, murmelt er als Antwort auf irgendwas, was er wohl in meinen Augen sieht, und zwirbelt meinen Nippel sanft zwischen den Fingern. Heiße Blitze zucken in meinen Unterleib und mein Kopf verabschiedet sich so langsam ganz, aber ich versuche wirklich hart, nicht völlig abzudriften, denn ich will jetzt mehr herausfinden.

»Also ... bedeutet sie dir nichts?«, frage ich etwas atemlos, womit ich natürlich nicht Trudy, sondern seine Ex meine.

»Ich liebe gar keine Frau, außer *meiner* Schwester.« Er streicht auch zu meiner anderen Brust und stützt seine Schläfe auf die Faust, als er sich ihr widmet. Ich drehe bald durch, aber versuche immer noch, mich zu kontrollieren. »Und du? Liebst du jemanden außerhalb deiner Familie, kleine feuchte Eden?« Und feucht bin ich wirklich. Ich kann es leider nicht verbergen, allerdings fühle ich unter meinen Schenkeln, dass auch ihn dieses Spiel nicht kalt lässt, was mich etwas beruhigt.

»Was denkst du?«

»Ich denke, dass du dich selbst in einen Kokon eingesperrt hast und ganz dringend daraus befreit werden willst, aber ich denke *auch*, dass du Angst vor der Freiheit hast.«

»Bullshit.« Mein Becken windet sich wie von selbst, als er auch meine andere Brustwarze gekonnt umspielt, und die heißen Blitze immer intensiver werden.

»Wieso hattest du dann nie einen Mann?«

»Weil ich nicht wollte.«

»Du *willst* aber.« Er deutet mit dem Blick zwischen meine Beine und etwas Seltenes passiert. Die Hitze steigt in meine

Wangen, denn er hat mich erwischt und ich kann es nicht vertuschen.

»Ich wusste nicht ...«

»Wie unglaublich Sex sein kann?«

»Ja«, gebe ich unwillig zu, denn mit ihm ist es *wirklich* unglaublich.

»Dann lass es mich dir zeigen.«

»Machst du das nicht gerade schon?« Geht es noch heftiger als das hier?

Drake lächelt leicht. »Noch lange nicht.« Oh fuck, was ist das für ein Mann? Wie wird es wohl aussehen, wenn er mir *alles* zeigt?

»Willst du erfahren, wozu dein Körper wirklich fähig ist?«, fragt er und streicht mit seinen Knöcheln zuerst zwischen meinen Brüsten und dann meinen Bauch herab. »Willst du wissen, wie süchtig machend Lust noch sein kann? Willst du wissen, wie es ist, sich völlig in der Ekstase zu verlieren?« Fuck. Ja. Hallo? Wer will das bitte nicht? Tief in meinem Inneren will sogar *ich* das, aber ich habe es mir bisher nie geholt. Als er über meinen Unterbauch gleitet, zieht es sich darin so abartig heftig zusammen, dass es fast wehtut. »Ich denke, du willst.« Zwar gleitet er über meinen Venushügel, berührt aber meine Mitte nicht direkt. Und wieder verrecke ich fast. Meine Zehen verkrampfen sich und ich winde meine Waden leicht auf seinem Ständer, weswegen sich sein Blick verdunkelt.

»Ja, du willst«, murmelt er zufrieden und streicht mit seinem Daumen hauchzart an meiner Mitte hoch. Fast fahre ich aus meiner Haut. Ich hatte keine Ahnung, dass man so übersensibel sein kann. Ich hatte keine Ahnung von so vielem.

»Du willst mich umbringen«, fällt mir dennoch ein und vielleicht will er das ja mit Sex-Folter tun.

»Scheißegal.« Langsam umkreist er mit dem Daumen meinen Lustpunkt und würde er es nur ein wenig schneller tun, würde ich explodieren.

»*Wirst* du mich umbringen?«

»Bin ich wahnsinnig?« Das bringt mich zum Lachen, aber

dann stöhne ich auf, weil er mich härter antippt, und mein Rücken biegt sich durch. »Ich werde dich nicht umbringen, ich werde jeden Zentimeter von dir auskosten und es ist mir auch scheißegal, was irgendjemand dazu sagt.«

»Deal«, keuche ich und flehe ihn mit meinem Blick an, mich endlich zu erlösen, denn ich kann es nicht laut aussprechen.

»Deal, Baby.« Und damit lässt er mich endlich kommen.

gejagt

. . .

EDEN

DREISSIG MINUTEN später bin ich ein verschwitztes, nasses Chaos und Drake liegt schwer auf mir. Ich kann nicht atmen, aber irgendwie gefällt es mir. Irgendwie gefällt es mir, wenn er mir dermaßen nah ist, aber das würde ich, wie so vieles, niemals zugeben.

»Wir sollten duschen«, bestimmt er und streicht mit der Nase über meinen Hals. Der Schauer, der durch mich rauscht, ist unmenschlich. Was hat er die letzten Stunden nur mit mir gemacht? Wieso fühle ich ihn so intensiv? Wahrscheinlich sollte ich nach Hause gehen, aber ich *will* nicht. Ich will mich nicht der hässlichen Realität stellen. Ich will noch ein wenig hierbleiben. Mehr herausfinden, mehr fühlen, weiter fliegen. Ich will mich noch nicht von ihm trennen und diese Abkapslung von der Welt genießen, solange ich kann.

»Okay«, antworte ich also und er zieht den Kopf zurück. Als er auf mich herabsieht, ist es mir fast zu viel. Sein Braun strahlt mit einem Mal noch intensiver, noch einnehmender und sein Blick ist noch durchdringender. Als würde er all meine Schichten durchleuchten und direkt auf mein ekelhaftes Inneres sehen. Am liebsten würde ich einfach die Augen schließen. Irgendwas hat sich wirklich zwischen uns geändert und ich habe keine Ahnung, was es ist. »Das hier ist wirklich die größte Dummheit deines Lebens, *Paradise*«, wispert er und streicht mir eine Strähne aus der Stirn. Paradies? Ich bin also das Paradies für ihn? Wohl eher nicht. Er soll mir nichts vormachen. Ich bin nicht mit mir im Einklang. Ich strahle nicht. Ich bin nicht freundlich und ich gebe auch niemandem Frieden, weil in mir nur Terror herrscht. Und was die Dummheiten angeht?

»Scheißegal.« Ich begehe viele Dummheiten, zumindest *habe* ich das getan, bis ich mich mit Trudy einsperrte. Drake seufzt und ich glaube, er will etwas sagen, aber stattdessen zieht er sich zurück. Und ich frage auch nicht weiter, denn ich will diese Nacht nicht zerstören. Kühle Luft strömt über meinen erhitzten Körper. Wenigstens hat es endlich aufgehört zu regnen, aber trotzdem fröstle ich. Vielleicht auch, weil er sich von mir zurückzieht. Aber das ist doch bescheuert, die Nähe eines anderen sollte mir nicht so wichtig sein und ich mache mich auch ganz sicher nicht von ihr abhängig.

Nackt und wunderschön, wie Drake ist, zündet er sich einen Joint an und ich sehe immer noch berauscht zu ihm hoch. Gott, was ist das nur für ein Mann? Er besteht praktisch nur aus Muskeln. Wie oft trainiert er eigentlich? Was bedeuten seine Tätowierungen? Was bedeuten die in den Drachen geschriebenen Zahlen? Was bedeutet die Uhr auf seinem Handrücken? Was bedeuten die vier Striche auf seinem Handgelenk? Was bedeutet das Kreuz in seinem Nacken? Und der portugiesische Schriftzug zwischen Daumen und Zeigefinger, seiner rechten Hand? *Perder o Controle*, auf seiner linken steht *Nunca*.

Ich glaube *verliere die Kontrolle. Nicht*. Was meint er jetzt? *Will* er die Kontrolle verlieren oder eher nicht? Wer ist dieser Mann? Was denkt er? Was geht in seinem Kopf vor?

Ich kann es nicht mehr leugnen. Ich bin fasziniert – fasziniert von seinen Gedanken, von seinem Äußeren, von seiner gesamten Art. Und seine dunklen Augen machen das alles nicht besser.

»Willst du etwas trinken?«, fragt er und schlendert zu der

Kommode, auf der sich wild ein paar Flaschen aneinanderreihen.

»Ja, irgendwas.« Mein Mund ist völlig ausgedörrt. Auch ich erhebe mich, nackt, wie ich mittlerweile bin. Irgendwie gefällt es mir, so durch die Gegend zu spazieren. Es gefällt mir, alle Schichten und Schalen abzulegen und es gefällt mir auch, wie sich sein Blick verdunkelt, als er einschenkt und mir ein Glas Wodka reicht.

»Du bist nicht das Paradies, sondern eher die Schlange darin«, murmelt er und streicht mit seinen tätowierten Knöcheln über meinen Bauch.

»Ach ja?«

»Du führst einen ständig in Versuchung.« Tue ich das? Habe ich so eine Macht über ihn? Lächelnd nehme ich einen kleinen Schluck. Die Vorstellung, dass er sich in meiner Gegenwart genauso wenig beherrschen kann, wie ich mich in seiner, gefällt mir wirklich. Es gefällt mir, ihn *in Versuchung zu führen.*

»Das gefällt dir, oder?«, fragt er und gleitet bis zu meinem Venushügel, weswegen sich die Härchen auf meinen Armen aufstellen. Meine Antwort ist ein breiteres Lächeln und ich reiche ihm das Glas. »Dachte ich mir.« Er hält mir den Joint an die Lippen und als ich tief ziehe, schwirrt es in meinem sowieso schon benebelten Kopf noch ein bisschen mehr. Das ist jetzt genau richtig, um nicht daran zu denken, was vorhin zwischen meiner Schwester und mir vorgefallen ist. Ich denke an gar nichts mehr. Nicht an mein Leben, meine Mutter, meinen Vater, niemanden. Nur an mich und auch wenn sich das ungewohnt anfühlt, lasse ich es zu. Drake legt einen angewinkelten Finger unter mein Kinn und hebt es. Als ich den Rauch ausstoße, legt er seine Lippen an meine. Er ist wirklich unglaublich sexy, wenn er so etwas tut und weil ich will, dass seine Augen sich wieder auf diese bestimmte Art verdunkeln, streiche ich mit meiner Zunge über seine Unterlippe. Zwischen unseren Mündern steigt der Rauch auf und ich erschauere, als sein Griff an meinem Kinn sich verfestigt.

»Fuck«, knurrt er und ich weiche lachend zurück. Ich liebe es wirklich, so eine Wirkung auf ihn zu haben.

»Okay, gehen wir duschen! Wo ist das Ding?«, frage ich, denn er ist schon wieder dabei, einen ganz besonderen Bann um mich zu spinnen und ich habe keine Zeit, um nach richtigen Worten wie Badezimmer und Dusche zu suchen. Und natürlich *weiß* ich, wo das Bad ist, aber ich will mir jedes Zimmer genau ansehen. Drake betrachtet mich schon wieder wie ein Raubtier kurz vor dem Sprung und deutet mit der Wodkaflasche ins obere Stockwerk. Irgendwie fühle ich mich getrieben, als ich mich in Bewegung setze. Dicht folgt er mir durch das Haus und in meinem Nacken scheint es zu kribbeln, während wir die Treppe hochgehen. Dieses Kribbeln verstärkt sich mit jedem Schritt, aber ich versuche trotzdem, nicht zu stolpern.

»Hier?«, frage ich, obwohl ich weiß, dass es hinter der ersten Tür kein Bad zu sehen gibt. Trotzdem stoße ich sie auf und finde nur ein langweiliges Gästezimmer. Ich weiß nicht, was ich erwartet habe. Waffenarsenal? Kokain-Haufen, in denen man baden könnte? Zehn nackte Frauen, die es sich gegenseitig machen?

Drake schüttelt den Kopf und beobachtet mich immer noch so glühend. Auch in mir glüht es immer heftiger.

»Hier?«, frage ich schon etwas leiser, weil es sich zwischen uns immer weiter auflädt. Ich stoße die nächste Tür auf und könnte verwirrter nicht sein. Das ist jetzt aber ein Oma-Zimmer. Wahrscheinlich das *seiner* Oma. Es hängt sogar ein Kreuz über dem Bett und die mintfarbige Tagesdecke mit den Gänseblümchen gibt dem Zimmer den Rest.

»Wirklich nicht, Eden.« Nein, wirklich nicht.

»Dann bleibt nur noch die hier …« Teuflisch lächle ich, denn ich weiß genau, was sich dahinter befindet. Drakes Schlafzimmer. Jetzt sehe ich es endlich mal von innen. Es ist recht spärlich eingerichtet, man sieht, dass er hier noch nicht lang wohnt. Das Bett macht den Mittelpunkt des Raumes aus, aber es ist nicht gerade luxuriös.

»Tu nicht so, als wüsstest du nicht, wo mein Bad ist. Du hast mich beim Wichsen beobachtet«, raunt er in einen Nacken und schiebt mich mit seinen Hüften weiter. Schon wieder ist er halbsteif. Und ja, ich *habe* ihn beobachtet. Und nein, ich bereue es nicht.

Ich nehme ihm die Flasche ab und trinke einen großen Schluck von der brennenden Flüssigkeit, als ich weiter eintrete. Keine Bilder an der Wand, keine Dekoration. Nur ein Stuhl, über dem ein paar Kleidungsstücke hängen, zwei Hanteln in einer Ecke, ein Laptop auf dem Nachttisch, ein recht trostloser Raum. So trostlos wie das ganze Haus.

»Und hier ist das Bad?« Was ich natürlich weiß. Ich stoße die einzig übrige Tür auf und finde mich in einem kleinen abgefuckten Badezimmer wieder. Die Kacheln sind altgrün und die Armaturen ein wenig rostig, aber mir ist es egal. Irgendwie hat es Charme, genau wie der Mann.

»Ja, hier.« Er streicht mir die Haare aus dem Nacken und küsst sich über meinen Hals. Während Schauer um Schauer mich durchrauschen, trinke ich noch einen Schluck und beobachte diesen riesigen Mann hinter mir durch den verschmierten Spiegel. Seine Augen töten mich irgendwann, oder werden es seine rauen Hände sein, mit denen er meine Seiten herabfährt? Oh fuck, ich will ihn auch schon wieder so sehr. Ich kann nicht widerstehen, alles an ihm ist so verdammt anziehend.

»Du machst mich wirklich wahnsinnig …«, wispert er an meiner Schulter und küsst sich darüber. Das sagt er mir? Ich zergehe gleich schon wieder, löse mich einfach auf. Stöhnend lehne ich meinen Hinterkopf an seine breite Schulter. Er sieht mir direkt in die Augen, als er zwischen meine Beine fährt und meine Mitte packt. Seine Nasenflügel blähen sich und ich stöhne auf. Sein Blick sagt mir, dass das alles ihm gehört und auch wenn ich das nicht tue, genieße ich es heute Nacht. In diesem Moment kann ich ihm gehören. Vor allem, wenn er so heiße Sachen mit mir macht. Er küsst sich meine Wirbelsäule herab und ich umklammere mit einer Hand die Flasche, mit der anderen den Waschbeckenrand, als er in die Hocke geht. Sein Mund geistert über meinen Arsch und ich bin schon wieder übersensibel, fühle jeden einzelnen Atemhauch, jedes Zungenstreichen. Er schiebt meine Beine etwas weiter auseinander und als er direkt über meine Mitte leckt, lasse ich den Kopf zwischen die Schultern sinken. »Und du schmeckst so fucking gut«, murmelt er und bringt mich zum Zittern. Verzweifelt stöhne ich, als seine heiße Zunge über mich streicht und er fest meinen Arsch packt. Drake beißt in mein Fleisch und mein Stöhnen wird lauter.

Doch viel zu schnell richtet er sich wieder auf und wirbelt mich herum. Seine Lippen krachen auf meine, als ihn wohl die Geduld verlässt. Er nimmt mir die Flasche ab und stellt sie auf den Waschtisch. Dann drängt er mich rückwärts zur Dusche.

»Heiß oder kalt?«, fragt er und umfängt meine Taille, um mich in die Kabine zu heben.

»Heiß.« Ich hasse Kälte. Drake summt an meinen Lippen und stellt das Wasser an, ohne unseren Kuss zu beenden. Heiß prasselt es auf uns herab und tränkt sofort unsere Körper. Es prickelt auf meiner Haut, oder ist es er? Sind es seine Küsse, die über meinen Hals geistern? Sind es seine Hände, die über meine Haut streichen oder wie er sich in meinen Arsch krallt und mich an sich zieht? Ist es sein raues Stöhnen, das sich an meinen Lippen bricht? Ich weiß nicht, was es ist.

Drake Hollow ist ein einziger Ansturm auf meine Sinne. Ein einziges Feuerwerk der Gefühle. Ich kann mit ihm nicht anders, als alles zu genießen, zu leben, zu fühlen. All das zu tun, was ich die letzten Jahre so sehr gemieden habe.

»Tief und hart oder langsam und genüsslich?«, erkundigt er sich und ich stöhne.

»Ist mir scheißegal.« Sanft streicht er über meinen Arsch und ich erschauere.

»Wirklich, Baby?«, fragt er und seine dunklen Augen verglühen mich fast. Fuck, ich glaube, ich bin ihm völlig verfallen. Ich glaube, ich kann nicht mehr zurück und ich will es auch nicht.

»Wirklich.«

»Wie du willst.«

Er wirbelt mich herum und schiebt sich in der nächsten Sekunde bis zum Anschlag in mich. Und diesmal fickt er mich so heftig, dass ich fast ohnmächtig werde.

Eine Stunde später sind wir beide schon etwas high vom Alkohol, den Joints und vor allem von uns. Ich trage nichts weiter als einen von Drakes Pullovern und Shorts. *Er* hingegen ist fast nackt, als wir in seiner kleinen Küche stehen.

Das Kühlschranklicht beleuchtet seinen muskulösen Vorderkörper, als er hineinspäht und ich begutachte seinen Arsch in den schwarzen Shorts. Ja, wirklich, sehr, sehr nett ist dieser Arsch und ich glaube, ich will, dass er nur mir gehört. Das macht mir Angst, denn ich fange an, mich an ihn zu binden. Ich fange an, mich ihm zu öffnen. Das heißt, er könnte mich verletzen. Aber ich will diese Nacht noch nicht beenden. Ich will mir das hier zur Ausnahme mal nicht selbst kaputtmachen, deswegen unterdrücke ich den Fluchtinstinkt, der durch mich flackert. Hart.

»Ich denke, ich mache Sandwiches«, murmelt Drake konzentriert und ich nicke. Sandwiches sind immer gut und ich habe wirklich großen Hunger, wie ich jetzt merke.

»Gute Idee.«

»Meine Ideen sind immer gut, Baby.« Lächelnd verdrehe ich die Augen, während Drake alle Lebensmittel, die er für Sandwiches braucht, herausnimmt. Ich lehne mich ihm gegenüber an den Holztresen, beobachte, wie das Licht über seine Muskeln spielt, als er die Brote auf einem Brett verteilt. Hart knallt er sie darauf und ich verziehe das Gesicht. Ich weiß nicht, ob es so gut ist, dass er mich dabei ansieht. Er sollte vielleicht besser auf sein Tun achten. Was soll das heißen? Vielleicht ist das ein Code für irgendwas, aber ich verstehe kein brotisch.

»Geht das auch liebevoller?«

»*Magst* du es liebevoll?«

»Ehrlich gesagt, weiß ich gar nicht, wie ich es mag.« Ich

hatte ja nur die paar Male mit ihm Sex. Meine Erfahrungen sind begrenzt und meistens folge ich einfach meinen Instinkten. Meine Instinkte und mein Körper mögen, was sie von Drake bekommen.

»Ich denke, dass du es magst, so gefickt zu werden, dass du nicht mehr laufen kannst.« Langsam, fast schon lasziv verteilt er Mayonnaise auf dem Toast.

»Du meinst wie vorhin in der Dusche«, murmle ich etwas abgelenkt.

»Genau so. Aber du würdest es auch mögen, wenn ich dich ganz langsam um den Verstand bringen und dir immer wieder zuraunen würde, was mich gerade am meisten an dir anmacht …« Er verteilt auch auf dem anderen Toast Mayonnaise und ich weiß nicht, ob das jemals jemand auf eine so sexy Art wie er getan hat. Er könnte einen Porno für Essfetischisten drehen.

»Kann sein.« Aber vielleicht wäre es mir auch zu viel. Liebevolle Gesten, die mir unter die Haut gehen, machen mir Angst.

»Und ich denke, dass du es auch mögen würdest, wenn ich dich so langsam ficken würde, dass du alles von mir fühlen könntest. Wenn ich dir dabei unentwegt in die Augen sehen würde.« Sein Blick wird noch durchdringender, aber das blocke ich ab, denn das ist gar nichts für mich. Allein die Vorstellung könnte mich schreiend davonlaufen lassen.

»Nein.«

»Ah, du magst es nicht, wenn man zu tief blickt. Aber dafür ist es zu spät. Ich habe schon alles gesehen, kleine Eden.« Das gefällt mir gar nicht! Und das glaube ich ihm auch nicht.

»Hast du nicht.«

»Hab ich.« Er legt ein paar Salatblätter auf die Toastscheiben und in mir verknotet es sich. Ich will nicht darüber reden, was ich fühle. Ich will nicht, dass irgendjemand in mich hineinsieht.

»Und wie magst *du* es am liebsten?«, frage ich, um abzulenken, und Drake schnaubt abfällig. Was soll das bedeuten?

»Was?«, frage ich amüsiert.

»Mit dir?« Er deutet mit dem Messer auf mich, bevor er es in einer Tomate versenkt. Das war wieder sehr sexy. »Mag ich alles.« Er drapiert die geschnittenen Gemüsescheiben auf den Sandwiches. Er mag also alles mit mir. Aber er hat doch noch gar nicht alles mit mir gemacht und das wird er auch nie. Das werde ich nicht zulassen.

»Und mit *anderen* Frauen?«, frage ich unwillig. Aber wieso fange ich denn jetzt mit so was an? Wieso tue ich mir immer irgendwie selbst weh? Ich *will* es doch gar nicht wissen! Aber irgendwie schon. Irgendwie mag ich den kleinen Stich in mir.

»Mit anderen Frauen ist es einfach nur Ficken.« Er zuckt mit den breiten Schultern und in mir verknotet es sich. Mit mir nicht? Ist es mit mir mehr? Und wieso kribbelt es jetzt so heftig in mir los?

»Aha.«

»Hartes Ficken. Du weißt schon, ohne Sinn und Verstand ... wie...« Ehe ich mich versehe, greife ich nach einer Essiggurke und schmeiße sie nach ihm. Sie landet geradewegs an seiner Wange und fällt dann auf ein Toast. Scheiße, das wollte ich nicht tun. Ich wollte ihn nicht beschmeißen. Es ist einfach so passiert. Schockiert schlage ich mir eine Hand vor den Mund. Ein paar Sekunden starrt Drake die Gurke an, als müsste er überlegen, wie sie dahinkommt und wie er nun reagieren soll. Dann hebt er den Blick zu mir und ehe ich etwas erklären kann, klatscht eine Salamischeibe gegen meine Stirn. WOHA!

Mir entkommt ein empörter Laut.

Das hat er jetzt nicht wirklich getan?

»Geht's noch?«, frage ich schockiert und reiße die Salami von meinem Gesicht. Igitt!

»Beschmeiß mich nie wieder mit…« Bevor er aussprechen kann, schmeiße ich die Salami nach ihm. Aber diesmal weicht er aus und ich schlage lachend die Hände vor den Mund, als die Wurstscheibe gegen den Kühlschrank prallt. »Ich habe gesagt, beschmeiß mich nicht mit Essen!« Völlig unvermittelt schleudert er Scheibe um Scheibe nach mir. Es ist ein einziger Salamihagel und ich gehe lachend hinter dem Tresen in Sicherheit.

»SPINNST DU?!«, rufe ich aus und muss mir den Bauch halten, weil ich so hart lache. Drei Scheiben treffen den runden

Tisch, eine prallt sogar gegen das Fenster, aber dann hört der Angriff endlich auf.

»Du hast darum gebettelt!«, antwortet er ebenfalls lachend und ich verharre noch ein paar Sekunden, weiß nicht, ob es wirklich vorbei und die Luft rein ist. »Hörst du jetzt auf, Essen zu verschwenden?«, frage ich gespielt belehrend, wie all diese verdammt korrekten, verdammt kranken Menschen es neuerdings sind.

»Ja, sicher, Eden. Ich höre auf«, antwortet er ernster und ich erhebe mich vorsichtig. Er hat die Sandwiches fertiggeschmiert und reicht mir ungerührt eins. Doch mit seinem Blick mahnt er mich, das jetzt nicht auch noch nach ihm zu schmeißen. Ich bin versucht, aber dann gewinnt der Hunger, also beiße ich hinein. Drake tut es mir nickend nach und ich frage mich plötzlich, ob er so was öfter macht. Nachts in der Küche stehen und Essensschlachten mit Frauen veranstalten. Irgendwie passt es nicht zu ihm. Aber eigentlich weiß ich immer noch gar nichts von ihm und ich sollte mehr herausfinden, aber ich *will* gerade nicht. Absolut nicht. Ich will ihn einfach genießen.

»Und jetzt?«, fragt Drake, als wir fertig sind.

»Jetzt will ich immer noch nicht nach Hause.« Ich stelle meinen Teller in die Spüle und überschaue ihn vorsichtig. Sollte er mich jetzt wegschicken, muss ich brüllen, richtig brüllen und danach könnte es sein, dass ich vielleicht weine. Doch er schlingt lediglich von hinten einen Arm um meinen Bauch und ich lächle in mich hinein.

»Dann bleibst du.« Und fuck, ich wusste gar nicht, wie sehr ich mich nach solchen Worten gesehnt habe. Ich wusste gar nicht, wie nötig ich das hier hatte.

»Okay.«

»Fucking okay.«

garten eden

. . .

DRAKE

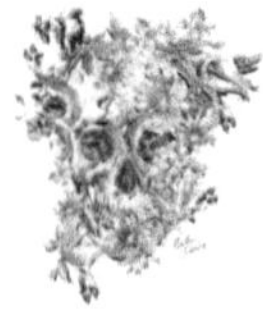

VERDAMMTE SCHEISSE, was tue ich hier eigentlich? Das ist die Frage, die in meinem sich sowieso schon drehenden Kopf noch weitere Kreise dreht. Wieso habe ich sie nicht einfach fortgeschickt? Wieso habe ich ihr nicht gesagt, dass ich kein verdammtes Asylantenheim für verzweifelte Frauen bin? Wieso habe ich sie an mich rangelassen? Wieso habe ich zugelassen, dass sie mit mir raucht, trinkt, isst, dass sie bei mir duscht und wir Schach spielen? Sie hat mich elendig abgezockt, aber das ist mir egal.

Jetzt dämmert es langsam. Eden ist immer noch betrunken. Sie tanzt mit einer Flasche durch mein Wohnzimmer und ich beobachte sie dunkel. Sie trägt meinen Pullover, der an ihrer Schulter runtergerutscht ist, und sieht wirklich viel zu sexy darin aus. Es gefällt mir viel zu gut, sie in meinem Haus, in meiner Kleidung zu sehen. Es gefällt mir viel zu sehr, wie sie mich immer wieder anlächelt, wie sie mit mir lacht, wie sehr ihre Augen heute Nacht funkeln. Das alles ist totale Scheiße, aber ich kann sie nicht mehr aufhalten. Ich kann und werde sie auch nicht wegschicken. Und als sie auf mich zutanzt, stelle ich meine Beine etwas weiter auseinander. Ich mag es, wie sie sich dazwischen drängt. Ich mag es, wie sie ihren kleinen heißen

Arsch bewegt, ich mag es, wie sie sich zu mir vorbeugt, wie sie mich mit ihren funkelnden Augen fickt, und ich mag es, dass sie einfach zieht, als ich ihr einen Joint an die Lippen halte.

Sie ist sowieso schon völlig hinüber und wahrscheinlich werde ich es noch schlimmer machen, weil ich es immer schlimmer mache. Egal, welche Frau. Ich fucke sie ab. Sie sind fertig, wenn *ich* mit ihnen fertig bin. Das beste Beispiel ist Leona. Aber ich will Eden gar nicht abfucken. Ich will dieses Paradies nicht zerstören und mit meiner beschissenen Finsternis füllen. Ich will nicht diese verfluchte Schlange sein, die sie dazu bringt, von dem Apfel abzubeißen. Oder bin ich der Apfel?

Keine Ahnung.

Noch ein wenig mehr und ich könnte sie zu allem bringen. Zu allem, was Devon geplant hat und wahrscheinlich noch zu mehr. Wahrscheinlich wäre sie ein absoluter Publikumsmagnet, wenn sie im Club an der Stange tanzen würde. Dafür bräuchte sie nur ein paar Ladungen Crystal. Es wäre so leicht, sie abhängig zu machen und sie zu allem zu bringen, wie es in meiner Welt normal ist. Sie weiß nicht, wie widerlich ich in der Vergangenheit war. Sie hat keine Ahnung, wozu ich fähig bin, aber *ich* weiß es. Und deswegen sollte ich sie für immer rausschmeißen.

Ich kann nicht, denn wieder lächelt sie mich an, bevor sie sich umdreht und sich mit dem Arsch auf meinem Schoß niederlässt. Ich weiß nicht, wieso sie sich dazu entschieden hat, mir einen Lapdance zu schenken und ich bezweifle, dass sie das jemals zuvor gemacht hat. Ich bezweifle auch, dass sie eine Ahnung davon hat, was sie hier eigentlich tut. Sie weiß nicht, welche Wirkung es auf einen Mann hat, wenn so ein unschuldiges, fast jungfräuliches Wesen seine verruchte Seite kennenlernt und sie auf einen loslässt. Aber auch jetzt halte ich sie nicht auf, denn ich will, dass sie aus sich rausgeht. Ich will, dass sie lebt. Ich will der sein, an dem sie alles erkundet. Es fasziniert mich viel zu sehr, zu beobachten, wie sie sich immer mehr in einer anderen Welt verliert – in sich selbst verliert. Wie sie ihr Paradies erkundet und es auch zu meinem macht.

Also schlinge ich einen Arm um ihren Bauch und stöhne in ihr Ohr, denn sie reibt sich wirklich viel, viel zu gut an meinem immer härter werdenden Schwanz. Heute Nacht war ich eigentlich dauerhart, aber ich habe trotzdem noch nicht genug von ihr. Ich könnte sie die ganze Zeit nur fühlen, nur in ihr sein. Ich könnte mich völlig in ihr verlieren. In ihr und ihrem paradiesischen Garten Eden.

»Weißt du, was du da machst, *Paradise*?«, frage ich an ihrem Ohr und streiche ihren Oberkörper herab. Das wäre der perfekte Strippername für sie, aber ich will das nicht. Ich will sie nicht mit anderen Männern teilen, ich will sie für mich. Nur für mich, meine Hände, meinen Schwanz, meine Augen. Nur ich will diese Frau besitzen, die sich selbst aufgegeben hat, als ihre Schwester es tat.

»Ich habe keine Ahnung«, antwortet sie losgelöst und ich presse meine Lippen in ihr Haar, denn wie sie ihren Arsch über mich reibt, macht mich völlig fertig.

»Dann mach weiter und fick mich«, flüstere ich und streife meine Shorts runter. Sie ist schon wieder unten ohne, denn vorhin hat sie einfach meine Shorts runtergezogen und als sie sich auf mir niederlässt, explodiert es fast in mir. Sie fickt mich nicht nur mit ihrer perfekten, engen Pussy, sondern auch mit ihrem reinen, kämpferischen Herzen.

Diese Frau ist wirklich mein Paradies und ich werde es zerstören, aber nicht jetzt. Jetzt lasse ich den Kopf gegen die Lehne sinken, lasse sie sich an mir austoben, beobachte, wie sich auf mir völlig verliert – oder findet, ich weiß es nicht. Ich gebe ihr den Takt nicht vor, ich sage ihr nicht, was sie zu tun hat. Ich streiche nur über ihren Arsch, ihren verschwitzten Rücken hoch und ziehe den Pullover über ihren Kopf.

Ich will alles sehen, ich will alles haben. Ich will alles von ihr. Sie soll es mir geben, freiwillig.

Als sie sich intensiver auf mir bewegt, stöhnen wir beide und ich greife in ihr verschwitztes Haar, ziehe ihren Kopf daran zurück. Ich will, dass sie mich ansieht, dass sie mich auch mit diesen grünen, lustverhangenen Augen fickt und das tut sie. Sie fickt mein gesamtes Sein. Ich halte es nicht aus und presse meinen Mund auf ihren. Auch sie lässt mich Dinge fühlen, die ich schon ewig nicht gefühlt habe, auch sie verändert etwas, was nicht verändert werden sollte. Und heute Nacht lasse ich sie. Heute Nacht ist alles anders.

Heute Nacht gehört sie mir.

Und ich gehöre ihr.

Ich habe noch nie einer Frau gehört. Ich habe einer Frau noch nie so viel erlaubt, aber sie ist anders als all die anderen Frauen. Sie ist schlagfertig und emotionsgeladen, sie ist mutig und so kämpferisch. Sie haut mich mit ihrer gesamten Art völlig um und ich liebe ihre Denkweise. Ich liebe es, wie sie Dinge aus einem ganz anderen Winkel beleuchtet und ich liebe vor allem ihre unterschwellige Wut und Verzweiflung, wegen dieser Welt. Sie hat so ein gutes Herz. Eigentlich sollte sie wie eine Königin behandelt werden. Denn dieses Herz sollte geschätzt und geschützt werden, aber dafür bin ich nicht zuständig. Ich bin nicht ihr Prinz, ich bin nicht ihr Held, ich bin ihr Untergang und doch schubse ich sie nicht von mir. Ich halte ihr Becken still, als ich fast komme, und fahre zwischen ihre Beine. Sanft massiere ich sie, sehe ihr direkt in die Augen, als ich sie explodieren lasse. Und als ich ihr folge, sterbe ich.

Fuck, ich sterbe einfach.

Gemeinsam lassen wir uns auf die Couch sinken und sie schmiegt sich an meinen Körper, als hätte sie das schon immer getan. Aber das *hat* sie noch nie und das wird sie auch nie wieder tun. Heute Nacht lasse ich trotzdem zu, dass sie ihre Wange an meiner Brust bettet und einen Arm um meinen Bauch schlingt. Fast habe ich vergessen, wie es sein kann, jemanden zu schützen und einen derart zerbrechlichen Körper so nah zu fühlen. Auch etwas, was sie nie erfahren wird.

»Du machst mich auch wahnsinnig und ich glaube, das habe ich gebraucht«, flüstert sie an meiner Brust und fast ist es zu viel für mich. Fast kann ich es nicht mehr aushalten, fast werde ich widerlich und stoße sie von mir. Denn ich hasse es, wie vertrauensvoll sie gerade ist und schon den ganzen Abend war. Sie sollte mir nicht vertrauen, verdammt!

Aber als ich meinen Kopf zurückziehe, ist sie schon eingeschlafen. Ihr Gesicht ist so friedlich, sie atmet tief und fest und sie ist so verdammt unschuldig, so rein, so ungebrochen, obwohl sie gebrochen ist. Und fuck, ich kann es einfach nicht. Nicht jetzt. Nicht so. Ich werde sie nicht wecken, um ihr Herz zu zerstören. Ich werde ihr noch diese Nacht lassen.

Am nächsten Morgen wird es enden, was auch immer diese Scheiße hier ist.

Ich darf nicht vergessen, wieso sie in meinen Armen liegt, denn der Grund dafür ist ein ganz anderer als der, von dem sie ausgeht. Der Grund ist dunkel, der Grund wird sie zerschmettern und dann wird sie nie wieder so bei mir liegen.

absturz

. . .

EDEN

EIN BESCHISSENER SONNENSTRAHL, der direkt in mein Gesicht knallt, weckt mich. Hätte ich eine Waffe, würde ich diese Sonne erschießen, denn ich will nicht aufstehen. Ich will liegen bleiben und mich einfach nicht rühren. Ich fühle mich völlig ausgelaugt, als hätte ich zwei Wochen auf einem Festival getanzt und gezeltet. Außerdem, als wäre eine besoffene Horde über mein Zelt hinweggewütet und hätte mich zertrampelt.

Mein Kopf tut weh, kaum, dass ich die Lider ein Stück hebe und jeder einzelne Muskel in meinem Körper schmerzt. Drake hat mich letzte Nacht völlig kaputtgemacht. Und das nicht nur durch Sex, sondern auch durch Lachanfälle. Er kann wirklich extrem witzig sein, wenn er aus der Zubereitung von Sandwiches einen Porno macht. Ich will gar nicht wissen, wie die Küche aussieht. Das Wohnzimmer allein gleicht einem Schlachtfeld. Irgendwann mitten in der Nacht kamen wir auf die glorreiche Idee, Schach zu spielen. Die Figuren sind im ganzen Zimmer verteilt. Neben der weißen Dame liegt eine Flasche Whisky und der Aschenbecher quillt vor Jointstummeln über. Es stinkt bestialisch, gar nicht so himmlisch, wie es die ganze Nacht gerochen hat. Drakes Duft hat meine Sinne benebelt, bis ich eingeschlafen bin. Ich glaube, ich habe mich an ihn geklammert wie ein verdammtes Koalababy. Sein Körper war so warm und hart, so männlich. Und der betörende Duft, der mir von seinem Nacken entgegengewabert ist, hat mich irgendwie beruhigt und doch aufgekratzt. Fast konnte ich deswegen nicht einschlafen, doch dann hat es mich plötzlich ausgeknockt. Jetzt umklammere ich allerdings nicht mehr Drake, sondern nur ein Kissen, wie ich äußerst mürrisch feststelle.

Ich bin ganz allein in seinem Wohnzimmer und er ist verschwunden.

»Drake?«, frage ich mit erbärmlich kratziger Stimme, aber ich bekomme keine Antwort. »Na super«, nuschle ich und lasse mich tiefer in die Couch sinken. Ich habe geschlafen wie ein Baby, keine Albträume, keine Trudy, kein Vater, kein Unfall, aber das war ja klar. Ich habe mich mit Alkohol, Drogen, Sex und Drake völlig weggeballert. Offensichtlich lebe ich jetzt wie ein Rockstar, dabei wollte ich nie einer sein. Obwohl ich die Musikrichtung wirklich sehr, sehr gern mag.

Als ich mich leicht rege, passiert aber leider etwas Schreckliches. Ich bemerke, dass ich wie die Hölle pinkeln muss. Und das passt mir jetzt wirklich gar nicht, denn das heißt, ich muss aufstehen.

Fuck, ich hasse aufstehen. So sehr.

Und was machen Trudy und meine Mutter überhaupt?

Schwerfällig angle ich nach meinem Handy und entdecke tatsächlich Nachrichten von beiden.

Trudy: Wo bist du? Bitte melde dich, ich mache mir Sorgen.

Mom: EDEN! WO BIST DU?

Beiden antworte ich im Gruppenchat.

Ich: Mir geht es gut, macht euch keine Sorgen.

Aber als ich aus dem Fenster zu unserem Haus sehe, dreht

sich mein Magen um. Erst jetzt merke ich, dass es mir eigentlich nicht gut geht. Gar nicht gut. Schon ein bisschen besser als gestern, aber immer noch beschissen. Ich will eigentlich nicht an den Streit denken, aber natürlich schießt mir sofort jedes einzelne Wort in den Sinn, das meine Schwester gesagt hat. Fuck, jetzt will ich erst recht weiterschlafen, aber dann mache ich mir in die Hosen und Drake killt mich, wenn ich seine Couch versaue.

Also setze ich mich stöhnend auf. In meinem Kopf dreht es sich immer noch leicht vom Restalkohol. Trotzdem schaffe ich es, aufzustehen und fluche, als ich auf eine Schachfigur trete. Verdammter Turm! Ich kicke ihn wütend zur Seite und reiße erstmal ein Fenster auf, denn hier stinkt es wirklich absolut abartig. Dann zerre ich Drakes Muskelshirt und eine Shorts von ihm über meinen Körper und sterbe dabei fast, weil ich umfalle. Doch gerade, als ich in den Flur trete, klopft jemand hektisch an der Tür und mein Kopf explodiert fast.

Was zum Fuck soll das jetzt?

Ich wollte doch einfach nur aufs Scheißhaus gehen. Durch die Verglasung bemerke ich allerdings, dass es sich nicht um einen hysterischen Postboten, sondern um eine *Frau* handelt. Wer ist das? Ich erkenne nur eine schwarze Haarpracht.

Es gleicht einem wahren Kraftaufwand, die Tür zu öffnen, denn mein Körper ist wirklich im Arsch. Deswegen lehne ich mich auch an den Türrahmen. Aber am liebsten würde ich durchdrehen, als ich die Frau erkenne. Es handelt sich doch tatsächlich um die liebe Ex. Leonida? Leona? Was weiß ich. Und ihr fällt fast alles aus dem perfekt geschminkten Gesicht, denn sie hat wohl nicht mit mir gerechnet. Jetzt kann ich wirklich nur hoffen, dass Drake mich nicht angelogen hat, wie das so viele Typen tun. Sie erfinden den abwegigsten Bullshit, wenn sie trotz Beziehung einen wegstecken wollen. Ich hoffe, dass die beiden nicht doch zusammen sind, denn dann wäre das hier wirklich beschissen von mir. Aber eigentlich will ich ihr trotzdem einfach die Augen auskratzen, als Arroganz in diese dunklen Glupscher tritt.

»Drake?«, fragt sie, als wäre ich ein verdammtes Insekt. Sehe ich aus wie Drake? Habe ich einen sexy markanten Kiefer, Bartstoppeln und Augen, die Höschen wegschwimmen lassen könnten? Nee.

Bisschen beschränkt, oder was?

»Bin ich nicht«, antworte ich träge, denn ich bin wirklich viel zu müde, um jetzt auszurasten oder irgendein Revier abzustecken, von dem ich gar nicht wusste, dass ich es besitzen will. Erst muss ich außerdem noch pissen, oder ich pisse sie einfach an. Dann hat sich die Sache.

»Wo ist er?« Was geht es diese Bitch an?

»Bin ich Hellseher?« Und jetzt explodiert die Wut erst richtig in ihren Augen und sie macht auf ihren schwarzen Heels einen Schritt auf mich zu. Aber ich rühre mich nicht vom Fleck. Was will sie denn? Einmal pusten und sie fliegt wie ein Vögelchen.

»Ich weiß nicht, welche seiner tausend Schlampen du bist. Ich weiß nicht, was du hier tust, aber du solltest jetzt besser sofort verschwinden, sonst werde ich sehr ungemütlich und glaub mir, das willst du nicht.« Och nee, musste das jetzt sein? Jetzt muss ich *doch* reagieren, dabei hatte ich doch nicht mal einen Kaffee. Was für eine dumme *Fotze.*

»Was hast du gesagt?«, frage ich sie also und neige ihr interessiert mein Ohr entgegen. »Ich hab dich nicht so gut gehört.«

»Ich habe gesagt ...« Weiter kommt sie nicht, denn ich verpasse ihr einen Headnut, der auch mich fast umhaut. Fuck. Ich sehe förmlich Sternchen tanzen und meine Braue platzt auf, aber das ist es mir wert. Niemand nennt mich Schlampe. Niemand sieht mich so an. Und niemand sagt mir, dass ich zu verschwinden habe.

Keuchend taumelt die Bitch einen Schritt zurück, aber in der nächsten Sekunde schubst sie mich plötzlich und ich lande hart am Türrahmen. Ihre dunklen Augen blitzen genauso, wie es in mir blitzt. Wir starren uns zwei Sekunden atemlos an, loten aus, was wir jetzt tun sollten, und beschließen dann gleichzeitig, uns aufeinander zu stürzen.

Ihre Drecks-Finger verfangen sich *natürlich* in meinem Haar und ich keuche auf, als sie mich fast skalpiert. Ich versuche, ihre Finger wegzuschlagen, aber sie hat sich zu fest gekrallt. Also mache ich es anders und stoße sie mit meinem Körper gegen die andere Seite des Türrahmens. Diese Bitch schreit auf wie ein verficktes Monster. Außerdem lässt sie endlich mein Haar los, weswegen ich ihr meine Faust ins Gesicht rammen kann. *Danke.* Ich habe mich schon immer geprügelt wie es Männer tun, Frauenschlägereien finde ich peinlich. Und sie wohl auch, denn unglaublicherweise verpasst sie mir auch sofort einen Fausthieb und ich keuche überrascht. Außerdem taumle ich in den Flur und reiße die Kommode mit mir, als ich mich daran festhalten will.

»Du Bitch!«, speit sie aus und folgt mir ins Haus. Sie reißt den beschissenen Kleiderständer um und ich werde unter ihm begraben. Schmerzhaft donnert eine Stange gegen meine Stirn und killt mich fast. Tausende von Sternen explodieren vor meinem inneren Auge und für ein paar Sekunden glaube ich, in Ohnmacht zu fallen, aber ich reiße mich zusammen.

»Fuck!«, keuche ich und krieche schwankend unter dem Ständer hervor, als die Hure plötzlich einen Baseballschläger packt und auf mich zustürmt. *Aber nicht mit mir, Miststück!*

Ich greife einfach nach dem Erstbesten, was mir unterkommt. Es ist ein massiver Bilderrahmen und ich schleudere ihn direkt in ihr Gesicht. Als er gegen ihre Wange knallt, kreischt sie schmerzerfüllt. Der Baseballschläger fällt ihr aus den Fingern und sie fasst sich an die aufgeplatzte Wange. Ungläubig starrt sie mich an, während sie zurücktaumelt. Mit dieser Aktion hat sie wohl nicht gerechnet.

Das tun sie nie. Sie sind immer ach so erschüttert, wenn man all seinen Wahnsinn auf sie loslässt, aber was denkt sie denn? Dass sie mich hier attackieren kann und ich es einfach wie ein verficktes Mäuschen über mich ergehen lasse? Dass ich mich vertreiben lasse? Von dem einzigen Ort, an dem es mir seit Jahren das erste Mal gut geht? *Niemals!*

»Verpiss dich«, knurre ich verbissen und hebe den Baseballschläger mit bebenden Fingern auf. Und sie ist schlau, sie weiß wohl, dass sie jetzt ernsthaft verletzt werden könnte, sollte sie nicht verschwinden.

Wortlos dreht sie sich um und rennt geradewegs in Drakes Brust. Ich habe gar nicht gemerkt, dass er nach Hause kam. Er fängt sie am Arm ab und wirkt ein wenig irritiert. Sobald ich ihn sehe, lasse ich den Baseballschläger fallen und lehne mich mit dem Rücken an die Wand. Mir ist ein bisschen schwindlig, und ich glaube, ich kippe gleich um.

»Schmeiß diese Bitch hier raus, oder ich drehe richtig durch!«, keift sie ihn an, während ich mir über die Stirn reibe. Oh Shit, meine Finger sind voller Blut. Scheiße. Mir wird noch schwindliger. »Was hat sie hier überhaupt zu suchen? Sie ist völlig irre auf mich losgegangen, Drake. DRAKE?« Die Tür knallt und in der nächsten Sekunde packt er meinen Oberarm.

Das ist gut, denn ich glaube, dass ich gleich wirklich zusammenbreche.

»Hey«, dringt seine besorgte Stimme zu mir durch und er hebt mein Kinn. Dann entkommt ihm ein harter Fluch.

»Was ist?«, frage ich, während er mich ins Wohnzimmer zieht und mich auf die Couch drückt. Schwer lehne ich mich an und schließe die Lider. Nur langsam hört es auf, sich in meinem Kopf zu drehen. Das ist gut. Oh ja, das ist gut. Denn sonst hätte ich mich jede Sekunde übergeben.

Was wollte diese verdammte Tussi überhaupt hier? Fuck, ich dachte, sie wäre eines dieser Frauchen, das mit verfickten Wattebäuschchen schmeißt, aber sie war echt nicht ohne. Und sie hat mich fast fertig gemacht. *Fast.*

Ein paar Sekunden versuche ich, einfach nur zu atmen und gegen den Schwindel anzukommen. Als sich mein Kopf wieder etwas beruhigt, kehrt Drake ins Wohnzimmer zurück.

Er schiebt mir einfach eine Tablette zwischen die Lippen. »Schluck«, befiehlt er und ich tue wie mir geheißen. Könnte auch LSD sein, wäre mir jetzt egal. Hauptsache, es hört auf, weh zu tun. Drake setzt sich vor mich an den Couchrand und dreht meinen Kopf zu sich.

»Ist dir schlecht?«, fragt er und erst jetzt merke ich, dass nicht nur ich, sondern auch er völlig zerschlagen ist. Eine Platzwunde prangt an seiner Braue, eine Aufschürfung befindet an seinem Kiefer und sein linkes Auge ist leicht zugeschwollen.

»Wie siehst du denn aus?«, frage ich träge und er tupft verbissen mit einem Waschlappen das Blut von meinem Gesicht.

»Das könnte ich dich auch fragen.«

»Sie war total irre.«

»Kann ich mir vorstellen.«

»Ich war auch total irre.«

»Kann ich mir ebenso vorstellen.«

»Und bei dir?«

»Was wollte sie von dir?«, übergeht er meine Frage einfach und tupft auch noch an meiner Schläfe rum. Ich versuche, das Brennen in meiner Haut zu ignorieren.

»Sie wollte zu dir und es hat ihr nicht gepasst, dass ich ihr die Tür geöffnet habe.«

»War klar.« *War klar*, dass ich an einen Typen mit einer verrückten Ex gerate.

»Willst du ihr nicht hinterher?«

»Dann wäre ich nicht hier.« Konzentriert sprüht er Desinfektionsmittel auf meine Wunden und ich zucke leicht zusammen, als es stärker brennt. »Stört es dich, dass ich sie verprügelt habe?«, frage ich verbissen.

»Es stört mich, wie du aussiehst.« Ach, Scheiße, das mag ich jetzt. Viel zu sehr.

»Es stört mich auch, wie du aussiehst«, antworte ich, während sein Wangenmuskel zuckt und seine Augen sich extrem verhärten. »Siehst du so öfter aus?« Es passt zu ihm.

»Ja.«

»Ich auch.«

»Dachte ich mir.« Behutsam klebt er Pflaster über zwei Wunden und sieht mir sehr eindringlich in die Augen, als er einen Finger unter mein Kinn legt.

»Ist dir schlecht?« Ach, ich mag es wirklich gern, wenn er mich so festhält, und lasse mich in seine Hand sinken.

»Nö.«

»Wirklich nicht?«

»Nööhöö.«

»Wenn es sich ändert, sagst du mir Bescheid«, bestimmt er und ich nicke artig. »Und du wirst jetzt nicht schlafen.«

»Dann musst du mich wohl wachhalten«, säusle ich und nun zuckt sein Mundwinkel. Aber sein Blick ist immer noch irgendwie abgefuckt. Darüber kann ich allerdings nicht weiter nachdenken, denn ich werde abgelenkt, als er mit dem Daumen über mein Kinn streicht.

»Was machst du nur mit mir?«, fragt er so leise, dass ich es kaum höre, und verdammt nochmal, genau das könnte ich ihn auch fragen. Denn ich fühle mich trotz der Schmerzen schon wieder so losgelöst, als würde es die Welt da draußen nicht geben. Nur noch ihn und mich. Keinen toten Vater, keine Schuld, keine Angst. Nur noch dieses heiß glühende Braun und erst recht keine Wut mehr.

»Das Gleiche, was du mit mir machst«, antworte ich leise und er atmet langsam aus, bevor er seine Hand von mir nimmt.

»Ich mache uns was zu Essen.« Aber ich will, dass er jetzt bei mir bleibt, und ich will ihn auch verarzten. Ich will mich auch um ihn kümmern, also ziehe ich ihn am Arm neben mich.

»Nein. Setz dich«, fordere ich und schiebe mich vorsichtig auf seinen Schoß. Das Pochen in meinem Kopf wird allmählich erträglicher. Deswegen kann ich mich auf ihn konzertieren. Scheiß auf meine Blase, sie muss jetzt warten.

»Du hast dich um mich gekümmert«, sage ich ernst und lege meine Hand an seine zerschlagene Wange. »Jetzt kümmere ich mich um dich.«

»Ach ja?«, fragt er und sein Blick weicht etwas auf, als er seine tätowierte Hand auf meinen Schenkel legt.

»So lauten meine Regeln.« Und nun lächelt er wirklich, aber eine gewisse Qual explodiert in seinem Blick, die ich nicht zuordnen kann. Vielleicht es ja wegen seiner Ex.

»Gut.« Geht doch. Ich nehme den Waschlappen aus der Schüssel und drehe ihn um. Vorsichtig tupfe ich seine Platzwunde sauber. Das sieht wirklich übel aus, aber sie verbindet mich mit ihm und das gefällt mir irgendwie.

»Die ist an der gleichen Stelle wie meine.«

»Ist wohl Schicksal«, scherzt er schwach.

»Ich glaube nicht an Schicksal.«

»Das dachte ich mir.«

»Es wäre zu einfach, alles irgendeiner höheren Macht in die Hände zu legen, ohne zu wissen, was am Ende rauskommt.« Zum Beispiel ein toter Vater und eine verzweifelte Schwester.

»Du brauchst die Kontrolle«, stellt er leise fest und streicht mit dem Daumen über meinen Schenkel.

»Aber ich habe sie nie.« Sie entgleitet mir immer wieder. Ich weiß einfach nicht, wie ich sie halten soll. Kurz scheint mein Leben immer ganz gut zu laufen, aber dann mache ich irgendetwas, das mich ins totale Chaos stürzt. Schon als kleines Kind konnte ich nie ruhig sitzen, in meinem Kopf ging immer viel zu viel vor sich und es hat sich auf meinen Körper übertragen. Auch heute noch kann ich meine Gedanken meist gar nicht ordnen. Eine Zeit lang habe ich alle möglichen Medikamente genommen, Ritalin und was es sonst noch gibt. Ich konnte mich zu dieser Zeit gar nicht mehr fühlen, das hat mir Angst gemacht. Die Medikamente haben alles so sehr überlagert, dass ich keine Gefühle mehr zeigen konnte. Ich wurde still – in jeder Hinsicht – und habe kaum mehr gegessen. Mein Vater hat schlussendlich darauf bestanden, dass ich sie absetze. Noch bis heute weiß ich, wie heftig er und Mom sich deswegen gestritten haben, aber wenigstens musste ich sie dann nicht mehr einnehmen und das war wie eine Befreiung. Auch wenn meine Noten rapide sanken und ich für viele ein Störfaktor war, war ich wenigstens ich selbst.

»Weil du leidenschaftlich und echt bist. Das ist nicht schlecht«, reißt Drake mich aus den Erinnerungen.

»Das nervt.« Ehrlich, es nervt, wenn man sich selbst nicht trauen, glauben und einschätzen kann.

»Mich nicht.« Ich lächle leicht, lasse mich aber bloß nicht von seinen funkelnden Augen ablenken, während ich seine Wunden desinfiziere. »Ich mag es, dass ich nie weiß, was du als Nächstes tust. Es wird nicht langweilig.«

»Gott bewahre«, höhne ich. Er wirkt schon wie ein Mann, bei dem es das bloß nicht werden darf. »Magst du mich deswegen?«

»Weswegen?«

»Weil ich verrückt bin?«

»Ja.«

»Ich mag das bei dir auch«, gebe ich zu und suche in dem Verbandskasten nach dem passenden Pflaster. Jetzt habe ich ihm etwas wirklich Großes offenbart, deswegen kann ich ihm nicht mehr in die Augen sehen. Vielleicht war das doch ein bisschen zu viel, aber ich kann es jetzt auch nicht mehr zurücknehmen.

»Du solltest mich nicht mögen«, sagt er auch noch leise und ich klebe verbissen das Pflaster drauf. Das ist mir klar. Ich bin auch nicht glücklich damit.

»Ich weiß.« Außerdem habe ich auch nicht vergessen, dass etwas mit ihm nicht stimmt.

»Gut.« Als ich fertig bin, tupfe ich noch einen Kuss auf das Pflaster, wie es Dad bei Trudy und mir auch immer getan hat, und lehne mich dann mit heftig klopfendem Herzen zurück. Ich fühle mich gerade so nackt. Als hätte ich ihm meine Seele vor die Füße gekotzt.

»Fertig.« Und wie er mich nun ansieht, hat Drake mich noch nie angesehen. Es wütet förmlich in seinen Augen und sein Kiefer ist ganz verkrampft. »Was ist?«, frage ich leise und werde immer unsicherer. Die Wärme verschwindet immer mehr aus mir und ich fühle mich immer mieser. Als hätte ich zu viel getan, zu viel gesagt, als würde die Situation plötzlich kippen. Am liebsten würde ich weglaufen und weiß nicht mal, wieso.

»Du solltest gehen«, sagt Drake etwas, mit dem ich nicht gerechnet habe. Es schneidet geradewegs in mein Herz. Dieses Herz, das gerade erst begonnen hatte, sich zaghaft zu öffnen, und das seine Worte nun gar nicht versteht.

»Was?«

»Du solltest gehen, Eden«, wiederholt er verbissen und hebt

mich von seinem Schoß. »Das hier war eine beschissene Idee.« Verdammt nochmal, wieso sagt er sowas? Ich hatte doch gerade erst angefangen, mich hier wohlzufühlen, ich hatte gerade erst angefangen, *irgendwo* wirklich anzukommen. Ich versuche, irgendwie mit dem Sturm umzugehen, der plötzlich in mir aufkommt.

Er will mich nicht. Er will mich nicht hier haben. Er schmeißt mich raus. Er schmeißt mich einfach raus?

Wichser.

»Okay«, sage ich statt all der anderen Dinge, die sich in mir auftürmen. Denn so lasse ich mich nicht behandeln. Ich bettle ihn jetzt bestimmt nicht an, mich nicht gehenzulassen.

Verbissen steige ich in meinen Jeansrock. »Ich wollte sowieso nicht mehr bleiben.« Auch das Top streife ich mir über und ignoriere das Zittern meiner Finger. »Du kannst deine beschissenen Wunden selbst pflegen und du brauchst mich auch nie wieder anzusehen«, zische ich und fühle schrecklicherweise, wie es immer heißer hinter meinen Augen brennt. Aber ich werde jetzt sicher nicht heulen. Ich werde diese Enttäuschung nicht rauslassen. Ich werde nicht. Nein. »Und du kannst dich eigentlich auch einfach ins Knie ficken«, ende ich und fege aus dem Haus.

Barfuß stürme ich über das Grundstück und knalle das Gartentor auf.

Verfickter Bastard.

Was soll das überhaupt?

Wieso habe ich mich auf das hier eingelassen? Wieso bin ich zu ihm gestürmt, als könnte er mir irgendwie helfen, als könnte er mich irgendwie *retten*? Als könnte er irgendwas besser machen. Es wird nicht besser. Niemals.

Das weiß ich doch, verfickte Scheiße. Ich weiß es sehr genau! Wieso hatte ich also diese beschissene Hoffnung? Wieso habe ich gedacht, irgendein Mann könnte mir helfen?

Ich stürme in unser Haus, direkt an der Küche vorbei, wo Mom und Trudy essen. Aber ich will nicht mit ihnen reden, ich will ihre Fragen nicht beantworten, ich will nicht mehr an ihn denken. Deswegen stürme ich geradewegs in mein Zimmer. Hart knalle ich die Tür hinter mir zu und sperre ab. Mit bebenden Fingern öffne ich meinen Laptop und schlage förmlich auf die Tasten ein. Laute Musik dröhnt durch den Raum. Musik, die endlich das Chaos in mir übertönt, die mich vergessen lässt, wie *er* mich heute Nacht hat fühlen lassen, wie er sich über meinen Körper geküsst hat, wie seine Augen geglüht haben, wie er den Blick nicht von mir lassen konnte, wie ich auf ihm saß und endlich etwas gefühlt habe, was ich so lang nicht mehr gefühlt habe. *Mein Herz.*

Harsch ziehe ich die Vorhänge zu, sodass alles um mich herum so dunkel wird, wie es in mir geworden ist. Dann schmeiße ich mich auf mein Bett und rolle mich seitlich zusammen.

Aber ich heule immer noch nicht.

Ich kämpfe dagegen an.

Egal, wie oft Trudy klopft.

Egal, wie oft Mom es versucht.

Egal, wie sehr ich es hasse, egal, wie widerlich ich mich fühle – ich heule nicht.

Ich beiße es zurück, dränge jeden Kloß in meiner Kehle herab, verkrampfe meinen ganzen Körper und verbiete es den Tränen, auch nur aufzusteigen.

Ich verpacke alles, was ich gerade empfunden habe, in schwarze Kisten und schwöre mir, nie wieder so dumm zu sein.

Am Abend habe ich es geschafft. Ich muss nicht mehr weinen.

Aber der Knoten in meiner Brust hat sich verdoppelt. Und er nimmt fast mein gesamtes Sein ein.

sirene

. . .

DRAKE

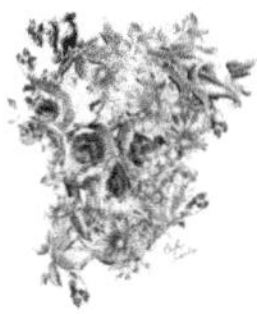

FUCK, verfickte Fuck-Scheiße.

Wieso habe ich das getan?

Wieso habe ich sie so verdammt nah an mich rangezerrt, sie immer weiter in meine Ketten gewickelt und mich dann selbst damit stranguliert?

Wieso habe ich sie gerade fortgeschickt?

Sie war so weich und anschmiegsam, mir so ergeben.

Das ist genau richtig für die kranke Scheiße, die Devon vorhat. Es spielt uns in die Karten und ist auch lediglich der erste Schritt unserer Rache.

Zwei Leben zerstört, so wie Devon zwei Leben verloren hat. Das ist der verdammte Plan. Daran sollte ich mich halten. Heute hatte ich Eden so weit, dass sie sich mir wirklich geöffnet hat. Ich hatte sie so weit, dass dieses verschlossene Wesen freiwillig meine Nähe gesucht hat. Sie hat sich von selbst auf meinen Schoß gesetzt, sie hat mich verarztet. Ihr Blick war so weich, so offen, sie war mit einem Mal so verflucht verletzlich, dass ich nicht anders konnte, als sie von mir zu stoßen. Ich habe sie wegeekelt, wie ich es am besten kann. Und das nicht, weil es unserem Plan dient, sondern weil ich mit so einer Scheiße nicht klarkomme.

Sie soll mich nicht so ansehen.

Sie soll mich nicht so anfassen.

Sie soll sich nicht wie ein verficktes kleines Mädchen verhalten, dessen Daddy man gekillt hat, weil man völlig seinen Verstand verlor.

Sie soll damit aufhören, ihre Ketten um mich zu schlingen, und dass sie das schon irgendwie getan hat, ist mir völlig klar. Allein wenn ich an diese kleine Nymphe denke, zieht es mich zu ihr. Ich bin nicht wie andere Männer in dieser Hinsicht. Ich will sie nicht auf die Knie zwingen. Ich will nicht nur mit ihrem Körper spielen und sie von Orgasmus zu Orgasmus vögeln, nein, ich will mehr. Ich will ihr Stöhnen. Ich will ihre Hingabe und ich will sogar ihr verficktes Lachen. Ich will, dass sie wieder so vertrauensvoll unter mir liegt wie gestern Nacht. Ich will ihr zeigen, wie es sich anfühlt, eine richtige Frau zu sein. Ich will sie völlig umdrehen, aber ich will sie nicht verformen, bis sie einfach nur meinen Wünschen entspricht. Ich will aus ihr rausholen, was sie so tief in sich eingesperrt hat. Ich will ihre Augen funkeln sehen. Ich will, dass sie vergisst ... alles außer mir vergisst.

Ich will ihr verfickter Mittelpunkt sein, oder wieso habe ich das gestern sonst gesagt? Ich stand völlig neben mir, ich war bescheuert und ein Idiot. Aber ich habe es genau so gemeint. Fuck, ich dachte, ich will sie besitzen, aber das ist es gar nicht. Ich will etwas komplett anderes, etwas völlig Neues: Ich will sie respektieren. Ich will sie gut fühlen lassen. Ich will alles für sie, was ich nie für eine Frau wollte, und das wird mein Untergang sein.

Ich beobachte sie jetzt seit drei Monaten, beobachte seit drei Monaten, wie sie sich für ihre Schwester und ihre psychisch kranke Mutter aufopfert. Ich beobachte, wie sie unentwegt zurücksteckt und verbirgt, wie zerbrochen sie in ihrem Inneren ist. Ich beobachte, wie sie sich scheinbar mit letzter Kraft durch dieses Leben kämpft und es nicht mal selbst merkt. Ich beobachte, wie mutig sie ist, denn sie hasst ihr Leben und verlässt doch jeden Tag ihr Haus, stellt sich diesen Menschen, die sie so sehr verabscheut, und das nur, damit ihre Schwester nicht allein sein muss. Sie kämpft wie eine Löwin, aber in ihrem Inneren ist sie zerbrechlich wie eine Gazelle. Und weil das so ist, hat sie eine besonders dicke Mauer um sich herum erbaut. Deswegen ist sie so verdammt tough und gibt nie nach. Sie gibt nie auf, aber heute Morgen *hat* sie aufgegeben. Sie hat jede Schicht ihrer Mauer sinken lassen und saß so pur auf mir, dass es fast mein verficktes Herz zerquetscht hat.

Eden zerquetscht alles von mir. Mein Herz, meine Seele, mein gesamtes Inneres, wenn sie mich so vertrauensvoll ansieht. Als wäre ich der Gute dieser Geschichte, aber ich *bin* nicht der Gute. Ich bin ihr schlimmster Albtraum, sie weiß es nur immer noch nicht. Und sie ignoriert einfach alle Anzeichen. Oberflächlich tut sie so, als würde es sie interessieren, was mein Bruder und ich planen, warum wir hier sind, was es mit uns auf sich hat, aber tief in ihrem Inneren will sie es gar nicht wissen, weil sie ahnt, dass es dann vorbei wäre. Der Traum würde platzen und sie würde die Bestie in mir sehen. Den Typen, der nur hierher kam, um sie und ihre Schwester aufs Übelste zu ficken. Den Typen, der genau wusste, was er tat, als er sie drei Monate wie Luft behandelte und ihren Blick eines Tages erwiderte.

Ja, ich kenne diese Frau und das sollte so nicht sein. Ich sollte sie verfickte Scheiße noch eins nicht so tief in mir fühlen, ich sollte ihren Seelenwiderhall nicht in mir fühlen, aber ich tue es. Und ich hasse es.

Das haben wir gemein.

Wir hassen uns selbst, wir leben mit einer Schuld, die wir uns selbst aufgeladen haben und wir bestrafen und foltern uns in einer Tour. Ich werde sie also nicht zurückholen, ich werde sie nicht auf mein Bett werfen und ihr klarmachen, dass sie verdammt nochmal alles mit mir tun kann, was sie will, wenn es nur weiter so in ihren Augen funkelt.

Ich werde hier auf meinem Arsch sitzen bleiben. Devon wird wieder mal durchdrehen, vielleicht wird er mir seine Bastarde an den Hals hetzen, wie er es heute Vormittag als Strafe dafür getan hat, dass ich Eden und Trudy gestern aus seinem Apartment gebracht habe. Vielleicht wird er mich wieder abfucken wollen, weil er nun einmal Devon ist und nicht anders leben kann. Er hat vor fünf Jahren sein Herz verloren und weiß nicht mehr, was es bedeutet, irgendetwas zu empfinden. Er weiß nicht mehr, was Geschwisterliebe bedeutet. Das habe ich schon lang begriffen und ich habe mich damit abgefunden, ihn verloren zu haben. Ich habe mich damit abgefunden, einfach vor mich hin zu siechen, und ich war verfickt nochmal zufrieden.

Dann tauchte sie in meinem Leben auf und stellte es auf den Kopf. Und jetzt kann ich es verfickte Scheiße noch eins nicht mehr ordnen.

Verdammte Sirene.

Ihre Vorhänge sind natürlich zugezogen. Sie wird mich nie wieder mit dem Arsch ansehen und vielleicht war dies das Beste, was ich tun konnte. Über die Wanze, die Devon unter dem Esstisch der Flowers angebracht hat, belausche ich das besorgte Gespräch ihrer Mutter und Schwester. Sie überlegen, was Eden wohl hat, obwohl Trudy es genau weiß. Aber diese beiden Schwestern sind nicht wie mein Bruder und ich. Sie wissen, was Zusammenhalt bedeutet. Genau jenen zu zerstören, alles zu zerstören, was sie ausmacht, war Devons Ziel. Aber ich weiß nicht mehr, ob es noch *mein* Ziel ist. Devon hat auch Zugriff auf diese Wanze, bald wird er mich anrufen und wissen wollen, was geschehen ist. Ich werde nicht rangehen, weil er mich anpisst und ich ihm keine verfickte Rechenschaft schuldig bin. Er ist nicht mein Boss, nicht mein König, auch wenn er sich für den König der Unterwelt hält.

Aber eigentlich ist Devon Hollow nur ein trauriger Mann, der vergessen hat, wie man lebt. In dieser Hinsicht ähnelt er Eden sogar, aber würde ich das einem von beiden sagen, würden sie mich auslachen oder killen.

Die beiden haben sich viel zu weit von ihrem Inneren abgeschottet. Und ich habe das eine Zeit lang auch getan, *musste* es tun, sonst hätte mein Bruder meine Bestie zu sehr entfesselt. Er liebt es, mich über meine Grenzen zu zerren, mich zu reizen, mich über den Siedepunkt zu treiben. Aber ich habe gelernt, damit umzugehen. Vor allem musste ich mich so weit wie möglich von ihm abschotten, sonst hätte er mich in eine Schwärze gerissen, in der ich gar nichts mehr gesehen hätte. Nicht mal mich selbst.

Deswegen wohne ich nicht mehr in dem Apartment neben meinem Bruder und halte mich überwiegend im Haus meiner Großmutter auf. Als Eden bei ihm eingebrochen ist, war ich zufällig zu Hause und habe ihr Zähne mahlend zugesehen. Sie hat wirklich gar keine Überlebensinstinkte, sonst würde sie nicht immer wieder in solche Situationen geraten. Aber vielleicht *will* sie ja auch gerade das. Vielleicht will sie ja tief in ihrem Inneren sterben. Was weiß ich schon.

Es sollte mir auch egal sein, was sie fühlt, denkt, tut. Leider ist es das nicht, denn ich respektiere Kämpfer. Ich respektiere Menschen, die sich jeden Tag aufs Neue aus der Dunkelheit *quälen*. Ich respektiere Menschen, die niemals aufgeben. Ich respektiere Menschen, die an ihren eigenen Idealen festhalten und sich nicht der Masse anpassen.

Eden Flowers ist so ein Mensch. Eden Flowers ist kein zartes Blümchen, sie ist ein Kaktus und sie hat direkt in meine Brust gestochen. Aber auch das wird nichts ändern, weil es ein Schicksal *gibt*.

Dieses hat unsere Geschichte schon lang auf schwarzen Seiten vorgeschrieben.

Und *diese* Geschichte wird kein Happy End haben.

kriegserklärung, arschloch!

EDEN

AM NÄCHSTEN MORGEN fühle ich mich wie leer gesaugt. Irgendwie als wäre ich hohl und als würde es nichts mehr in mir geben. Ich will eigentlich niemanden sehen und mit niemandem sprechen – nicht mal mit Trudy – aber ich weiß selbstverständlich, dass sie zu ihrer Vorlesung muss.

Also finde ich mich am Frühstückstisch ein, esse nichts und bekomme eigentlich so gut wie nichts mit. Also fahre ich zur Uni und versuche irgendwie wieder zu meinem alten, abgeschotteten Wesen zurückzufinden, aber das ist gar nicht so leicht. Und als sich Trudys kleine Hand auf meine legt, brennen meine Augen sofort wieder.

»Es tut mir leid«, sagt sie, weil sie so viel größer ist als ich. »Es war unfair, was ich gestern zu dir gesagt habe. Ich hätte das nicht tun sollen, denn ich weiß, wie fertig du dich wegen allem machst.« Das tue ich, aber das ist nicht ihr Problem. Ich kann mich allerdings nicht so einfach wie sie entschuldigen. Ich kann meine Gefühle *gar* nicht mehr äußern und Entschuldigungen gleichen für mich einem Schwächeeingeständnis. Deswegen drücke ich ihre Finger nur kurz und schmeiße die Zigarette aus dem Fenster. Ich weiß, dass sie versteht, auch wenn ich nicht großartig darüber spreche.

»Vergessen wir es einfach«, antworte ich rau und spüre, wie sie mich besorgt mustert. Das macht alles nur noch schwerer.

»Willst du über was anderes reden?«, fragt sie vorsichtig. Über *ihn*? Nein, ich will sicher nicht über diesen Bastard sprechen, der mich gestern einfach rausgeworfen hat. *Ganz sicher nicht.*

»Nein.«

»Du warst gestern bei ihm.« Ja, sicher hat sie das mitbekommen. Trudy bekommt ja alles mit und es war wahrscheinlich auch nicht schwer zu erraten. Immerhin weiß sie jetzt über uns Bescheid, wenn es denn ein Uns gibt.

»Es ist nicht der Rede wert.«

»Dein Gesicht ist zerschlagen.«

»Er war das nicht.« Das würde mir ja gerade noch fehlen, mir einen gewalttätigen Typen anzulachen. »Es war seine Ex. Sie hat mich Schlampe genannt.«

»Oh je«, murmelt Trudy unbehaglich, denn sie weiß, wie wenig ich so etwas mag. »Und wie sieht sie aus?«

»Genauso.« Ich lächle sie kurz an, aber wirklich warm wird es nicht in mir. Das Lächeln tut weh.

»Das dachte ich mir«, antwortet sie stolz und ich verdrehe meine Augen leicht. Welche Schwester ist schon stolz darauf, dass die andere sich gut prügelt? Trudy. Und als ich sie endlich mal genauer mustere, merke ich, dass die Enttäuschung aus ihren Augen verschwunden ist. Dort herrscht glücklicherweise Neugierde, die ich aber sicher nicht stillen kann und will. Ich will echt nicht über ihn reden, eigentlich will ich ihn nur noch vergessen. Ach, und mich einbuddeln und sterben wäre auch eine Option.

»Vergessen wir das alles einfach und machen weiter.«

»Willst du das wirklich?« Nein, das will ich nicht. Mein Leben kotzt mich an, aber ich kann auch nicht zulassen, dass es nochmal so wehtut wie gestern – und damit meine ich nicht Leonas Faust.

»Ja.«

»Das stimmt doch gar nicht.« Verdammt nochmal. Trudy ist einfach viel zu aufmerksam. »Du magst ihn.«

»Er ist ein Wichser!«

»Wieso denn?«, bohrt sie weiter und ich mahle mit den Zähnen.

»Lass es einfach, Trudy. Ich will wirklich nicht über ihn sprechen.«

»Und ich will nicht, dass du dir selbst alles kaputtmachst.« Ich werfe ihr einen gereizten Blick zu, aber sie erwidert ihn fest und sehr nachdrücklich durch ihre Brille. »Du neigst nun mal dazu, sieh mich nicht so an.«

Ich würde sie gern beleidigen, aber ich kann nicht, weil sie Trudy ist.

»Du hast dich noch nie für irgendeinen Typen interessiert und bei ihm ist das anders. Das bedeutet etwas«, macht sie weiter.

»Es bedeutet gar nichts«, antworte ich düster und starre genauso düster das Unigelände an. Es soll mich jetzt nicht abfucken. All diese Leute sollen mich nicht abfucken, oder ich überfahre sie.

Trudy seufzt. »Okay, wir reden später drüber.«

»Nein.«

»Doch.« Ich parke etwas aggressiv, aber auch das ist ihr egal. Meine Laune scheint völlig an ihr abzuprallen, aber ich weiß nicht, ob ich ihr glauben kann. Vielleicht macht sie mir nur etwas vor, damit ich mich besser fühle.

»Und bei dir?«, frage ich immer noch gereizter, als ich wollte. Hat sie ernst gemeint, dass sie nichts für Drake empfindet, oder hat sie das einfach nur dahingesagt? Habe ich ihr Herz oder nur ihr Vertrauen gebrochen? Bin ich ein grauenhafter Mensch, der den Tod verdient, oder kann man noch was mit mir anfangen?

»Ich?«

»Ja, du ... also ...« Wie soll ich es ansprechen? Was soll ich sagen? Das schlechte Gewissen killt mich schon wieder und Trudy seufzt.

»Du willst wissen, ob ich wirklich nichts für ihn empfinde?«

»Ja«, antworte ich angespannt, denn wenn sie jetzt doch Gefühle für diesen Bastard hat, habe ich ein großes Problem.

»Ich bin nicht in ihn verliebt, Eden. Ich habe für ihn geschwärmt, ich finde ihn gutaussehend und intelligent, aber ich ... es ist schon okay«, sagt sie, aber ich weiß immer noch nicht so ganz, ob ich ihr glauben soll, weswegen ich sie skeptisch mustere. Ungerührt zieht sie ihre Tasche auf den Schoß und reicht mir meine. »Wirklich.« Weiterhin durchbohre ich sie mit meiner Skepsis, aber dieser Blick prallt einfach an ihr ab, wie es meine schlechte Laune immer tut. Ich wünschte, ich wäre auch so in mir ruhend und nichts würde mich durchdrehen lassen. Ich wünschte, ich könnte die Dinge, die mir nicht gefallen, so einfach von mir schieben und weitermachen. Obwohl meine Schwester keine Beine hat und so stark beeinträchtigt ist, obwohl sie denkt, ich hätte so viel, was sie nicht hat, beneide ich sie manchmal. Denn auch *sie* hat so viel, was *ich* nicht habe.

»Es ist okay, Eden. Steig jetzt aus!«, fordert sie nachdrücklicher und ich glaube, sie sagt die Wahrheit. Erleichterung mischt sich unter meinen allgemeinen Zorn. Und als Trudy mich mit dem Blick scheucht, steige ich aus und helfe ihr in den Rollstuhl.

Fuck, ich hasse mein Leben. Ehrlich.

Wütend watschle ich zwei Minuten später neben Trudy her, die zum Glück endlich aufhört zu bohren. Mein Veilchen und Beweis meiner Gewalttätigkeit ist hinter einer Sonnenbrille verborgen, aber die meisten machen trotzdem einen großen Bogen um mich, was auch wirklich besser so ist. Ich habe jetzt keine Lust auf diese verfickten Hackfressen. Wir durchqueren den weitläufigen Rundbogen und betreten den Innenhof des Campusgeländes. Die Sonne scheint auf alle herab, die auf den Bänkchen sitzen oder noch eilig ihren Stoff lernen. Einige lachen, andere sind hochkonzentriert. Es wird geturtelt, geknutscht, geflirtet und eigentlich geht es hier zu wie auf einer verfickten Singlebörse, aber ich sehe nicht zu genau hin, weil mich das nur noch aggressiver machen würde. Die meisten ignorieren uns auch hier, als wir den leicht verdorrten Rasen überqueren.

Doch dann fällt mir eine groß gewachsene Gestalt auf, die an einer Säule lehnt und meine Schritte stocken. Die Sonne lässt sein dunkles Haar glänzen, das Veilchen an seinem Kiefer lässt ihn nur verwegener aussehen und sein graues Shirt spannt um seinen Oberarm, als er eine Zigarette an seine Lippen führt. Er ist der schönste Mann auf diesem Campus, er ist die pure, verdorbene Versuchung. Es ist Drake und er unterhält sich nicht nur mit einer, sondern gleich mal mit drei Tussis. Sie wirken ganz hin und weg von ihm, blickficken ihn eindeutig, *wollen* ihn eindeutig und *ich* will schon wieder mit Bilderrahmen um mich schmeißen. Er scheint es an sich abprallen zu lassen, aber was weiß ich schon von ihm. Vielleicht sucht er sich ja schon die nächste Beute. Vielleicht scheißt er darauf, was mit mir war. Vielleicht bin ich einfach nur ein kleiner Zeitvertreib. Auch gut. Als ich weitergehe, hebt er den dunklen Blick und ich umklammere meine Tasche fester. Wieso ist denn dieser Mann neuerdings so verdammt anziehend, so einsaugend und was will er wirklich an dieser Uni? Ich glaube ihm kein Wort davon, was er Trudy erzählt hat. Von wegen, er würde sich noch umschauen und wisse nicht, was er studieren wollte. Ich glaube ihm *gar nichts* mehr und ich würde ihm am liebsten meine Tasche ins Gesicht schleudern. Noch schlimmer wird es, als er sich an das Ohr der Blondine beugt und irgendetwas zu ihr sagt. Allerdings sieht er mich dabei an. Kalt, kalkulierend, wie ein richtiger *Bastard*.

Ich explodiere fast.

»Oh je«, murmelt Trudy unbehaglich, während es heiß in meinem Magen rumort.

»Scheißegal«, knurre ich und gehe direkt an der Gruppe vorbei. Ich höre diese Schlampen noch kichern wie verfickte Schulmädchen, aber er lacht nicht. Und sein Blick folgt mir auch nicht. Er ignoriert mich einfach völlig und fuckt. Mich. Ab.

Ich hasse es, von Menschen, die ... *die ich mag,* wie Luft behandelt zu werden. Aber was habe ich schon erwartet? Dass er das Gleiche fühlt wie ich? Und seit wann fühle ich das eigentlich? Wann hat sich alles in mir geändert und wieso kann ich es nicht einfach abschalten? Ich will das nicht. Ich will ihn nicht wollen. Ich will mich nicht fragen, ob er gleich eine von diesen Schlampen kurz auf dem Campusklo vögelt. Trotzdem tue ich es und deswegen stoße ich die Tür auch so hart auf, dass sie heftig gegen die Wand kracht. Mir egal. Am liebsten würde ich diese verfickte Uni auseinandernehmen.

»Hey«, begrüßt mich auch noch Robert und verstellt Trudy und mir den Weg. Fuck, den kann ich JETZT wirklich nicht gebrauchen.

»Nein«, knurre ich und will ihn umrunden, aber er stützt seinen Arm an der Wand vor mir ab und ich knalle fast dagegen.

»Wann wirst du damit aufhören?«, fragt er und ich mustere ihn ungläubig. Aber er erwidert meinen Blick ungerührt, während er harsch auf einem Kaugummi kaut. Gott. Ich hasse blonde Haare. Ich hasse diesen Typen. Ich hasse es, wenn mir jemand den Weg verstellt.

»Lass das!«, antworte ich verbissen.

»Ich habe dir doch gesagt, dass es mir leidtut, Babe. Können wir nicht nochmal ...«

»NEIN!«, blaffe nicht ich, sondern Trudy und dann fährt sie ihm mit voller Wucht in die Hacken. Denn sie weiß, was Robert getan hat. Sie weiß, wie mies es mir wegen ihm ging, und sie will ihn nicht in meiner Nähe. Also geht sie radikal vor. Robert gibt einen überraschten Schmerzlaut von sich und ich schlüpfe unter seinem Arm hindurch.

»Niemals!«, rufe ich über meine Schulter und er reibt sich verbissen die Wade, während wir machen, dass wir davonkommen.

»Ich rufe dich an, Freak!« Meine Antwort ist ein Mittelfinger.

»Du solltest ihn immer noch anzeigen«, murmelt Trudy dunkel und ich schüttle meinen Kopf.

»Es war nicht der Rede wert.«

»Wirklich?«

»Lass das.« Sie soll *echt* damit aufhören, es nervt.

»Okay, okay!« Entschuldigend hebt sie eine Hand und ich atme langsam aus, als wir vor unserem Saal ankommen. Wieder lassen wir alle anderen Schafe vorbeiziehen, aber Drake ist nicht dabei.

Ich sehe ihn den ganzen Tag nicht mehr – und das fuckt mich wohl am meisten ab.

»So kann das wirklich nicht weitergehen. Eden, eine Dame prügelt sich nicht. Niemals. Das ziemt sich nicht, Mrs. Conrad hat mich schon gefragt, was mit dir los ist. Sie dachte, du hättest einen gewalttätigen Freund. Das hast du doch nicht, Eden. Oder? Eden. Du würdest doch mit mir darüber reden, wenn dir jemand wehtun würde. Baby, du kannst über alles mit mir reden. Ich weiß, ich habe nicht viel Zeit, aber für dich nehme ich mir immer die Zeit. Hast du Probleme? Vielleicht sollten wir wieder Doktor Smith aufsuchen, vielleicht solltest du dich mal mit ihm unterhalten. Ich glaube, dir geht es nicht so gut, ich weiß, wie das ist. Manchmal frisst man einfach alles in sich hinein, aber mit einem Profi darüber zu sprechen, kann helfen. Du musst auch nicht regelmäßig hingehen, nur immer wieder mal, wenn dir alles zu viel wird. Soll ich dir einen Termin vereinbaren? Vielleicht hat er diese Woche noch Zeit, vielleicht kann er dich ja einfach mal anschauen, vielleicht solltest du wieder eine Verhaltenstherapie machen? Vielleicht brauchst du auch nur eine Beschäftigung. Magst du nicht mal wieder zum Stall fahren? Trudy, würde sich freuen, wenn du mitkommst. Nicht wahr, Trudy?«, beendet Mom ihren endlosen Monolog, bei dem ich nur mit einem Ohr zugehört habe, denn ich bin eigentlich mit dem Gehirn im Haus nebenan. Es brennt Licht hinter den Fenstern, aber ich weiß nicht, was Drake macht, denn ich habe ihn heute Abend noch nicht gesehen. Versteckt er sich?

Fickt er die drei Tussis besonders episch? Beschäftigt er sich mit seinen mysteriösen Kisten?

Trudy meinte, er wäre vorhin allein nach Hause gekommen, während ich in der Dusche war. Und seitdem ist es da drin still.

Ich bin *genervt* und würde mich am liebsten in meinem Zimmer verkriechen, aber dann würde Mom sich noch mehr Sorgen machen, also sitze ich beim Abendessen und starre meinen Hackbraten an. Vielleicht sollte ich diesen Hackbraten nach ihm werfen, aber vielleicht sollte ich ja einfach mal rübergehen und noch ein bisschen rumschnüffeln. Ich muss schließlich immer noch wissen, was es mit ihm und seinem Bruder auf sich hat. Und was war überhaupt mit dieser Leonie, oder wie sie hieß? Ist sie wirklich seine Ex? Sie war erschüttert, mich bei ihm zu sehen. Vielleicht hat er ihr erzählt, er hätte keine andere Frau. Vielleicht haben sie ja zaghaft wieder angebandelt, aber dann kam ich daher und habe sie verprügelt. Mit einem Bilderrahmen. Sie hatte es verdient. *Bitch.*

»Eden!«, reißt Moms Stimme mich aus den Gedanken und ich nehme endlich meinen Blick vom Braten. »Du hörst mir gar nicht zu«, sagt sie vorwurfsvoll und ich lege mein Messer weg, das ich so fest umklammert hatte, dass meine Finger schmerzen.

»Sorry, Mom.«

»Möchtest du noch Erbsen?«

»Nein.«

»Okay.« Sie gibt nur Trudy einen Löffel auf den Teller, die mir mit den Augen deutet, zu essen. Ah ja, stimmt. Ich muss essen, mein Magen ist sowieso schon total verkrampft, weil ich den ganzen Tag nichts zu mir genommen habe. Mechanisch schiebe ich mir ein Kartoffelstück zwischen die Lippen und kaue langsam. Dabei beobachte ich wieder das Haus, aber hinter den Fenstern regt sich einfach nichts. NICHTS.

Als ich noch einen Bissen Kartoffel auf meine Gabel schaufle, fallen ein paar Erbsen von meinem Teller. Lustig kullern sie zu Boden und ich bücke mich seufzend, um sie aufzuheben, sonst kriegt Mom die Krise und das will wirklich keiner.

»Sagst du mir jetzt endlich, wieso du aussiehst, als wärst du unter einen Mähdrescher geraten?«, fragt meine Mutter, während ich die drei Erbsen aufhebe. Aber dann bleibt mein Blick an etwas Schwarzem hängen. Es klebt an der Unterseite des Tisches und wäre mir unter normalen Umständen niemals aufgefallen. Aber *jetzt* fällt es mir auf, denn es hängt praktisch direkt vor meinem Gesicht, und ich schnelle sofort hoch. So ruckartig, dass Trudy und meine Mutter sich erschrecken.

»Huch«, macht Mom und schlägt die Hand vor ihre Brust, aber ich beuge mich zu Trudy.

»Ich glaube, unter dem Tisch ist irgendwas. Eine Kamera, oder eine Wanze!«, murmle ich ihr zu und ihre Augen werden groß.

»Verarsch mich nicht!« Wir beide bücken uns, während unsere Mutter uns nur anstarrt, als wären wir verrückt. Genau inspizieren wir das Ding und Trudy schiebt ihre Brille auf der Nase zurück. Dann legt sie einen Zeigefinger vor ihre Lippen und ich verstehe. Da. *Ist.* Eine. Wanze. Unter. Meinem. Küchentisch. Und der letzte Fremde, der an diesem Platz saß, war Devon Hollow.

Wichser.

Verdammter Wichser!

Ich kann es nicht glauben! Was erhofft er sich davon? Was soll das alles schon wieder? Was ist das für eine kranke Scheiße?

Bringen sie also schon Wanzen bei mir im Haus an?

Hören sie bei dem zu, was Trudy, Mom und ich so machen?

Ich kann ihnen ja etwas zum Hören geben. Ich nicke Trudy düster zu und wir beide richten uns wieder auf.

»Was ist denn los?«, fragt meine Mutter.

»Nichts, Mutter, gar nichts. Iss weiter«, antworte ich abwesend und schiebe mir mit verengten Augen noch einen Bissen Kartoffel zwischen die Lippen. Dabei starre ich wieder zu Drake rüber. Diesem kleinen Wiesel, das denkt, es wäre schlauer als ich. Das denkt, es könnte alles mit mir machen. Das denkt, es könnte mich erst von sich stoßen und dann ausspionieren.

Wollen wir doch mal sehen, ob er wirklich hört, was hier vor sich geht. Er hat ja keine Ahnung, mit wem er sich anlegt. Keine verfickte Ahnung.

gefällt dir, was du hörst, drake?

• • •

EDEN

ES IST MITTEN in der Nacht. Ich habe meine Mutter in ihr Bett geschickt und auch Trudy schläft tief und fest. Zumindest hoffe ich das, aber ich kann mir auch gut vorstellen, dass sie auf der Lauer liegt, denn sie findet meinen Plan nicht so wunderbar wie ich. Aber das ist egal.

Ich muss das jetzt tun und ich *werde* das jetzt tun.

Drake ist nicht der Einzige, der irgendwen abfucken kann. Ich kann das auch. Doppelt so sehr wie er.

Also lehne ich in einem knappen Kleid mit verschränkten Armen an der Anrichte und warte. Im Haus gegenüber brennt immer noch Licht, lautes Grillenzirpen dringt durch das geöffnete Fenster und das Küchenlicht spendet nur schummrigen Schein. Es ist alles vorbereitet und Rob müsste auch jeden Moment eintreffen.

Ich habe ihn angerufen und dieser arrogante Bastard war überhaupt nicht überrascht, von mir zu hören. Wahrscheinlich kann er sich nicht mehr erinnern, was beim letzten großen Footballspiel vor zwei Jahren geschehen ist. Mom hat Trudy und mich zu dieser Veranstaltung gezwungen, weil normale Teenager *nun einmal Footballspiele besuchen.* Ich *hasse* Football und es war so verdammt langweilig, dass ich fast eingeschlafen bin. Als Robert mir deutete, ihm zu folgen und mir einen Joint in Aussicht stellte, nahm ich die Einladung allzu gern an. Allerdings wollte er unter der Tribüne nicht nur einen rauchen, er wollte mir auch an die Wäsche. Und er war so besoffen, dass er mein *Nein* einfach überhörte. Das Ende vom Lied war mein Knie in seinen Eiern und er auf dem Boden. Und ich, die wirklich verdammt wütend war und sich echt beschissen fühlte. Aber nun ist es anders, nun kann *ich* bestimmen und nun wird er auch nicht besoffen sein, wenn er ankommt.

Als sein dunkler BMW vorfährt, schnaube ich. Wie vorhersehbar diese Typen doch sind. Für Sex würden sie sogar ans andere Ende der Welt fahren. Es ist ihnen so verflucht wichtig, einen wegzustecken, und morgen wird es wahrscheinlich der ganze Campus wissen, aber das ist mir egal. Mein Ruf ist etwas, was sowieso schon völlig ruiniert ist, wenn man es denn so nennen mag. Was bedeutet schon ein guter Ruf? In einem langweiligen Leben festzustecken, in dem man nie etwas riskiert und nie etwas Verrücktes tut? Nein, danke. Ein solches Leben ist eigentlich nichts anderes als der Tod.

Prompt muss ich an Drakes Tätowierung an seinen Fingerknöcheln denken. Ich würde lieber tausend riskante Sachen unternehmen, als wie ein Zombie zu leben. Ich will lieber leben, als tot zu sein. Aber tue ich das eigentlich wirklich? Bin ich wirklich so frei, wie ich mich immer fühle?

Darüber mag ich wirklich nicht mehr nachdenken. Bevor Rob klingeln kann, öffne ich die Tür. Er betritt gerade die Veranda und sieht aus wie ein typischer Collegeboy. Er trägt sogar eine typische Collegejacke, seine Gesichtszüge sind so symmetrisch, dass sie schon wieder langweilig wirken. Keine Narben, keine Tiefe, keine Falte. *Nichts* zieht sich über sein Gesicht. Aber das ist jetzt egal, ich will ihn schließlich nicht heiraten, ich will ihn nur benutzen, um diese Hollow-Wichser aus der Reserve zu locken. Also sehe ich noch einmal über Robs Kopf hinweg zu Drakes Haus und ziehe Blondie dann am

Kragen an meine Lippen. Er gibt einen überraschten Laut von sich, als ich ihn einfach küsse.

Friss das.

Arschloch.

»Eden«, murmelt Rob freudig überrascht, da ziehe ich ihn schon ins Haus und durch den Flur. Ich schmiege mich an ihn und schlinge meinen Arm um seinen Nacken, ignoriere dabei, dass seine Schultern bei weitem nicht so trainiert wie *seine* Schultern sind. Außerdem schmeckt Rob auch nicht nach Tabak und Verwegenheit, sondern nach Minze. Wahrscheinlich hat er sich vor dem Treffen noch schnell die Zähne geputzt und einen Kaugummi reingeschoben. *Loser*. Egal. Ich zerre ihn in die Küche und direkt zum Esstisch. Wir wollen ja, dass alle alles gut hören.

»Wow«, keucht Rob, als ich ihn gegen den Tisch stoße. »Das ist ... wow...« Er ist völlig überrumpelt, als ich ihn anlächle und einen Schritt zurückmache.

»Vergessen wir einfach, was unter der Tribüne passiert ist«, hauche ich und ziehe mein Kleid über den Kopf. Rob fallen fast die Augen aus dem Kopf, als ich in schwarzer Wäsche vor ihm stehe, aber ich weiß nicht, wieso er so ein Ding draus macht. Es ist ja auch nichts anderes, als würde ich einen verkackten Bikini tragen, oder? Nacktheit ist nichts Besonderes, wir alle wären nackt, würden uns unsere Eltern nicht beibringen, unsere kleinen Ärsche nicht der Sonne entgegenzurecken.

»Wie du willst, wow ... Baby. Was sind das für Titten?« *Perfekt. Sprich nur weiter, kleines Hündchen.* Lächelnd führe ich seine Hand an meine Brust.

»Wie fühlen sie sich an?«, frage ich verführerisch und spüre seine Finger eigentlich kaum, denn ich habe mich viel zu weit von mir entfernt. Ich will nur, dass alle gut hören, was wir hier tun.

»Perfekt«, murmelt Rob und knetet sie leicht. Selbstverständlich stöhne ich tief. Das habe ich ja gestern geübt, meine Stimme ist auch noch etwas rau, weil ich bei Drake so verdammt viel gestöhnt habe. Gestern habe ich *richtige* Lust empfunden, jetzt empfinde ich so gut wie nichts. Aber egal.

»Was willst du mit mir machen?«, frage ich und ziehe langsam seinen Gürtel auf. Sein Blick wird so verdammt gierig und erinnert an einen seelenlosen Neandertaler. Er saugt mich nicht ein, er berührt mich nicht, er fährt mir nicht in den Unterleib, aber ich mache trotzdem weiter.

»Ich will dich lecken.«

»Lecken?«, erkundige ich mich gut hörbar. »Wie du willst, *Baby.*« Ich küsse ihn wieder und lasse zu, dass er mich herumwirbelt und auf den Tisch setzt. Wild umkreist er meine Zunge mit seiner, er ist völlig aus dem Häuschen und kann sich kaum noch halten. Ich überlege, ob das schon reicht oder ob ich noch weiter gehen sollte. Selbstverständlich streiche ich über seinen Schritt, bringe ihn zum Stöhnen, und beantworte es mit einem eigenen.

Rob stöhnt wieder.

So ist es gut. Sehr gut.

Ich könnte ihn ja noch ein bisschen weiter treiben. Nur ein winziges bisschen.

Allerdings komme ich nicht dazu, denn in der nächsten Sekunde schiebt sich eine Klinge zwischen uns und presst sich so hart gegen seine Kehle, dass Rob zurückweichen muss. Die Zeit scheint stehenzubleiben, als Rob keucht. Denn plötzlich steht Drake hinter ihm. Und so wütend habe ich ihn noch nie gesehen.

»Gib mir einen Grund, diesen Typen nicht zu killen«, knurrt er und durch mich geht ein Ruck.

Fuck. Fuck. Fuck.

was wir sein können

. . .

EDEN

ICH ERSTARRE AM GANZEN KÖRPER, während ich direkt in diese eiskalten und doch so lodernden Augen sehe. Diese Augen sind tödlich und skrupellos. Es besteht kein Zweifel daran, dass er seine Drohung ernst meint. Er wird Rob umbringen und ich werde schuld sein.

Am Haar reißt er Robs Kopf zurück und presst die Klinge härter gegen die Kehle des keuchenden Mannes.

»Bitte«, wimmert Rob, aber Drake ignoriert ihn völlig, starrt nur mich an.

»Antworte«, fordert er und ich weiß nicht, was ich tun soll. Mit einem Mal bin ich völlig überfordert. »Drei, zwei …«

»WARTE!«, rufe ich aus und schiebe mich eilig vom Tisch.

»Bitte nicht, ich fasse sie nicht mehr an...«, fleht Rob auch noch, als wäre alles nicht schlimm genug, aber Drake starrt mich immer noch an. Ich verliere gleich meine Nerven. Ich drehe gleich völlig durch, aber er. Darf. Das. Nicht. Tun. Ich muss ihn aufhalten, ihn irgendwie aufhalten, also lege ich meine Hand über seine und fühle seine Anspannung. Ich fühle, wie fest er das Messer hält, ich fühle, wie heftig es in ihm rast und doch sehe ich direkt in seine Augen.

»Tu das nicht«, flehe ich kaum hörbar und die Zeit scheint

sich auszudehnen, immer langsamer und langsamer zu fließen, während mein Herz immer schneller und schneller schlägt.

»Nein, du wirst sie wirklich nicht mehr anfassen«, beschließt Drake seltsam monoton und es knackt so widerlich, dass es mir direkt in die Knochen fährt. Rob umklammert brüllend seine Hand. Die Hand, die Drake ihm gerade gebrochen hat.

»FUCK!«, rufe ich und kralle mich in mein Haar, aber da stößt Drake Rob schon aus der Küche.

»Lauf, und zwar schnell!«, knurrt er ihm nach und Rob macht, dass er davonkommt. Er hat ihm einfach die Hand gebrochen, das Knacken hallt immer noch in meinen Ohren nach, fährt mir immer und immer wieder in den Magen, bis der sich völlig verkrampft. In der nächsten Sekunde werde ich am Hals gepackt und gegen den Tisch gedrückt. Drake ragt über mir auf und der Zorn steht ihm ins Gesicht geschrieben.

»Du stehst also auf Collegetypen, die an dir rumtatschen?«, zischt er mit vor Wut bebender Stimme und mein Atem beschleunigt sich. »Wo hat er dich angefasst? Hier?« Er drückt meine Kehle fester zu und ich schüttle den Kopf, umfange seinen angespannten Unterarm. Immer stärker strömt die Wut fast fühlbar durch ihn und blockiert meine Zunge. Er wirkt so unzurechnungsfähig, so völlig losgelöst von sich. Das macht mir Angst.

»Hör auf«, flüstere ich starr, aber er beugt sich mir entgegen und sieht mir direkt in die Augen. In seinen tobt es nur so. Seine Wut ist aber nicht alles, was ich sehe. Die Verzweiflung darin schießt direkt in meine Brust. Er ist nicht mehr nur wie ein Raubtier, sondern wie eine Bombe kurz vor der Detonation. Als könnte er hochgehen, wenn man ihn falsch berührt.

»Oder hier?«, knurrt er an meinen Lippen und fährt mit seiner Hand herab. Er schiebt sie direkt unter meinen BH. Alles, was so heftig durch mich rauscht, wandelt sich wieder, nimmt meinen Kopf ein, nimmt meine Gedanken ein, nimmt mein gesamtes Sein ein.

»Hat er diese Titten angefasst, hm? Dachte er, er könnt damit umgehen, *Eden*?«, fragt er scharf und zwickt hart in meinen

Nippel. In meinem Unterleib zieht es sich so heftig zusammen, dass es fast wehtut. Hektisch schüttle ich den Kopf, während sein Atem sich immer mehr beschleunigt. Die Wut in seinen Augen wird immer immenser.

»Hier?« Er fährt meinen Bauch herab und bläht die Nasenflügel. Ich lege meine Hand an seine völlig angespannte Brust. Irgendwie muss ich ihn runterbringen, sonst verliert er sich völlig. Ich weiß zwar nicht, wie ich das machen soll, weil *ich* immer diejenige bin, die runtergebracht werden muss, aber ich *versuche* es.

»Nein, hat er nicht, Drake. Beruhige dich«, hauche ich zittrig und in seinen Augen blitzt etwas anderes. Etwas Neues. Etwas Intensives, aber er hört nicht auf. Er scheint mich gar nicht zu hören.

»Und hier?« Er zerrt meinen Slip zur Seite und packt meine Pussy. Verbissen kralle ich mich an den Tisch, denn meine Beine geben fast nach. Es durchrauscht mich so heftig, dass mir fast schwarz vor Augen wird.

»War er in dir, Eden?«, knurrt er und streicht an meiner Mitte herab. Ich bin so verdammt feucht, aber nicht wegen Rob. Sondern wegen ihm. Weil ich nur noch ihn will. Ich weiß nicht, wie er es gemacht hat, aber ich bin ihm so hilflos ausgeliefert. Hart beiße ich die Zähne aufeinander, denn eigentlich wollte ich das ja nicht mehr und tief in mir sträubt es sich. Aber es ist viel zu schwach, das Sträuben ist nichts gegen das Verlangen, das er in mir schürt.

»Hier?« Hart stößt er zwei Finger in mich und ich keuche auf. Es zerreißt mich fast vor Lust. Ich spiele ihm nichts vor, wie ich es bei Rob getan habe. Ihm *könnte* ich gar nichts mehr vorspielen und es kotzt mich an. Ich wünschte, ich könnte dorthin zurück, wo er mich noch kaltgelassen hat, aber ich kann nicht. Er hat irgendwas mit mir gemacht, er hat mich irgendwie verflucht.

Das Schlimmste an allem? Ich liebe das.

In der nächsten Sekunde drücke ich meine Lippen auf seine und sein Stöhnen bricht sich sofort daran. Er greift mir so fest ins Haar, dass er es mir fast ausreißt. Sein riesiger Körper ist immer noch angespannt, jeder Muskel scheint förmlich zu pulsieren, als er mich auf den Tisch hebt. Dann packt er wieder mein Haar, zieht meinen Kopf in den Nacken. Er zwingt mich, ihn anzusehen, während er mich immer höher treibt. Und ich sehe ihn an, obwohl es mir nach gestern nicht leichtfällt. Und obwohl da dieses neue Etwas in seinen Augen ist, was ich nicht definieren kann. Obwohl er mich immer wieder aus dem Konzept bringt und Dinge fühlen lässt, die ich nicht fühlen will.

Ich beiße die Zähne zusammen und knurre frustriert. Drake packt mich fester. Er küsst mich so hart, dass unsere Zähne gegeneinanderprallen. In meinem Kopf dreht es sich immer mehr. Das hier wirkt immer mehr wie ein Kräftemessen. Ich will nicht, dass er so tief in mich hineinsieht, und er? Was will *er* eigentlich?

Hart bewegt er seine Finger in mir und bringt mich zum Zittern. Ich komme fast. Ich falle fast auseinander. Immer schneller rausche ich dem Sturz entgegen, aber als ich fast falle, stocken seine Finger.

»Wenn du noch einmal zulässt, dass irgendwer dich anfasst, breche ich dir das Genick«, wispert er an meinen Lippen und zieht seine Finger mit einem Ruck zurück.

Fast falle ich vom Tisch, als sein Körper mit einem Mal weicht. Atemlos sehe ich dabei zu, wie er einfach verschwindet. Die Haustür knallt hinter ihm ins Schloss und ich sitze immer noch keuchend und völlig aufgewühlt auf dem Tisch – weiß nicht, was gerade eben passiert ist.

Hat er mich gerade sitzenlassen?

Sobald dieser Gedanke in meinem Kopf explodiert, explodiert auch alles andere in mir. Arschloch! Nur in Unterwäsche folge ich ihm einfach aus dem Haus und über den Gehweg. Es ist mir egal, ob mich jemand sieht. Es ist mir egal, ob über mich getratscht wird, weil ich halbnackt durch die Nacht renne. Alles ist so scheißegal.

Ich stürme auf sein Grundstück und stoße hart seine Haustür auf. Zum Glück ist sie nicht abgesperrt, aber ich bin so wütend, dass ich sie andernfalls einfach aus den Angeln gerissen hätte.

»DRAKE!«, brülle ich und stürme weiter, aber er ist weder in der Küche noch im Wohnzimmer. Ich haste die Treppe hoch und finde ihn in seinem Schlafzimmer. Dort hat er sich mit beiden Händen an das Fensterbrett gestützt und verharrt reglos. Sein Muskelshirt ist schweißnass und seine breiten Schultern bewegen sich im Takt seiner schnellen Atemzüge. Seine Silberkette blitzt in seinem Nacken und er versucht offensichtlich, sich zu beruhigen, aber das ist mir scheißegal.

»Was denkst du eigentlich, wer du bist?«, frage ich und komme weiter auf ihn zu.

»Eden«, warnt er mich dunkel, aber ich ignoriere diese Warnung. Er soll mich nicht warnen, ich habe überhaupt nichts falsch gemacht!

»Du kannst mich nicht in einem Moment einfach rausschmeißen und im nächsten so tun, als würde ich dir gehören. Du hast ihm die Hand gebrochen! Weißt du eigentlich, wie krank das ist?«, frage ich und er lässt seine Schultern und seinen Kopf rollen. Eigentlich würde ich mich ihm gern weiter nähern, aber irgendwas hält mich zurück. Vielleicht ist es der Blick, den er mir über die Schulter zuwirft und der mich wie angewurzelt stocken lässt. So tödlich hat er mich wirklich noch nie angesehen. Als ich schlucke, merke ich, dass mein Mund ganz ausgetrocknet ist. Ein paar Sekunden verharren wir so und irgendwas wandelt sich. Aber dann reißt er seinen Blick von mir los und kneift die Lider aufeinander.

»Zieh dich an«, knurrt er kaum beherrscht. Ich frage mich, ob er Rob wirklich einfach umgebracht hätte und die Antwort auf diese Frage erschüttert mich aufs Neue.

»Du wolltest ihn töten«, wispere ich und er mahlt mit den Zähnen. »Dabei hast *du mich* weggeschickt! Du wolltest mich nicht.« Seine Armmuskeln zucken, aber ich verstehe das nicht. Ich verstehe das alles nicht.

»Geh endlich!« Diesmal nicht!

»Nein!«

»FUCK!«, brüllt er und boxt so heftig gegen die Wand, dass seine Knöchel hindurchkrachen. Dann wirbelt er zu mir herum und jeder verschwitzte Muskel an ihm pulsiert scheinbar. »FUCK, HÖR ENDLICH AUF!«

»DANN HÖR DU AUF! DU HAST EINE FUCKING WANZE AN MEINEM FUCKING ESSTISCH ANGEBRACHT!«, brülle ich aus vollem Halse.

»DAS WAR MEIN BRUDER!«

»UND DU WUSSTEST DAVON!«

In der nächsten Sekunde hat er mich wieder gepackt und gegen die Wand gedonnert. Hart drückt es mir die Luft aus der Lunge, aber ich weiche jetzt nicht, ich lasse das jetzt nicht zu. Ich kralle mich in seinen Unterarm, als er sein Gesicht direkt vor meines bringt. Der Wahnsinn lodert nur so durch sein glühendes Braun.

»Ja, Eden. Ich wusste davon und ich habe alles gehört. Ich habe gehört, wie du deine Klasse verloren und dich völlig billig hergegeben hast. Ich habe gehört, wie dieser kleine Bastard an dir herumgetatscht hat. Ich habe jedes Stöhnen gehört und ich habe auch gehört, dass du ihn gar nicht wolltest, weil diese kleinen Jungs dir nie gegeben haben, was du wirklich brauchst«, knurrt er in mein Gesicht und ich schlucke trocken. Denn ja, verdammt, er hat recht. Noch nie hat mir ein Mann gegeben, was *er* mir gestern Nacht gegeben hat, und das kotzt mich an. Ich wollte es nicht! Ich wollte das alles nicht. Ich wollte mich nicht verlieben! FUCK! »Und jetzt verschwinde aus diesem Haus. Ich will dich nicht mehr sehen«, macht er mir sehr eindringlich klar und löst seine Hand ruckartig von mir. Atemlos berühre ich meinen leicht pochenden Hals. Drake lässt seine Schultern wieder rollen, als müsste er die Erinnerung an Rob und mich abschütteln und sich erneut zur Ruhe zwingen. »Geh, oder du wirst es bereuen.«

»Nein!«, antworte ich fest, denn mir reicht es. Ungläubig hebt er die Braue, aber ich balle meine Fäuste. »Ich lasse mich nicht nochmal von dir rausschmeißen. So läuft das nicht.« Noch ein falsches Wort und ich kicke ihn einfach aus diesem Fenster, aber ich werde sicher nicht nochmal weglaufen. Ich werde mich nicht nochmal so mies fühlen. Ich lasse das nicht nochmal mit mir machen. Dieses Spielchen spiele ich nicht mit. »Ich gehe nicht. Dann bereue ich es eben.« Damit setze ich mich einfach auf sein Bett und starre ihn störrisch an. Als er mich überschaut, entkommt ihm ein ungläubiges Lachen, aber meiner Meinung nach klingt es auch ziemlich wahnsinnig. Ich funkle ihn nur kämpferisch an. »Du kannst mich nicht in einem Moment davonschicken und im nächsten so tun, als würde ich dir gehören«, versuche ich es nochmal ruhiger. »So läuft das nicht. Ich bin nicht deine beschissene Puppe, mit der du spielen kannst.« Fest verschränke ich meine Arme, auch um das Zittern meiner Finger zu verbergen. Er wirkt etwas ... ratlos und doch so wütend.

»Du hast überhaupt keine Ahnung und es wäre so viel besser für dich, wenn du verdammt nochmal endlich abhauen würdest«, murmelt er und streicht sich mit beiden Händen über das Gesicht, dann in den Nacken. Offenbar versucht er wirklich hart, sich zu entspannen, und schließt die Lider. Ein paar Mal atmet er tief durch und ich gebe ihm diese Zeit, versuche währenddessen selbst irgendwie runterzukommen. Aber ich werde nicht weichen, nicht nochmal. Niemals.

Schließlich hat er wohl genug geatmet und als er mich wieder ansieht, hat sich der Sturm in seinem Braun etwas beruhigt. Also versuche ich auch ruhiger vorzugehen.

»Ich will Antworten. Wieso die Wanze?«, frage ich und hebe warnend einen Zeigefinger, bevor er antworten kann. »Speis mich nicht ab. Nein!«

»Du hast recht, du bist keine Puppe«, sagt er und zündet sich eine Zigarette an. Mit dem Steißbein lehnt er sich an sein Fensterbrett und ich atme nun auch tief durch. Gut, dann eben so.

»Was bin ich dann für dich?« Kann er mir vielleicht in irgendeiner Hinsicht die Wahrheit sagen?

»Was *willst* du für mich sein?« Er hebt wissend eine Braue und ich beiße die Zähne aufeinander.

»Ich weiß es nicht.« Verdammt, ich weiß es doch auch nicht. Ich weiß nicht, was das hier ist und wo das eigentlich hinführen soll. Ich weiß nur, dass er mich viel zu sehr fasziniert und dass ich mehr von ihm erfahren will. Das hätte nicht passieren dürfen, aber es ist jetzt, wie es ist.

»Ich kann für dich nicht sein, was du von mir willst. Und du kannst für mich auch nicht sein, was ich will«, sagt er leiser und in meiner Brust verkrampft es sich heftig. Was auch immer ich eigentlich will – ich dachte, er könnte es mir vielleicht doch geben. Als es sich immer enger zuschnürt merke ich erst, was ich empfinde. Enttäuschung. Ekelhafte, brennende Enttäuschung. Seufzend stößt er sich ab und kommt auf mich zu.

»Das geht nicht, Babe«, meint er schon viel ruhiger und streicht mir die Haare zurück. Dann hält er mir seine Zigarette an die Lippen und ich ziehe tief, versuche, mich auch *wirklich* zu beruhigen. Versuche, diese Enttäuschung abzuschütteln.

»Also was?«

»Sind wir einfach das, was wir sein können.« Er streicht mit dem Daumen über meine Unterlippe. Und wenn das zu wenig ist? Wenn er mich wieder rausschmeißt? Wenn er mir wieder wehtut?

»Ich sollte dich aus meinem Leben kicken«, antworte ich düster und er lächelt leicht, aber es erreicht seine Augen nicht.

»Das kannst du nicht.« Und verdammt, er hat recht. »Ich bin dir schon viel zu tief unter die Haut gegangen.«

»Und ich dir?« Er antwortet nicht, sondern drückt mich auf seinem Bett zurück. In der nächsten Sekunde presst er seine Lippen auf meine. Und das ist genau der Mund, den ich jetzt fühlen will, genau der Mann, den ich jetzt küssen will. Ich bekomme keine Antwort, zumindest keine verbale, aber als er mich langsam und tief küsst, antwortet er auf eine andere Art. Mit seinem Körper.

Und diese Antwort zerfetzt mich fast.

wem wir gehören

• • •

DRAKE

FUCK, diese verfickte Frau ist mir schon viel zu tief unter die Haut gegangen. Das ist die verdammte Wahrheit, aber das werde ich ihr niemals sagen. Das *darf* ich ihr niemals sagen, denn das würde die Scheiße erst wirklich verkomplizieren, außerdem würde es nichts ändern. Wir sind trotzdem, wer wir sind, und ich tue trotzdem, was ich tun muss. Aber für ein paar Momente kann ich das vergessen, ich kann es von mir schieben, wie ich gerade auch die Wut von mir geschoben habe.

Als ich dabei zugehört habe, wie sie sich von diesem Typen anfassen lassen hat, ist es völlig mit mir durchgegangen. Ich konnte mich nicht zurückhalten, ich wollte alles eliminieren, was sie berührt. Ich wollte ihm einfach die Kehle aufschlitzen. Er hat Glück, dass ich ihm nur die Hand gebrochen habe, mit der er sie angegrapscht hat. Ich hoffe, er wird es sich merken. Ich hoffe, sie lässt sich nie wieder von irgendwem antatschen. Sonst muss ich erst wirklich durchdrehen. Dann muss ich alles entfesseln, was die letzten Jahre so tief in mir schlummerte und was ich sonst nur dosiert an die Oberfläche lasse – wenn ich für Devon irgendwen aufmische oder eine Bar auseinandernehme, wenn ich irgendwem den Kiefer breche, weil er sich mit uns anlegen will oder in den Ring steige und dort alles rauslasse, was diese beschissene Welt in mich gepumpt hat. Aber niemals lasse ich wirklich *alles* raus, wenn ich das tun würde, würde diese Welt auseinanderbrechen.

Und Eden könnte damit gar nicht umgehen, es wäre viel zu viel für sie. Sie ist nicht so stark, wie sie tut. Ein Fingerschnippen und sie wäre genauso gebrochen wie die Hand des Pissers, aber an ihn denke ich nicht, während ich den Kuss vertiefe. Denn meine Gedanken gehen in eine wirklich beschissene Richtung. Die Wut lodert noch unterschwellig in mir und droht mich jede Sekunde wieder völlig zu verschlingen. Niemals wieder. Niemals darf sie irgendwer anfassen.

»Fuck, du gehörst mir«, wispere ich an ihren Lippen und streiche über ihre sanft geschwungene Seite. Jetzt klingt ihr Stöhnen echt. Es ist so verdammt hingebungsvoll, dass mein Schwanz steinhart wird. Meine Hose wird zu eng, also ziehe ich meinen Gürtel auf und Eden erzittert, als das Leder ihren Oberschenkel streift. Auch sie will mich. Auch sie kann nicht genug bekommen. Auch sie ist in diesem Hurrikan gefangen und auch sie wird zerstört daraus hervorgehen. Ungeduldig zerrt sie an meinem Muskelshirt und ich ziehe es über meinen Kopf. Als sie mit beiden Händen über meinen Oberkörper streicht, spannt sich jeder einzelne meiner Muskeln an und als sie verlangend stöhnt, kann ich kaum noch an mich halten.

Fuck, diese Frau macht mich fertig. So verdammt fertig.

Ich kann es mit einem Mal nicht erwarten, in ihr zu sein. Ich kann es nicht erwarten, sie komplett auszufüllen, mich mit voller Wucht in dieses heiße, perfekte Paradies zu schieben. Meinen Garten Eden. Ich kann es nicht erwarten, sie völlig einzunehmen.

Als es höher in mir brodelt, knurre ich ungehalten und zerre auch meine Hose auf.

Eden erzittert und windet sich unter mir. Weiß sie eigentlich, was sie hier tut? Weiß sie, wie wahnsinnig sie mich macht? Weiß sie, wie süchtig ich danach werden könnte, wie verzweifelt sie mich mit ihren Augen verschlingt, wie sehr sie sich nach mir verzehrt? Hat sie eine Ahnung davon, dass ein Heilige nicht in das Bett eines Sünders gehört? Weiß sie, in welches Inferno ich ihr Leben verwandeln könnte?

Ich denke nicht. Und wenn es nach mir geht, wird sie es auch nie erfahren.

»Nur mir«, knurre ich und packe ihr Bein, als ich mich hart und tief in sie schiebe. Stöhnend biegt sie den Rücken durch und erzittert erneut. Ihre grünen Augen verdrehen sich nach oben und ihre vollen Lippen öffnen sich zu einem hingebungsvollen, verzweifelten Stöhnen.

Fuck, fuck, fuck. Ich kann nicht genug davon bekommen. Sie. Bringt. Mich. Um.

Ich verschränke ihre Finger mit meinen und knalle sie neben ihrem Kopf in die Kissen.

»Sag, dass du mir gehörst«, fordere ich ungehalten und treibe mich immer wieder bis zum Anschlag in sie. Fast bringe ich mich damit wirklich selbst um, aber ich konzentriere mich voll und ganz auf sie. Alles in mir kämpft gegen die Vorstellung, dass sie sich nochmal von einem anderen anfassen lässt. Alles in mir will bei dem Gedanken töten, einfach alles töten, was sie mir streitig machen könnte. Und das ist nicht gut, gar nicht gut. Sie sagt es wieder nicht. Schon wieder antwortet sie nicht, sondern reckt mir sehnsüchtig ihren Mund entgegen. Am Hals presse ich sie zurück in die Kissen.

»Wer fickt dich?«, frage ich gepresst und diesmal stöhnt sie lauter, als ich mich bis zur Spitze aus ihr zurückziehe.

»DU, FUCK! DU FICKST MICH!«, ruft sie aus und zieht sich eng um mich herum zusammen, als ich bis zum Anschlag in sie rucke. Es ist mir scheißegal, ob sie jetzt kommt. Ich werde sie einfach weiterficken, immer weiterficken, bis jede ihrer Fasern es verinnerlicht.

Dieser. Körper. Gehört. Mir.

Diese Lippen gehören mir.

Alles an ihr gehört verdammt nochmal mir und niemand kann das ändern.

Nicht sie.

Nicht Devon.

Nicht mal ich.

FUCK.

Ich kann mich auch nicht mehr halten, als ich fühle, wie sie kommt. Sie stöhnt irgendwas, was ich nicht verstehe, aber es ist egal. Sie gehört mir, das ist das Einzige, was zählt. Hart dränge ich meine Zunge zwischen ihre Lippen, kreise tief in ihr und genieße es, wie ihre Muskeln meinen Schwanz foltern. Fuck. War eine Pussy schon mal so eng? So bereit für mich? So perfekt für mich? Noch nie war jemand vor mir in ihr und ich werde es dabei belassen.

Wer sie will, stirbt. Es ist beschlossen.

Ich will sie tiefer, ich will sie härter. Also ziehe ich mich aus ihrer kommenden Pussy zurück und wirble sie am Arm auf den Bauch. Dann zerre ich mir ihre Hüfte entgegen und schiebe mich wieder in sie. Mein Kopf sinkt in den Nacken, denn so ist es noch tiefer, so tief, dass ich mir sicher bin, im Himmel gelandet zu sein. Sie ist nicht so übermäßig gerundet wie Leona, aber für mich ist sie genau richtig. Ihr Arsch, der sich mir entgegenreckt, macht mich völlig fertig.

Was ist das nur für eine Aussicht? Ich stöhne rau, als ich dabei zusehe, wie ich wieder in ihr versinke, und Eden tut es mir nach. Doch sie hat immer noch nicht genug. Sie drängt sich mir entgegen und ich bemerke, wie sie mich über die Schulter beobachtet, wie sie alles von mir sehen will. Sie will auch alles von mir haben. Sie will auch, dass ich ihr gehöre, und in diesem Moment tue ich das sogar.

Ich packe ihren Arsch fest und zwinge mich dazu, sie langsamer zu ficken. Ich will, dass sie mich *richtig* fühlt. Dass sie sich jeden Zentimeter meines Schwanzes merkt. Ich will mich in sie brennen, ich will sie völlig ausfüllen, nicht nur ihren Körper – auch ihren Kopf. Ich will, dass sie nach dem Aufstehen als Erstes an meinen Schwanz denkt und sich am Abend nach ihm verzehrt. Und ich bekomme, was ich will. Ihre Augen glänzen vor absoluter Hingabe und Gier. Das ist der Blick, der jeden Mann killen kann, der ihn zu allem bringen kann.

Der Blick, der zu einem Problem für jeden Mann werden kann.

Eden Flowers sieht mich an wie einen verfickten Gott und ich bin verloren.

Verbissen stöhnend rucke ich so hart in sie, dass mein Becken gegen ihren Arsch kracht. Sie soll das nicht machen. Sie soll mir nicht die Kontrolle entreißen, sie soll mich nicht so verdammt eng an sich binden, wie ich es bei ihr tue.

Aber es ist zu spät. Ich fühle es tief in mir. Viel zu spät.

»Fuck, Baby«, stoße ich gepresst aus und versinke noch einmal tief in dieser perfekten Enge. Dann packe ich ihren Arsch und halte einfach still, als ich komme – oder sterbe. Ich weiß es nicht.

frieden

• • •

EDEN

ICH LIEGE unter Drake Hollow und weiß gar nicht, was soeben geschehen ist. Eigentlich war ich doch wütend. Eigentlich wollte ich doch wissen, was für ein Spiel er mit mir spielt. Eigentlich wollte ich, dass er mir endlich die Wahrheit sagt.

Dann war er in mir – so tief in mir. Und nach seinem Orgasmus hat er mich wieder zu sich umgedreht. Ich erliege der Illusion, dass er mir nah sein will, denn seine Stirn lehnt an meiner Halsbeuge und sein verschwitzter, muskulöser Körper presst sich an meinen. Er ist mir so nah wie noch nie ein Mensch zuvor, aber das fühlt sich nicht komisch an.

Es fühlt sich gut an. Richtig.

Ich werde mich damit wahrscheinlich mal wieder selbst ficken, aber ich kann mich nicht davon abhalten, über seinen Rücken zu streichen. Seine Haut unter meinen Fingern ist so warm, genauso warm wird es auch in meinem Bauch. Ich kann nicht atmen, obwohl ich irgendwie so viel besser atmen kann als die letzten Jahre. Ich liebe es, wie sein Duft in meine Nase steigt. Ich liebe es, dass ich wieder hier bin und ich liebe auch den Frieden, der sich nach und nach in mir ausbreitet. Außerdem liebe ich es, dass er nicht zurückzuckt, sondern ebenfalls tief durchatmet.

»Was ist das hier?«, frage ich und meine Stimme klingt genauso zittrig, wie ich mich schon wieder fühle. Drake besitzt die Gabe, mich aufzubrechen und mein wahres Wesen aus mir herauszureißen. Die Gabe, mich aus meinen Schutzwällen zu zwingen. Er besitzt die Gabe, mich einfach ich selbst sein zu lassen. Ich dachte immer, das wäre ich schon die ganze Zeit. Aber in Wahrheit war ich ein Feigling wie alle anderen. Ich habe genauso geheuchelt, genauso etwas vorgemacht, ich war genauso ein dummes Schaf.

»Frag das nicht«, antwortet er und streicht mit seinen Lippen über meinen Hals.

»Weil mir die Antwort nicht gefallen würde.« Keine Antwort auf meine Fragen würde mir wohl gefallen, und deswegen sollte ich vielleicht einfach aufhören, welche zu stellen. Vielleicht sollte ich diese Momente einfach genießen, einfach nehmen, was kommt. Denn dass es irgendwann endet, ist klar.

Jeder schöne Moment endet irgendwann.

Glück kann man nicht für immer fühlen, es kommt und geht. Man fühlt es mal stärker, mal schwächer. Manchmal verabschiedet es sich für Jahre und manchmal trifft es einen völlig unvorbereitet. Manchmal fühlt man sich in Momenten glücklich, in denen man es nie erwartet hätte – in Momenten, die man regelrecht gefürchtet hat. Das hier ist so ein Moment. Wenn ich ehrlich bin, weiß ich nicht, wann ich das letzte Mal glücklich war. Ich weiß nur, dass das hier so verdammt zerbrechlich und kostbar ist – eine Rarität in meinem Leben. Am liebsten würde ich diesen Moment für immer einfrieren, denn ich habe seit dem Tod meines Vaters vergessen, wie das Leben sein kann. So leicht wie fliegen. So hell wie der Sonnenschein. So perfekt wie Drake Hollow. Obwohl er so imperfekt und rau ist. Obwohl er mich wahrscheinlich sehr bald zerschmettern wird, obwohl er ein dreckiges Spiel mit mir spielt, will ich diesen Moment mit ihm für immer tief in mir fühlen.

Denn er schenkt mir gerade etwas, von dem ich dachte, es nie wieder zu bekommen: Frieden. Absoluten Frieden.

Und als ich über seinen Nacken streiche, weicht er auch

nicht zurück. Sein Atem geht ruhiger, aber ich fühle ihn dennoch so intensiv, dass ich tief in meinem Inneren erschauere. Er mag das hier auch, er will auch genau so mit mir liegen bleiben, ich fühle es. Ich fühle, dass auch er diese Nähe gerade nicht nur genießt, sondern sie genauso sehr braucht wie ich. Vielleicht bin ich ja so was wie sein Seelenpflaster. Vielleicht mache ich bei ihm auch irgendwas besser, wie er es bei mir tut.

»Wirst du mich jetzt wieder rausschmeißen?«, frage ich und ziehe tief seinen schweren, männlichen Duft ein. Ein Duft, der wahrscheinlich jede Frau dazu bringen könnte, ihr Höschen zu verlieren. Ich habe nicht nur mein Höschen verloren. Auch meine Würde, meine Jungfräulichkeit und meine Geradlinigkeit.

Außerdem mein Herz. An einen Mann, der mich tot sehen will.

Aber ich kann es nicht rückgängig machen und ich will es auch nicht. Niemals.

»Nein.«

»Wieso nicht?« Er lacht leise und es kribbelt in meinem Bauch.

»Weil ich nicht will.«

»Was willst du dann?«

»In dir sein.« Ich lächle mit geschlossenen Augen, denn je mehr Sinne man ausschließt, umso besser kann man die Wahrheit fühlen.

»Okay.« Ich spreize meine Beine etwas weiter und Drake bläht die Nasenflügel.

»Du bist wirklich die pure Sünde, Eden.« Er schiebt seine Hand unter meinen Arsch und streift mit seiner Nase über meinen Hals. Ich lache leise, als es kitzelt. Verdammt, wieso ist er nur so ... perfekt?

Als ich die Augen wieder öffne, bemerke ich, dass er mich mal wieder beobachtet. Sein Blick ist so durchdringend, ein wenig gequält, aber auch so verdammt offen. Ich sehe, dass er mir nicht wehtun will. Ich sehe, dass ich ihm etwas bedeute. Ich sehe, dass ich ihn fasziniere. Ich sehe, dass dieser Moment auch für ihn Glück bedeutet. Aber auch Drake weiß, dass er enden wird.

Die Qual in seinem Blick nimmt überhand.

Er soll es nicht kaputtmachen, also lege ich meinen Zeigefinger auf seine Lippen und schüttle meinen Kopf.

Nicht, er soll einfach nichts sagen.

Er küsst meine Fingerspitze und ich streiche damit über seine vom Küssen geröteten Lippen. Perfekte Lippen. Meine Lippen. Lippen, für die ich mich immer wieder prügeln würde. Sogar mit Goliat persönlich.

Leicht hebe ich meinen Kopf und drücke meinen Mund auf seinen. Ich kann es nicht mehr zurückhalten. Ich will, etwas, was ich noch nie von anderen Menschen wollte – dass er mich fühlt. Fester packt er meinen Arsch, als er meinen Kuss sinnlich und langsam erwidert. Träge umspielt seine Zunge meine, ganz ohne treibende Lust oder Gier. Wir küssen uns einfach nur, um die Seele des anderen zu erkunden, und es tut. So. Verdammt. Gut.

Ich will nie wieder damit aufhören, ich will für immer unter ihm liegen. Ich will ihm für immer so nah sein. Dabei habe ich sonst immer so sehr darauf geachtet, dass mir bloß niemand zu nahe kommt. Ich wollte das nicht. Aber vielleicht wollte ich es *doch*, ich hatte nur zu große Angst davor.

Egal, es geht um diesen Moment und in diesem Moment habe ich keine Angst.

In diesem Moment weiß ich, dass ich sicher bin. So sicher, wie man sein kann, wenn man mit dem Mann zusammen ist, dem man unwiderruflich verfallen ist. Mit dem Mann, der einen wahrscheinlich irgendwann den Verstand kosten wird. Mit dem Mann, der einen zerstören wird. Dem Mann, den man liebt ... äh, *mag*.

Wirklich sehr, sehr mag.

Drake ist einfach eingeschlafen. In einem Moment lag er noch neben mir und strich träge über meinen Rücken, im nächsten sind seine Augen zugefallen und er hat tiefer geatmet. Mir kommt das gerade recht, denn so kann ich ihn das erste Mal so wirklich betrachten. Ich muss ihm oder mir nichts vorspielen, ich kann einfach das tun, was sich gut anfühlt. Ich kann über seine Stoppeln streichen und erkunden, wie markant sein Kiefer wirklich ist. Ich kann über das Grübchen in seinem kantigen Kinn gleiten. Ich kann jeden Zentimeter seines Gesichts erforschen, ich kann seine Schönheit in mich aufsaugen. Dass er der schönste Mann ist, der mir je untergekommen ist, ist völlig klar. Aber es ist nicht nur das, was mich so sehr fesselt. Es ist seine ganze Art.

Ich weiß natürlich, dass ich jetzt ein ernstes Problem habe. Denn jetzt habe ich einen Schritt über die Klippe gemacht, den ich nicht mehr ändern kann. Ich falle und falle endlos. Mir ist klar, dass der Aufprall hässlich wird, aber was interessiert es mich, was morgen oder in einer Woche sein wird, wenn es in diesem Moment so verdammt perfekt ist? Wenn dieser Mann neben mir liegt, der so verdammt anziehend ist, und ich alles mit ihm machen kann? Ich streiche auch über seine Kehle und seine Brust, über die tätowierte Flammen züngeln. Er ist wirklich viel zu heiß. Ich habe ihn nur selten trainieren sehen und trotzdem zeichnet sich unter seiner gebräunten Haut ein Sixpack ab. Außerdem ist er so groß und alles einnehmend. Er könnte genauso gut Model für ein Gangstermagazin sein. Unter seiner linken Brust zieht sich eine lange Narbe entlang, ansonsten ist sein Oberkörper makellos und der feine Streifen Haare, der in seine Shorts führt, macht es perfekt.

»So perfekt«, murmle ich und streiche die feinen Härchen mit meinem Zeigefinger nach. Und was sich erst unter diesen Shorts befindet ... ich habe mich noch nie mit Schwänzen befasst. Klar habe ich mal einen Porno geschaut und es mir selbst gemacht, aber Drakes ist der erste Penis, mit dem ich es wirklich zu tun habe, und er ist auch perfekt. Über den Shorts streiche ich hauchzart über ihn und fühle, wie er langsam zum

Leben erwacht. Also zumindest der kleine Drake, der große Drake schläft ruhig weiter. Seine langen Wimpern berühren fast seine Wangen und er hat einen Arm über seine Stirn geschwungen, während er entspannt weiteratmet. Ich liebe es, wenn er so entspannt ist, aber ich liebe es auch wirklich, wenn die Lust durch seine Augen wütet und er animalisch über mich herfällt. Also streiche ich wieder mit dem Zeigefinger über ihn und er wird immer härter.

Ich liebe es, dass sein Köper sogar im Schlaf auf mich reagiert. Ich will wissen, wie weit ich noch gehen kann. Ich will wissen, was ich noch mit ihm tun kann. Also schiebe ich seine Shorts einfach herab und entblöße ihn.

»Oh, hi«, murmle ich erfreut und bilde mir ein, dass Drakes Finger zucken. Aber als ich nach oben sehe, schläft er weiter. Hier unten schläft allerdings nichts mehr, also beuge ich mich über ihn und gleite langsam mit meiner Zunge an ihm entlang – fühlt sich gut an, hätte ich nicht gedacht und er wird noch härter, was mich wirklich anmacht. Ich umkreise ihn fester und schließe dann meine Lippen um ihn – passt fast nicht in meinen Mund. Egal. In Pornos nehmen sie Monsterschwänze in sich auf und verrecken halb, also schaffe ich das auch.

Drake stöhnt verschlafen, was mich elektrisiert und antreibt. Oh ja, ich liebe das hier, ich liebe es, wie seine Brauen zusammenzucken und seine Lippen sich öffnen. Also nehme ich ihn tiefer auf und sauge sanft an ihm. Doch plötzlich gräbt sich seine Hand in mein Haar.

»Fuck, Baby, willst du mich killen?«, fragt er träge und ich lächle um seinen Schwanz herum. Nein, eigentlich nicht. Eigentlich will ich nur mehr von seiner Lust, nach der ich auch süchtig werden könnte. Also bewege ich meinen Kopf langsam weiter und fahre auch mit meiner Zunge über ihn. Er stöhnt tiefer und seine Bauchmuskeln zucken. Oh, Herrje, jetzt werde ich aber wieder feucht und ich winde leicht meine Hüften.

»Fuck«, wispert Drake mit geschlossenen Lidern und streicht träge über meinen Arsch. Als er ihn knetet, stöhne ich und er presst die Zähne aufeinander. Selbstverständlich dränge ich mich ihm entgegen und selbstverständlich gleitet er über meine Pussy. »So verdammt feucht«, murmelt er selbstvergessen und schiebt langsam zwei Finger in mich. Weil ich wieder stöhnen muss, ziehe ich mich etwas zurück und konzentriere mich auf seine Spitze, umkreise sie mit der Zunge, lasse mich immer mehr gehen, verliere mich immer mehr in dieser trägen Wolke der Lust.

Drake packt mein Haar fester und schiebt meinen Kopf wieder herab. Ich beobachte seine glühenden Augen und seine geblähten Nasenflügel, als er austestet, wie tief er in meine Kehle gelangt und dann wieder die Brauen zusammenzieht.

»Fuck!«, knurrt er angestrengt und schiebt seine Finger härter in mich. Irgendwas hier gefällt ihm wohl sehr und das gefällt mir, weswegen ich mich noch mehr anstrenge.

»Ich komme gleich«, informiert er mich auch noch gepresst und ich deute ihm mit meinem Blick, es einfach zu tun. Harsch dreht er seine Finger in mir und presst sie gegen meinen G-Punkt. Ich explodiere genau in dem Moment, als er zwischen meinen Lippen pulsiert, und unser Stöhnen vermischt sich im Schlafzimmer.

Gott, ist er heiß.

Er ist unglaublich, wenn er sich der Lust ergibt.

Ich verschlinge ihn mit meinem Blick, während ich angestrengt schlucke und seine Finger in meinem Haar zucken. Mein Orgasmus endet genau im selben Moment wie seiner.

Während er mich ungläubig mustert, schiebe ich mich atemlos an seinem Körper hoch und lege mich an seine Seite.

»Sorry«, murmle ich, als ich meinen Kopf an seiner Brust bette. Er streicht durch mein Haar und ich spüre es übergenau.

»Sorry sagt sie ...« Drake ist irgendwie empört, was mich zum Lachen bringt.

»Schlaf weiter«, fordere ich und schließe meine Lider.

»Wie du willst«, antwortet er wie so oft und ich lächle immer noch, als ich endlich abdrifte. Süchtig. Ich könnte süchtig nach dem hier werden und es ist mir scheißegal.

loyalität

• • •

DRAKE

HEUTE TANZT CASSANDRA.

Silbern glänzt ihr Körper in den roten Spots und die Musik dröhnt genau so in meinem Bauch, wie ich es mag. Was ich gar nicht mag, ist allerdings der Fakt, dass ich heute Morgen allein in meinem Bett aufgewacht bin. Diesmal habe ich sie nicht rausgeschmissen, diesmal ist sie von selbst geflüchtet. Und ich sollte sie wahrscheinlich laufen lassen, so weit weg wie möglich. Ich sollte wahrscheinlich endlich dafür sorgen, dass sie für immer ihren kleinen heißen Arsch aus der Stadt bewegt. Aber ich tue nicht, was ich sollte. Ich tue nicht, was ich meinem Bruder versprochen habe. Ich tue nicht, was ihr gegenüber richtig wäre.

Nein, ich breche diesem Hurensohn, der sie anfasst, die Hand und ficke sie danach.

Und jetzt sitze ich im Club meines Bruders und betrinke mich mit einem meiner wenigen Freunde. Mason Black hat es mal wieder vom verhurten Saint Louis ins verhurte New York verschlagen. Er ist immer wieder aus denselben Gründen hier. Seine abgefuckte Mutter ist mal wieder abgefuckt und sie hat mal wieder dafür gesorgt, dass er alles stehen- und liegenlässt, um sich um die kranke Schlampe zu kümmern. Immer, wenn er mit ihr fertig ist, ruft er mich an und diese Ablenkung kam mir gerade recht. Ich habe nicht viele Freunde, aber Mason gehört dazu. Wir ähneln uns in vielen Hinsichten, zum Beispiel auch, was unsere Mütter angeht. Devons und meine Mutter war nach außen hin nie abgefuckt. Sie ist eine der New Yorker High Society-Vorzeigefrauen. Genauso kalt wie die Diamanten, die an ihren Ohren hängen. Genauso kalt wie alle Schlampen. Außer einer. Und dass Eden nicht so kalt ist, wie es auf den ersten Blick scheint, fickt mich am meisten. Wieso kann sie nicht das Miststück sein, das ich in ihr sehen wollte? Wieso kann sie es mir nicht *einmal* leicht machen?

Ich schnaube in mein Glas und nehme die Tüte entgegen, die mir von zwei tätowierten Fingern gereicht wird. Tief ziehe ich, während ich meinen Fuß auf den niedrigen Tisch stütze.

»Unglaublich, was aus dem Schuppen geworden ist«, murmelt Mason träge. Er kennt noch die Anfangszeiten. Das erste Mal hat es ihn vor zehn Jahren in unserer wilden Jugend hierher verschlagen und wir haben versucht, uns gegenseitig unter den Tisch zu trinken. Zwei Alkoholvergiftungen und zwei Tripper kamen dabei raus. Außerdem eine Freundschaft fürs Leben. Wir haben immer wieder Scheiße miteinander gebaut. Ich habe ihn mit Drogen versorgt, wir haben Typen aufgemischt, wir haben Leichen verschwinden lassen – das Übliche eben. Es waren gute Zeiten, aber die sind nun vorbei. Lang vorbei und dieser Club ist schon lang nicht mehr so abgefuckt, wie *ich* es einmal war. Denn Devon besitzt ein paar herausragende Talente. Er kann aus Scheiße Gold machen und er kann andere Menschen genauso abfucken, wie er im Inneren abgefuckt ist. Also eigentlich ist er wie unsere Mutter.

»Warst du schon in den Privaträumen?«, frage ich Mason.

»Privaträume?« Er lässt seinen glasigen Blick zu mir schweifen und hebt eine Braue. Er ist so stoned, dass ich nicht weiß, wie viel Kraft ihn das gerade gekostet hat. Ich kenne es, mich in solche Zustände zu versetzen. Meistens tue ich das, um Devon nicht zu killen. Dieser Pisser steht auch schon wieder auf seinem Balkon wie fucking Julia. Als sein Blick mich streift, zeige ich ihm den Mittelfinger.

»Oh, der Präsident ist draußen.« Mason salutiert und Devon hebt sein Whiskyglas. »Was für ein arrogantes Stück Scheiße.«

»Er ist ein Hurensohn.« Ich schwinge einen Arm über die Lehne und mache mir nichts daraus, meine Mutter zu beleidigen. Was bringt es, um den heißen Brei herumzureden? Mom *ist* eine Hure, sie nimmt für Sex nur kein Geld.

»Also, was für Privaträume?«

»Ich lasse sie dir später von Cassandra zeigen.«

»Wer ist Cassandra?«

»Sie.« Ich deute zu der Dunkelhäutigen, deren Haut silbern schimmert. Meine Fresse, wieso macht es sich Devon auch immer so fucking schwer?

Mason legt den Kopf schief, als er die Tänzerin in dem Käfig genauer mustert. Sie reagiert natürlich sofort, denn Devon hat seine kleinen Püppchen unter Kontrolle und sie wissen genau, wie sie jeden Schwanz zum Stehen bringen. Lasziv lächelt sie und mein Freund zwinkert ihr zu. Dies geschieht allerdings nicht ganz so anzüglich, wie es normalerweise der Fall wäre.

»Was heißt das?«, frage ich ihn und ziehe wieder tief an dem Joint. Fucking Eden. Mein Schwanz tut weh. Hat sie mich einfach in der Nacht aufgeweckt, um mir einen zu blasen, und jetzt kann ich nicht mal mein Gewicht verlagern.

»Was heißt was?« Er nimmt den Joint wieder aus meinen Fingern und die Asche fällt auf den schwarzen Tisch, aber es ist uns beiden scheißegal. Rot tanzen die Spots über Masons harsches Gesicht und den feinen Silberring an seinem Nasenflügel. Sie erhellen auch das Tattoo an seiner Kehle. *Ride or die* besagt der Schriftzug. Ein Motto, das wir beide teilen. Wahrscheinlich haben sich deswegen unsere abgefuckten Wege einmal gekreuzt und tun es seitdem immer wieder. »Du wirkst abgelenkt.«

»Du brauchst zwei Stunden, um mir zu antworten, und *ich* bin abgelenkt?«

»Ich habe die Nacht kaum geschlafen.« Denn mich hat die Frau ins Koma gevögelt, die *ich* eigentlich ins Koma befördern wollte.

Mason rutscht tiefer in den Sessel und beobachtet den Rauch, der dicht durch das rote Licht zieht. »Hoffentlich aus einem guten Grund.« Nein, eigentlich ist der Grund wirklich beschissen. Ich sollte *sie* abfucken, jetzt fuckt sie mich ab.

Ich mache eine abwägende Handbewegung. Ist es gut, ist es schlecht?

»Sie ...«

»Oh, das fängt nicht gut an«, unterbricht er mich. Ja, nichts, was mit einer Frau zu tun hat, fängt gut an oder endet gut. Entweder, sie sterben wie die Fliegen, betrügen dich mit deinem Freund und wollen dich dann zurück oder sie behandeln dich, als wärst du unsichtbar und vögeln deinen Anwalt, wie es bei meinen Eltern der Fall ist.

»Ach, sie ist eben sie. Nicht der Rede wert.«

»Schon wieder diese Bitch?«, fragt er abfällig. Damit meint er Leona und bei ihr lasse ich diese Bezeichnung auch gelten.

»Nein, sie ist diesmal nicht gemeint.« Fuck, ich kann immer noch nicht glauben, wie Eden sie zugerichtet hat. Ich kam unwissend nach Hause und fand plötzlich ein Knäuel aus Frauen vor. Aber was mich wirklich verstörte, war, wie wenig es mir gefiel, dass Eden so kaputt und außer sich war. Und danach wurde alles einfach nur widerlich und ich musste sie wegschicken.

»Oh, eine Neue?«

»Ja ...«, antworte ich unwillig und spüre seinen stechenden Blick in meinem Profil. »Sie war Jungfrau und ist in mein Haus eingebrochen. Was hätte ich tun sollen?« Sie hat ja förmlich danach geschrien, dass ich sie vögle.

»Das erklärt, warum du sie gefickt hast.« Mein Freund versteht mich. »Aber nicht, warum du jetzt über sie nachdenkst.«

»Sie ist anders.«

»Oh, Scheiße«, murmelt er mit einem trägen Lachen.

»Sie prügelt sich, sie scheißt auf die Meinung anderer. Sie ist ein laufender Mittelfinger. Sie hat einfach vor ihrem Fenster einen Striptease für mich hingelegt. Sie ist verrückt.« Ich weiß wirklich nie, was sie als Nächstes tut. Grundsätzlich nicht das, was ich erwarte, und das reizt mich besonders.

»Wohnt sie neben dir?«

»Ja, ich bin in das Haus meiner Granny gezogen.« Ich habe es mit Devon, diesem verfickten Julia-Verschnitt, einfach nicht ausgehalten.

»Verstehe ich. Und die Aussicht ist wohl auch besser«, murmelt Mason belustigt und sieht zu meinem Bruder hoch. Er telefoniert jetzt, fühlt sich ach so wichtig.

»Sehr viel besser.« Ich würde am liebsten nachschauen, was Eden tut, aber die Wanze hat sie heute Morgen zerstört und den Tag über ist sie wahrscheinlich sowieso an der Uni. Mal sehen, was sie mit dem Geschenk machen wird, das ich heute in ihrem Auto deponiert habe.

»Ich weiß immer noch nicht, warum du über sie nachdenkst.« Mason gibt mir den Joint zurück und hustet leicht.

»Man muss sie kennen, um es zu verstehen.« Aber ich werde sie ihm niemals zeigen. Mason würde sie zum Frühstück verspeisen und dann würde *sie ihn* verspeisen. Keine gute Mischung. »Außerdem hat das was mit Devon zu tun.« Alles hat ja mit Devon zu tun.

»Also läuft da mehr zwischen euch?« Seit heute Nacht kann ich das wohl nicht mehr verneinen und das ist wohl mein größtes Problem. Aber das ist egal. Im Endeffekt bin ich einem gegenüber loyal – ob ich ihn nun ausstehen kann oder nicht.

»Ja«, antworte ich mürrisch und greife nach meinem Drink. Fuck, verdammte Scheiße, ja. Da läuft mehr. Ich exe den Whisky.

»Und was hat das mit ihm zu tun?«

»Weißt du noch der Typ, der damals sein Haus angezündet hat?« Sein Gesicht verändert sich sofort und auch in mir versteinert alles augenblicklich. »Das war ihr Vater.«

Sein Blick schießt zu mir. Mit einem Mal ist er gar nicht mehr so glasig. Ungläubig strahlen mir seine grünen Augen entgegen. »Erzähl keinen Scheiß.«

Ich lächle bitter. »Kein Scheiß.«

»Weiß er Bescheid?« Mit dem Kinn deutet er zu Devon, der nicht mehr telefoniert, sondern uns anstarrt. Seine Finger trommeln auf dem Geländer und als sein Ehering in den roten Lichtspots aufblitzt, dreht sich mein Magen um.

»Er wollte, dass ich sie kennenlerne.« Und Mason kann sich nun denken, wohin das führen wird. Er weiß, wie weit Devon für seine Rache geht. Aber er weiß nicht, was ich *mir* mit dieser Rache antun werde.

»Fuck.« Ja, das trifft es so ziemlich. Ich stoße mein Glas gegen seines.

»Ja, fuck.«

vibrationen am esstisch

• • •

EDEN

»WAS SOLL ICH DAMIT ANFANGEN?«, frage ich Trudy, die in ihrem Rollstuhl neben mir sitzt und das Paket auf meinem Bett anstarrt.

»Benutzen?«, fragt sie, als wäre das doch klar, aber ich verenge meine Lider.

»Dann tue ich ja, was er verlangt.« Härter stütze ich meine Fäuste in meine Seiten.

»Ist das so schlimm?«

»Ja, Trudy. Das wäre schlimm!«, fahre ich sie ungehalten an. Mein Gott, ich kann doch nicht einfach so dummblöd tun, was irgendein Typ will – ist er noch so heiß und einnehmend. Ich habe einen eigenen Willen, einen eigenen Kopf. Ich entscheide selbst.

»Wieso?«

»Weil er dann gewinnen würde?«

»Wobei?«

»Na! Bei unserem Spiel!« Mein Gott, sie versteht auch gar nichts und wirkt immer irritierter.

»Was spielt ihr denn?« Ich schüttle meinen Kopf und kneife mir in den Nasenrücken. Ich muss mich beruhigen, ich darf jetzt nicht an dieses freche Grinsen denken, das wahrscheinlich auf seinen Lippen lag, während er mir die zum Paket gehörende Nachricht geschickt hat.

Drake: Zeigs mir, Baby.

Als ich *doch* daran denke, lache ich auf. Nein, niemals werde ich zu seiner kleinen Marionette. Niemals werde ich völlig hirnlos tun, was er verlangt. Niemals. Davor gebe ich mir lieber selbst die Kugel.

»Es ist doch bescheuert, zu spielen. Mach doch einfach, was sich gut anfühlt«, sagt Trudy nun auch genervt und ich sehe zu ihr runter. Gereizt weitet sie die Lider und scheucht mich mit einer Hand, als wäre ich eine debile Fliege. »LOS!«

»Also soll ich mir das jetzt reinschieben?«, frage ich ungläubig und sie verzieht angewidert ihr Gesicht.

»Wenn ich weg bin, ja. Und dann solltest du dich dringend um deine Anatomiekenntnisse kümmern, sonst fällst du durch.« Oh, sie findet also, ich sollte mir diese Lustkugeldinger, die er mir kackdreist ins Auto gelegt hat, reinschieben und *dann* lernen? Das ist eine gute Idee. Das erwartet er *sicher* nicht.

»Ja, gute Idee, Trudy. Gute Idee. Aber du kannst auch noch bleiben.«

»Neee, echt nicht. Ich gehe, äh, *rolle* …« Sie beeilt sich, aus meinem Zimmer zu kommen, und ich starre immer noch die schwarze geöffnete Verpackung an. Da liegen sie. Rosa in dunklem Samt verhöhnen sie mich. Ich nähere mich ihnen wie einem wilden Tier und ziehe eine aus dem Paket. Dann sehe ich abwägend zum Haus nebenan, aber dort ist es dunkel. Er ist nicht da, also könnte ich sie mal ausprobieren, oder? Ja, das könnte ich – etwas neugierig bin ich ja schon.

Mit der Zunge zwischen meinen Zähnen schiebe ich mein Höschen zur Seite und die Lustkugel in mich – tief in mich. Dann lasse ich mein Becken leicht kreisen und keuche auf. Ja, doch, das fühlt sich schon gut an. Nicht so gut wie Drakes Schwanz, aber gut. Ich hüpfe noch ein wenig auf und ab und stöhne überrascht, denn das fühlt sich *wirklich* gut an. Die Hitze steigt sofort in mir auf und das ist wirklich aufregend.

Ich liebe so was.

Elektrisiert setze ich mich an meinen Schreibtisch und öffne diese beschissene Anatomielehrseite an meinem Laptop. Es zeigt den inneren Aufbau eines Hundes, eines Pferdes und eines Schweines. Wieder lasse ich mein Becken kreisen und beiße mir auf die Unterlippe, als das Verlangen sich langsam aufbaut. Oh ja, wirklich gut … und ablenkend. Dennoch versuche ich, mich zu konzentrieren, während ich diese ganzen Tiere nachmale. Vielleicht kann ich so ja sogar besser lernen. Vielleicht ist das ein neues Prinzip, mit dem man die Dinge besser in den Kopf bekommt. Vielleicht ...

Als es plötzlich in mir zu vibrieren beginnt, stöhne ich überrascht auf. Was zum Teufel? Meine Pussy vibriert! Hilfe! Oh mein Gott, fühlt sich das gut an, aber *Hilfe*! Ich kralle mich mit einer Hand an den Tisch und krümme mich leicht zusammen. Gleichzeitig schießt mein Blick zu dem Haus nebenan.

DA IST ER!

Und das schummrige Licht in seinem Schlafzimmer ist auch an. Er liegt locker auf dem Bett, hat einen Arm hinter dem Kopf verschränkt und lächelt mich teuflisch an.

»Was zum ... *Fuck*«, murmle ich, als es stärker vibriert. Und als er sein Handy hebt, wird mir einiges klar. Das ist gar keine Lustkugel, das ist ein Lustvibrationsding und er bedient es. Herrje. Oh mein Gott, ich stöhne gleich nochmal, als es stärker vibriert, und kralle mich fester in den Tisch.

Gott, fühlt sich das gut an.

Gott, ich komme gleich.

Die Hitze explodiert in meinem ganzen Körper und ich winde mich weiter auf meinem Stuhl, versuche irgendwie, mit dieser Lust umzugehen. Ich versuche, nicht wahnsinnig zu werden. Ich versuche, es zu ertragen. Einfach zu ertragen. Doch dann passiert etwas Schreckliches: Es klopft an meiner Tür.

»Essen ist fertig«, flötet meine Mutter und ich reiße die Lider auf. Ich kann doch so nicht zum Essen gehen! Ich kann doch so nicht mit meiner Mutter an einem Tisch sitzen. Verzweifelt stöhnend lasse ich den Kopf nach vorn hängen und kralle mich noch fester. Als mein Handy auf dem Schreibtisch vibriert, angle ich verzweifelt danach.

Drake: Was wollte sie?

Ich: Ich soll essen.

Drake: Geh.

Fuck. Verdammt nochmal. Fuck. Fuck. Fuck.

Ich kann nicht!

Also reiße ich meinen Kopf hoch und zeige ihm den Vogel. Als er lacht, zieht es sich aus anderen Gründen als Lust in meinem Bauch zusammen. Doch dann tippt er etwas auf seinem Handy und zieht seine Trainingshose vorne herab – und er ist steinhart.

Drake: Wenn du gehst, kriegst du gleich das hier.

Und ich weiß nicht, wie es geschieht, aber ich schnelle auf die Beine und stolpere durch mein Zimmer. Ja gut, dann esse ich eben schnell was. Danach gehe ich rüber und reite alles an ihm aus. Kriegerisch stapfe ich aus meinem Zimmer und gehe nach unten, wo Trudy bereits am gedeckten Tisch sitzt.

Es gibt *Mac and Cheese* und ich werde dieses Gericht nie wieder mit denselben Augen sehen. Denn genau in dem Moment, als ich mich auf den Stuhl setze, erhöht Drake die Vibrationsstufe und ich lasse meine Faust auf den Tisch krachen.

Meine Mutter, die noch an der Küchentheke steht und Limonade einschenkt, erschreckt sich fast zu Tode und wirbelt mit dem Krug zu mir herum.

»Was ist denn?«, fragt sie, aber ich kann mich nur am Tisch

abstützen und meine Faust gegen meine Lippen pressen. Wenn ich ihr jetzt antworte, stöhne ich. Ich darf jetzt meine Mutter nicht anstöhnen. Ich darf nicht. Ich darf nicht.

Ich. Darf. Nicht.

Also beiße ich die Zähne hart aufeinander und deute ihr mit einem Finger, dass ich gleich antworte. Glücklichweise schaltet Drake die Vibrationsstärke wieder runter und ich entspanne mich mit einem Ruck.

»Ich habe mir den Zeh gestoßen«, antworte ich immer noch etwas verbissen und fühle, wie der Schweiß mein Shirt tränkt. Als ich mich setze, rückt Trudy angewidert ein Stück ab und ich gebe ihr mit den Augen zu verstehen, nicht so ein Drama zu veranstalten.

»Du bist einfach immer viel zu hektisch.« Der Vibrator vibriert nun sanft in mir vor sich hin, während Mom mir Limonade einschenkt und ich mich abgelenkt bedanke. Dann trinke ich einen großen Schluck, denn meine Kehle ist ganz ausgedörrt. Ich fühle mich, als wäre ich durch die Wüste marschiert. Nur zwischen meinen Beinen herrscht kein Wüstenklima, ganz im Gegenteil. Dort gleiche ich wohl eher dem Regenwald.

»Alles klar?«, fragt Trudy leicht angewidert und ich winke ab.

»Ja, alles gut. Alles bestens.«

»Siehst nicht so aus.« Sie beginnt zu essen und ich kralle mich in meine Gabel.

»Ach ja?«

»Du bist ganz rot im Gesicht und du schwitzt.« Muss sie mir jetzt so in den Rücken fallen?

»Ist es hier zu warm?«, fragt Mom besorgt.

»Nein, Mutter. Schon. Gut«, presse ich hervor und verschlucke mich fast an meinen Nudeln, denn Drake stellt den Vibrator höher und es pulsiert durch meinen gesamten Intimbereich.

FUCK.

JETZT!

NICHT!

KOMMEN!

NICHT!

»Du kaust ja gar nicht mehr«, bohrt Trudy weiter und ich blitze sie an, so gut ich in diesem Zustand blitzen kann.

»Wie wäre es, wenn du … oh Gott …« Drake schaltet noch höher und ich umklammere die Gabel so fest, dass es wehtut. »Auf. Deinen …« Jetzt komme ich fast und reiße meinen Blick eilig von Trudy los.

»Äh?«, macht sie, aber ich deute ihr, einfach die Klappe zu halten, ehe ich in die Höhe schieße.

»Ich muss kurz weg. Bin gleich wieder da!«, verkünde ich und sehe nicht nochmal zu meiner angewiderten Schwester oder meiner verstörten Mutter. Dann presche ich – mal wieder – aus dem Haus und über den Gehweg.

Fast breche ich mitten auf dem Asphalt zusammen, weil es immer weiter und weiter vibriert. Und gerade, als ich die Verandastufen hochstapfe, öffnet sich auch schon die Haustür und Drake lehnt sich an den Türrahmen.

Sein Lächeln ist mehr als süffisant, aber gleich wird er nicht mehr lächeln. Er schaltet endlich das Ding aus, als ich vor ihm ankomme und meine Lippen auf seine presse. Selbstverständlich fängt er mich sofort ab und packt meine Taille. Wie eine Verrückte küsse ich ihn, denke gerade noch so weit, ihn ins Haus zu schieben, und auch gleich weiter ins Wohnzimmer. Dort drücke ich ihn an den Schultern auf seinen Sessel.

»Zieh ihn raus«, keuche ich an seinen Lippen und er schiebt mein Höschen sofort beiseite. Langsam – viel zu langsam – zieht er den Vibrator aus mir hervor und ich gebe einen ungeduldigen Laut von mir. Währenddessen zerre ich schon seine Trainingshose herab und in der nächsten Sekunde ist er tief in mir. So verdammt tief, dass ich fast sterbe.

»Fuck!«, pressen wir beide stöhnend hervor, aber ich warte nicht. Ich bewege mich sofort auf ihm. Noch nie habe ich das bei einem Mann getan, aber ich tue einfach, was mein Körper verlangt – und mein Körper verlangt nach einem Orgasmus. *Jetzt.*

»Shit, Babe ...« Drake packt meinen Arsch und stößt mir hart entgegen. Währenddessen geistern seine Lippen über meinen Hals, mein Dekolleté, überall. Er ist einfach überall. Er ist so sexy, ich will ihn so sehr. Ich liebe diesen Schwanz.

»Ich. Liebe. Deinen. Schwanz«, keuche ich und bewege mich noch ein wenig härter. In der nächsten Sekunde verkrampfen sich all meine Muskeln und dann ... endlich ... komme ich einfach. Ich lasse einfach los, ich lasse mich einfach gehen. Drake packt stöhnend mein Haar und zieht meine Lippen auf seine. Ich küsse ihn nur abgelenkt, während sich meine Muskeln eng um ihn herum zusammenziehen und ich ihn noch besser spüre. Schauer um Schauer fegen über mich hinweg und endlich lässt dieser verdammte Druck in mir nach und ich breche auf ihm zusammen.

Drake streicht mein Haar über eine Schulter.

»Ich liebe deine Pussy«, wispert er an meinem Ohr und ich erschauere erneut. Immer noch ist er tief in mir, immer noch ist er steinhart, aber keiner von uns bewegt sich. Ich bin völlig atemlos, völlig überwältigt und als ich meinen Kopf etwas zurückziehe, treffe ich auf seinen dunkel glühenden Blick. Einen Blick, der die Härchen auf meinen Armen aufstehen lässt und jede Faser durchdringt. Einen Blick, den ich liebe, also lege ich eine Hand an seine Wange und küsse ihn erneut. Nicht mehr ganz so getrieben, eher langsamer, genüsslicher. Ich liebe es wirklich, ihn zu küssen. Ich liebe es, wie er über meinen Arsch streicht und seine Finger dann hineinbohrt. Ich liebe es, wie er mich am Knie weiter auf sich schiebt und sich dann mit mir erhebt.

Er küsst mich intensiver, während er mich zu seiner Kommode trägt und mich darauf absetzt. Ich kralle die Finger in seinen Kiefer, als er beginnt, sich tief in mir zu bewegen. Es fühlt sich vertraut an, aber irgendwie auch anders. Irgendwie ist jeder Sex mit ihm ein bisschen einsaugender, mit jedem Mal, wenn er in mir ist, fühle ich ihn heftiger, mit jedem Mal will ich ihn mehr. Sein Kuss bleibt langsam und sinnlich und er streicht genauso über mein Bein. Das hier ist anders, es fühlt sich an, als würde er mich völlig auskosten und ich passe mich ihm einfach an. Ich liebe das hier genauso, wie wenn er wild über mich hinwegwütet. Ich liebe es, wenn er mich grob packt, aber ich liebe es auch, wenn er mit seinen rauen Fingern sanft über mich gleitet, wie er es jetzt tut.

Er drückt seinen Daumen auf meinen Lustpunkt und ich stöhne an seinem Mund, als es wieder langsam in mir hochkocht. Drake lässt sich Zeit, umkreist mich konstant und bewegt sich auch genauso in mir – und schon bald fällt mein Kopf in den Nacken und ein lauteres Stöhnen bricht über meine Lippen. Er zieht mein Top und auch gleich meinen BH hoch und als er über meine Brüste leckt, wird aus dem leichten Lodern der Lust eine heiße Stichflamme. Er kreist seine Hüften, während er sich tief in mich gedrückt hält und intensiviert die Streiche seines Daumens, genauso wie die seiner Zunge. Ich habe keine Chance und kralle mich fester an ihn, fühle, wie sein Bizeps sich anspannt, wie auch er sich immer weiter auflädt. Und dann explodiere ich einfach nochmal. Ich komme nicht mehr so heftig, aber dafür sehr, sehr lang. So lang, dass mir fast schwindlig wird.

Erst dann packt er mich und stößt drei Mal so hart in mich, dass es sich anfühlt, als würde mein Becken brechen. Dann kommt auch er tief in mir und lässt seine Stirn an meine Schulter sinken. Ich umfange ihn mit meinem Arm, ziehe ihn näher. Ich will nicht, dass er sich je wieder aus mir löst. Ich will wieder mal nicht, dass dieser Moment endet. Aber er endet mit Drakes Orgasmus.

Sein Atem fegt immer noch schnell über meine Schulter und ich streiche mit den Lippen über seine Schläfe.

»Ich dachte, es wären Lustkugeln«, murmle ich etwas überfahren und Drake lacht leise.

»Es sind keine Lustkugeln. Es sind Vibratoren.«

»Schlau.« Jetzt lacht er lauter und als er den Kopf etwas zurückzieht, funkelt es in seinen Augen, wie es dort noch nie gefunkelt hat. So lebendig, so strahlend, so einnehmend. Ich will, dass das alles für immer mir gehört. Ich will diesen Mann für immer, alles andere ist mir plötzlich scheißegal. Und als er seine Stirn an meine lehnt, schließen sich meine Lider automatisch.

»Sieh mich nicht so an, kleiner Kaktus«, wispert er an meinem Gesicht, während ich über seinen Arm streiche.

»Ich bin kein Kaktus«, antworte ich abwesend.

»Doch, und du bist aufgeblüht und stichst nicht mehr.«

»Ist das schlimm?«

»Nein.« Er küsst mich wieder und zieht sich dabei langsam aus mir zurück. Ich zucke zusammen, weil ich von all den letzten Malen wund bin. Drake zieht auch mein Höschen an Ort und Stelle und tupft seine Lippen noch einmal sanft auf meine.

»Du warst am Essen«, erinnert er mich und hebt mich von der Kommode.

»Ja, und alle waren verwirrt.«

»Ich habe es gesehen.« Er zieht meinen BH und mein Top runter.

»Also soll ich jetzt wieder essen gehen?«

»Ja.« Das mag ich nicht. Ich will eigentlich den Abend mit ihm verbringen. Als er wohl den Unmut in meinem Blick bemerkt, hebt er mein Kinn.

»Und danach kommst du her und ich ficke dich wirklich tot.« Mit dem Daumen streicht er über meine Unterlippe.

»Ich muss noch lernen.«

»Was denn?«

»Anatomie.«

Er lächelt humorlos. »Ich helfe dir.«

»Deal.«

»Deal.« Ich gehe noch einmal auf die Zehenspitzen und küsse ihn, weil ich es will, weil ich es liebe, weil ich nicht genug bekomme.

Und als ich diesmal sein Haus verlasse, fühle ich mich, als würde ich auf Wolken tanzen. Nein, ich kann es wirklich nicht mehr leugnen. Ich habe mich in ihn verliebt und jetzt gibt es keinen Weg mehr zurück – wie gut, dass ich das erste Mal seit Jahren wieder nach vorn will.

für die, die wir lieben

• • •

DRAKE

GUT, dann mag ich sie eben.

Ist auch scheißegal, es wird sowieso nichts ändern, es wird scheißegal sein, wenn es darauf ankommt. Es ist mir auch egal, dass sie vorhin wieder gegangen ist, um aufzuessen und ihre Familie zu beschwichtigen. Es ist mir egal, dass ich es liebe, wie sie sich auf mich gestürzt hat. Es ist mir egal, dass ich mehr von diesen vollen Lippen und diesen frechen Küssen will. Ich will mehr von diesem verschmitzten Strahlen in ihren Augen und ich will mehr von ihren Händen, ihrem Körper, ihren Gedanken. Ich will sogar mehr von ihren Mittelfingern.

Kurz: Ich bin gefickt. Richtig gefickt.

Etwas ist geschehen, was ich nie zulassen wollte, und jetzt kann ich es nicht mehr rückgängig machen. Als würde er es riechen, ruft auch noch in diesem Moment Devon an.

Genervt angle ich nach meinem Handy und hebe ab.

»Ja?«

»Und?«, fragt er, wie er es immer tut. Er mag es nicht, wenn man um den heißen Brei herumredet. Er mag es klar und knapp und *ich* mag es, wenn er mich nicht anpisst. Aber meistens bekommen wir es beide nicht hin, dem anderen zu geben, was er will.

»Was und?«, frage ich müde und zünde mir eine Zigarette an. Gleichzeitig strecke ich die Beine auf den Couchtisch. Ich müsste hier mal wieder aufräumen, überall liegt irgendein Scheiß rum, aber ich will nicht.

»Wie weit bist du?«, verlangt er zu erfahren und als die Haustür klackt, sehe ich durch den Zigarettenrauch auf. Eden ist wohl fertig mit ihrem Essen. Außerdem hat sie ihren Laptop dabei. Sie trägt nur ein weites T-Shirt-Kleid, das ihre Schulter herabrutscht. Es ist am Saum etwas ausgefranst, aber ihr ist das scheißegal. Sie ist nicht so eitel wie die meisten Frauen, was ich wirklich bevorzuge. Dabei ist sie wirklich besonders und geht nicht in der Masse der aufgespritzten Lippen, gemachten Titten und Schönheitstrends unter. Durch ihre etwas breitere Stirn und ihr schmales Kinn, außerdem durch ihren zierlichen Körper, ist sie speziell in ihrer Schönheit und durch ihre abweisende Art wirkt sie auf das männliche Geschlecht nur anziehender, aber sie gehört mir.

»Es geht«, antworte ich, ohne sie aus den Augen zu lassen. Eigentlich bin ich fertig. Eigentlich sollte ich sie einfach an Devon übergeben und ihn den Rest machen lassen. Ich habe genug Beweise gesammelt. Ich könnte ihre Mutter wegen alkoholisiertem Fahren in den Knast bringen, ich könnte das Leben ihrer Schwester völlig zerstören – denn auch die unschuldige Trudy hat ihre Geheimnisse – und diese Furie namens Eden könnte ich entweder hinter Gitter bringen oder sie einfach Devon überlassen. Und was er dann mit ihr tun würde, will ich mir gar nicht vorstellen. Er wollte, dass diese Familie zerstört wird, und ich könnte das mit einem Fingerschnippen tun. Aber in mir sträubt sich alles. Fucking alles. Und als sie mich anlächelt, wird es noch schlimmer.

»Was heißt das, Drake?«, fragt Devon schon etwas ungeduldig. »Du lässt dich doch nicht ablenken.« Ähm, vielleicht ein wenig. Denn Eden setzt sich einfach auf meinen Schoß und nimmt die Kippe zwischen meinen Lippen hervor. Sie ist wirklich heiß wie die Hölle, als sie daran zieht.

»Es heißt, ich bin noch nicht so weit, Devon«, antworte ich

etwas abwesend und streiche ihr Haar über ihre Schulter. Es hat die Farbe von Sand, ist aber weich wie Seide. »Und ich lasse mich auch nicht ablenken.« Eden lächelt verrucht und ich *bin* abgelenkt. Sie fragt gar nicht mehr, sie will gar nichts mehr wissen. Sie will nur ihre Zeit mit mir verbringen und ich versuche auch, an nichts anderes zu denken. Einfach so zu tun, als wäre ich ein ganz normaler Typ, der hierhergezogen ist. Aber ich kann nicht. Ich bin nicht normal. Ich bin nicht ohne Grund hier und sie wird mich hassen. Aber nicht jetzt, jetzt hasst sie mich nicht und ich will, dass es so bleibt. Wenigstens noch ein paar Augenblicke.

»Du klingst aber nicht so.«

»Wie klinge ich denn?«, erkundige ich mich dunkel und gleite mit den Knöcheln über die leichte Rundung ihrer Brust. Ihre Titten sind wirklich nicht besonders groß, aber ich liebe sie dennoch. Ich liebe es, wie sich ihre Nippel sofort aufstellen, wie sie auf mich reagiert.

»Als würdest du bis zum Anschlag in Leona stecken.« Ich schnaube. Nein, Leona hatte schon lang nicht mehr die Macht, mich wirklich abzulenken, zu begeistern, einzusaugen. Diese kleine Nymphe hier hat das und als sie mir die Kippe wieder an die Lippen hält, ziehe ich tief. Ich liebe es, wie sich ihr Blick verdunkelt. Doch dann überrascht sie mich mal wieder, als sie sich einfach vorbeugt und ihre Lippen auf meine drückt. Sie hält sich nie zurück, sie tut einfach, was sie fühlt, und lenkt mich ziemlich ab.

»Drake?«

»Hmmmm.« Ich ziehe sie am Haar nach hinten und funkle sie mahnend an, aber das gefällt ihr nur noch mehr. Ihr Lächeln ist äußerst frech und sie ist sich offensichtlich keiner Schuld bewusst.

»Hörst du mir zu?«

»Nein.«

»Fuck, willst du mich verarschen?«

»Ich muss jetzt aufhören«, antworte ich und Eden lächelt zufrieden. Nur das wollte sie, oder? Sie wollte meine gesamte

Aufmerksamkeit und die bekommt sie, als ich mein Handy auf den Couchtisch werfe. Sobald sie hat, was sie wollte, greift sie nach ihrem Laptop und macht es sich seitlich auf meinem Schoß gemütlich.

»Und was wird das hier?«, erkundige ich mich, als sie ihr Gerät aufklappt und die Schläfe an meine Schulter lehnt.

»Ich lerne.« Stimmt, da war ja was.

»Anatomie?«

»Ja.«

»Aha.«

Ich ziehe noch einmal tief und drücke die Kippe dann aus.

»Ich kann auch zu Hause lernen, aber dann wäre ich nicht hier«, murmelt sie, während ich mich zurücklehne.

»Logisch«, antworte ich und wickle mir eine ihrer Haarsträhnen um den Finger. »Also haben deine Mutter und Schwester nichts gemerkt?«

»Nein. Also ja, aber Trudy war es egal, na ja, eigentlich nicht egal. Sie war ziemlich angewidert und Mom merkt doch sowieso nichts ...« Sie zuckt mit ihrer nackten Schulter und ist so verdammt unschuldig in ihrem Inneren. Ihr Gesicht ist absolut ungeschminkt, ihre Haut strahlt rosig. Sie ist wie eine verdammte Blume, die gerade nach Jahren das erste Mal wieder erblüht. Aber ich werde ihr die Blüten ausreißen, bis nichts mehr von ihr übrig ist.

»Stört dich das?«, frage ich und sie wirft mir einen abgelenkten Blick zu.

»Was meinst du?«

»Dass deine Mutter nicht für dich da ist.« Mit gespreizten Fingern gleite ich durch ihr Haar und sie blockt sofort ab.

»Das ist nicht schlimm, ich bin erwachsen.«

»Aber das warst du nicht immer.«

»Sie war früher nicht so ... erst seit ...«

»Dein Vater tot ist«, spreche ich es aus, obwohl ich es nicht tun sollte. Ich sollte nicht absichtlich in diese Richtung gehen. Ich sollte einfach schweigen, alles totschweigen.

»Ja«, antwortet Eden, ohne mich anzusehen, und ich fühle förmlich den Schmerz, der tief in ihrem Inneren wütet.

»Du vermisst ihn.«

»Natürlich.«

»Das ist nicht selbstverständlich, manche Kinder hassen ihre Eltern und das aus gutem Grund. Für sie ist es eine Erlösung, wenn sie gehen.« Manchmal sind die eigenen Eltern die größten Feinde.

»Ist das bei dir so?« Sie klappt den Laptop zu und ich gleite zufrieden durch ihr Haar. Auch ich mag es, ihre volle Aufmerksamkeit zu haben.

»Ich hasse meine Eltern nicht. Sie sind mir nur egal.« Mittlerweile habe ich mit beiden aus unterschiedlichen Gründen abgeschlossen.

»Das ist noch schlimmer.«

»Findest du?«

»Ja, weil du dann nichts mehr für sie fühlst. Ich würde von Trudy lieber tausend Tage gehasst werden, als dass ich ihr auch nur einen Tag egal bin.« Dann *empfinde* ich wohl noch was für meinen Bruder. »Wieso sind deine Eltern so schlimm?«, erkundigt sie sich und lehnt die Schläfe an meine Schulter.

»Hmmmm, meine Mutter ist eine egozentrische, egoistische Frau und für meinen Vater zählt nur das Ansehen und das Geschäft.« Außerdem ist er ein widerlicher Perverser und allein, wenn ich an sein Gesicht denke, könnte ich alles in die Luft jagen.

»Klingt nicht nett.«

»Sie sind nicht nett.«

»Also hast du dich abgekapselt.«

»Devon und ich.« Wir haben gleichzeitig mit ihnen gebrochen, denn wir konnten nicht verzeihen. Vor allem *ihm* nicht.

»Deinen Bruder magst du auch nicht.« Ganz dünnes Eis.

»Nein«, antworte ich knapp und wechsle das Thema, dann in diese Richtung sollten wir jetzt wirklich nicht gehen. »Wen hasst du am meisten?«

»Auf der ganzen Welt?«, fragt sie nachdenklich und ich nicke.

»Wahrscheinlich mich selbst«, antwortet sie leise und ich stocke mit meinen Fingern in ihren Strähnen, bevor ich ihren Kopf etwas zurückziehe. Ich will wissen, was einen so besonderen Menschen dazu bringt, so etwas Grauenhaftes von sich zu behaupten. Ich will ihr in die Augen sehen und darin schwimmt die Schuld nur so.

»Wieso?«

»Weil ich nicht mitgefahren bin, damals, als Trudy und Dad den Unfall hatten«, wispert sie brüchig. Kaltes Grauen zieht sich durch meine Eingeweide, wenn ich mir vorstelle, sie hätte in diesem Mercedes gesessen und ich packe ihr Haar mit geblähten Nasenflügeln noch etwas fester.

»Damit hättest du nichts ändern können«, antworte ich verbissen.

»Aber Trudy wäre nicht allein mit den Folgen und ... sie wäre einfach nicht allein gewesen.«

»Sie ist sicher froh, dass du nicht dabei warst«, antworte ich sofort, denn ihre Schwester liebt sie wirklich. Sie würde ihr niemals etwas Schlechtes wünschen.

»Ich bin es nicht.«

»Hast du dich deswegen so lang eingesperrt und nicht gelebt?« Sie antwortet nicht, was wohl ein Ja ist. »Dann solltest du jetzt damit aufhören, denn das, was du gerade tust, ist unfair deiner Schwester gegenüber.«

»Was?«, fragt sie ungläubig und ich packe ihren Kiefer, damit sie meine Worte auch wirklich versteht.

»Trudy liebt dich, sie will, dass es dir gut geht. Sie will ganz sicher nicht, dass du dich genauso einsperrst, wie sie eingesperrt ist. Sie will nicht, dass du leidest.«

»Aber ich schulde es ihr.«

»Nein, du schuldest ihr das Gegenteil, Babe.« Mit dem Daumen streiche ich über ihre volle Unterlippe. »Du schuldest ihr, jede Sekunde deines Lebens zu genießen und nicht zu verschwenden. Wir schulden den Menschen, die uns lieben, dass wir glücklich sind. Besonders den Menschen, die so viel für uns getan haben, wie sie für dich.« Ich habe beobachtet, wie Trudy Eden jeden Tag mitschleppt, sie zum Lernen anregt, sie dazu zwingt, etwas aus ihrem Leben zu machen und nicht in ihren Depressionen einzugehen. Ich habe beobachtet, wie oft sie sie auf andere Gedanken bringt und wie sie sofort umschwingt, wenn es Eden schlecht geht, wie sie immer für sie da ist. Ich habe beobachtet, dass sie alles für ihre Schwester tun würde.

Eden lächelt leicht und als sie ihre Hand an meine Wange legt, verkrampft es sich wieder hart in mir. Ich weiß nicht, wie lang ich diese Scheiße noch durchziehen kann. Wie sehr ich noch zulassen will, dass sie sich an mich bindet. Es ist schon zu tief, zu viel, es wird zu sehr wehtun, das hier zu zerschmettern. Uns beiden.

»Du bist sehr schlau, Mister Mysteriös«, sagt sie sanft und streicht mit dem Daumen über meine Stoppeln. Aber sie soll mich jetzt nicht ablenken. Das hier ist zu wichtig.

»Also? Wirst du es tun?«, frage ich durchdringlich und in ihren grünen Augen schimmert es leicht.

»Was?«

»Leben.« Sie muss leben – auch wenn ich sie zerstöre.

»Ja«, haucht sie zögerlich, doch als Angst in ihrem Blick explodiert, halte ich sie fester.

»Versprich es.«

»Ja«, wispert sie völlig überwältigt und ich drücke meine Lippen auf ihre. Gut. Sie wird leben. Auch wenn ich ihr Leben abfucke, wird sie sich aufraffen. Das hier wird sie nicht für immer zerstören. Ich werde ihr nicht den Mut und den Stolz nehmen. Ich werde diese Kämpferin nicht lebensgefährlich verletzen.

»Willst du sehen, wie ich früher gelebt habe?«, fragt sie plötzlich an meinen Lippen und ich lächle, denn jetzt öffnet sie sich mir richtig. Außerdem will sie ihr Versprechen halten, oder?

»Klar.« Das weiß ich schon, aber ich tue mal so, als wäre das nicht der Fall und als ich zurückweiche, funkeln ihre Augen auf eine neue Art – eine Art, die mich süchtig machen könnte.

»Ich werde etwas Knappes anziehen«, warnt sie mich und mein Lächeln fällt in sich zusammen.

»Nicht zu knapp.« Ich gebe ihr einen Klaps auf den Arsch und sie lacht.

Fuck, ich liebe dieses Lachen. Ich liebe dieses Funkeln.

»Und ich werde trinken.«

»Das kannst du.« Ich will wirklich wissen, wie entfesselt sie noch sein kann, wenn sie etwas trinkt.

»Und ich werde dich vögeln. In deinem Auto.« Fuck, ich bin im Paradies.

»Deal.«

leben

. . .

EDEN

ICH SCHLIESSE DAS SCHWARZE KLEIDCHEN, das ich das letzte Mal vor Jahren getragen habe, an meiner Seite und werfe noch einen Blick in den Spiegel. Das erste Mal seit einer Ewigkeit habe ich mich auch wieder aufwändiger geschminkt. Feine Dekosteine funkeln über meinem Augenlid, meine Haare habe ich geglättet und in einem hohen straffen Zopf zusammengerafft und meine Overknees sitzen noch perfekt.

»Wow«, murmelt Trudy ehrfürchtig und ich drehe mich unwillig zu ihr um.

»Findest du nicht, es ist zu viel?« Ich habe meine Mini-Titten schon ewig nicht mehr so gepusht. Aber meine Schwester schüttelt langsam den Kopf, während ich meine Brüste abtaste und mich seitlich zum Spiegel drehe. Ich weiß nicht. Vielleicht doch lieber Top und Jeans. Ganz schlicht und einfach, nicht zu auffällig.

»Es ist perfekt.« Ich werfe ihr einen mahnenden Blick zu, denn ich verabscheue dieses Wort zu und sie verdreht ihre Augen. »Was soll ich sagen? Du siehst scheiße aus?«

»Eher wie eine Nutte«, murmle ich angewidert und zupfe das Kleid an meinen Schenkeln weiter runter. Vielleicht ist es doch etwas zu kurz, vielleicht sollte ich doch nicht fahren, vielleicht war das hier eine blöde Idee, aber plötzlich schließt Trudy ihre Finger um meine.

»Hör auf damit! Du darfst gut aussehen. Du *siehst* gut aus und er wird es lieben.«

»Das tue ich doch nicht für ihn«, antworte ich unwillig.

»Doch, das tust du und es ist vollkommen okay.« Okay, aber ich will nicht laut darüber reden. *Danke.*

»Und du willst wirklich nicht mitkommen?« Ich fühle mich immer noch mies dabei, ohne Trudy eine Party zu besuchen, aber sie hat sofort gesagt, dass ich gehen soll. Sie war sofort Feuer und Flamme und ich frage mich immer mehr, ob ich sie die letzten Jahre vielleicht gequält habe, indem ich mich einsperrte. Wie wäre es für *mich*, dabei zuzusehen, wie sie sich selbst foltert? Nicht schön, gar nicht schön. Und ich kann mich auch an das erste Jahr erinnern, in dem Trudy immer wieder versuchte, mich zum Rausgehen zu überreden, es aber nie geschafft hat. Ich wollte nicht. Ich konnte nicht. Ich konnte mich nicht aufraffen. Und vielleicht wollte ich es nicht nur wegen ihr nicht, sondern auch, weil ich keinen Lebenssinn mehr gesehen habe. Früher habe ich alles mit meiner Schwester gemacht, aber dann ging es nicht mehr und was sollte ich dann noch tun? Ohne sie losziehen? Mich diesen widerlichen Leuten ohne sie stellen? Nein, das war für mich unmöglich. Aber ich wollte ihr damit nicht wehtun, ganz im Gegenteil.

»Sicher nicht.«

»Wir können in einen Rollstuhl-Club gehen.« Ihr Gesicht wird ausdruckslos, was sie nur noch liebenswerter macht. Immer noch völlig trocken reicht sie mir mein Parfum.

»Geh einfach!« Ich lege zwei Spritzer auf und atme noch einmal tief durch. Sie sitzt hier so süß in ihrem Rollstuhl und ihrem weißen Pyjama. Dabei war sie früher wie ich, sie hat sich auch gern gestylt, war gern unterwegs und hat es geliebt, unter Leuten zu sein. Viel mehr als ich. Ich hasse es, dass es jetzt so schwer für sie ist. Ich muss irgendwas tun, ich muss irgendwie an das verdammte Geld für ihre Prothesen kommen. Diesen Sommer werde ich mir einen Job suchen, vielleicht im

Schwimmbadkiosk oder auf irgendeinem dummen Jahrmarkt, zur Not tanze ich an der Stange. Ich werde irgendwas tun, damit sie auch wieder leben kann. Das schwöre ich mir.

»Sieh mich nicht an wie einen überfahrenen Waschbären.«

»Ich liebe dich, weißt du das?«, sage ich leise und Trudy beißt die Zähne aufeinander. Sie ist der einzige Mensch, bei dem ich das aussprechen kann. Nicht mal bei Mom schaffe ich das.

»Ich liebe dich auch«, antwortet sie etwas starr, denn sie will nicht weinen und sie bricht meistens wegen allem in Tränen aus, das ihr zu nahe geht. Ganz im Gegensatz zu mir. »Jetzt geh, oder ich fahre dich an.«

»Okay, okay, immer so aggressiv!« Lachend greife ich nach meiner Handtasche und mache, dass ich davonkomme. Ich lasse Trudy das erste Mal seit Jahren hinter mir, aber nur für ein paar Stunden. Ich schwöre es.

Drake lehnt vor meinem Haus an seinem Auto und ich bin wirklich froh, dass meine Mutter schläft. Sonst würde sie bei seinem Anblick wohl einfach umkippen. Er trägt ein schwarzes Muskelshirt und gleichfarbige Jeans, eine Zigarette hängt in seinem Mundwinkel und die Tätowierungen auf seiner Hand stechen im Laternenschein hervor, als er sie sich anzündet. Ein Dreitagebart zieht sich über seine kantigen Wangen. Kein einziges Gramm Fett zu viel befindet sich an diesem wirklich groß gewachsenen Körper und ich liebe es, dass er so rau wirkt. Dieser Mann wird wirklich mein Untergang sein. Er ist alles, was ich je wollte, ohne es wirklich zu wissen. Ich dachte immer, ich bräuchte das alles nicht, aber als er mich anlächelt und es in meinem Bauch flattert, merke ich, wie sehr ich es eben doch brauche. Und wie sehr ich ihn will. Nur ihn. Wieso auch immer er hier ist. Was auch immer er mit mir vorhat. Was auch immer sein Bruder plant und was auch immer mein Vater damit zu tun hatte. Ich lasse es jetzt hinter mir. Denn diese Nacht will ich wirklich nur eins: Leben.

Und das tue ich unter seinem dunklen, verführerischen Blick so sehr.

»Ich weiß nicht, ob ich dich so mitnehmen kann«, murmelt

er und zieht tief an seiner Zigarette. Als ich bei ihm ankomme, hakt er seine Finger in meinen Ausschnitt und zieht mich mit einem Ruck an sich. »Du wirst mich noch in den Knast bringen.«

»Wieso?«

»Weil ich jeden einzelnen Typ umbringe, der dich ansieht. Und es werden sehr viele sein.«

»Mhmm«, mache ich genüsslich und nehme die Zigarette zwischen seinen Lippen hervor, um selbst daran zu ziehen.

»Ein Mann, der zum Mörder wird, um sein Mädchen zu beschützen? *Heiß.*«

»Kein Mädchen, Eden. Meine Frau«, sagt er und in mir erschauere ich tief.

Oh je, will ich das etwa? Will ich wirklich seine *Frau* sein? Oder wieso fühlt sich das hier jetzt so gut an? Er öffnet mir die Beifahrertür und nimmt mir die Zigarette ab, bevor ich einsteige. Dann beugt er sich nochmal in den Wagen.

»Oder eher mein Paradies«, murmelt er an meinen Lippen und küsst mich. Und ich lächle.

Fuck, ich liebe seinen Geschmack wirklich, weswegen ich ihm sofort entgegenkomme. Ja, ich will das alles sein. Seine Frau, sein Paradies, was auch immer. Denn dieser Rausch darf niemals enden. Dieser Rausch, der sich Leben nennt.

Drake ist wie ein Chamäleon. Er passt genauso gut in eine ranzige Biker-Bar, wie in einen Nobel-Club der Upper East Side. Schon als wir parken, fällt mir auf, wie aufgetakelt hier alle sind. Wie sehr sie versuchen, dazu zu gehören und wie verzweifelt sie die Reichsten, Besten und Schönsten sein wollen. Das hat mir schon früher aufgestoßen, aber ich habe einfach mitgemacht – jetzt finde ich es nur noch widerlich. Doch das ist egal, denn ich bin mit ihm hier. Ein wenig elektrisiert es mich ja schon, als ich aussteige und er seinen Arm um meine Schultern schwingt. Noch nie war ich so mit einem Mann unterwegs, noch nie habe ich gefühlt, wie es ist, auf diese Art zu jemandem zu gehören – und ich muss zugeben, dass ich es liebe, Drake Hollow auf diese Art zu gehören. Ich liebe es, an seiner Seite zu gehen, liebe es, wie er wachsam gemustert wird und liebe auch den Gedanken, dass er mir gehört. Als ich mit ihm auf den Club zugehe, fühlt sich alles irgendwie anders an, obwohl es hier so vertraut für mich ist.

Die Nacht ist heiß, hier zirpen keine Grillen, wie es in Roxbury überall der Fall ist. Der Verkehr rauscht stetig und Sirenen erklingen immer wieder irgendwo. Die Tower ragen weit in den Himmel, es stinkt nach Abgasen und nach Verzweiflung. Aber diesen Geruch und die Lichter der Großstadt mochte ich schon immer. Drake riecht auch ein wenig wie eine Großstadt, verrucht, wild, vielseitig. Sein Duft steigt unentwegt in meine Nase und macht mich fast high. Als ich meine Finger von hinten in seine Hose schiebe, lächelt er in sich hinein. Ich liebe es, wie uns alle Platz machen, wenn ihr Blick auf den Riesen neben mir fällt. Ich liebe es, wie er mich einfach selbstverständlich an der Schlange vorbeiführt und vor dem Türsteher stockt. Und der lässt uns nach einem kurzen Blick sogar passieren. Ich dachte, das wäre sonst nur das Privileg weißer, mit Schmuck behangener Frauen in Minikleid, aber Drake ist das eindeutig nicht. Auch egal.

Er führt mich in das *Diamond Cave,* als wäre er hier zu Hause. Allerdings weiß ich, dass sein Bruder eine ganz andere Art von Club besitzt. Vielleicht kennt er trotzdem den Inhaber dieses Schuppens. Er ist ein alter ... *Bekannter* von mir und ich hoffe wirklich, dass er nicht hier ist, denn eigentlich liebe ich es, wie die Bässe sofort in meinen Magen wummern. Ich liebe es, wie wir von der Dunkelheit verschluckt und dann in bunte Lichtspots getaucht werden. Ich liebe es, wie die Rhythmen sofort auf mich übergehen und ich in eine andere Welt tauche. Ich liebe es, wie mein Blut scheinbar zu schwingen beginnt.

Als er zu mir sieht, lächle ich ihn an und ziehe ihn rückwärts hinter mir her. Er sieht so verdammt gut in diesen Lichtspots aus und er gehört mir. Gerade gehört er *nur* mir, also ziehe ich ihn mit einem Ruck an mich heran und unsere Körper prallen aneinander. Tief küsse ich ihn und er drückt mich stöhnend gegen die erstbeste Säule. Ich liebe es, dass er sofort auf mich eingeht. Fuck, ich liebe diesen Mann.

Unsere Zungen umkreisen sich wild, während die Musik mich immer mehr einnimmt. Während ich immer mehr alles andere loslasse und einfach lebe. Fühle. Rieche. Schmecke. *Ihn. Ihn. Ihn.* Er drängt sich hart an meinen Bauch und ich stöhne auch, als ich seinen Ständer fühle. Doch er zieht seinen Kopf zurück und mustert mich aus dunklen, verhangenen Augen. Er wirkt genauso gebannt, wie ich es bin, als er mir eine Strähne aus der Stirn streicht.

»Später, Babe.« Damit verschränkt er unsere Finger und zieht mich hinter sich her zur Bar. Dort setzt er mich einfach auf einen Hocker und lehnt sich neben mich auf einen Ellbogen.

»Einen Wodka und einen ...« Fragend mustert er mich.

»Martini bitte!«, rufe ich über den Tresen und Drake zieht die Braue hoch, bevor er sich einfach zwischen meine Beine schiebt.

»Ein Martini-Girl, also.«

Ich lächle leicht und streiche über seinen Arm, den er hinter mir am Tresen abstützt. Diese Tätowierungen stehen ihm wirklich gut und diese Muskeln erst recht. Meine Güte, was ist das eigentlich für ein Mann?

»Manchmal dies, manchmal das.«

»Das, worauf du also gerade Lust hast«, stellt er fest und beobachtet den Barkeeper hinter meinem Rücken genau, fast ein wenig warnend. Ja, er hat mir gerade kurz auf die Titten geschaut, aber ich ignoriere sowas immer einfach. Ich drehe Drakes Kopf an seinem kantigen Kiefer wieder zu mir.

»Wenn du ihn mit Blicken tötest, bekommen wir keine Drinks«, erinnere ich ihn.

»Ich kann dir auch etwas mixen«, sagt er drohend und funkelt noch kurz über meinen Kopf, aber dann widmet er mir seine Aufmerksamkeit. Lachend streiche ich über seine leicht verschwitzte Brust. Ich kann meine Finger nicht mehr von ihm lassen. Ich weiß nicht, wann es so schlimm wurde, aber am liebsten würde ich ihn die ganze Zeit berühren. Er ist einfach viel zu anziehend, viel zu heiß, viel zu männlich und muskulös. »Was wird das, Paradise?« Und ich liebe diesen Kosenamen für mich. Er lässt mich fühlen, als wäre ich was Besonderes, als wäre ich seine Erlösung, sein heiliger Ort und das war ich noch nie für irgendwen außer Trudy.

»Ich will dich anfassen.«

»Du willst mich hart machen.« Er drängt sich zwischen meine Beine und als ich fühle, dass er es immer noch leicht ist, beiße ich auf meine Unterlippe. Wie verführerisch dieser Schwanz doch ist.

»Vielleicht ein bisschen«, gebe ich zu und fühle, wie das Blut immer heißer durch mich rauscht, wie die aufgeladene Atmosphäre sich immer mehr auf mich überträgt, wie ich mich immer mehr treiben lasse. Vor allem in diesen glühenden Augen. Ich wurde noch nie so fasziniert gemustert. Als wäre ich irgendwas Übermenschliches, dabei bin ich nur ich. Ein Mädchen voller Fehler, Zweifel und dunklen Seiten. Ein Mädchen, das seinen Weg nicht kennt und total wirr durch die Welt stolpert, aber bei ihm fühle ich mich ganz anders. Wie eine Frau.

»Hmhm«, macht Drake und nimmt unsere Drinks entgegen. Mit dem Ellbogen lehnt er sich neben mich an den Tresen und wir stoßen an. Ohne uns aus den Augen zu lassen, trinken wir einen Schluck. Das hier ist so verdammt aufregend, so anders als damals. So tiefgehend wie nichts zuvor. Ich liebe es wirklich, wie Drake mich mit den Augen fickt und mir sofort heißer wird. Und das nicht nur vom Alkohol, der in meinem Magen landet.

Doch als sein Blick hinter mich wandert und ich unsere damaligen Sitzecke sehe, dreht sich mein Magen um. Sie sind fast alle da, sie lachen, sie trinken Champagner, sie lassen es sich gut gehen, als wäre nie etwas geschehen. Auch Jason ist mit seiner Freundin Rachel hier. Und er beobachtet mich.

»Wer ist das?«, fragt Drake gar nicht amüsiert und ich beiße meine Zähne aufeinander.

»Das sind meine alten Freunde.«

»Ich nehme an, du willst sie nicht begrüßen.«

»Nein, wirklich nicht.«

»Was haben sie getan?«

»Sie ... waren widerlich zu Trudy. Er zum Beispiel ...« Ich deute auf Jason, der an einer Säule lehnt, und nun die Menge beobachtet. »Ihm gehört dieser Club ... er hat mit meiner Schwester angebandelt. Sie war so verdammt verliebt in ihn und es schien, als würden die beiden auch zusammenkommen. Sie haben sich ein paar Mal getroffen, aber dann ... hatte sie den Unfall. Er hat sie nicht einmal im Krankenhaus besucht, er hat nicht mal Schluss gemacht oder so was. Er hat sie einfach im Stich gelassen«, erzähle ich, während sich die Bitterkeit durch meinen Magen presst. Ich weiß noch genau, wie sehr es Trudy erschüttert hat, dass er nicht kam, sie es sich aber nicht anmerken lassen wollte.

»Und seine Freundin Rachel war mal Trudys beste Freundin, doch sie hatte es schon immer auf Jason abgesehen. Sie war schon immer neidisch, weil meine Schwester einfach unglaublich ist. Als Trudy außer Gefecht gesetzt war, hat sie sich sofort an Jason rangeschmissen.« Und wieder flutet mich unbändiger Hass, als Rachel sich lachend an Jason schmiegt. »Es sind einfach alle solche Verräter.«

Drake dreht meinen Kopf zu sich herum. »Deswegen bist du sie los«, erinnert er mich. »Du musst mit solchem Abschaum nichts mehr zu tun haben.«

»Aber ich kann nicht vergessen, was sie ihr angetan haben. Sie ... zum Beispiel ...« Ich deute zu Larissa, die völlig abgedriftet ihre Hüften schwingt. »Sie hat sie übel beleidigt, hat gemeint, sie wäre froh, sie endlich los zu sein, hat gesagt, sie wäre doch sowieso schon immer ein Unfall gewesen und hätte am besten sterben sollen ...« Und Trudy konnte damit gar nicht umgehen. Ich habe Larissa allerdings eine Ohrfeige verpasst. Danach habe ich zu Mom gesagt, dass wir umziehen müssen. Dass wir hier wegmüssen, dass wir es nicht mehr aushalten, und Mom hat eines richtig gemacht. Sie ist sofort mit uns in

Dads verlassenes Elternhaus nach Roxbury gezogen. Wir haben in einer Nacht- und Nebelaktion alles hinter uns gelassen und es hat mir nicht leidgetan. Ich war froh ...

»Du bist davongelaufen und dachtest, du würdest alles hinter dir lassen, aber man kann vor einigen Dingen nicht davonlaufen«, meint Drake und ich mustere ihn genauer.

»Läufst du auch?«

»Vor so vielem.« Er lächelt humorlos und ich frage mich, worum es sich dabei handelt.

»EDEN!«, ruft jemand plötzlich und ich stocke. Oh nein, es sind tatsächlich Jason und Rachel, die sich ihren Weg zu uns bahnen. Um sie zu ignorieren, ist es zu spät, denn Rachel winkt, als ich ihren Blick auffange.

»Shit«, murmle ich und stelle mein Glas ab. Ich habe seit Jahren nicht mehr mit meinen alten Leuten gesprochen und eigentlich will ich das auch nicht tun. Wieso ist Jason ausgerechnet heute hier? Wieso muss er Rachel folgen und mich so bescheuert anstarren? Pisser.

Drake dreht sich leicht, zieht sich aber nicht zurück, als die beiden vor uns stehenbleiben. Sie haben gekokst, das merke ich sofort. Rachels blaue Augen sind wegen der erweiterten Pupillen kaum zu erkennen und sie hibbelt herum wie ein beschissener Gummiball, während Jason mit oder ohne Koks arrogant wie die Hölle ist.

»Was machst du denn hier, Süße?«, fragt die Rothaarige übertrieben erfreut und drückt mir zwei Küsse auf die Wangen. Ihr Parfum erschlägt mich fast, genauso wie es mein Herzschlag tut. »Ich habe dich ja eeewig nicht gesehen. Und wer ist das?«, fragt sie anzüglich an meinem Ohr und überschaut Drake, als wäre er eine neue Versace-Handtasche. Ich ziehe meinen Kopf ruckartig zurück, um ihn nicht gegen ihre Stirn zu donnern.

»Wollte mal wieder einen Abstecher machen«, antworte ich und starre Jason hasserfüllt an. Gott, ich hasse diesen Typen und ich habe noch nicht mit ihm abgerechnet. Er hebt die Braue und mustert mich herausfordernd. Sofort fühle ich, wie Drake sich am gesamten Körper anspannt.

»Das ist ja mega, bist du jetzt wieder öfter hier? Wie geht es deiner Schwester?«, plappert Rachel weiter. Sie hat keine Ahnung, was sie eigentlich getan hat, weil sie viel zu sehr in ihrer eigenen ichbezogenen Rich-Girl-Welt lebt. Sie weiß nicht, was Loyalität bedeutet.

»Ihr geht es gut«, antworte ich warnend und starre Jason immer noch an. Hat er ein Problem, oder was? Ich kann es ihm ja aus diesem verwichsten Gesicht schlagen. Er schiebt seine Hand in die Hosentasche und ein sanftes Lächeln zupft an seinem Mundwinkel, als er sich hinter seiner Freundin mit einem Ellbogen an die Bar lehnt.

Gleich. Raste. Ich. Aus.

Ich gehe einfach auf ihn los und ramme sein beschissen perfektes Gesicht gegen den Tresen. Immer und immer wieder.

Keine Reue steht in seinen Augen, kein Fünkchen schlechtes Gewissen. Gar nichts. Er ist ein arrogantes Arschloch, das ebenfalls nicht weiß, was es getan hat und er liebt es, zu provozieren.

»Kommt sie auch mal wieder vorbei?«, fragt er auch noch und für ein paar Sekunden pfeift es in meinen Ohren. Hat er das gerade wirklich gesagt? Und *jetzt* reißt meine spärliche Geduld. Aber als ich mich vom Hocker schieben und auf ihn losgehen will, umfängt Drake meinen Oberarm und beugt sich an mein Ohr.

»Verliere jetzt nicht dein Gesicht«, murmelt er und ich spanne mich am ganzen Körper an, denn ich kann mich kaum zurückhalten. Ich sehe nur Jasons hässliches, provokantes Lächeln und will. Ihn. Zer. Fetz. En. »Das wollen sie nur und sie sind es nicht wert.« Und er hat recht. Sie wollen, dass ich am besten völlig durchdrehe und auf sie losgehe, damit sie sich dann das Maul darüber zerreißen können. Das sind sie wirklich nicht wert, aber es geht um Trudy und wenn es um sie geht, kann ich mich nicht beherrschen. Nie. »Lass mich das machen«, sagt Drake und bohrt seinen Blick in meinen.

In mir sträubt es sich. Ich kämpfe meine Kämpfe selbst, aber ich sehe in seinen Augen, dass er es ernst meint. Ich sehe, dass er für mich da ist. Und es tut verdammt gut, zu nicken und zurückzutreten. Es tut gut, nicht alles selbst regeln zu müssen.

»So ist es gut, Baby«, flüstert er. »Geh tanzen.«

Aber will ich das wirklich? Will ich ihn aufhalten? Will ich ihn zurückhalten? Wozu ist er fähig? Was wird er machen? Soll ich ihm das wirklich überlassen? Vertraue ich ihm? Ja, ich will. Ja ich tue es. Also räume ich einfach das Schlachtfeld und als ich noch einen Blick mit Jason wechsle, ist er nicht mehr ganz so arrogant. Dann wird er mir sowieso von Drakes breitem Rücken verstellt und jetzt lächle *ich*. Wirklich.

mein paradies

• • •

DRAKE

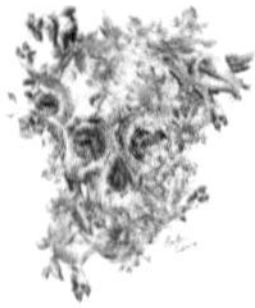

WAS ICH *WIRKLICH* NICHT MAG? Wenn jemand Eden ansieht, wie dieser Pimpf es getan hat. Ich mag es nicht, wenn sich jemand über sie stellt. Besonders in dieser abgefuckten Stadt und in diesen Kreisen sollten sie es nicht wagen.

»Jason Harrington, richtig?«, frage ich ihn und deute dem Barkeeper, ihm einen Drink auszuschenken. Der Blick aus hellblauen Augen schweift von Eden zu mir – was auch verdammt nochmal besser so ist – und ein leichter Alarm schrillt darin. Aber hier denkt jeder, dass er sich alles leisten, alles sagen, alles tun und denken kann. Das ist aber nicht der Fall. Zumindest, wenn es um die Frau an meiner Seite geht.

»Ich sollte mich wohl auch vorstellen. Mein Name ist Drake Hollow.« Ich schiebe ihm seinen Drink mit der Rückhand zu und seine gehirnamputierte Freundin erstarrt. Als er ihn auffängt, schwappt alles über seine hübschen Fingerchen und seine Augen kühlen merklich ab, denn er kennt mich. Jeder, der in New York Rang und Namen hat, kennt meine Familie. Sie wissen, wer mein Vater Arthur Hollow ist, sie wissen, wer mein Bruder ist und sie wissen auch sehr genau, wer Drake Hollow ist. Der Typ, der die Nasen bricht, der die Drogen vertickt, der Typ, der Probleme verschwinden lässt, der Typ, mit dem *du* keine Probleme willst, weil *du* sonst verschwindest.

Kurz mache ich eine Pause, damit er diese Information verdauen kann, und trinke einen Schluck von meinem Wodka. Ohne Eis. *Scheißladen.*

»Du kennst mich«, stelle ich dann fest.

»Ja, ich kenne dich, Hollow«, antwortet Jason und rührt seinen Drink nicht an. An Arroganz nicht zu überbieten.

»Aber du kennst mich wohl nicht gut genug, um zu begreifen, was hier vor sich geht. Lass es mich dir erklären.« Ich schiebe mich etwas näher und stütze den Ellbogen neben ihm auf den Tresen. Dann deute ich mit meinem Glas in Richtung Eden, die sich zu der Musik bewegt, uns aber im Blick hat. »Du kennst Eden sicher noch von früher, als ihr befreundet wart. Ich meine, bevor ihr verweichlichten Pisser ihr und ihrer Schwester in den Arsch getreten habt. Sie ist jetzt mein Mädchen, weißt du, was das heißt?«, erkundige ich mich interessiert und fühle, wie diese Nullnummer sich etwas anspannt. In der nächsten Sekunde habe ich seinen Arm gepackt und ihn auf seinem Rücken verdreht. Er keucht, seine Tussi schreit auf, die Leute im Umfeld verstreuen sich, aber ich halte Edens Blick. Prompt verdunkelt sich ihr grelles Grün. Sie liebt das hier und ich liebe das auch. Fuck, sie ist unglaublich und ich werde sie gleich totficken. »Du wirst sie nie wieder so verdammt arrogant aus deinen Drecksaugen ansehen, sonst steche ich sie dir aus. Du wirst nie wieder ein Wort mit ihr wechseln.« Ich verdrehe seinen Arm noch ein Stück weiter, bis er einen Schmerzlaut von sich gibt. Aber ich kontrolliere mich. Noch. »Du wirst auf Knien zu ihrer Schwester kriechen, du wirst ihr sagen, was für ein dummer, widerlicher Abschaum du bist und du wirst dich bei ihr entschuldigen. Und. Du. Wirst. Nie. Wieder. Denken. Dein. Arsch. Wäre. Besser. Als. Edens. Jetzt nimm dein Glas.« Ich rucke leicht an seinem Arm, während ihm der Schweiß ausbricht. Mit zitternden Fingern greift er nach seinem Drink. »Und lächle sie an.« Er lächelt Eden leicht an, deren Blick immer dunkler wird.

Sie tanzt nicht mehr, sie steht einfach nur in der Menge und starrt mich an.

»Und jetzt danke Gott dafür, dass ich dich gerade nicht umgebracht habe.« Damit lasse ich ihn los und schiebe mich an seiner Bitch vorbei. Ich habe keinen Blick mehr für die beiden. Ich habe meinen Standpunkt klargemacht und ich will auch nichts mehr mit ihnen zu tun haben.

Eden steht auf der Tanzfläche, als wäre sie wirklich dem Paradies entsprungen und als hätte man sie in eine dunkle, bösartige Welt verbannt, als hätte sie sich hier völlig verlaufen. Als wüsste sie nicht mehr, wie sie wieder rauskommt. Aber ich werde nicht zulassen, dass diese Welt sie verschlingt. Ich werde nicht zulassen, dass irgendjemand ihr wehtut.

Nicht ich.

Nicht mein Bruder.

Niemand.

Also nehme ich ihre Hand und ziehe sie an mich. Ich will sie nah, ich will sie bei mir, ich will alles von ihr. Und als sie meine Stirn an ihre zieht, lasse ich alles los.

Alles außer sie.

freiheit

• • •

EDEN

ICH WEISS NICHT, wann ich mich das letzte Mal so frei gefühlt habe. Als wäre irgendeine unsichtbare Schwere von mir gewichen und als könnte ich mich jetzt wieder normal bewegen. Drake und ich haben getanzt, wir haben uns geküsst, bis wir nicht mehr atmen konnten. Wir konnten nicht die Finger voneinander lassen und haben uns unendlich heiß gemacht. Wir haben geredet, wir haben gelacht, wir haben getrunken und dann wieder ein bisschen geknutscht, wie zwei dumme, verliebte Teenager. Wir haben diesen Abend gerockt und ich habe alles andere um mich herum vergessen. Endlich wirklich vergessen. Die anderen waren mir sogar scheißegal. Alles wurde mir scheißegal.

Denn heute Abend bin ich frei. Wirklich frei.

Als wir das *Diamond Cave* verlassen, könnte ich Bäume ausreißen, ich könnte vor Glück schreien. Ich könnte auf das Empire State Building klettern und hinunterbrüllen. Ich fühle mich so losgelöst, so unglaublich glücklich.

Jetzt ist es mitten in der Nacht.

Es hat angefangen zu regnen, aber es ist mir egal. Ich ziehe Drake neben mir her und genieße jeden einzelnen Tropfen, der hart auf mich niederprasselt. Ich genieße es, völlig durchnässt zu werden. Ich genieße es, ihn gegen das Auto zu drücken und meine Lippen auf seine zu pressen. Ich genieße, wie er meinen Zopf packt, ich genieße, wie sich seine harten Muskeln unter meinen Fingern anfühlen. Ich genieße es, am Leben zu sein, und ich genieße es auch, mitten im Regen vor ihm in die Hocke zu sinken. Ich genieße es, zu sehen, wie das Wasser über sein Gesicht rinnt und wie sich sein Blick noch mehr verdunkelt, als ich seine Jeans aufreiße. Kurz sieht er zum Club, aber von hier aus sind wir nicht auszumachen. Erst dann lässt er sich auf das hier ein.

Ich liebe das.

Ich liebe es, dass er mich nicht teilen will.

Ich liebe es, die Macht über ihn zu haben und als ich seine Hose runterziehe und über ihn lecke, erschauere ich tief.

Drake stöhnt auf und packt mein Haar fest. So fest. So grob. Auch das liebe ich.

Der Regen rinnt auch über mein Gesicht und meine Zunge, als ich weiter an ihm entlangfahre und ihn schließlich in meinem Mund aufnehme. Das erste Mal hat mir schon so gefallen. Ich will es nochmal. Ich will fühlen, wie wahnsinnig ich ihn machen kann. Ich will fühlen, wie sehr er mich will, und er *will* mich. Sehr. Denn er wird noch härter und lässt seinen Kopf in den Nacken sinken. Sein Shirt klebt an seinen angespannten Muskeln und ich stöhne um ihn herum. Was für ein Anblick. Ich zergehe gleich.

»Fuck, Eden«, knurrt er und bewegt sich in meinem Mund, als er es wohl nicht mehr aushält. Ich versuche, einfach da zu bleiben, wo ich bin und mich zu entspannen, versuche, mich einfach fallenzulassen. »Fuck, fuck, fuck.« Er dringt noch tiefer in meinen Mund und seine Finger zucken.

Doch dann zieht er sich mit einem Ruck zurück und mich auf die Beine. Er küsst mich völlig entfesselt. Ungeduldig reißt er die hintere Tür auf und lässt sich auf die Rückbank sinken. Ich folge ihm sofort auf seinen Schoß, packe seine nassen Wangen und schiebe meine Zunge in seinen Mund. Ich will ihm alles geben und mir alles von ihm nehmen. Scheiß auf alles andere.

Er stöhnt auf, als ich mich auf ihm bewege und meine Mitte an ihm entlangreibt. Auch durch mich rauscht es heiß und ich kann es mit einem Mal nicht erwarten, ihn in mir zu haben. Ich fühle mich genauso getrieben wie vorhin, aber jetzt aus anderen Gründen. Er knurrt ungehalten und zerrt mein Höschen zur Seite. Dann drückt er mich an der Hüfte auf sich. Unser Stöhnen vermischt sich in dem engen Raum und ich lasse den Kopf in den Nacken sinken.

Er ist so tief in mir.

Er sagt kein Wort.

Aber das muss er auch nicht.

Seine Finger sagen genug, sein Blick schreit mich an und sein Körper teilt mir alles mit, was ich wissen muss. Ich fange sofort an, mich zu bewegen, kralle mich mit einer Hand in seinen Arm, mit der anderen in den Sitz. Ich will mehr, mehr, mehr. Ich will alles von ihm. Fest packt er meinen Nacken und streicht mit geöffneten Lippen über meine Kehle. Sein heißer Atem lässt mich erschauern und ich bewege mich wie getrieben. Meine Lider gleiten zu und ein Stöhnen rollt erneut über meine Lippen, das von ihm sofort beantwortet wird.

Jedes einzelne meiner Nervenenden steht unter Strom. Das Prasseln des Regens vermischt sich mit unserem schnellen Atem, unserem Stöhnen. Ich kralle mich immer fester an ihn und auch er bohrt seine Finger in meine Haut. Völlig benebelt sehe ich zu ihm runter und stöhne gleich nochmal, denn sein Blick ist so dunkel und lusterfüllt, dass ich ihn förmlich in meiner Pussy spüre. Und wieder wandelt sich etwas, als er die Nasenflügel bläht. Instinktiv bewege ich mich langsamer, denn ich will mehr von ihm und das bekomme ich nicht, wenn ich so hektisch bin.

Er streicht mir eine Strähne aus der Stirn und zieht mich dann an meinem Haar näher. Langsam und tief küssen wir uns und ich erschauere mit jedem einzelnen Zungenstreich. Fester kralle ich meine Finger in seine verschwitzte Haut, während der

Regen immer härter prasselt und es im Wageninneren immer heißer wird.

Fuck, dieser Mann ist so heiß, aber es ist nicht nur das, was mich an ihm anzieht. Es ist nicht nur sein Aussehen, die Art, wie er mich beim Sex fliegen lässt, es ist so viel mehr. Seine Gedanken, seine Ansichten, seine Berührungen. Einfach er. Ich fahre unter sein Shirt und über seine angespannten Bauchmuskeln. Fest packt er meinen Arsch, bewegt mich schneller. Auch er lässt stöhnend den Hinterkopf gegen die Lehne sinken und ich küsse mich über seinen verschwitzten Hals. Er riecht so gut, er fühlt sich noch viel besser an, als er mich hart herabdrückt und mit seinen Hüften kreist. Ein verzweifeltes Stöhnen ist meine Antwort und ich fühle, wie er an meiner Schläfe lächelt. Jetzt kralle ich mich in seinen Bauch, kann meinen Orgasmus nicht mehr zurückhalten. Und als Drake meinen Kopf am Haar zurückzieht und seinen Blick in meinen bohrt, lässt er mich kommen.

»Fuck«, knurrt er gepresst und explodiert ebenfalls in mir. Ich bewege mein Becken im Gleichtakt mit den Wellen, die mich durchrauschen, lasse alles einfach raus. Fest drücke ich meine Lippen auf seine, kann ihn dann aber doch nicht küssen, denn es ist einfach zu intensiv. Unsere Münder verharren aufeinander, während wir zusammen davongetragen werden. Wir stranden an einem neuen Ort, einem Ort, an dem alles andere egal ist.

Langsam öffne ich meine Lider und sehe in Drakes dunkle Augen, und mit einem Mal kann ich die Gefühle gar nicht mehr kontrollieren. Sie rauschen nur so durch mich hindurch, sie fressen sich durch mein Herz, meine Venen, mein sein. Irgendetwas in mir verändert sich und ich kann es nicht aufhalten, selbst, wenn ich wollte. Ich will aber nicht. Ich will das hier fühlen. Ich will dieses Glück – nur für ein paar Momente.

Er streicht mit dem Daumen über meine Unterlippe, wie er es so oft nach dem Sex tut. Sein Blick ist so offen und so warm. Nicht glühend, nicht schmerzhaft, einfach wohltuend. Er mustert mich wie jemanden, der ihm etwas bedeutet, und so habe ich mich schon lange nicht mehr gefühlt. Als wäre ich es wert, als hätte ich Bedeutung, als wäre ich *da*.

Ich versuche zu schlucken, merke aber, dass der Kloß in meiner Kehle zu immens ist. Jahrelang Angestautes hat sich dahinter gebildet und auch das droht hervorzubrechen. Ich will das jetzt aber nicht. Ich will jetzt nicht völlig zusammenbrechen, also lehne ich einfach meine Stirn gegen seine und schließe meine Lider. Er soll mich jetzt ablenken, er soll es einfach besser machen und er macht es. Sanft streicht er durch mein Haar, stößt mich nicht von sich, hält mich einfach, während der Regen immer härter und härter prasselt. Ich weiß nicht, wie lange wir wort- und reglos verharren.

Aber schließlich küssen wir uns sanft und als ich von ihm steige, lasse ich einen kleinen Teil meiner Selbst in ihm zurück. Aber das ist auch okay, er kann ihn haben. Alles. Er kann alles haben.

ich habe es getan

. . .

EDEN

»WIR FAHREN ZU DIR?«, frage ich und lehne schwer meine Schläfe an den Sitz. Ich bin so verdammt müde, die Nacht steckt in jedem einzelnen meiner Knochen. Aber ich bin auch auf so viele Arten befriedigt und losgelöst. Es fühlt sich immer noch phänomenal an.

»Ja, in meine New Yorker Wohnung«, antwortet Drake. »Ich besitze das Apartment neben Devon.« Und jetzt verstehe ich einiges. Saß er deswegen plötzlich in der Dunkelheit, als ich bei Devon eingebrochen bin?

»*Deswegen* warst du plötzlich da!«, geht mir ein Licht auf und er seufzt schwer.

»Ja. Also ... willst du mit reinkommen?«, fragt er bedeutungsvoll, denn somit nähere ich mich wieder freiwillig der Höhle, des Löwen. Aber ich habe keine Angst, ich weiß, dass Drake mir nichts antun würde. Ich weiß es einfach tief in mir und das sollte mir wieder mal zu denken geben, aber wieder mal will ich mir nicht den Kopf zerbrechen.

»Klar«, antworte ich einfach nur und lächle, als Drake in sich hineinmurmelt.

»Klar.«

Dann ziehe ich mein Handy hervor, um meine Schwester zu informieren.

Ich: Bleibe heute Nacht bei ihm, mach dir keine Sorgen.

Ich bekomme auch sofort eine Antwort, weswegen ich meine Stirn runzle. Lag sie die ganze Nacht wach und hat sich um mich gesorgt? Das muss endlich aufhören. Auch Trudy sollte endlich mit ihrem Leben weitermachen. So langsam merke ich, dass ich nicht nur mich selbst eingesperrt habe und wie unfair ihr gegenüber das war.

Trudy: Du meinst wohl Morgen.

Ich: Ja, Morgen. ;)

Denn es hat endlich aufgehört zu regnen und die Sonne geht orangeglühend hinter den Hochhäusern auf. Sie taucht alles in einen warmen Schimmer – sogar mein Inneres. Ich habe sie vermisst, ich habe es vermisst, diese Strahlen *wirklich* zu fühlen und zu genießen. Ich habe vergessen, das Leben zu genießen, also öffne ich mein Fenster und strecke die Hand heraus, spiele mit dem Wind und lasse die Sonne mit geschlossenen Augen in mein Gesicht scheinen. Ihre Wärme prickelt förmlich auf meiner Haut und ich seufze leise. Ich habe auch vergessen, wie es sich anfühlt, zufrieden zu sein. Ich habe vergessen, wie sich der perfekte Moment anfühlen kann und als Drake seine Hand auf meinen Oberschenkel legt, bette ich meine darüber.

Ja, wirklich. Der perfekte Moment ... Nur eines könnte das alles noch besser machen: sein Anblick. Also öffne ich schwerfällig meine Lider und betrachte ihn. Diesen Mann, der mir so viel mehr gegeben hat, als ich je erwartet hätte. Diesen Mann, der zu meinem neuen Lebensinhalt werden könnte.

»Wie oft bist du hier in der Stadt?«

»Immer wieder mal.« Er streicht mit dem Daumen über meine Haut und elektrisiert mich mal wieder. Es ist, als würde er mit meinen Körperschwingungen spielen, als wäre irgendwas in mir, mit seinen Fingerspitzen verbunden und würde ihnen folgen. Aber auch das ist okay. Ich glaube, er will mir nicht wehtun. Ich glaube, er fühlt *es* auch.

»Geschäfte?«, frage ich und er wirft mir einen mahnenden Seitenblick zu, denn darüber will er nie sprechen.

»Ja, Geschäfte.«

»Ist ja gut, ich bohre nicht.« Entschuldigend hebe ich eine Hand. Gerade bin ich viel zu müde, um mehr herauszufinden. Das ist sein einziges Glück und ich will die Stimmung auch nicht zerstören. Also vertreibe ich mir die Fahrt damit, die Buchstaben auf seinen Knöcheln nachzustreichen, mit seinen Fingern zu spielen und zu beobachten, wie der Sonnenschein sein Gesicht immer mehr strahlen lässt. Aber je näher wir Drakes Viertel kommen, umso mehr Wolken schieben sich wieder vor die Sonne. Es beginnt sogar leicht zu nieseln, aber die Strahlen brechen trotzdem durch die winzigen Tropfen und lassen sie schimmern. Sie kämpfen, haben aber keine Chance? Ist das jetzt ein Sinnbild für mein Leben? Mir egal.

Und als wir vor Drakes Apartmentkomplex ankommen, regnet es wieder stärker. Trotzdem mobilisiere ich meine letzten Kraftreserven und steige einfach aus. Der Regen weckt meine Sinne mit einem Schlag. Wir werden noch ein bisschen nasser, als wir auf den Eingang zueilen.

Während er aufschließt, schmiege ich mich vor Kälte zitternd an seinen warmen Körper. Am Unterarm zieht er mich ins Treppenhaus und wir hinterlassen eine pitschnasse Spur. Sobald wir im Aufzug sind, schlingt er einen Arm um meine Schultern – zieht mich noch ein bisschen enger an sich. Seine Wärme geht auf mich über, sein Duft steigt in meine Nase.

Gänsehaut explodiert auf meinem Körper und in meiner Seele. Was tut er nur mit mir? Wieso fühle ich mich mit einem Mal so geborgen? So geschützt, wie ich mich schon ewig nicht mehr gefühlt habe? Wieso würde ich mich am liebsten bedanken? Dafür, dass er mich so fühlen lässt, dafür, dass er mich erinnert. Dafür, dass ich endlich eines tun kann: loslassen.

Ich liebe, wie er mich hält. Ich liebe, wie er mit der Nase durch mein Haar streicht. Ich liebe, wie er mich ansieht. Ich liebe seine Hände, seinen Körper, seine Seele.

Ich liebe ihn.

Eine halbe Stunde später trinke ich einen Schluck von dem heißen Ingwertee, den Drake mir gemacht hat und beobachte, wie er uns mal wieder Sandwiches zubereitet. Während ich nur einen Pullover von ihm trage, ist er oberkörperfrei und die Trainingshose sitzt tief auf seinen Hüften. Ein paar Sonnenstrahlen kämpfen sich immer wieder durch die Wolkendecke und erhellen seine imposante Gestalt. Es fühlt sich an, als wären wir in eine andere sepiafarbige Welt getaucht. Eine Welt, in der Sonnenschein und Regen gleichzeitig möglich ist. Und vielleicht ist Drake ja mein Sonnenschein und mein Regen. Vielleicht wird er mich wärmen, aber auch immer wieder abkühlen. Aber ich will jetzt nicht darüber nachdenken. Irgendwie ist es gerade extrem idyllisch. Ich könnte Stunden damit verbringen, ihn bei den alltäglichsten Dingen zu beobachten. Es ist irgendwie entspannend, wie er die Mayonnaise auf den Toast schmiert. Und ich weiß natürlich, dass ich jetzt *wirklich* ein ernstes Problem habe. Ich weiß, welche Anzeichen es sind, die meinen Magen so flattern lassen. Ich weiß, wieso mein Herz so schnell schlägt, sobald er meinen Blick erwidert. Ich weiß, dass ich im Arsch bin. Wirklich im Arsch. Ich weiß, dass ich mich Hals über Kopf verliebt habe und dass es nun kein Zurück mehr gibt.

Deswegen schaue ich mir jetzt lieber das Wohnzimmer an. Hier sieht alles ganz anders aus als in Roxbury. Aufgeräumt, luxuriös, sauber. Man merkt, dass er wirklich Geld hat, wieso lebt er dann freiwillig in diesem uralten Haus in der Vorstadt?

Wirklich wegen dem Wunsch seiner Großmutter? Die Farben sind wie auch im Apartment seines Bruders perfekt aufeinander abgestimmt. Grün, braun, grau. Auf einer Kommode zu meiner rechten stehen ein paar Fotos. Eins davon zeigt eine wunderschönen Blondine, ein kleines Mädchen und Devon. Ich frage mich, ob das Devons Frau ist. Immerhin habe ich seinen Ehering nicht vergessen. Ein anderes Bild zeigt Drake und Abigail Hollow, die ich bereits aus dem Internet kenne. Das letzte Foto lässt mich stutzen, denn darauf ist Drake mit einem Baby zu sehen. Ist das etwa seins?

Ist er vielleicht *Vater*?

Fast reißt mich dieser Gedanke von der Couch. Wusste ich doch, dass es einen Haken gibt. War ja klar. Ist ja immer so.

»Was ist?«, fragt er mit einem kleinen Lächeln, das ihn leider nur noch schöner macht, und ich beiße die Zähne zusammen. Sieht dieses Lächeln jeden Tag ein kleines Kind?

Sein. Kind?

Ehrlich gesagt wäre es mir lieber, er wäre schwul! Obwohl … nein. Doch nicht.

»Was?«, frage ich verbissen.

»Wieso schaust du mich so erschüttert an?«

»Hast du Kinder?«, platzt es aus mir heraus, was ihn zum Lachen bringt. Aber ich finde das hier nicht lustig. Ich stürme gleich aus dieser Wohnung und komme nie wieder zurück.

»Nein, habe ich wirklich nicht«, gluckst er und wischt sich ein paar Lachtränen aus den Augen, als hätte ich den Witz des Jahres gemacht. Aber was ist das dann für ein Baby?

»Das ist nicht lustig. Sie sieht dir ähnlich«, sage ich mürrisch und deute zu dem Foto. Sofort spannt Drake sich an und das Lachen bleibt ihm im Halse stecken. Kurz stockt er mit dem Messer über dem Toast, dann macht er verbissen weiter.

»Nein. Die Kleine war nicht mein Kind, beruhige dich«, meint er heiser. *War* nicht sein Kind? Ist sie etwa *tot*? Mich überkommt eine ganz, ganz miese Ahnung, deswegen lasse ich das Thema sofort fallen.

»Wieso immer Sandwiches?«, frage ich statt allem, was mir noch auf dem Herzen liegt.

»Weil ich nicht kochen kann.« Das kommt ziemlich verbissen und meine Ahnung bestätigt sich immer mehr. Alles an ihm scheint dicht gemacht zu haben.

»*Ich* kann kochen«, antworte ich weich. Wer war sie? Eine Verwandte? Seine Schwester oder Nichte?

»Willst du das jetzt?«

»Lieber nicht«, nuschle ich und als er mir meinen Teller reicht, ist mir der Hunger fast vergangen. Aber Drake deutet mir zu essen, also nehme ich einen verhaltenen Bissen, ohne ihn aus den Augen zu lassen. Sein Blick wird wärmer. Dann streicht er mir lächelnd die Haare über die Schulter.

»Was?«, frage ich mit vorgehaltener Hand, denn ich habe meinen Mund wirklich sehr vollgestopft.

»Ach, du überrascht mich nur immer wieder.«

»Wieso?«

»Nur so, Eden.« Mit seinem Daumen streicht er mir etwas Soße vom Mundwinkel und schiebt ihn dann zwischen seine Lippen. Ich versinke förmlich in seinem Blick und die Anziehung prickelt schon wieder drauf los. Doch der Moment wird zerrissen, als Drakes Handy auf dem Couchtisch klingelt.

Sofort wirft er einen Blick darauf und beißt die Zähne aufeinander.

DEVON

Sein Bruder ruft an und das mag ich gerade gar nicht. Sein Name gleicht einer eiskalten Dusche, denn mit einem Mal weiß ich, dass diese Nacht endet. Am liebsten wäre es mir, Drake würde es ignorieren.

Kalkulierend sieht er von dem Gerät zu mir. Mit einem Mal fühle ich mich so unsicher, aber ich bringe ein zittriges Lächeln zustande. Eben noch war ich so glücklich, aber plötzlich fühle ich mich so ausgeliefert. Vielleicht habe ich ihm doch zu viel von mir gezeigt. Vielleicht habe ich ihn zu nah rangelassen. Vielleicht wird er mich jetzt wieder von sich stoßen.

»Fuck drauf«, murmelt er jedoch und schaltet sein Handy ab.

Und als er mich küsst, kann ich nicht anders, als wirklich zu lächeln. Ich kann nicht anders, als mich ihm wirklich hinzugeben.

Verdammt, ich glaube, ich habe mein Herz wirklich an Drake Hollow verloren.

ergeben

• • •

EDEN

EIN HANDYKLINGELN REISST mich aus einem komatösen Schlaf. Ich weiß wieder mal nicht, wo ich bin, wie ich heiße, wo ich hingehöre, aber dann fällt mir der männliche Körper an meiner Seite auf.

Ich liege in Drakes riesigem schwarzen Bett und habe mich schon wieder an ihn gekuschelt wie ein verzweifelter Koalabär. *Widerlich.*

»Wenn du nicht rangehst, schmeiße ich es aus dem Fenster«, murmelt er mit vom Schlafen rauer Stimme und mir wird klar, dass *mein* Handy klingelt.

Fuck! Mein Handy klingelt und es ist mein Trudy-Klingelton! Das Intro von *Games Of Thrones*, weil sie diese Serie einfach vergöttert.

Sofort recke ich mich über ihn und angle das Gerät vom Nachttisch.

»Ja?«, gehe ich heiser ran und lasse mich wieder auf den Rücken sinken. Scheiße, ich fühle mich wieder mal, als wäre eine ganze Armee über mich hinweggetrampelt.

»Hey«, sagt meine Schwester lauernd und ich reibe über meine brennenden Augen.

»Hey. Wie viel Uhr ist es?«

»Acht Uhr am Abend.«

»Oh, Shit!« Wir haben den ganzen Tag verschlafen! Vorwurfsvoll sehe ich zu Drake, der lediglich einen Arm um meinen Bauch schlingt und mich mit einem Ruck an sich zieht. Wirklich eine sehr besitzergreifende Geste, die ich mag.

»Ich wollte nur wissen, ob alles bei dir okay ist«, hakt Trudy bemüht locker nach.

»Scheiße, Trudy, es tut mir so leid.« Sie hat sich sicher riesige Sorgen gemacht, nicht nur leichte, wie sie mich glauben lassen will.

»Ist schon okay, Eden.«

»Ich habe nicht auf die Uhr gesehen, ich ...«

»Hör auf! Ich hab doch gesagt, es ist okay! Hauptsache, dir geht es gut!«, unterbricht sie mich genervt und ich lasse meine Hand sinken. Drake beobachtet mich müde aber doch wachsam. Seine Wangen sind mittlerweile etwas stopplig. Sein Blick ist so verdammt anziehend. Dieser ganze Mann ist das. Fasziniert streiche ich über seine Wange.

»Ja, ich glaube, mir geht es gut«, wispere ich und Drake lächelt. Fuck, gleich kotze ich vor Gefühlen. Besonders, als er über meinen Bauch gleitet und seine Wärme auf mich übergeht. Besonders, als es darin besonders heiß kribbelt.

»Gut.«

»Ich kann aber nach Hause kommen. Brauchst du mich?«

»Nein, Eden. Ich brauche dich nicht. Bleib, wo du bist. Vorausgesetzt, dir geht es gut«, mahnt sie mich scharf und ich lächle. Sie ist wirklich unglaublich, denn sie will mir das hier nicht zerstören, obwohl sie wahrscheinlich große Angst um mich hat. Aber ich wollte ja für sie *leben*, ich wollte mich ja nicht mehr einsperren. Ich wollte wieder ich werden.

»Okay«, flüstere ich also und wende mich Drake weiter zu. Sein Duft steigt in meine Nase, umgibt mich wie eine warme, samtige Decke.

»Okay. Melde dich einfach nur zwischendurch«, fordert Trudy etwas heiser und in meinem Magen verkrampft es sich.

Verdammt, wieso kann ich mich nicht einfach zweiteilen? Wieso kann ich nicht hier und auch bei ihr sein? Ich vermisse sie schon jetzt abartig.

»Mache ich«, antworte ich weich.

»Bis dann.« Natürlich habe ich sofort ein schlechtes Gewissen, als wir das Telefonat beenden. Ich will das alles eigentlich nicht ohne sie erleben. Ich will nicht, dass sie allein zu Hause sitzt, während ich die Zeit meines Lebens habe, aber ich will hier auch nicht weg.

»Und?«, fragt Drake und streicht mir ein paar Strähnen aus der Stirn.

»Ich weiß nicht.« Ich weiß nicht, was ich über mich selbst denken soll. Bin ich ein schlechter Mensch, weil ich hier bin? Lasse ich sie im Stich?

»Du hast schon wieder ein schlechtes Gewissen«, stellt er fest und ich frage mich, seit wann er eigentlich so gut in mir lesen kann.

»Vielleicht ein bisschen.«

»Wolltest du nicht leben?«, erinnert er mich rau.

»Ja.«

»Und hat deine Schwester dir das verboten?«, fragt er strenger.

»Nein.«

»Also.« Wenn es doch nur so leicht wäre, aber mit ihm ist es tatsächlich irgendwie leicht*er*. Irgendwie anders, weil *er* anders ist.

»Was jetzt?«, frage ich. Ein kleiner Teil in mir hat immer noch Angst, fortgestoßen zu werden, wie Drake mich nach unserer ersten Nacht rausgeschmissen hat, aber der andere will es einfach riskieren. Er will sich einfach an ihn schmiegen und ihn nicht mehr loslassen. Drake beugt sich über mich und streicht mit seinen Lippen über meinen Hals. Er *stößt* mich nicht von sich und ich entspanne mich etwas.

»Jetzt gehen wir duschen«, raunt er an meinem Ohr und ich liebe es wirklich, wenn seine Stimme so verdammt rau klingt.

»Und dann?«, erkundige ich mich, während ich warm erschauere.

»Dann essen wir was.«

»Und dann?«

»Dann zeige ich dir *mein* Leben.«

»Ich kann es nicht erwarten.«

Es ist elf Uhr in der Nacht und ich habe keine Ahnung, wohin wir fahren. Aber ich frage nicht weiter, denn ich habe mich dazu entschieden, es einfach so zu nehmen, wie es kommt. Drake hat gemeint, er hätte heute einen wichtigen Termin in einer eher abgefuckten Ecke New Yorks. Dementsprechend habe ich mich in der Mall auch mit Testprodukten gestylt, während die Verkäuferinnen nicht wussten, ob sie Drake anschmachten oder die Security rufen sollten. Es hat mir Spaß gemacht, mich wieder aufzuhübschen. Es hat mir Spaß gemacht, mit ihm durch die Gegend zu ziehen, es hat mir Spaß gemacht, nicht zu wissen, wohin es geht. Ich hatte schon ganz vergessen, dass ich das Leben eigentlich liebe.

Er hat mir auch ein neues Outfit gekauft, also trage ich nun einen schwarzen Zweiteiler, bestehend aus einem bauchfreien Oberteil und einem knielangen Rock. Allerdings liegt seine Lederjacke über meinen Schultern. Vom Kragen steigt ununterbrochen sein berauschender Duft in meine Nase. Dieser Duft wird mich irgendwann einfach umbringen, ehrlich. Außerdem hat er mir Boots gekauft, denn ich wollte die Overknees nicht mehr tragen. Meine Füße haben durch die hohen Absätze auch heute noch gepocht. Drake kniete sich mitten in der Mall vor mich und streifte sie über meine Füße. Ich liebe es wirklich, wenn dieser raue Gangster so etwas Fürsorgliches bei mir tut und noch mehr liebe ich es, wie die Leute dann schauen.

Genauso, wie ich Drake in diesem weißen Muskelshirt liebe, das seinen perfekten Oberkörper verboten eng umschmiegt. Dazu trägt er hellgraue Trainingshosen. Er sieht einfach unglaublich sexy aus. Ich könnte ihn die ganze Zeit anstarren und mich fragen, wie ich ihn eigentlich jemals *nicht* anhimmeln konnte. Besonders jetzt, da die Nacht so heiß ist und der dünne weiße Stoff an ihm klebt.

Ich würde mir gern ein Foto von ihm an die Wand hängen, damit ich es jeden Tag anstarren kann. Außerdem würde ich es gern überall posten und ***meins*** darüberschreiben. Jetzt ist es sowieso schon egal. Ich brauche mich nicht mehr zu wehren. Ich habe mich an ihn gebunden und er weiß noch nicht, was das bei mir heißt. Aber ich glaube, er will es auch nicht anders. Ich glaube, er will es genau *so*. Er will mich verrückt, er will mich besitzergreifend, er will mich wild. Das kann er gern haben.

Als wir zum Auto gegangen sind, hat er seine Finger mit meinen verschränkt und wieder mal hat mein Herz viel zu schnell geschlagen. Ich wollte seine Hand nicht loslassen, wollte ihn nicht fortstoßen. Ich wollte ihn nur näherziehen. Immer näher. Selbstverständlich weiß ich, dass immer noch etwas zwischen uns steht, aber daran will ich auch jetzt nicht denken.

Sein Bruder hat ihn heute auch nochmal angerufen und war außer sich. Aber Drake war das egal. Er hat gemeint, *Mason würde sich schon darum kümmern*. Was auch immer das heißen mag und wer auch immer Mason ist.

Jetzt biegen wir auf eine Baustelle. Vor uns erstreckt sich ein riesiges Gebäude, an dem Gerüste hochragen. Gleich zwei Kräne umstellen es und der Mond scheint grell darauf herab. Die Straßenlaternen flackern. Es ist dreckig. Es stinkt nach Abgasen der Fabrik auf der anderen Straßenseite, aber etliche Autos parken am Straßenrand. Teilweise heruntergekommene kleine Karren, teilweise absoluten Luxusgefährte. Die Umzäunung der Baustelle wurde aufgeknackt und im unteren Stockwerk brennt Licht.

»Das hier sollte mal eine Mall werden«, informiert Drake mich und parkt ebenfalls am Straßenrand.

»Aber dann?«

»Dann hatte der Auftraggeber Probleme mit meinem Bruder.«

»Und jetzt?«

»Jetzt *gehört* das hier meinem Bruder«, antwortet er knapp und überschaut die Grüppchen, die vor dem Eingang herumlungern. Mit einem Mal wirkt er gar nicht mehr so locker wie die letzten Stunden, sondern kalt und verschlossen, wie ich ihn schon kenne.

»Wer sind die?«, frage ich etwas angespannt.

»Abschaum. Wenn sie dich ansprechen, antworte nicht. Wenn sie dich angaffen, lass es mich regeln.« Er dreht mein Gesicht am Kinn zu sich und mustert mich durchdringend. »Verstanden?«

»Wieso?«

»Weil du eine große, sehr versaute Klappe hast, weil dein Paradies mir allein gehört und ich mich darum kümmere.« Er streicht mit dem Daumen über meine Unterlippe und ich bin kurz davor, mich aufzulösen. »Und du nicht willst, dass ich tatsächlich zum Mörder werde.« Ich glaube, er meint das todernst. Das ist keine leere Drohung, also schüttle ich den Kopf, aber in meinem Magen flattert es aufgeregt. Ich liebe das hier viel mehr, als gesund für mich ist.

»Jetzt steig aus, Baby.« Er zwickt mir ins Kinn und zieht sich zurück. Ein paar Sekunden brauche ich noch, um meinen Kopf zu klären, denn mittlerweile vernebelt Drake ihn immer heftiger. Doch dann fange ich mich und folge ihm in die heiße Nacht. Sofort mustern mich einige Typen ziemlich eindeutig von unten bis oben, aber Drake taucht an meiner Seite auf und legt einen Arm um meine Schultern. Und ich glaube, das tut er nicht nur, weil er mich gern berührt. Die Männer sehen sofort weg und heben nicht mal die Blicke zu mir, als wir direkt auf sie zugehen. Sie begrüßen Drake mit Handschlägen, doch er hält sich nicht lang hier auf, sondern betritt die Mall-Garage. Oder das, was mal die Garage darstellen sollte.

Ich reiße die Lider auf, denn mit so vielen Leuten habe ich nicht gerechnet. Alles ist bläulich erhellt und die Körper drängen sich eng aneinander. Außerdem ist es unglaublich laut. Tätowierte Latinos mit ihren Frauen, üble Russen und Anzugträger unterhalten sich mit Bikern und anderen Gangstern. Gangmitglieder sind auch anwesend. Ich erkenne sie an ihren Tattoos und ich glaube, auch der ein oder andere Mafiosi ist dabei. Das hier ist wohl New Yorks Unterwelt. Mein Magen zieht sich immer enger zusammen, gleichzeitig beginnt das Adrenalin, sanft zu rauschen, als Drake mich durch die Menge führt. Hier und da wird er begrüßt, andere machen ihm einfach nur Platz und ich frage mich, wieso ihn jeder zu kennen scheint. Normalerweise hasse ich solche Menschenmassen, aber mit ihm an meiner Seite ist es irgendwie anders. Irgendwie fühle ich mich sicher. Vor allem nervt mich niemand, niemand sieht mich schief an, oder legt sich mit mir an. Selbstverständlich fällt mir auf, dass Drake von einigen Frauen – es könnten Prostituierte sein – ziemlich eindeutig gemustert wird, was mir gar nicht gefällt. Also schiebe ich meine Hand von hinten in seinen Hosenbund.

Augen weg, Bitch, außer du willst sie verlieren.

Oh, willst du ihm wirklich deine Titten entgegenstrecken? Ich kann ja mal reinstechen, dann platzen sie.

Behalt deine Finger bei dir oder ich hacke sie dir ab.

Ach, du willst also Sex? Ich kann dich ja ficken – mit meiner Faust in deiner Fresse.

Leichte Aggressionen brodeln in mir, aber Drake beachtet die Frauen gar nicht. Selbst an seiner Ex schiebt er sich einfach vorbei. Kurz wird es wirklich kritisch, denn als unsere Blicke sich treffen, will ich wieder einfach blindlings auf sie losgehen und ich glaube, ihr geht es genauso. Aber dann zieht Drake mich weiter und selbstverständlich schmiege ich mich eng an ihn. Selbstverständlich kann ich mir das Lächeln in ihre Richtung nicht verkneifen und als der Hass in ihren Augen explodiert, hebe ich meinen Mittelfinger. Sie soll sich fernhalten, er gehört jetzt mir. Punkt. Aus. *Bitch.*

Wohin will er überhaupt so zielsicher? Ah. Ich erkenne es, als wir weiter in die Halle treten. In deren Mitte wurde ein Ring aufgebaut, wo es bereits ziemlich heiß hergeht. Ein Asiate prügelt gerade so heftig auf einen Blonden ein, dass das Blut nur so auf den grauen Garagenboden spritzt. Und er hört nicht auf. Selbst als der Blonde völlig fertig gegen den Ring taumelt, packt er ihn noch am Kragen und drischt weiter auf ihn ein. Die Masse jubelt, Scheine wedeln, die Leute sind völlig außer sich. Und mit jedem Schlag verlieren sie sich mehr. Die Luft scheint zu knistern, als Drake mich am Ring vorbeischiebt und wir vor einem Typen stehenbleiben, den ich schon mal gesehen habe. Crave heißt er, glaube ich. Der tätowierte Riese lehnt hinter dem Ring an einer halbhohen Mauer und beobachtet das Geschehen mehr oder weniger interessiert.

Als sein Blick auf uns fällt, spannt es sich in mir an, denn dieser Mann wirkt wirklich alles andere als nett. Er ist einer dieser Typen, bei denen Trudy die Straßenseite wechselt, wenn sie ihr entgegenkommen. Ich eher nicht, aber ich bin ja auch völlig krank.

»Devon ist am durchdrehen«, begrüßt Crave Drake, der die Männer im Ring konzentriert beobachtet.

»Dachte ich mir«, antwortet er abgelenkt.

»Willst du das wirklich mit ihm machen?«, fragt Crave und zieht tief an einer Zigarette. Aus seinen hellblauen Augen mustert er mich stechend, aber ich sehe nicht weg, obwohl es kalt in meinem Magen knirscht. Wieso steht neben seinem Auge überhaupt ***Rough***?

»Wer kämpft heute?«, fragt Drake und übergeht Craves Frage. Der nickt in Richtung eines anderen Grüppchens.

»Die Serben haben einen Neuen.« Und dieser Typ sieht wirklich übel aus. Sein Kopf ist glattrasiert und auch sein muskulöser Körper ist von Tattoos übersät.

»Wie stehen die Wetten?«, fragt Drake und setzt mich neben Crave auf die Mauer.

»50/50.« Als Crave lächelt, entblößt er seine goldenen Grills und in seinen Augen lodert der Wahnsinn. Währenddessen geht der Blonde im Ring k.o. – vielleicht sogar ins Koma und die Menge jubelt lauter. Aber ich konzentriere mich auf Drake, als er sich neben mir abstützt und seinen Blick in meinen bohrt.

»Ich werde jetzt kämpfen.«

»Du?«, frage ich erschüttert. Er wird gegen *diesen Serben antreten*? Er will in diesen blutigen Ring steigen?

»Und nach diesem Kampf werde ich sehr geladen sein.« Er blickfickt mich unter halb gesenkten Lidern. »Was bekomme ich, wenn ich gewinne?«, fragt er und streicht mein Haar über eine Schulter. Wenn er mich so berührt und ansieht, bekommt er einfach alles von mir. In diesem Moment wird es mir klar.

»Was *willst* du?«, frage ich. Sanft streicht er mit dem Daumen über meine Unterlippe und zieht sie leicht herab.

»Deinen Mund«, murmelt er, während sein dunkler Blick auf eben jenem liegen bleibt.

»Und wenn du verlierst?«, frage ich schon wieder so verdammt berauscht. Sanft streiche ich über seine harte, verschwitzte Brust.

»Werde ich vielleicht tot sein. In diesem Ring gibt es keine Regeln. Also gib mir besser was, wofür es sich zu überleben lohnt.« Er packt meinen Nacken und zieht meine Lippen auf seine. Überrascht keuche ich auf, als er mich hart küsst. Doch meine Hände krallen sich von allein in sein Shirt und mein Körper drängt sich ihm entgegen. Oh. Ich *kann* ihm etwas geben, wofür es sich zu leben lohnt. Er darf gar nicht daran *denken*, mich irgendwie zu verlassen, denn das hier fängt gerade erst an. Also ziehe ich ihn enger an mich, küsse ihn drängender und stöhne auf, als er es tut.

»Fuck«, wispert er und zieht mich plötzlich am Haar zurück. Atemlos starrt er mich an. In seinen Augen tost es jetzt erst richtig wild, animalisch, ungezügelt. Als wäre er gar kein Mensch mehr und dieser Blick fasziniert mich mitunter am meisten. Ich streiche ebenfalls völlig gebannt über seine feuchte Unterlippe.

»Ich warte hier. Reicht das?«, hauche ich und er bläht die Nasenflügel. Ich weiß, dass er eigentlich was anderes machen will. Ich weiß, dass ihn etliche Dämonen plagen. Ich weiß, dass sie darum betteln, rausgelassen zu werden und ich glaube, das ist einer der Momente, in denen er sie entfesselt. Einer der Momente, in denen er nichts mehr zurückhält, und seine menschliche Schale verlässt. Einer der Momente, die ich am meisten liebe. Und das, obwohl schon wieder Hass durch Drakes Blick flackert. Er zieht sein Messer aus seiner Hosentasche und kurz spannt es sich in mir an, doch er reicht es mir nur und ich nehme es ihm ab.

Ohne ein weiteres Wort wendet er sich ab und hievt sich in den Ring. Die Menge flippt jetzt erst richtig aus, beginnt zu jubeln wie verrückt, aber Drake beachtet sie gar nicht. Er durchquert den Ring, während sein Gegner auch hineinsteigt. Nase an Nase bleiben sie stehen, starren sich förmlich in die Seelen wie zwei scharfe Kampfhunde und ich halte den Atem an. Dann geht es ganz schnell. Der Serbe holt aus und will Drake einen Magenhieb verpassen, aber er weicht aus und boxt ihm in die Seite. Und das so wuchtartig, dass ich nicht weiß, ob die Rippen ganz bleiben.

Ich zucke zusammen, aber der Serbe ist wohl auf irgendwelchen Drogen, denn er zuckt nicht mal mit der Wimper. Sofort geht er auf Drake los, einmal, zweimal, dreimal kann er ausweichen, doch dann trifft ihn ein Schlag in die Wange. Sie platzt sofort auf und sein Kopf wird zurückgerissen. In mir verkrampft es sich ruckartig. Fuck, nein! Doch er taumelt nicht mal, sondern weicht dem nächsten Schlag aus. Dann verpasst er dem Serben einen Fausthieb in die Seite und noch einen und noch einen, bis der er Drakes Arm packt und ihn zu sich zerrt. Die andere Faust rammt er in seinen Magen und er krümmt sich leicht. Doch nichts durchbricht die Rage in seinen dunklen Augen. Und als er den Serben anlächelt, ist es das Lächeln des Teufels. Das Lächeln, das ich auch schon so oft gesehen habe. Das Lächeln, das mich süchtig gemacht hat. Blitzschnell lässt er seine Stirn, gegen die des Serben krachen. Haltlos taumelt er zurück, während eine Blutfontäne aus seiner Nase spritzt. Sie tränkt sogar die irren Zuschauer in der ersten Reihe.

Drake tigert durch den Ring und reißt sich das verschwitzte Muskelshirt über den Kopf. Bläulich wird jeder einzelne bis zum Bersten gespannte Muskel erhellt und mein Herz schlägt schneller, als er mir zuzwinkert.

Dann gehen sie wieder völlig entfesselt aufeinander los.

Die Menge jubelt lauter, mein Blut kocht höher und ich kralle mich in die Mauer, während das Adrenalin nur so durch mich pumpt. Die Luft wird immer stickiger, immer schwerfälliger dringt sie in meine Lunge und ich atme immer schneller. Das hier ist der ultimative Kick. Auch wenn ich jeden einzelnen Schlag hasse, den Drake kassieren muss. Auch wenn die Angst um ihn sich immer tiefer in mich krallt, auch wenn ich am liebsten dazwischengehen würde. Ich bin völlig gespannt, kann meinen Blick nicht vom Ring nehmen, kann meinen Blick nicht von dem Mann nehmen, der sich in ein Raubtier verwandelt, das nur eine einzige Aufgabe hat.

Töten.

Irgendwas, was Drake sagt, scheint in dem anderen einen Schalter umzulegen, denn plötzlich geht er völlig blind auf ihn los. Wie eine entfesselte Bestie stürzt er sich auf ihn und darauf war Drake nicht vorbereitet. Gemeinsam gehen sie zu Boden und als der Serbe seine Fäuste in Drakes Gesicht krachen lässt, springe ich auf.

Ich will mich dazwischenstürzen, werde aber von Crave am Arm aufgehalten.

»Hierbleiben«, fordert er harsch, aber ich kann nur zum Ring starren. Ich sehe nur über die Köpfe der anderen hinweg, wie das Blut spritzt und dann ... brüllt der Serbe auf und sein Arm steht in einem unnatürlichen Winkel ab. Drake schleudert den Mann von sich und verpasst ihm noch einen gezielten Hieb.

Plötzlich ist es vorbei. Der Serbe sackt in sich zusammen und ich merke erst jetzt, dass Drake mit ihm gespielt hat, dass er ihn immer weiter getrieben hat, dass er ihn bis ganz nach oben schaukeln wollte, um ihn erst dann auszuknocken. Die Menge kriegt sich gar nicht mehr ein, als eine Tussi in den Ring steigt und Drakes Arm hebt. Doch er interessiert sich gar nicht für die anderen.

Er taxiert mich dunkel und ich erschauere tief, denn wieder scheint er mich mit seinem Blick zu fesseln. Er scheint sich um meine Seele zu schlingen. Doch als er sich in Bewegung setzt, weiche ich nicht zurück.

Ich löse mich von Crave und eile ihm entgegen, niemand kann mich von ihm fernhalten. Niemand kann mich aufhalten, wenn er es ist, der auf mich zukommt, auf mich wartet.

Absolut niemand.

verzweiflung

• • •

DRAKE

DAS BLUT RAUSCHT NOCH in meinen Adern und mein gesamter Körper scheint unter Strom zu stehen. Alles in mir vibriert und meine angespannten Muskeln pochen, während das Adrenalin durch mich rauscht.

Ich liebe dieses High.

Ich liebe es, alles rauszulassen.

Ich liebe es, wenn das Blut spritzt, wenn Knochen brechen.

Ich liebe es, einfach all meine Kraft zu entladen, mich nicht immer nur zurückzuhalten. Zu zerstören und zu demolieren, mich einfach meinen Trieben hinzugeben und alles. zu. zerficken.

Und vor allem liebe ich es, dass *sie* jetzt hier ist.

Ich springe über die Seile und kaum, dass ich sie greifen kann, packe ich auch schon ihren Arm. Ich muss jetzt mit ihr allein sein. Ich muss sie jetzt fühlen. Ich muss sie jetzt zerfetzen, so wie sie mich mit diesen Blicken, diesem Lächeln, diesen Berührungen zerfetzt.

Ich muss. Verdammt. Ich muss.

Also zerre ich sie durch die Menge, ohne die anderen zu beachten. Sie sind mir alle egal. Sie bedeuten nichts, aber *sie* bedeutet zu viel. Viel zu viel. Wenn sie jemals alles erfahren sollte, werde ich sie verlieren. Sie wird mich nie wieder so ansehen, sie wird mich nie wieder anlächeln, sie wird mich hassen, richtig hassen, so sehr hassen, wie ich mich gerade selbst hasse.

Während des Kampfes hat es sich unaufhaltsam aufgebaut und jetzt kann ich es nicht mehr unterdrücken. Ich kann nicht mehr rational denken und als ich sie zum Treppenhaus ziehe, wehrt sie sich nicht. In dieser abgefuckten Ecke hält sich niemand auf, niemand wird uns stören und wenn doch kille ich ihn. Gerade könnte ich jeden mit bloßen Händen umbringen, am liebsten mich selbst, weil ich mich in diese Lage gebracht habe.

Kaum, dass wir das Treppenhaus erreicht haben, knalle ich Eden gegen die Wand und presse meine Lippen auf ihre. Fuck, sie wird mich nie wieder so küssen. Sie wird sich nie wieder so an mir festkrallen. Sie wird mir nie wieder das Herz aus der Brust reißen und mich zwingen, es zu fühlen. Sie wird nie wieder in meinen Armen schlafen. Sie wird nie wieder für mich tanzen, mich nie wieder verrückt machen, mich nie wieder runterbringen und ich werde nichts. Tun. Können.

Mir entkommt ein frustriertes Knurren, als ich ihren Kiefer packe, sie tiefer küsse. Am liebsten würde ich sie einfach für immer an mich binden, sie mit Stahl an mich ketten, damit sie mich nicht verlassen kann, damit ich sie nicht verlieren muss.

Aber ich kann nicht.

Denn ich habe Dinge getan.

Devon hat Dinge getan.

Wir sind Abschaum.

Richtiger Abschaum.

Und sie ist das nicht.

Sie ist eine Heilige.

Und ich bin die pure, dreckigste Sünde.

Sie ist der Garten Eden und ich bin die Apokalypse.

Ich reiße ihr Höschen herab, während ich sie an Ort und Stelle halte, während meine Zunge durch ihren Mund wütet, und ich kaum atmen kann. Aber Eden weicht nicht, sie hat einfach keine Angst. Sie ist so verdammt mutig, so verdammt perfekt und ich bin Dreck.

Der Hass, der mich durchlodert, ist so heftig, dass er meine Brust abschnürt. Dennoch drehe ich sie um und zerre meine Trainingshose herab. Ihre Wange schabt über die raue Wand, aber sie stöhnt lusterfüllt, als ich mich zwischen ihre Beine dränge. Und dann wimmert sie, als ich mich tief in sie schiebe. Für ein paar Sekunden hört es endlich auf, sich in meinem Kopf zu drehen, für ein paar Sekunden sehe ich eine andere Zukunft für uns. Ich sehe sie, wie sie mich bei solchen Kämpfen anfeuert, ich sehe, wie sie sich prügelt, wie ich sie fortreiße und sie sich dann auf mich stürzt – alles an mir auslässt. Ich sehe, wie sie mit mir lacht und wie ich sie verteidige, beschütze, wie ich vor ihr knie, wie sie vor mir kniet. Ich sehe, wie sie friedlich neben mir schläft. Ich sehe, wie ich sie liebe und nicht zerficke. Ich sehe, wie wir sein könnten und wie wir niemals sein werden.

Hart schiebe ich mich wieder in sie und Edens Stöhnen hallt durch das Treppenhaus. Sie krallt sich an meine Hand, die an ihrer Hüfte liegt, aber das soll sie nicht. Sie soll sich nicht an mir festhalten. *Ich* werde sie nicht halten, ich werde sie immer nur stoßen. Also packe ich ihre Handgelenke und presse sie über ihrem Kopf gegen die Wand. Nicht anfassen. Nicht vertrauen. Laufen, sie sollte laufen, aber sie *wird* nicht laufen. Sie. Wird. Sich. Nur. Immer. Enger. An. Mich. Binden und das habe ich nicht verdient.

Härter stoße ich in sie und fühle plötzlich, wie sie heftig kommt. Auch ich werde gleich so heftig kommen. Ich werde alles rauslassen, ich werde es einfach in sie pumpen und sie wird es ertragen, weil sie etwas für mich fühlt. Ich habe es nicht nur einmal gesehen, sie hat mir ihr Leben gezeigt, sie hat mir ihre Seele gezeigt und die strahlt viel zu hell, aber sie lässt mich nicht erblinden. Sie zeigt mir, wie ich sein könnte, wie alles sein könnte, wenn nicht geschehen wäre, was geschehen ist, wenn *er* nicht alles zerstört hätte. Dieser verfickte Bastard. Ich hasse ihn, ich hasse ihn so sehr. Ich hasse mich, weil ich immer noch tue, was er will, weil ich ihm so verdammt ergeben bin.

Weil. Ich. Ein. Abfuck. Bin.

Als Eden verzweifelt stöhnend ein letztes Mal erzittert und fast unter mir zusammenbricht, merke ich, dass ich völlig mein Zeitgefühl verloren und keine Ahnung habe, wie lang ich sie schon an dieser verfluchten Wand ficke. Ich weiß nicht, wie lang ich über sie hinwegwüte, aber erst jetzt bemerke ich, dass sie nicht mehr kann. *Verdammt.* Ihr ganzer Körper ist verschwitzt, ihre Kleidung klebt an ihrem Körper, sie ist ein einziges Chaos. Und das wollte ich nicht aus ihr machen. Aber stopp, eigentlich war genau *das* der Plan. Nur will ich das *jetzt* nicht mehr. Doch *jetzt* ist es zu spät, *jetzt* kann ich es nicht ändern. Sie wird laufen. Sie wird mich verlassen.

Fuck.

Und ich kann jetzt auch nicht aufhören. Das hier ist, was ich bin. Ich bin normalerweise nicht nett, ich bin nicht lieb, ich bin nicht freundlich. Und das darf ich auch nicht bei ihr sein.

Noch einmal schiebe ich mich tief in sie und kralle meine Hände in ihre Hüften, sonst würde sie wahrscheinlich völlig zerbrechen. Verbissen lasse ich meinen Kopf in den Nacken sinken und erschauere von Kopf bis Fuß. Als ich komme, tut es weh, das alles tut weh, das alles sollte so nicht sein, das alles hat sie nicht verdient. Aber ich kann ihr nicht geben, was sie verdient.

Ich darf nicht. Ich kann nicht. Ich kann nicht.

Endlich hört es auf, endlich beruhigt es sich etwas in mir, sobald ich das letzte Mal in ihr pulsiere, kann ich auch wieder klarer denken.

»Fuck, ich kann nicht«, flüstere ich an ihrem Hinterkopf und lehne meine Stirn dagegen.

»Was kann du nicht?«, fragt sie völlig heiser und ich presse meine Lider aufeinander.

»Ich kann dich nicht gehen lassen.«

»Dann tu es nicht.« Doch sie wird sich wünschen, das niemals gesagt zu haben.

Ich habe keine Ahnung, wo mein Shirt ist, aber es ist eigentlich auch egal. Hauptsache, ich weiß, wo *Eden* ist. Sie ist genau vor mir und versucht, ihr völlig chaotisches Haar zu ordnen, während ich meine Hose wieder hochziehe.

Aber ich mag es, wenn ihr Haar nach unserem Sex so ein Chaos ist. Ich mag es, wenn sie atemlos und ihre Schminke leicht verschmiert ist. Ich mag es, wenn jeder sieht, dass sie zu mir gehört. Ich mag es, wenn ihre Augen wegen mir so funkeln. Aber das wird nicht für immer währen, denn ich weiß sehr genau, dass es irgendwann enden muss.

»Du hast mich ja völlig zerstört«, murmelt sie und betrachtet kritisch ihr Spiegelbild in einem kaputten Fenster. Ich schließe verbissen meine Trainingshose und als Eden bemerkt, dass es immer noch in mir wütet, wird sie mal wieder unsicher. Sie weiß nicht, wie sie in solchen Momenten mit mir umgehen muss und ich würde es ihr ja gern leichter machen. Aber ich kann nicht. Ich komme gerade nicht aus meiner Haut, aus meinem Kopf. Doch sie überrascht mich wieder mal, als sie ihre Hand an meinen Unterarm legt.

»Ist alles okay?«, fragt sie und ich würde gern brüllen: *Nein, nein fuck, es ist gar nichts okay. Du bist mir wichtiger, als du sein solltest, und ich will dich für immer in meinem Leben. Aber ich werde dich verlieren und das fuckt mich ab.*

Stattdessen küsse ich ihre Schläfe und ziehe die Tür auf. »Alles okay, Baby. Gehen wir.« Sie ist immer noch ein wenig unsicher, als ich ihre Hand nehme und sie zurück in die Garage führe, aber ich kann und will jetzt nicht über all das reden, was in mir vor sich geht. Und sie fragt auch nicht mehr, als ich sie zu der provisorisch aufgebauten Bar dirigiere.

Die Halle scheint sich noch weiter gefüllt zu haben und nun dröhnt auch Musik aus den riesigen Boxen. Die Wände scheinen zu wackeln und die Menge wird immer ausgelassener, aber Eden ist das egal. Sie lässt sich von mir einfach durch die Masse ziehen. Sie folgt mir einfach so, schmiegt sich sogar an meinen Rücken, fuck, wieso tut sie mir das eigentlich an? Aber ich halte sie auch nicht ab, sondern ziehe ihre Hand an meine Lippen, um ihren Ballen zu küssen. Als es mir zu eng wird, schiebe ich sie allerdings vor mich und lege meine Hände an ihre Hüften.

An der Bar angekommen, bestellt sie für uns beide zwei Bier und ich beobachte, wie ihre Augen glänzen und ihre Wangen glühen. Sie ist wunderschön, zu schön für diese Welt, zu schön für mich. Zu schön, um zerstört zu werden und als ich mich mit dem Ellbogen neben sie lehne und sie mich über die Schulter anlächelt, könnte ich kotzen. Richtig kotzen. Alles einfach auskotzen.

»Heute ein Bier-Girl?«, frage ich rau und sie streicht über meine Brust, weswegen es sich etwas darin beruhigt. Ja. Sie hat tatsächlich die Macht, mich zu beruhigen und wenn sie geht, werde ich wahrscheinlich durchdrehen. Aber das weiß sie nicht und das werde ich ihr auch nicht zeigen. Das würde alles nur schlimmer machen.

»*Yes*«, antwortet sie und schmiegt sich an meine Seite. Man würde nie von Eden erwarten, dass sie so anschmiegsam sein kann. Aber sie kann. Sie *braucht* diesen Körperkontakt sogar und verdammt, sie bekommt ihn von mir. Mit der Nase streiche ich durch ihr Haar und ziehe ihren fruchtigen Duft ein. Er erinnert mich an meine Kindheit. Kaugummi? Limonade? Was auch immer es ist, es kriecht in mein Hirn.

Als ich trinke, bemerke ich, dass Blood, einer unserer Dealer, mich zu sich nickt. Das trifft sich verdammt gut, denn Eden quetscht mein Inneres zusammen und ich muss kurz atmen. Blood schuldet mit noch tausend Dollar und darum werde ich mich jetzt kümmern.

»Bin gleich wieder da«, teile ich Eden mit und sie nickt etwas skeptisch. Fast widerwillig nimmt sie ihre Hände von mir und ich schiebe mich verbissen durch die Menge. Ich will ja auch nicht, dass sie mich loslässt, verdammt! Und eigentlich will ich sie nicht an der Bar zurücklassen, auch wenn sie sich wehren kann und mein Messer hat. Ich will nicht, dass irgendjemand hier denkt, sie wäre allein da. Deswegen behalte ich sie im Blick, als ich Blood mit Handschlag grüße.

»Alles klar?«, fragt er etwas nervös, denn er hat selbstverständlich davon gehört, was mit Pauli – diesem Mistkäfer – passiert ist. Der hat versucht, uns zu linken, jetzt schwimmt er im Hudson River. Ich habe ihn persönlich darin ertränkt, denn er hat Mason in Schwierigkeiten gebracht und das tut man einfach nicht. Pauli wird das nie wieder tun und Blood wird ab jetzt noch mehr auf der Hut sein. Zwei Fliegen mit einer Klappe.

»Sicher, Blood.« Auffordernd mustere ich ihn und er greift in seine hintere Hosentasche. Dann reicht er mir ein Geldbündel, was Eden natürlich genau beobachtet. Aber ich werde keine ihrer Fragen beantworten. Sie sollte nicht zu viel wissen. Es ist alles schon verzwickt genug.

»Fehlt was?«, frage ich gleich. Bei diesen Leuten weiß man nie. Man kann niemandem trauen und manchmal versuchen sie, einen wenigstens um zwanzig Dollar zu linken. Aber zwanzig Dollar sind zwanzig Dollar und es muss immer alles abgeliefert werden. Bis zum letzten fucking Cent.

»Natürlich nicht.«

»Sicher?«

»Hab ich dich jemals beschissen?« Nein, das hat er in der Tat nicht, trotzdem zähle ich bis zum letzten Cent. Erst dann lasse ich ihn gehen. Gerade will auch ich meinen Rückweg antreten, als sich jemand in meinen Weg schiebt.

Leona. Sie starrt mich an und ich seufze innerlich tief. Ich habe keinen Kopf für so etwas.

»Ja?«, frage ich etwas gereizt und schiebe das Geld in meine hintere Hosentasche.

»Also turtelst du jetzt mit Barbies?«, fragt auch sie gereizt, wie sie es immer ist. Vor drei Jahren – zu Beginn unserer Beziehung – hat sie mir die perfekte Frau vorgespielt. Sie hat mich in den Himmel gefickt, geblasen und massiert. Aber dann wurde ihr wohl langweilig, denn ich habe sie immer öfter allein gelassen. Ich musste mich immer öfter um das Geschäft kümmern und sie suchte sich einfach mal einen anderen Schwanz. Problem? Dieser Schwanz war ein Freund von mir ... und dieser Schwanz lebt nun nicht mehr in New York. Ich habe ihm einen Tag Zeit gegeben, zu verschwinden, und er hat diesen Tag genutzt. Ich habe nie wieder etwas von Niklas gehört oder gesehen. Aber um zum Thema zurückzukommen.

»Bist du dir sicher, dass du das hier tun willst?«, frage ich sie ernst. Sie hat es auch nur ihrer Freundschaft zu meiner Schwester zu verdanken, dass ich sie nicht eigenhändig erwürgt habe, als ich von Niklas und ihr erfuhr. Das war vor sechs Monaten und seit diesen sechs Monaten stalkt sie mich regelrecht, weil sie mich zurückwill und einen *ach so großen Fehler gemacht hat*. Aber ich vergebe keine zweiten Chancen. Niemals. Wenn du es einmal bei mir verscheißt, verscheißt du es dir für immer. Ich habe ihr klargemacht, dass es nie wieder mehr als Sex zwischen uns sein wird, aber sie fordert immer wieder mehr. Sie reizt mich zunehmend. Und Eden ist alles, aber sicher keine Barbie. Vielleicht sollte ich Leona doch noch in nächster Zeit eine Lektion erteilen, allein für diese Worte.

»Ich dachte, du liebst mich«, sagt sie schon etwas unsicherer, denn mein Blick hat sich verdunkelt. Aber die Wahrheit ist, dass ich sie nie wirklich geliebt habe. Sie war angenehm. Sie hat mein Leben erleichtert und ich habe sie respektiert. Ich mochte sie gern und habe natürlich auf sie aufgepasst, sie war schließlich meine Frau. Aber ich habe noch nie eine Frau *geliebt*. Noch nie schlug mein Herz wegen einer Lady schneller, noch nie wollte sich alles in mir an eine binden und dann kam Eden. Apropos Eden, als mein Blick wieder zur Bar schweift, merke ich, dass sie nicht mehr allein ist. Da ist doch tatsächlich ein Typ, den ich noch nie gesehen habe. Und dieser Typ spricht sie doch tatsächlich an. Sofort schießt brennend heiße Wut in mir hoch.

Ich schiebe Leona achtlos beiseite und mich durch die Menge. Ich walze jeden um, der sich mir jetzt in den Weg stellt. Und diesen Bastard, der sich neben ihr anlehnt und sie mit diesem Fickblick mustert, breche ich einfach mal die Finger, dann die Knie, dann das Genick. Ich werde ihn einfach ...

Oha.

Jetzt keilt er sie auch noch mit seinen Armen ein und ich laufe. Gleich. Amok. Aber dann erstarren seine Schultern unter dem dunkelgrauen Hemd und Schock breitet sich auf seinem

Gesicht aus. Erst weiß ich nicht, woran das liegt. Aber dann sehe ich, was Eden tut. Sie presst mein Messer an seine Eier und das Blut weicht ihm aus dem Gesicht. Wäre ich nicht schon fucking süchtig nach dieser Frau, würde ich es jetzt werden. Sie ist der absolute Hammer. Noch bevor ich bei den beiden ankomme, stolpert der Typ davon. Als Edens Blick auf mich fällt, glitzert es darin wütend und unzurechnungsfähig. Sie hat das hier ganz allein geregelt. Sie braucht mich nicht als Aufpasser, nicht als Beschützer, nicht als Helden, weil Eden Flowers ihre eigene Heldin ist. Sie ist unglaublich. Sie zieht mich magisch an. Dennoch macht es mich wütend, dass es dieser unwürdige Typ überhaupt versucht hat, dass er überhaupt daran *gedacht* hat, sie haben zu können. Ehe ich mich versehe, bin ich bei ihr und stütze meine Hand am Tresen ab.

»Was wollte er?«, frage ich unnötigerweise, denn ich weiß es sehr genau. Sie. Er wollte *sie*. Als könnte er jemals mit so einer Frau umgehen.

»Was wollte *sie*?«, fragt Eden und streicht mit der Messerspitze langsam über meinen nackten Bauch. Darin zieht es sich heftig zusammen und die Härchen auf meinen Armen stellen sich auf. Fuck, sie macht mich schon wieder so unglaublich an. Das gibt es ja nicht. Aber ich verstehe schon, sie hat mich mit Leona gesehen und das hat ihr gar nicht gefallen.

»*Was wollte er, Eden*?«, wiederhole ich knurrend und sie zieht mich mit dem Messer an meiner Kette direkt vor ihre Lippen.

»Mich.«

Ich will instinktiv herumschwenken und ihm sofort hinterherstürmen, aber Eden lässt mich nicht. Sie schlingt ein Bein um meines und zieht meinen Unterkörper gegen ihren. Und fuck, jetzt bin ich diesem Garten Eden wieder viel zu nah.

»Hat sie dich angefasst?«, fragt sie und gleitet an meinem Hosenbund entlang.

Fuck, was? Nein. Fuck, ich werde so hart, dass es wehtut.

Was ist das nur für eine sexy Irre? Was tut sie hier?

»Niemand fasst mich an«, antworte ich verbissen und halte ihre Hand mit dem Messer auf, als sie damit hauchzart über meinen Schwanz fährt. Dann schiebe ich die Klinge unter ihr Kleid.

»Und ich hoffe, dass dich auch niemand angefasst hat, Paradise.« Mit einem Ruck schneide ich ihr Höschen auf und sofort beginnt es, aufgeregter in ihren Augen zu funkeln. Sofort ist sie Feuer und Flamme und ich weiß, dass dies eine sehr lange, sehr verrückte Nacht wird. Egal, was ich noch tun muss. Egal, was noch passiert. Heute Nacht vergesse ich es einfach.

»Willst du es überprüfen?« Und wie ich will.

»Ich will dich auf meiner Motorhaube vögeln.« Und *diesmal* ist es mir egal, ob jemand zusieht.

»Dann komm.«

aggressiver upper east side junge

• • •

DRAKE

FUCK, was war das gestern nur für eine Nacht?

Was war das mit Leona und dieser verrückten, eifersüchtigen Sirene, die ich von hinten auf meiner Motorhaube gefickt habe? Natürlich nicht vor anderen. Ich wollte ja niemanden umbringen, weil er sie nackt und stöhnend gesehen hat.

Was war das für ein Adrenalinrausch?

Was war das schon wieder für ein Spiel?

Und was war das eigentlich für ein Kampf?

Der Serbe war ein harter Gegner, aber das sind hier alle. Alle kommen entweder völlig traumatisiert vom Militär oder haben eine wirklich abgefuckte Kindheit auf der Straße hinter sich. Manchmal steigen auch die reichen, verwöhnten Söhnchen in den Ring und wissen gar nicht, worauf sie sich einlassen. Ich war auch mal so ein Söhnchen und ich hatte keine Ahnung, was ich tat.

Ich war gerade mal sechzehn und der Freund meines Vaters hatte mich zu einem dieser Untergrundkämpfe geschleift. Ich wurde die ersten Male fast totgeprügelt, aber dann habe ich trainiert und irgendwann habe ich jeden Einzelnen, der mit mir im Ring war, völlig zerrissen. Denn ich war schon immer völlig abgefuckt, in mir hat schon immer ein ganzes Universum an Hass vor sich hin geglüht und endlich konnte ich es rauslassen. Endlich konnte ich etwas anderes sein als der brave Upper East Sider. Endlich konnte ich rauslassen, was es mit mir angerichtet hat, unter dem immensen Druck meines Vaters zu bestehen, immer über meine Grenzen zu gehen. Ich konnte rauslassen, was es mit mir angerichtet hat, jeden Tag mitanzusehen, wie er unsere Angestellten, meine Schwester, meinen Bruder, sogar meine eigene Mutter drangsalierte. Und vor allem konnte ich rauslassen, was es mit mir gemacht hat, als ich herausfand, womit er eigentlich sein Geld verdiente. Menschenhandel. *Kinderhandel.* Ich war sechzehn und fand eindeutige Videos auf seinem Computer.

An diesem Abend würgte ich ihn fast tot. Devon konnte mich gerade noch so von ihm fortreißen, aber es war wirklich knapp. Daraufhin zogen wir aus und Dads Freund Gabriel Terez brachte mich das erste Mal in den Ring. Er zeigte Devon und mir, wie wir aus der Wut unserem Vater gegenüber etwas anderes als Zerstörung erschaffen konnten. Er half Devon, sein Geschäft aufzubauen und seinen raffinierten Kopf auf die bestmögliche Weise zu nutzen. Er half mir meine Wut kontrolliert auszuleben und bewahrte mich davor, irgendwann irgendwen einfach auf der Straße totzuprügeln. Aber niemand konnte die Bilder löschen, die ich gesehen hatte. Niemand konnte mich vergessen lassen, was für Monster es auf dieser Welt gibt. Und so habe ich mein Herz tief vergraben, damit kein Monster es je zerstören kann.

Devon gründete eine Firma. Devon kümmerte sich um unsere Aktien und Fonds, um unsere äußere Erscheinung. Außerdem eröffnete er ein paar Clubs und stieg ins Drogengeschäft ein, denn der Freund meines Vaters war einer der größten Drogenmogule Kolumbiens. Und ich half, wo ich konnte. Ich zerstörte jeden, der *uns* zerstören wollte.

Meinen ersten Menschen erschoss ich, als ich einundzwanzig Jahre alt war. Ich habe gar nicht weiter darüber nachgedacht, als ein Kolumbianer bei einem verpatzten Deal

Gabriel tötete und eine Waffe auf meinen Bruder richtete. Ich habe völlig instinktiv gehandelt und mir im Anschluss die Seele aus dem Leib gekotzt. Aber das war nur der Erste. Mittlerweile habe ich vier Menschen getötet, die ich auch als Strichliste auf meinem Handgelenk verewigt habe. Mittlerweile ist mein Herz so tief vergraben, dass ich nicht mal Schmerz und Reue fühle, wenn ich einen Abzug betätige. Zumindest nicht, solange Eden mich nicht anlächelt. Dann macht mein Herz sich bemerkbar. Dann kommt alles zum Vorschein, was ich so tief vergraben habe. Wer ich wirklich bin. Ich habe mich geändert und auch Devon hat das getan. Ich oberflächlich – weil ich musste. Devon von Grund auf, weil er alles verloren hat.

Vor einem Jahr begann er, mit Frauen zu handeln, und das war auch der Punkt, an dem ich aussteigen wollte, der Punkt, den ich nicht überschreiten wollte. Denn seit Adinas Tod ähnelt mein Bruder immer mehr unserem Vater. Er verliert sich immer mehr in der Finsternis und ich kann ihn nicht aufhalten. Ich kann ihn nicht vor seinen eigenen Dämonen bewahren. Ich kann niemanden retten, nicht mal Eden, die sicher neben mir liegt und sich Vorwürfe wegen ihrer Schwester macht. Es ist bewundernswert, wie eng die beiden miteinander verbunden sind. Sie sind sich gegenseitig so wichtig und wollen immer nur, dass es der anderen gut geht. Ich weiß nicht, ob ihnen eigentlich klar ist, wie kostbar eine derart reine, tiefe Liebe in dieser oberflächlichen, schnelllebigen Welt überhaupt ist.

Ich weiß, dass ich sie jetzt nach Hause bringen und am besten endgültig von mir stoßen sollte. Aber ich *will* nicht und *sie* will das auch nicht. Sie ist so zart und verletzlich, so verdammt anziehend. Und ich werde sie nicht von mir stoßen. Ich werde sie nicht nach Hause bringen. Ich kann einfach nicht. Ich will das hier noch nicht beenden.

Weil ich sie nochmal an mich ziehen will, bevor wir diesen widerlichen Tag beginnen, taste ich über das Bett, aber ich finde sie nicht. Verdammt. Wo ist sie denn schon wieder? Ich wusste, dass ich nicht mit ihr nach Roxbury hätte fahren sollen. Ich hätte einfach noch eine Nacht mit ihr in New York bleiben sollen. Dann könnte sie nicht so einfach nach Hause fliehen.

Genervt öffne ich die Lider und finde das Bett tatsächlich leer vor. Ein paar Sonnenstrahlen tanzen durch das Zimmer.

»Eden«, knurre ich gereizt, aber bekomme keine Antwort. Ist sie tatsächlich *schon wieder* einfach abgehauen, während ich geschlafen habe? Wenn sie das noch einmal tut, bringe ich sie um. Verdammt nochmal.

Genervt erhebe ich mich und steige in meine Trainingshose, dann reiße ich meine Vorhänge auf und sehe zum Haus nebenan. Nichts. Ihre Vorhänge sind zugezogen. Was soll das heißen? Wo ist sie? Frühstückt sie gerade mit ihrer Familie?

Immer noch gereizt verlasse ich mein Schlafzimmer und gehe die knarrende Treppe herab. Im Wohnzimmer und der Küche finde ich sie auch nicht. Gerade will ich ihr schreiben, dass ich noch nicht mit ihr fertig bin und sie ihren Arsch zurückbewegen soll, als ich aus dem Keller ein Geräusch vernehme.

Und jetzt bin ich erst *wirklich* gereizt und lasse den Kopf in den Nacken fallen. War ja klar, dass sie weiterspionieren muss. Sie kann es ja nicht einfach sein lassen. Am besten, ich kette sie das nächste Mal einfach an mein Bett. Verfickte Scheiße.

Leise gehe ich die Kellertreppe herab und finde Eden natürlich in dem Raum, der eigentlich abgesperrt sein sollte. Aber sie besitzt ja ein Talent dafür einzubrechen. Hat sie schon mal in Erwägung gezogen, dies als berufliche Laufbahn einzuschlagen? Würde ihr gut stehen. Was ihr allerdings *auch* gut steht, ist das zweihundert Jahre alte weiße Kleid, in dem sie mitten am Boden sitzt. Sie ist umgeben von Kisten und begutachtet stirnrunzelnd einen alten Armreif. Schulterzuckend streift sie ihn sich einfach über und bringt mich fast zum Lachen, aber ich kann es gerade so unterdrücken. Während sie in einen Karton linst, lehne ich mich an den Türrahmen. Mal sehen, was sie zu der Bärenfalle sagen wird, die sie herauszieht.

Sie gibt einen angewiderten Laut von sich und stopft sie verächtlich sofort wieder in die Kiste.

»Was wird das?«, frage ich amüsiert und ihr Blick zuckt ertappt zu mir. Ich kann mich einfach nicht mehr halten. Fuck, wie sie da in diesem Kleid sitzt und mich so ansieht, *muss* ich lachen. Und zwar richtig.

»Was *ist* das?«, fragt sie immer noch angewidert und öffnet eine nächste Kiste. Derweil versuche ich, mich wieder einzukriegen. »Ich dachte, du würdest hier Drogen bunkern, aber nicht *das*.« Sie zieht eine antike Waffe hervor und mustert mich ratlos. Aber bevor sie damit auf mich zielen kann, stoße ich mich immer noch in mich hineinlachend vom Türrahmen ab und setze mich neben sie auf den Boden.

»Etwas, das du nicht anfassen solltest, Eden.« Behutsam lege ich die Waffe zurück auf den roten Samt.

»Sammelst du Antiquitäten?«, fragt sie und öffnet neugierig eine andere Kiste. Darin befindet sich eine Schärpe.

»Die gehörte meinem Urgroßvater. Er war damals General der brasilianischen Armee und verliebte sich in die Tochter eines Kaffeebauern. Es war ihm egal, dass sie aus einer Sklaven-Familie stammte. Obwohl die Verbindung von einigen verpönt wurde, heiratete er sie. Das war ihr Hochzeitskleid«, murmle ich und streiche über das Erbstück an Edens Körper. »Meine Mutter hat mir früher viel von ihrer Familiengeschichte erzählt. Sie war völlig fasziniert davon. Allerdings brach ihre brasilianische Familie mit ihr, als sie nach Amerika ging, und hielt die Erbstücke, die sie ihre gesamte Jugend über gesammelt hatte, vor ihr zurück. Ich habe ihr als kleiner Junge versprochen, sie ihr zu besorgen, also habe ich alles darangesetzt«, erzähle ich nachdenklich. Ich weiß noch, wie ich meine Mutter weinend in ihrem Schlafzimmer vorgefunden habe. Sie vermisste ihre Heimat, sie vermisste ihre Familie und sie bereute wahrscheinlich schon langsam, mit meinem Vater gegangen zu sein. Also habe ich sie umarmt und ihr versprochen, ihr alles zu besorgen, was sie wollte. Hauptsache, sie würde nicht mehr weinen.

»Ich trage das Hochzeitkleid deiner Uroma?«, fragt Eden entsetzt. Ja, das tut sie. Und verdammt, irgendwie steht es ihr wirklich sehr gut. Ich werde nie heiraten, ich werde nie eine

Familie gründen – aber wenn sie so in einer Kirche auf mich zukommen würde, könnte ich nicht Nein sagen.

»Ja«, antworte ich mit belegter Stimme.

»Das sind *alles* Erbstücke deiner Familie?«, fragt sie weicher und öffnet die nächste Kiste. Sie ist wie ein neugieriges Kind und war noch nie so liebenswert.

»Ja«, antworte ich heiser, denn ich habe meinen eigenen Kopf mit dieser dämlichen Vorstellung von ihr und mir vor einem Altar gefickt.

»Und ich dachte, das wären Drogen oder Geheimwaffen oder so etwas Kriminelles.«

»Nein«, antworte ich amüsiert von ihrem Unglauben.

»Was ist das?« Sie zieht ein Laken von einem an der Wand lehnenden Gemälde. Darauf ist eine übernatürlich schöne Frau zu sehen, die mit stolz gerecktem Kinn in einem blauen Kleid posiert. Ihre dunkelgrünen Augen scheinen sich sofort in mein Inneres zu fressen und sie wirken so verdammt verloren. »Meine Urgroßmutter. Sie wurde von einem Leben in Armut in ein Leben des Luxus geworfen und kam damit gar nicht klar.«

»Das kann verstörend sein.« Ob in der heutigen Zeit oder damals. Ja. »Wie ging es weiter?«

»Sie bekamen zwei Kinder und diese bekamen wieder zwei Kinder. Meine Mutter und ihre Schwester. Meine Mutter verliebte sich in meinen Vater, als er geschäftlich in Brasilien zu tun hatte.« Hätte sie gewusst, was für ein Mensch er war, wäre sie wahrscheinlich schreiend davongelaufen und hätte nicht Ja zu ihm gesagt. Dann hätte sie nicht zu Eis erfrieren müssen.

»Und dann?«, fragt Eden und ich schlucke, während es sich in meinem Magen verkrampft.

»Dann nahm er sie mit nach New York. Sie war gerade mal neunzehn, er Mitte zwanzig und sie hatte keine Ahnung, worauf sie sich einließ.«

»Und dann?« Dann hat er ihr gezeigt, was für ein Monster er eigentlich war. Dann hat er sie alleingelassen, kleingehalten, gedemütigt. Dann hat er mit ihr gespielt und sie zerfetzt.

»Dann brach er sie«, ende ich meine Erzählung und werde

aus den widerlichsten Erinnerungen gerissen, als Eden sich näherschiebt.

»Hey«, sagt sie und legt plötzlich ihre Hand an meine Wange. Etwas weggedriftet blinzle ich sie an und verliere mich glücklicherweise in ihren grünen, mitfühlenden Augen. Ich drücke ihre warme Hand an meine Wange. Es fühlt sich gut an, wie sie mich ansieht. Es fühlt sich gut an, wie sie mich berührt. Sie ist so ein kostbarer, mitfühlender Mensch, so leicht zu zerschmettern. Aber ich werde nicht wie mein Vater sein. Ich werde nicht wie Devon sein. Ich werde ihr das nicht antun.

»Hey«, antworte ich lächelnd und sie schiebt sich einfach breitbeinig auf meinen Schoß.

»Du liebst deine Mutter«, stellt sie fest und ich beiße die Zähne aufeinander, denn das ist ein Thema, das ich nicht vertiefen will. Ein Thema, an das ich eigentlich nicht mal *denken* will. »Du hast all diese Sachen für sie besorgt und gibst sie ihr jetzt nicht, wieso?«

»Weil sie es nicht verdient hat«, antworte ich heiser und klammere mich förmlich an Edens zarten Körper.

»Wieso?«

»Weil sie uns im Stich gelassen hat.« Sie hat uns Geschwister zwar körperlich nicht verlassen, aber mental hat sie uns immer mehr unserem Vater überlassen. Sie hat sich immer weiter abgekapselt, obwohl sie während unserer frühen Kindheit so eine starke, liebende Mutter war. Irgendwann hat sie einfach aufgegeben und das habe ich ihr bis heute nicht verziehen. Irgendwann ging sie nicht mehr dazwischen, sondern verließ einfach nur das Zimmer, wenn Dad uns drangsalierte. Irgendwann sah sie nicht mehr hin, wenn er *uns* demütigte und mit *uns* spielte. Irgendwann war sie nur noch froh, wenn er es nicht mit *ihr* tat.

»Lenk mich ab«, fordere ich zittrig, Das ist etwas, was ich noch nie von einem Menschen gefordert habe. Edens Blick wird noch weicher, noch hingebungsvoller ... noch liebevoller. So sollte sie mich nicht ansehen, aber ich will es andererseits auch genauso. Und als sie mich küsst, gehe ich sofort darauf ein.

Weil ich mein Herz nicht vor ihr verstecken muss, und ich

erinnere mich endlich wieder zaghaft daran, was Freiheit bedeutet.

Ich hätte nie gedacht, dass eine Frau mich durch etwas anderes als Sex ablenken könnte. Aber Eden kann. Eden hat. Sie hat sich mit mir ins Bett gelegt, sie hat über meinen Körper gestrichen. Sie hat mich mit Erzählungen über ihre eigene Familie zum Lachen gebracht.

Eden kann. Eden hat. Und das wird am Ende nicht nur ihr Herz brechen, aber daran denke ich jetzt nicht. Viel zu gut fühlt es sich an, dass sie meine Dämonen vertrieben hat.

Es ist absolut friedlich.

Es ist absolut perfekt.

Ich weiß nicht, ob irgendetwas in meinem Leben schon mal so perfekt war. Doch dann klingelt mein Handy. Und diesmal *weiß* ich, dass ich nicht drum herum komme.

»Geh nicht ran«, murmelt Eden, aber das kann ich nicht tun, denn es kann immer wichtig sein. Es ist Devon, der mich mal wieder anruft. Mittlerweile dürfte er nicht nur wütend, sondern absolut rasend sein. Und ich sollte ihn nicht weiter reizen, denn ein rasender Devon ist ein unzurechnungsfähiger Devon und ein unzurechnungsfähiger Devon ist ein lebensgefährlicher Devon.

Deswegen hebe ich ab.

»Ja, Devon?«

»Du hast eine halbe Stunde, um in den Club zu kommen, sonst kille ich die Kleine im Rollstuhl.« Damit fickt er mal wieder meine Welt und legt auf.

Fuck.

Verfickter.

Drecksbastard.

in der hölle

• • •

EDEN

»KOMM NICHT REIN, hörst du? Bleib auf deinem kleinen Arsch sitzen und warte.« Drake bohrt seinen eindringlichen Blick in meinen und ich nicke langsam. Ich bin sowieso zu müde, wahrscheinlich werde ich die Zeit nutzen, um zu schlafen. Es ist viel zu hell, trotz seiner Sonnenbrille, die ich trage. Der Vormittag sticht nur so in meinen Augen und ich will doch eigentlich nur mit ihm eingekuschelt irgendwo liegen und entspannen. Aber Drake muss jetzt in diesen Club, in dem ich schon einmal war. Er muss zu seinem *Bruder* und er ist verdammt gestresst, seit Devon vorhin angerufen hat. Er hat nicht gesagt, worum es geht, nur dass ich mich sofort anziehen soll. Dann ist er in sein Ankleidezimmer verschwunden. Und jetzt sind wir hier, was ich echt nicht ausstehen kann. Außerdem hat sich seine Nervosität auf mich übertragen und am liebsten würde ich ihn anbrüllen, einfach nicht zu gehen. »Muss ich dich festketten?«, fragt er, als er meine Gedanken wohl – wie so oft – in meinen Augen sieht.

»Nein!« Schon gut. Ich werde einfach hierbleiben und warten. Drake meint das wohl todernst, denn ein paar Sekunden wägt er noch ab. Dann packt er meine Wangen mit einer Hand und presst seine Lippen noch einmal auf meine. »Zwanzig Minuten.«

»Okay«, nuschle ich an seinem perfekten Mund, aber er lässt mich leider schon los und steigt aus. Während ich seine Lederjacke weiter über mich ziehe, sehe ich ihm nervös nach. Am Tag wirkt dieses Gebäude gar nicht so besonders wie in der Nacht. Der Schriftzug über dem Eingang leuchtet nicht und spiegelt sich nicht im Hudson River. Es lungern keine zwielichtigen Gestalten herum und es parken nur sehr wenige Autos am Straßenrand.

Drake begrüßt den dunkelhäutigen Türsteher, den ich schon beim letzten Mal hier gesehen habe, und es gefällt mir gar nicht, als er in sein Headset murmelt, während Drake im Haus verschwindet. Der Blick, mit dem der Türsteher mich betrachtet, gefällt mir auch gar nicht und ich würde gern etwas tiefer in den Sitz rutschen, aber ich bleibe, wo ich bin. Und ich starre ihn an. Was will er denn von mir? Ein Foto? Wieso verengen sich seine Lider denn kurz? Hat er ein Problem mit mir? Will er Ärger? Er rollt seine extrem breiten Schultern und die Muskeln spielen unter seinem schwarzen engen Shirt. Er muss sich wohl beruhigen, dabei habe ich doch gar nichts getan. Wieso ist er denn so ... feindselig?

Was macht Drake jetzt? War es wahr, was er mir über seine Familie erzählt hat? Oder waren das alles nur Lügen? Immer noch verbirgt er etwas vor mir und vielleicht könnte ich jetzt endlich rausfinden, was es ist?

Mein Knie beginnt zu wippen.

Vielleicht könnte ich ihm ja *doch* folgen. Vielleicht könnte ich ja mal nachsehen. Vielleicht könnte ich herausfinden, was es mit ihnen auf sich hat. Aber es wird mir wahrscheinlich nicht gefallen. Es hat etwas mit meinem Vater zu tun und eigentlich sollte ich nicht weiter bohren. Ich fühle es. Ich sollte einfach tun, was Drake verlangt hat. Er hat nicht ohne Grund gefordert, dass ich im Auto bleiben soll, und ich sollte nicht dumm sein. Aber vielleicht bin ich dumm, wenn ich all meine Fragen die ganze Zeit verdränge und nicht endlich herausfinde, was hier gespielt wird, obwohl sich mein Herz immer enger an ihn bindet. Vielleicht bin ich dumm, wenn ich mich immer weiter in einen Mann verstricke, der mich vielleicht völlig kaputtmachen wird. Ich habe mich in ihn verliebt und ich weiß eigentlich immer noch nichts über ihn.

Ach, Shit. Scheiß drauf.

Ich steige aus und gehe auf den Clubeingang zu. Der Türsteher lässt mich dabei nicht aus den Augen. Die Sonne lässt seine Glatze glänzen.

»Ja?«, fragt er nicht gerade freundlich, dabei habe ich ihm nie etwas getan.

»Ich will da rein.«

»Willst du das wirklich?« Und diese Frage ist berechtigt. Will ich das? Ich muss.

»Ja?«, antworte ich etwas zögerlich und er öffnet die dunkle, knarzende Metalltür.

»Bitte, Miss Flowers.« Ich ignoriere den Spott in seiner Stimme, als ich an ihm vorbeigehe, ohne meinen Blick von ihm zu lassen. Dass er meinen Namen kennt, wundert mich schon gar nicht mehr. Hier geht es doch die ganze Zeit schon nicht mit rechten Dingen zu und ich bin einfach zu verliebt und dämlich, um dem nachzugehen. Aber jetzt tue ich es wieder.

Vielleicht ist es ja auch gar nicht so schlimm. Vielleicht mache ich mir die ganze Zeit einen Kopf wegen nichts und dieser Devon verspürt einfach nur einen allgemeinen Frauen- oder Menschenhass. Vielleicht stellt er ja kranke Besitzansprüche an seinen Bruder? Vielleicht hat es nicht direkt mit mir zu tun?

Der Club ist erhellt. Keine Spotlichter tanzen über die vielen Lounges, die Atmosphäre ist nicht verrucht. Keine dröhnende Musik, nur zwei Tänzerinnen, die in den Käfigen proben und eine Barkeeperin, die am Tresen lehnt und etwas in ein Notizbuch schreibt. Ihr Haar strahlt tiefrot, ansonsten ist sie normal angezogen und trägt kein Korsett wie beim letzten Mal. Außerdem ist sie nicht geschminkt, hat aber trotzdem ein ausnehmend schönes Gesicht.

»Verlaufen?«, fragt sie, ohne von ihren Notizen aufzusehen.

»Nein.«

»Ich glaube schon.« Sie richtet den forschenden Blick auf mich, während ich meinen nochmal schweifen lasse.

»Er ist nicht hier.« Offensichtlich weiß sie, wen ich suche.

»Drake?«

»Er ist im Keller.«

»Was macht er da?«

»Oh, Süße ...«, meint sie mitleidig und stellt ein Glas vor mir auf den Tresen. Dann schenkt sie mir einen Shot ein. »Stell keine Fragen, deren Antworten dich zerstören würden.« Zerstören? Was sollte mich zerstören? Sucht er wirklich Stripperinnen aus? Was tut er sonst noch so für seinen Bruder? In meinem Magen rumort es leicht, aber wie so oft ignoriere ich es.

»Aber deswegen bin ich hier.« Ich schiebe mich auf den Hocker und sie notiert wieder etwas, während sie ihre Schläfe auf zwei Finger stützt. Ihre Nägel sind pechschwarz und extrem lang. »Wie heißt du?«, frage ich sie und nippe an dem Drink.

»Pearl.«

»Pearl?«, erkundige ich mich ungläubig und sie lacht.

»Das ist mein Name in diesen Kreisen. Keiner nutzt hier seinen wirklichen.«

»In diesen Kreisen?«

»In New Yorks Unterwelt.« Das schreckt mich nicht ab, sondern macht mich nur neugieriger.

»Und wie heißt Drake hier?«, frage ich und versuche, das mulmige Gefühl in meinem Magen zu ignorieren.

»Drake heißt Drake.« Klar. Das passt zu ihm und bei dem Kampf haben ihn alle nur mit Hollow angesprochen und einen großen Bogen um ihn gemacht.

»Woher kennst du ihn?«

»Aus dem Club.« Wieder schabt der Stift über das Papier und auch an meinen Nerven.

»Kannst du mich ansehen?«, frage ich langsam gereizt und sie schaut auf. »Ich rede mit dir«, mache ich ihr klar und an ihren vollen Lippen zupft ein Lächeln. Dann legt sie ihren Stift weg und schenkt mir ihre ganze Aufmerksamkeit.

»Nein. Du redest nicht mit mir, du versuchst, mich zu verhören, aber ich singe nicht. Weder bei den Bullen, bei dir noch beim Papst. Wenn du wirklich etwas wissen willst, musst du schon mit ihm reden und wenn er dir nicht antwortet, wird er seine Gründe haben, wie er für alles seine Gründe hat. Er hat dich auch sicher nicht freiwillig mit hierher genommen, oder?« Jetzt hat sie mich erwischt. Verdammt. »Nein, das hat er sicher nicht, also würde ich dir raten, deinen Arsch hier rauszubewegen, solange du noch kannst.« Sie wendet sich ihren Flaschen zu und ich nippe genervt an meinem Drink.

Ja gut, dann erzählt sie mir eben nichts. Vielleicht könnte ich ja die beiden Tänzerinnen fragen, die kopfüber an den Trapezen hängen.

Doch ich komme nicht weit, denn jemand stützt seine Hand vor mir an den Tresen und ein schmaler Ehering schimmert mir entgegen.

»Welch schöne Überraschung«, spricht eine kultivierte Stimme, die ich jetzt eigentlich *nicht* hören wollte. Devons Stimme. Scheiße, ist er nicht mit Drake beschäftigt? »Schmeckt der Whisky?«, erkundigt er sich galant und lehnt sich neben mir an die Bar. Und wieder sind seine grünen Augen eiskalt, wieder ist er absolut tödlich, wieder traue ich ihm kein Stück. Nein, das ist nicht eingebildet. Das ist echt. Mit ihm stimmt etwas nicht und dieser Hass, der mir entgegenstrahlt, ist kein allgemeiner Hass.

»Er ist ein bisschen zu bitter«, antworte ich und versuche, gegen mein rasendes Herz anzukommen.

»Ja, ich verstehe. Mix ihr einen Black Paradise. Der Drink ist neu im Sortiment«, vertraut er mir an und die Barkeeperin – Pearl – macht sich sofort an die Arbeit. Und mit einem Mal ist sie gar nicht mehr locker. Die Tänzerinnen haben auch aufgehört zu üben. Sie sind verschwunden. Plötzlich ist es totenstill im Club und meine Nackenhaare stellen sich auf. Wieso habe ich mich auch schon wieder in so eine Situation gebracht? Seine Anweisungen waren doch klar. *Bleib im Auto*. Fuck-Scheiße.

»Bist du hier, um mir wieder zu drohen?«, frage ich dennoch, so fest ich kann, und Devon lächelt leicht. Aber sein Lächeln ist nicht warm, es ist wie das Lächeln eines Raubtiers.

»Aber nein, Eden. Wieso sollte ich das denn tun?« Er schiebt mir einen schwarzen Drink über den Tresen zu, in dem zwei Kirschen schwimmen, und Pearl verschwindet. »Eden, wie das Paradies. Es ist klar, dass er sich darin verlaufen hat. Es ist klar, dass er nicht widerstehen konnte.« Ich will nicht von diesem Drink probieren. Ich will mit einem Mal gar nicht hier sein. Ich will mit einem Mal die Wahrheit nicht mehr kennen. Er soll einfach still sein, aber irgendwie habe ich im Gefühl, dass er das nicht sein wird. »Und es war auch klar, dass es dir gefallen würde, wieder New Yorker Luft zu schnuppern, wieder den Glamour zu fühlen. Ganz schön langweilig in deiner kleinen Vorstadt, oder? Da verläufst du dich lieber in der Hölle ... Aber mir stellt sich eine Frage, bist du Eva oder bist du die Schlange?«

»Ich bin keine Schlange.« Ich habe keine schlechten Absichten. Devon lächelt nachsichtig, aber sein Blick ist immer noch stechend.

»Ah, das dachte ich von deinem Vater auch. Aber weißt du, was er dann getan hat?« Nein, nein, nein, ich will es nicht wissen. Aber Devon kennt kein Erbarmen, er bohrt seinen Blick in meinen und beugt sich mir leicht entgegen. Seine nächsten Worte triefen nur so vor Gift. »Er hat das Haus angezündet, in dem meine Frau und meine Tochter geschlafen haben.« Und plötzlich scheint sich alles um mich herum aufzulösen. Plötzlich scheine ich direkt in diese giftigen eisigen Augen zu fallen. Und plötzlich sehe ich darin auch den unbändigen Schmerz, den Hass, die Wut.

»Er war mein Freund und Geschäftspartner, aber das hat ihn nicht davon abgehalten, mir meinen Lebensinhalt zu nehmen. Und das alles nur, weil er sich in Paranoia verstrickt hat. Er hat sich mit den falschen Leuten angelegt, er hat alle in Gefahr gebracht und als ich ihm gesagt habe, dass es reicht und er sich zusammenreißen soll, ist er durchgedreht. Er hat mein Haus angezündet, meine Frau und meine Tochter waren darin ... und ich konnte sie nicht retten. Alles, was mir von ihnen blieb, war Asche.« Wie konnte Dad das tun? Ich kann es mir nicht vorstellen. Mein Vater, der mir immer beim gemeinsamen Fernsehen Nüsse geknackt hat? Mein Vater, der niemals laut wurde, mich immer vor anderen in Schutz nahm, immer für mich einstand und stets eine Umarmung für mich hatte. Mein Vater, der so ein guter Mensch war. Der niemals die Kontrolle verlor, der meine Mutter so gut behandelte, zu dem ich immer nur aufblickte. *Dieser* Vater hat zwei Menschen getötet?

Mein eigener Vater?

Ich wünschte, es wäre eine Lüge.

Aber ich sehe die bittere Wahrheit in seinen Augen.

Ich sehe den Schmerz in seinem dunklen Grün. Ich sehe, dass er an diesem Tag ebenfalls gestorben ist. Ich sehe in die Augen eines Mannes, der nichts mehr zu verlieren hat, und meine Kehle schnürt sich ab.

Es tut mir leid. Es tut mir so unendlich leid. Aber ich kann nichts sagen, ich bekomme kein Wort über die Lippen. Und als er mich unvermittelt am Hals packt und gegen die Bar rammt, keuche ich auf.

»Er hat sie umgebracht«, knurrt er bebend und auch ich beginne, am ganzen Körper zu zittern. Reflexartig umfange ich sein Handgelenk.

»Es tut mir leid«, wispere ich, aber er packt meinen Hals fester und Todesangst schießt in mir hoch. Fuck, ich kann nicht atmen.

»Nein, das tut es nicht. Aber das *wird* es noch...«, verspricht Devon dunkel und drückt mit einem Mal etwas Kaltes unter meinen Kiefer. Es ist eine Waffe. Er bedroht mich mit einer Waffe, *mit einer echten Waffe*. Das Blut gefriert in meinen Adern und in meinem Kopf beginnt es zu pochen. Ich kann nicht mehr denken, ich kann nur noch diese Angst fühlen, die sich durch jede einzelne meiner Poren frisst, die mich von innen kaputtmacht, die mich zerstört. Ich will nicht sterben, ich will leben, so sehr leben, aber er packt mich noch fester. Sein Hass wird noch stärker, flutet mich so heftig, dass ich nicht atmen kann. Meine Kehle tut weh. Hektisch versuche ich, seine Hand von meinem Hals zu ziehen, aber er hält mich unnachgiebig.

»Ich habe sechs Monate getrauert. Sechs Monate war ich ein Wrack, aber dann ... wusste ich, was ich tun musste. Ich wusste, dass er auch sterben musste, sonst würde sie nie Frieden finden. Also bin ich in diesen Lieferwagen gestiegen und losgefahren. Ich wusste, dass er mit euch unterwegs sein würde. Es war mir egal. Ich will euch alle tot sehen. Ich habe euren Wagen gerammt, *ich* habe deinen Vater getötet, *ich* habe deine Schwester verkrüppelt und *dich* werde ich auch töten. Auf die Knie«, fordert er verbissen, während es immer heftiger in seinen Augen wütet, in mir wütet.

Er war das?

Er hat den Unfall verursacht?

Er hat das Trudy angetan?

Er hat mir meinen Vater genommen?

Er hat unsere Familie zerstört?

ER.

ER.

ER.

Mit einem Mal bricht ein Brüllen aus mir heraus, mit dem ich selbst nicht gerechnet habe. Ein Brüllen meiner Seele, die mit Trudy kaputt gegangen ist. Meiner Seele, die so viel Leid gesehen hat und die das nicht mehr erträgt, die das alles hier nicht mehr erträgt.

Ich greife nach meinem Drink und schmettere das Glas mit voller Wucht gegen sein Gesicht. Sofort platzt seine Schläfe auf und der schwarze Alkohol schwappt in seine Augen. Er taumelt zurück, die Waffe fällt zu Boden. Ich zittere am ganzen Körper und fasse mir an den pochenden Hals, als ich mich mechanisch nach der Knarre bücke. Noch mechanischer schließe ich meine Finger darum. Ich hatte noch nie eine Waffe in den Händen, ich war noch niemals so sehr außer mir. Noch nie hat es in mir so sehr gewütet. Noch nie habe ich nur noch rotgesehen.

Er war das. Er war das. Er war das.

Es war kein Unfall.

Er hat ihr das Leben genommen.

Er hat sie kaputt gemacht.

Er hat alles zerstört.

Und plötzlich ziele ich auf ihn, was Devon allerdings nur zum Lachen bringt.

»Und jetzt?«, fragt er, während meine Finger immer heftiger zittern, alles in mir immer heftiger zittert und ich den Griff fester umfasse. »WAS WILLST DU TUN? Mich erschießen?«, brüllt er plötzlich und packt den Lauf. Fest drückt er ihn gegen seine Brust, während das Blut rot über sein Gesicht rinnt. »Tu es! Erlöse mich! Los!«, fordert er heiser und ich presse die Zähne aufeinander. »Aber er wird dich hassen, denn er tut das alles nur für mich«, flüstert er leiser »Er hat dich nur wegen mir angefasst. *Ich* habe ihn in dein Paradies geschickt. *Ich* habe ihn auf dich angesetzt, auf dich, deine Schwester und deine Mutter. Er hat Beweise gegen euch alle gesammelt, und er wird deine gesamte Familie zerstören. Nur deswegen ist er da ... Nur deswegen bist *du hier*.« Was? Was sagt er da? Seine Worte treffen mich so hart, dass ich mich nicht mehr rühren kann. *Deswegen* lebt Drake im Nebenhaus, deswegen die Kameras? Deswegen hat er mich beobachtet? Fast schluchze ich auf, denn es tut weh, es zerfetzt mich fast. Er ist nur *deswegen* in meinem Leben? Nur deswegen hat er mich angefasst? Als Rache für seinen Bruder? Nein, nein, nein, das darf nicht sein. Ich dachte, es wäre wahr. Ich dachte, es wäre wahr, was ich in seinen Augen gesehen habe. Ich dachte, es wäre wahr, was ich in seiner Nähe gefühlt habe. Ich dachte, unsere Liebe wäre wahr.

»Er wird dich umbringen, Eden Flowers, dich, deine Schwester. Euch alle, denn das ist es, was er ist. Ein Mörder«, flüstert Devon. Ich reiße meinen verschwommenen Blick in seine völlig stürmischen Augen und mit einem Mal sehe ich, wie meine Mutter in ihrer Küche von einer Kugel getroffen wird. Ich sehe, wie Trudy und mein Vater von diesem Auto angefahren werden. Ich höre, wie sie schreit. Ich fühle ihre Angst. Ich spüre Dads Blut auf meinem Gesicht, auf meinen Wangen, es läuft heiß herab ... und ehe ich mich versehe, ziehe ich meinen Finger zurück.

Aber es löst sich kein Schuss, es klackt nur.

Wieso klackt es denn nur?

Ich will, dass dieser Mann verschwindet! Ich will, dass dieser Mann leidet, wie Trudy wegen ihm leidet! Ich will, dass er stirbt! Er soll sterben, verdammt!

Doch Devon lacht leise.

»Ich habe nur zwei Kugeln im Lauf, Baby. Zwei Kugeln für zwei Leben«, verkündet er und ich stolpere zurück, als er einen Satz auf mich zumacht.

Nein. Nein. Nein. Ich darf das nicht zulassen!

TRUDY!

Wieder ziehe ich meinen Finger zurück.

Wieder klackt es nur.

FUCK!

Ich stolpere immer weiter nach hinten, während mein Herz wie verrückt rast.

Ich muss das hier beenden. Ich muss es beenden. Ich muss *ihn* beenden. Ich muss.

MEINE MOM!

Wieder ziehe ich meinen Zeigefinger zurück und Devon brüllt frustriert. Er macht einen weiteren Satz auf mich zu.

ICH!

Diesmal klackt es nicht nur. Es zerreißt mir fast das Trommelfell, als sich endlich ein Schuss löst. Doch die Kugel bohrt sich geradewegs in die Decke, während mein Körper zur Seite gerissen wird. Von Drake, diesem Verräter. Diesem verfickten Verräter. Diesem Betrüger. Diesem Lügner. *Diesem Mörder.*

Als wir gegen eine Säule krachen, zieht er mir die Waffe aus den Fingern.

»FUCK, nein!«, knurrt er und in mir explodiert es.

»DU LÜGNER! DU BESCHISSENER LÜGNER!«, brülle ich

in sein Gesicht und schubse ihn hart von mir. Er ist so überrumpelt, dass er einen Schritt zurücktaumelt. Und jetzt bricht alles aus mir raus. All der Schmerz der letzten Jahre, all die Wut, all die Verzweiflung, all der Frust, all die Sehnsucht, die ich empfand, wenn ich vor dem Sessel meines Vaters stand und er nicht mehr da war, um mir meine Fragen zu beantworten. Alles bricht aus mir heraus. »Ich wusste, dass du mich nicht wirklich lieben könntest! Ich wusste die ganze Zeit, dass du mich nur verarscht hast! Ich wusste, dass man dir nicht trauen kann! Aber ich habe dir trotzdem getraut, ich habe dich in mein beschissenes Herz gelassen! Und ich dachte, du würdest auch etwas für mich fühlen, aber das *kannst* du gar nicht. Denn du bist genauso kaputt wie alle anderen. Genauso kaputt wie er ...« Fahrig deute ich auf Devon, der wieder versucht auf mich loszugehen, aber Drake hält ihn mit ausgestrecktem Unterarm am Bauch auf und schiebt ihn verbissen zurück. Ich sehe nur in seine dunklen Augen. In diese Augen, von denen ich kurz dachte, sie wären mein Frieden, aber sie waren die ganze Zeit mein Terror. Er war die ganze Zeit der Teufel. »Du hast gewusst, was er Trudy angetan hat und hast mich auch noch *gefickt*«, stoße ich angewidert aus. »Du bist abartig. So abartig. Aber weißt du was ...« Ich wische die Tränen aus meinen Augen und mache einen Schritt auf den völlig überrumpelten Mann zu. »Du bist nicht der Einzige mit Beweisen, du bist nicht der Einzige, der etwas von mir hat. Und ich werde alles nutzen, was ich habe, um euch beide in den Knast zu bringen, solltest du uns noch *einmal* zu nahe kommen.«

Wieder muss er seinen Bruder zurückhalten, diesmal schubst er ihn härter nach hinten.

»Eden«, sagt Drake verbissen, aber ich schlage seine Hand weg, als er mich am Arm packen will.

»Fass mich nicht an! Fass mich nie wieder an! Du bist für mich gestorben, Drake Hollow«, stoße ich verbissen aus und seine Kiefermuskeln spannen sich an, in seinen Augen tost es nur so. Aber es ist mir scheißegal.

Ich wende mich seinem Bruder zu und stolpere zurück, als

ich auf seinen eiskalten, tödlichen Blick treffe. Sofort schaltet sich mein Überlebensinstinkt an und ich mache, dass ich davonkomme.

Weg.

Nur noch weg.

So schnell ich kann, verschwinde ich aus dem Club und bemerke noch, wie Drake seinen Bruder aufhält, aber das ist mir *auch* scheißegal.

Ich hasse ihn. Ich hasse seinen Bruder. Ich hasse das alles hier. Aber am heftigsten hasse ich meinen Vater und das tut am meisten weh.

für sie

• • •

DRAKE

»WIESO HAST DU ES IHR ERZÄHLT?«, brülle ich meinen Bruder völlig außer mir an und donnere ihn am Hemdkragen gegen den Tresen. »Wieso hast du das getan?«, knurre ich verbissen.

Wieso hat er mich hergelockt?

Wieso hat er alles kaputtgemacht?

Wieso hat er sie fortgetrieben?

Wieso hat er mir das angetan?

Damit ich genauso abgefuckt ende wie er?

Glückwunsch, das hat er geschafft!

Er macht sich nichts aus meiner Wut, doch in seinen Augen tobt der gleiche Zorn, die gleiche Verzweiflung.

»Weil sie verschwinden musste«, artikuliert er klar und ich donnere meine Faust mit einem Brüllen in sein arschglattes Gesicht. Sofort spritzt sein Blut über den Tresen und über mich. Dabei kocht *mein* Blut noch davon, Devon in diesem beschissenen Club zu suchen. Ich dachte, ich würde ihn irgendwo mit Trudy vorfinden, ich dachte, er würde sie vor meinen Augen abknallen, aber ich *habe* ihn nicht gefunden. Ich habe Trudy nicht gefunden. Stattdessen hat *er* Eden gefunden und er hätte sie mir genommen.

Verdammt, er hätte mir alles genommen, was ich liebe. Ist ihm das eigentlich klar?

Wo ist mein Bruder hin?

Wo ist unser Zusammenhalt hin?

Wo sind *wir* hin?

Aber eigentlich gibt es kein Wir mehr. Eigentlich gibt es nur ein Devon und was Devon will. Es gab kein Uns mehr, seit wir zwölf waren und uns gegenseitig von den Streitigkeiten unserer Eltern abgelenkt haben. Diese Zeiten sind lang vorbei.

Ich habe meinen Bruder verloren.

Devon wischt sich mit dem Daumen über den blutenden Mundwinkel und hebt seinen Blick in meine Augen. Seine sind tödlich geworden, aber das ist mir egal, viel zu heiß rauscht die Wut durch meine Venen.

»Oh ... so ist das also, Drake? Du schlägst mich wegen irgendeiner DAHERGELAUFENEN HURE?«, brüllt er mich plötzlich an und ehe ich mich versehe, hat er seine Faust gegen meine Wange gedonnert. Fast reißt es mir den Kopf von den Schultern und der Schmerz explodiert in meinem Gesicht, aber das kann nicht betäuben, was er gerade in mir entfesselt hat.

Hure hat er sie genannt. Niemand nennt Eden Hure. Niemand fasst sie an. Niemand tut ihr weh. Niemand bedroht sie. Niemand. Niemand. Niemand.

Jetzt gehe ich frontal auf ihn los und ramme ihn mit meiner Schulter gegen die Bar. Er weiß, dass er keine Chance hat, als ich meinen Unterarm hart gegen seinen Hals drücke und ihn festpinne. Mit der anderen Hand presse ich die Waffe gegen seinen Bauch. Eine Kugel befindet sich noch darin. Eine Kugel, die er für eine der Flowers-Frauen aufgehoben hatte, für seine Rache. Aber diese Rache bekommt er nicht mehr. Nicht, solange ich lebe.

»Du wirst sie nicht noch einmal so nennen. Du wirst sie nicht noch einmal anfassen, du wirst gar nichts mehr tun, Devon. Es ist vorbei. Deine Rache ist vorbei. Sieh, was du schon angerichtet hast! Du hast ein unschuldiges Mädchen verkrüppelt, du hast eine Familie zerstört und Adina wird davon nicht zurückkommen. Gracie wird nicht zurückkommen.«

»Das werden sie nicht, aber ...«

»Nein.« Ich drücke die Waffe fester gegen seinen Bauch. »Nein, du wirst jetzt aufhören, Devon. Es ist vorbei.«

»Vorbei?« Warnend funkelt er mich an, aber ich halte seinen Blick todernst.

»*Vorbei.* Wenn du an sie ranwillst, musst du erst an mir vorbei, Bruder. Und dann wirst du meine Nummer fünf.« Ich lasse ihn in meinem Blick sehen, wie weit ich für sie gehen würde, wie wenig er sich leisten darf. Ich lasse ihn sehen, wie ernst es mir ist.

Und er *sieht*. Er versteht.

Hart beißt er die Zähne aufeinander und bläht die Nasenflügel.

»Ich werde nie aufhören«, knurrt er in mein Gesicht und ich sehe in seinen wahnsinnigen Augen, dass das wirklich der Fall ist. Er wird erst aufhören, wenn er seine Rache bekommen hat.

Er ist krank. Richtig krank. Und keiner kann ihm helfen. Nicht einmal ich.

Mein Bruder ist wirklich gestorben. Ich habe ihn verloren, als er sie an die Flammen verloren hat. Zurück bleibt nur eine mit Hass gefüllte Hülle – kein Mensch, ein *Monster*.

»Dann wirst du sterben«, antworte ich nur und lasse ihn mit einem Ruck los.

Mit seiner letzten Kugel zerschieße ich die Flaschen hinter der Bar. Sie zerspringen und ihre Scherben verteilen sich auf dem Boden, wie mein Bruder und ich zerbrochen sind. Alles geht kaputt, so wie es zwischen uns kaputtgeht.

Ich werfe Devon die Waffe vor die Füße und wende mich ab.

»Bleib stehen«, verlangt Devon mit bebender Stimme, aber ich gehe weiter. Ich höre nicht mehr auf ihn. Ich gehöre ihm nicht mehr.

Ich bekomme mit, wie er die Knarre aufhebt und weiß, dass er auf mich zielt.

»DRAKE! BLEIB STEHEN«, brüllt er aus vollem Halse, aber

er drückt nicht ab. Es würde ihm sowieso nichts bringen, denn seine Kugeln sind aufgebraucht. Aber ich weiß, dass er so oder so nicht abdrücken würde - weil *ich* nicht abgedrückt habe, aber das nächste Mal werde *ich* es tun. Denn es ist vorbei. Das zwischen uns ist vorbei.

Er ist zu weit gegangen.

monster der vergangenheit

. . .

EDEN

ICH HABE eine grauenhafte Busfahrt hinter mir, die ich mit meinen letzten paar Dollar gezahlt habe. Als ich in Roxbury ankomme, ist es schon Nachmittag und ich bin ein Wrack. Untergegangen und auf dem Meeresgrund aufgeprallt.

Fest umklammere ich meine Tasche und überquere die Straße. Die Sonne knallt regelrecht auf die verschlafene Vorstadt herab, aber jedes Glück, jedes Fünkchen Zufriedenheit, jedes Wohlgefühl ist dahin. Alles, was ich diese Nacht empfunden habe, ist dahin. Ich fühle mich wie leergesaugt.

Das hat Devon Hollow getan.

Er hat mir jedes bisschen Sonnenlicht genommen. Er hat mir den Glauben an etwas Gutes genommen. Den Glauben an Wärme, Geborgenheit und Vertrauen. Diesen Glauben, den Drake kurz in mir wachgerüttelt hat. Ich dachte, ich könnte ihm vertrauen, obwohl ich wusste, dass etwas mit ihm nicht stimmte. Aber das *kann* ich nicht. Er hat mich in so vielen Hinsichten belogen und ich war so unglaublich dumm.

Er wusste, wer mein Vater war. Vielleicht kannten die beiden ihn ja besser als wir. Weiß meine Mutter von seinen Machenschaften? Ist sie vielleicht deswegen sofort mit uns nach

Roxbury gezogen? Und wieso musste Trudy für einen Fehler büßen, den *er* begangen hatte?

Das ist nicht fair.

Das alles ist absolut nicht fair.

Was hat Dad nur getan?

Als ich unser Haus betrete und vertrauter Limonadenduft in meine Nase steigt, dreht sich mein Magen um. Er besteht sowieso aus einem einzigen Knoten. Fraglich, wann dieser platzt.

»Eden?«, fragt meine Mutter aus der Küche und ich beiße meine Zähne aufeinander. Ist sie *deswegen* so kaputt? Kann sie deswegen nicht anders, als sich jeden Tag in den Schlaf zu trinken? Hat sie Angst?

Als ich um die Ecke biege und sie in ihrer farbenfrohen Schürze in ihrer farbenfrohen Küche sehe, würde ich am liebsten heulen. Sie versucht immer so hart, perfekt zu sein, zu dieser süßen kleinen Vorstadt zu gehören und ich habe sie immer dafür verabscheut. Aber vielleicht braucht sie ja genau das hier. Die Idylle, die Ruhe. Vielleicht braucht sie es, den ganzen Tag Orangen und Zitronen zu schneiden, damit sie nicht darüber nachdenken muss, wie verdammt beschissen ihr Leben ist. Vielleicht kann sie sich *deswegen* nicht mehr um Trudy und mich kümmern – weil sie irgendwo feststeckt, wo sie nicht sein will? Vielleicht ist sie deswegen nie für uns da, wenn wir sie brauchen?

»Was weißt du von Dad?«, frage ich ohne Umschweife und sie stockt mit dem Messer über einer Orange. Als ihr Blick zu mir schweift, weiß ich, dass sie mehr weiß. So viel mehr. Sofort wird sie ernst und Schmerz explodiert in ihrem Blick.

»Oh, Baby«, sagt sie mitfühlend und als sie auf mich zukommt, beiße ich die Zähne noch fester aufeinander. Ich will jetzt nicht in Tränen ausbrechen, aber ich glaube, ich kann mich auch nicht mehr lang wehren. Gut, dass Trudy das hier nicht mitbekommt. »Komm, setz dich.« Meine Mutter führt mich ins Wohnzimmer und setzt sich mit mir auf die Couch. Ich verkrampfe alles, als ich in ihre warmen grünen Augen sehe.

»Wie kommst du darauf?«

»Unser Nachbar ... er heißt Drake Hollow. Sagt dir das was?«, frage ich und versuche, bei der Erwähnung seines Namens nicht völlig zusammenzubrechen, aber meine Mutter erstarrt sofort. Sie *kennt* ihn und sie wird sofort nervös. Die ganze Zeit kannte sie ihn, oder? Sie wusste alles, oder?

»Hollow?«, fragt sie atemlos und sieht zum Haus nebenan.

»Ja Mutter, Hollow.«

»Vom Namen her, ja.« Nervös streicht sie durch ihre perfekte Frisur, aber ich nehme ihre Hand in meine und sehe ihr fest in die Augen.

»Was hat es mit ihm auf sich?« So hektisch, wie sie den Kopf schüttelt, muss es wohl etwas sehr Schlimmes sein. In meiner Kehle verkrampft es sich. Ich kann jetzt keine Rücksicht nehmen. Ich muss die Wahrheit kennen, ich muss wissen, ob alles stimmt, was Devon gesagt hat.

»Du sollst nicht über ihn nachdenken, Baby. Hast du ihn getroffen? Hast du mit ihm geredet?« Ihre Panik wird immer größer, aber ich höre jetzt nicht auf.

»Ich habe mich in ihn verliebt«, antworte ich, bevor sie sich weiter reinsteigern kann, und sie wird bleich. Völlig bleich und starr.

»Nein! Nein, das geht nicht. Eden! Diese Männer sind gefährlich.«

»Woher soll ich das wissen, wenn du mir nichts erzählst?«, antworte ich gereizt und sie streicht sich wieder durch das Haar. Ihr Blick schießt herum, als würde sie nach einer Fluchtmöglichkeit suchen, aber ich rucke an ihrer Hand. Und als sie wieder in meine Augen sieht, ist die Angst in ihren unermesslich.

»Wir müssen verschwinden. Sofort verschwinden.« Sie will aufspringen, aber ich ziehe sie harsch zurück und bohre meinen Blick in ihren. Nein, wir laufen jetzt nicht weg. Wir *reden* jetzt.

»Nein. Müssen wir nicht. Mom, hör auf und *rede mit mir*.« Sie muss sich jetzt beruhigen, sie muss mir die Wahrheit sagen und *dann* sehen wir weiter. Dann sehen wir, ob wir wie Mäuschen davonlaufen. Sie schaut zwischen meinen Augen hin und her, hadert mit sich, aber ich bohre meinen Blick noch ein bisschen fester in ihren. »Sag mir alles, sonst kann ich uns nicht schützen.« Das scheint sie zu überzeugen, wenn sie auch immer noch widerwillig wirkt. Sie schluckt und nickt zittrig. Auch ich nicke auffordernd und wappne mich, denn ein Teil von mir will immer noch nicht die ganze Wahrheit hören. Aber eins ist wichtiger als Drake: meine Familie. Und ich muss wirklich wissen, was uns erwarten könnte. Ich muss wissen, wie tief mein Vater verstrickt war. Ich muss wissen, warum er getan hat, was er getan hat.

»Dein Vater war nicht nur Anwalt ...«, sagt Mom schließlich und ihr Blick versinkt in einem Familienfoto, das auf dem Kaminsims steht. Dort lächelt er so glücklich und sieht so unschuldig aus, aber ich glaube, auf dieser Welt ist niemand unschuldig. »Er hat ... durch seine Kanzlei einige Kontakte zu zwielichtigen Männern geknüpft und ... er hatte ein Drogenproblem. Kokain.« Das trifft mich hart, denn davon habe ich *nie* etwas mitbekommen. Er hat uns nie was merken lassen. Aber jetzt, da ich älter bin, schießen die Bilder in meinen Kopf. Die Männer, die er auf der Pferderennbahn begrüßte. Die kuriosen Leute, die zum Abendessen kamen und von denen wir uns fernhalten sollten. »Er hat außerdem ... an der Börse spekuliert und war am Wettgeschäft beteiligt. Er ... hatte schon immer einen Hang zur Kriminalität, aber er hat mir versichert, dass er uns nicht in seine Geschäfte mit reinziehen würde. Die meisten Männer, mit denen er zu tun hatte, habe ich nicht persönlich kennengelernt, aber er hat über sie gesprochen. Er wollte nicht, dass wir in Gefahr geraten.« Er hat *versagt.* »Aber das hat er nicht geschafft. Er hatte ein paar Partner, darunter auch Devon Hollow. Devon war sein Mandant, aber sie kannten sich schon vorher etliche Jahre.« Langsam schießt sich der Kreis und er ist *hässlich.* »Dein Vater hat sich mit ein paar Leuten angelegt, er hat Schulden gemacht und sie wollten ihr Geld zurück. Er war ein stolzer Mann und hat ihnen den Krieg erklärt. Unter diesen Leuten war wohl auch Devon. Er hat deinen Vater in seiner Kanzlei besucht und mich und euch zwei Mädchen bedroht.

Dann ist dein Vater durchgedreht. Ich konnte ihn nicht aufhalten ... er war betrunken und so entschlossen. Ich *konnte* ihn nicht aufhalten.« Das deckt sich nicht ganz mit Devons Geschichte, aber vielleicht hat Dad Mom angelogen, um sie ruhig zu halten? Er wusste, wie sensibel sie schon immer war.

»Mom, ist schon gut.« Ich drücke ihre Finger, als sie stärker zittern und sie sich in der Vergangenheit verliert. Ihr Blick ist völlig leer, ihre Stimme so hohl.

»Pete ist einfach losgezogen und hat Devons Haus angezündet«, murmelt sie, als könnte sie es selbst nicht glauben. Dann schießt ihr schuldiger Blick zu mir und sie umfängt mich fester. »Aber er wusste es nicht ... er wusste nicht, dass die Frau und das Mädchen drin waren ... sonst hätte er das nie getan. Er wusste es nicht und ich wusste es auch nicht.« Sie bricht in Tränen aus und ich ziehe sie an mich. Aber in mir wird es immer hohler, immer leerer. Devon hat nicht gelogen, mein Vater hat seine Frau und seine Tochter umgebracht. Sie sind verbrannt. Waren es die Frau und das Mädchen auf Drakes Foto? So unschuldig, so liebenswert, so rein. Fest presse ich die Lider aufeinander und versuche, es mir nicht vorzustellen. Ich versuche, mir nicht vorzustellen, wie sie gelitten und geschrien haben müssen und wie es für Devon war, nach Hause zu kommen und statt seiner Liebsten nur noch ihre Asche vorzufinden. Ich versuche, mir nicht vorzustellen, wie er in den Trümmern zusammengebrochen ist.

»Es tut mir leid«, murmelt meine Mutter immer wieder und ich streiche über ihr Haar, doch in meinem Kopf sehe ich nur die Flammen, höre nur die Schreie.

»Ist schon gut, Mom«, beruhige ich sie hohl. »Du weißt doch, wie er war. Du hättest ihn niemals aufhalten können und er hat es nicht mit Absicht getan. Er war ... krank.« Unser Vater war krank. Mir das einzugestehen, ist grauenhaft und ich kann sein lächelndes Gesicht auf dem Foto mit einem Mal nicht mehr ansehen. Ich kann das alles kaum ertragen.

»Ja ... ja, du hast recht«. Mom zieht sich zurück und wischt die Tränen mit ihrer Schürze ab. Nun ist sie genauso ein Wrack wie ich. »Wegen diesen Männern sind wir aus New York verschwunden.« Deswegen ging alles so schnell und deswegen hat Mom mich darin bestärkt, keinen Kontakt mehr zu meinen Leuten zu suchen. Deswegen sind wir hier. »Aber jetzt sind sie hier ...« Sie sieht zum Nachbarhaus und die Angst steht in ihren Augen.

Verdammt, was mache ich jetzt?

»Shhh, Mom es ist alles gut. Uns passiert nichts. Wir können auf uns aufpassen und Drake ist nicht wie Devon.« Wieso sage ich das und wieso bin ich immer noch dermaßen von diesem Lügner überzeugt? »Uns wird nichts zustoßen.«

Dafür kann ich nicht garantieren, ich muss irgendwie dafür sorgen, aber wie? Das übersteigt alles, was ich je erlebt habe. Mit solchen Menschen kann ich mich nicht anlegen, aber ich muss meine Familie schützen. Unbedingt.

Meine Mutter nickt, sie wirkt wie ein kleines Mädchen, das völlig neben sich steht, und ich merke erst jetzt, dass sie schon getrunken hat. Das alles war zu viel für sie.

»Jetzt leg dich erstmal hin«, sage ich bemüht sanft, um sie nicht weiter zu überfordern. Wieder nickt sie und lässt sich von mir auf den Rücken dirigieren.

»Ich bringe dir erstmal ein Glas Wasser.«

»Ja, ja, das wäre sehr nett«, sagt sie offensichtlich immer noch schockiert und ich decke sie zu. Doch sie hält meine Hand auf und in ihren Augen stehen Tränen, die ich nicht ertragen kann.

»Du machst das, ja, Eden? Du beschützt uns?«, fragt sie hoffnungsvoll und ich nicke verbissen.

»Das mache ich, uns passiert nichts«, verspreche ich fest. Mom lässt sich davon tatsächlich beruhigen und ich halte ihren Blick noch ein paar Sekunden. »Schlaf jetzt, du bist müde.« Sie schließt sofort ihre Lider und entspannt sich. Doch *ich* entspanne mich nicht, ich bin am ganzen Körper starr, als ich in die Küche gehe.

Kaum kann ich noch an mich halten, kaum kann ich noch gerade stehen. Und als ich am Tresen ankomme, stütze ich hart meine Hände darauf ab. Für ein paar Sekunden presse die Lider aufeinander und beiße die Tränen hart zurück. Ich darf jetzt nicht weinen. Ich darf nicht. Ich muss eine Lösung finden.

Dad hat Scheiße gebaut, *richtig* Scheiße gebaut. Er hat so viele Leben zerstört. Er hat für so viel Unheil gesorgt. Er war nicht der freundliche Mann, den jeder in ihm sah. Er war ein Monster. Und jetzt haben wir ein anderes Monster am Hals. Devon Hollow.

»Hey«, sagt Trudy mit einem Mal und legt ihre Hand auf meinen Unterarm. Sofort schießen die Tränen unkontrolliert in meine Augen. »Shhh, schon gut, ich habe das Ende gehört. Wir machen das schon irgendwie«, sagt sie leise und dann kann ich es nicht mehr halten.

Alles bricht aus mir hervor, als ich meiner Schwester um den Hals falle. Und sie hält mich, wie sie mich immer gehalten hat, wie sie mich immer halten *wird*.

Sie weiß nicht, dass Devon ihr all das angetan hat, sie weiß nicht, dass es gar kein Unfall war. Sie weiß gar nichts. Und ich will auch nicht, dass sie ihren Glauben an die Menschheit verliert, wie ich ihn heute verloren habe, also sage ich nichts. Gar nichts.

Aber ich lasse mich von ihr trösten, ich lasse mich von ihr halten. Ich lasse zu, dass sie mir den Schmerz nimmt. Wenigstens ein kleines bisschen. Alles kann sie sowieso nicht abfangen, denn sie ist nicht Drake. Und sie hat keine Ahnung, wie weh Liebe tun kann.

Hoffentlich wird sie es nie erfahren.

einmal lügner, immer lügner

• • •

EDEN

ICH KANN mich einfach nicht bewegen. Mein Körper ist so schwer und müde, aber mein Geist ist das nicht. Immer wieder zeigt er mir Bilder von Drake und mir. Immer wieder sehe ich, wie wir im Club tanzen, wie wir uns küssen, wie wir miteinander lachen, wie wir Schach spielen und wie er sich in der Dusche in mich schiebt. Immer wieder fühle ich, wie er unsere Finger verschränkt oder mit dem Daumen über meine Unterlippe streicht. Immer wieder sehe ich, wie er mich anlächelt, wie seine Augen warm schimmern, und ich fühle förmlich seinen harten Körper. Ich fühle, wie ich mich an ihn schmiege, wie er seine Arme um mich schließt – und wie ich zu Hause bin.

Und dann finde ich mich immer wieder in meinem Bett vor. Nicht in seinen Armen.

Es ist mitten in der Nacht. Trudy ist schon lang eingeschlafen, aber sie hält meine Hand so fest, als wäre sie wach.

Müde überschaue ich ihr Gesicht. Sie ist so unglaublich schön, ihre Lippen sind voll, ihre Nase ist so gerade, ihre Wangen schimmern immer rot und ihre Haut ist absolut rein. Ihre Wimpern sind viel länger als meine und ihr Lächeln ist schier atemberaubend, aber den meisten Menschen fällt das gar nicht auf. Sie sehen immer nur das, was ihr fehlt, weil sie auch bei sich selbst immer nur sehen, was ihnen fehlt. Bei Trudy sind es die Unterschenkel und eine schlanke Figur. Sie sehen immer nur die Makel, aber eigentlich ist Trudy einer der makellosesten Menschen, die ich je getroffen habe. Ihr Inneres ist so rein und unzerstört. Mit einem Mal bin ich so unendlich froh, dass Drake nichts mit ihr hatte, dass er sie nicht um den Finger gewickelt und ihr Herz gebrochen hat.

Ich weiß jetzt, dass Liebe nur wehtut. Ich weiß, dass es einen zerschmettern kann, sein Herz zu öffnen, und ich will niemals, dass Trudy so etwas erlebt. Ich will niemals, dass es in ihrer Brust so wütet, wie in meiner. Ich will, dass sie glücklich ist. Einfach glücklich.

»Ich liebe dich«, flüstere ich, wie ich es schon als kleines Mädchen oft getan habe. Oftmals konnte ich nicht sagen, was wirklich in meinem Kopf vor sich ging. Also habe ich mich zu den Menschen geschlichen, wenn sie schliefen, und ihnen alles zugeflüstert, was ich eigentlich sagen wollte. Mein Vater war meistens wach und hat darauf geantwortet, ohne seine Augen zu öffnen. Dann hat er mich in seine Arme gezogen und ich konnte schlafen. In seinen Armen ging das immer am besten, aber er ist jetzt nicht mehr da. Er wird nie wieder zurückkommen. Wegen Devon Hollow. Und weil Dad Scheiße gebaut hat. Dass mein Vater nicht der Held war, als den ich ihn nach seinem Tod immer sah, tut am meisten weh. Aber so ist es nun mal mit Helden, auch sie haben ihre Schattenseiten. Jeder Held hat eine verborgene Schwäche, einen bösartigen Zug, etwas, wogegen er kämpfen muss. Jedes Herz kann verderben und jedes Herz kann man wieder reinwaschen. Es hat sich angefühlt, als hätte Drake das mit *meinem* Herzen getan. Als hätte er eine uralte Staubschicht fortgewischt, als hätte er es von Spinnweben und Dreck befreit, als hätte er ihm wieder seinen Glanz zurückgegeben. Als hätte er es aus einer alten Kiste geholt und es wieder schlagen lassen. Doch jetzt tut dieses Herz so weh.

Wieso war er denn nicht ehrlich zu mir? Wieso hat er mir nicht einfach die Wahrheit gesagt? Wieso hat er mich so hintergangen? Es hat sich angefühlt, als hätte auch ich sein Herz berührt, aber ich weiß es nicht mehr. Ich weiß gar nichts mehr und als draußen der Motor seines Autos röhrt, will ich eigentlich liegen bleiben. Ich will mich nicht regen, aber ich kann nicht anders. Mein Körper schießt von ganz allein in die Höhe und ich schleiche zum Fenster.

Drake steigt gerade aus seinem Auto aus und schlägt seine Tür hart zu. Er hat ein Veilchen und torkelt leicht. Er ist völlig betrunken, was wohl auch erklärt, wieso er mitten auf der Straße geparkt hat. Ich hasse es, ihn so zu sehen, egal, was er mir angetan hat. Ich hasse, dass er gegen das Gartentor prallt und sich gerade so abfangen kann. Und ich hasse es, dass sein Blick sofort zu meinem Fenster schweift, als würde er mich spüren. Eilig ziehe ich mich hinter den Vorhang zurück.

»EDEN!«, schallt seine Stimme jedoch plötzlich über die Straße und ich schließe die Lider. »ICH WEISS, DASS DU DA BIST!« Nein, nein, nein. Er soll mich jetzt einfach in Ruhe lassen. Er soll mich nicht ansprechen. Er soll nicht meinen Namen sagen. Ich schaffe das sonst nicht. Ich halte es nicht aus. »JA, ICH HABE DICH ANGELOGEN, ABER ES WAR NICHT ALLES EINE LÜGE! ICH WUSSTE NICHT, WIE DU SEIN WÜRDEST, HÖRST DU! ICH WUSSTE NICHT, DASS DU MICH SO FICKEN WÜRDEST! ICH WUSSTE ES NICHT ...« Ich balle die Fäuste. Er soll aufhören. Er soll einfach weggehen. »EDEN, ICH LIEBE DICH, AUCH WENN DU MICH HASST! ICH LIEBE DICH! UND ICH WILL DICH ZURÜCK! ES IST MIR SCHEISSEGAL, WAS DEIN VATER GETAN HAT! ES IST MIR SCHEISSEGAL, WAS MEIN BRUDER SAGT! ICH WAR MIT DIR DAS ERSTE MAL WIEDER ICH UND ICH WILL DICH ZURÜCK!« Ich presse die Lider fester aufeinander und versuche, mit dem Sturm klarzukommen, der bei seinen Worten durch mich rauscht. Ich versuche, zu ignorieren, wie das Herz in meiner Brust hüpft und ich halte mich krampfhaft an Ort und Stelle. Er liebt mich. Das ist, was ich tief in mir so sehr wollte. Das ist, was mein ganzes Leben ändern konnte – was schon mein ganzes Leben geändert *hat*. In meiner Brust rast es immer schneller, immer vehementer, mein Herz will ihn so sehr. Aber ich darf jetzt nicht zu ihm rausstürmen. Ich darf nicht. Ich darf nicht nachgeben. Ich darf ihm nicht trauen. Einmal Lügner, immer Lügner. Man sieht es ja an meinem Vater.

Heiß laufen die Tränen über meine Wangen, während ich mich an die Wand presse und darauf warte, dass er verschwindet. Er sagt noch irgendwas, das ich nicht hören kann, dann knallt seine Haustür und ich atme aus.

Er hat gesagt, dass er mich liebt, und ich würde ihm so gern glauben, aber ich kann nicht. Ich darf nicht.

»Komm wieder ins Bett«, murmelt Trudy müde, aber ich kann mich ein paar Sekunden nicht regen. Alles zieht mich zu ihm. Mein Herz schreit immer lauter nach ihm. Ich will zurückbrüllen, dass ich ihn auch liebe. Ich will mich in ihm verkriechen. Ich will fühlen, was es heißt, geliebt zu werden.

Aber er hat mich belogen. Er hat mich verraten. Und deswegen stoße ich mich von der Wand ab und schmeiße mich in Trudys Arme. Und dann heule ich schon wieder wie ein kleines Baby.

Nicht mal als mein Dad starb, habe ich so viel geweint. Ich war still, ich war kaputt, ich war innerlich tot. Trudy und meine Mutter sind immer wieder in Tränen ausgebrochen und ich habe sie darum beneidet. Ich habe mir immer gewünscht, es auch einfach so rauslassen zu können – aber ich konnte nicht.

Jetzt wünsche ich es mir nicht mehr, denn ich kann die Flut nicht stoppen, ich kann gar nichts mehr kontrollieren. Das ist es, was Drake mit mir macht. Er holt meine Emotionen aus mir raus und er zwingt mich, sie zu fühlen. Ich würde es lieben, wenn ich nicht auch den Schmerz deswegen so klar wahrnehmen würde.

Und als ich am nächsten Morgen endlich völlig erschöpft einschlafe, träume ich das erste Mal nach langer Zeit wieder von meinem Dad und von der glücklichen Familie, die wir mal waren. Und *das* tut am meisten weh.

hass

• • •

EDEN

DIE LETZTEN TAGE habe ich mit Trudy und Mom im Wohnzimmer verbracht. Wir haben die Vorhänge zugezogen und uns alte Filme angesehen. Wir haben so getan, als wären Trudy und ich zehn Jahre alt und würden einen unendlichen Filmabend genießen. Aber eigentlich habe ich das nur getan, weil meine Mutter es gebraucht hat. Sie braucht Normalität, sie braucht Stabilität. Sie braucht Sicherheit.

Erstmal haben wir nicht über Dad gesprochen, aber sie hat das Familienfoto vom Kaminsims genommen und das war gut so. Ich will ihn genauso wenig sehen, wie ich Drake sehen will. Die einzigen zwei Männer, die ich jemals geliebt habe, haben mich verraten – und ich glaube, ich werde niemals darüber hinwegkommen.

Auch fünf Tage nach dem emotionalen Totalcrash fühle ich mich völlig hohl, aber ich muss jetzt erstmal Normalität vorspielen. Ich muss für Mom so tun, als wäre alles super. Deswegen fahren Trudy und ich zur Uni. Mom ist mit einer Nachbarin zusammen, also ist es okay. Zurzeit ist sie so wacklig, dass ich sie einfach nicht alleinlassen will. Ich habe Angst, dass ihr etwas zustößt, denn über ihre Vergangenheit nachzudenken, hat sie extrem aufgewühlt. Ich bin das auch und will eigentlich wirklich nicht raus, aber ich will mich auch nicht für immer verkriechen.

Ich will nicht, dass er so einen Einfluss auf mein Leben hat.

Ich will ihn einfach abschütteln und weitermachen, wie ich es damals auch getan habe. Ich weiß nur nicht, ob ich es so gut schaffe. Ich fühle mich, als wäre nochmal jemand gestorben – und ich glaube, diesmal bin ich es ich selbst. Er hat meine Gefühle aus mir herausgekramt und sie dann zertreten, als wären sie nichts wert. Und dann hat er mir entgegengebrüllt, dass er mich liebt. Jetzt bin ich ratlos, verwirrt, wütend. Alles auf einmal, aber vor allem bin ich verletzt.

Trudy liegt die ganze Zeit auf der Lauer. Wegen Mom. Wegen mir. Ich will nicht, dass sie sich so stresst und verantwortlich für uns fühlt, aber bei ihr kann ich wenigstens ein *bisschen* loslassen. Bei ihr kann ich wenigstens wirklich ich sein und so verstelle ich mich nicht, sondern parke schweigend auf dem Unigelände. Heute habe ich nicht wirklich viel zu sagen.

»Wir können auch einfach Kaffee trinken gehen«, murmelt Trudy, die meine Stimmung natürlich fühlt. »Oder was weiß ich, wir können uns in den Park setzen?« Ich werfe ihr einen Seitenblick zu, nehme die Hände aber nicht vom Lenkrad.

»Nein«, knurre ich düster. Und wenn er wieder hier ist? Wenn ich ihn wieder sehe? Was mache ich dann? Wie soll ich mich verhalten? Ich hatte noch nie einen Ex. Ist er mein Ex?

»Okay, aber du musst dich zu nichts zwingen, was du eigentlich nicht tun willst. Du musst niemandem was beweisen.« Doch. Mir selbst.

»Ich will einfach nur den Tag hinter mich bringen. Ganz normal.«

»Bei dir ist es gerade aber nicht normal.« Ist es nicht, aber ich will nicht darüber reden. Ich habe genug deswegen geweint. Ich habe mich deswegen oft genug wie ein Schwächling präsentiert. Und es reicht jetzt.

»Trudy, ist schon gut.« Langsam reizt sie mich und sie spürt es, weswegen sie seufzt.

»Okay, ich lasse es.«

»Danke.« Ich will es wirklich nicht an ihr auslassen, aber ich habe manchmal eine sehr geringe Reizschwelle. Verbissen steige ich aus und umrunde den Wagen, um den Rollstuhl aus dem Kofferraum zu nehmen. Selbstverständlich lasse ich meinen düsteren Blick über den Parkplatz schweifen, aber Drake ist nicht zu sehen. Auch gut. Viel besser so. Ich bin auch gar nicht enttäuscht. Ich kann ihn jetzt nicht gebrauchen. Echt nicht. Ich. Will. Ihn. Nicht! Und irgendwann werde ich mir das auch selbst glauben.

Ich helfe Trudy in den Rollstuhl und schultere meine Tasche, als wir auf das Unigebäude zugehen. Wieder mal werden wir angestarrt. Wieder mal kann ich es kaum ignorieren, heute noch schlechter als sonst. Es fühlt sich an, als würde eine Zeitbombe in mir ticken – direkt in meiner Brust. Und sie könnte jeden Moment, mit jedem Herzschlag einfach hochgehen. Und ich weiß wirklich nicht, was ich dann tue.

»Da ist Robert«, murmelt Trudy und ich umfange meine Tasche fester. Er lehnt mit ein paar Freunden an seinem Wagen und beobachtet mich düster. Als ich seinen Gips sehe, bekomme ich auch noch ein schlechtes Gewissen. Ich habe ihn einfach ausgenutzt, einfach mit ihm gespielt ... das macht man nicht. Ich bin vielleicht wirklich nicht besser als alle anderen hier und eigentlich sollte ich mich bei ihm entschuldigen, mich ihm erklären, denn durch mich hat er wahren Horror durchlebt. Aber ich bringe es einfach nicht über mich, also gehe ich an ihm vorbei und betrete die Uni.

Fuck, ich hasse mein Leben.

Wirklich.

Ich habe keine Ahnung, was die Dozenten heute von sich gegeben haben. Alles ging in einem einzigen wirren Strudel zum einen Ohr rein und zum anderen wieder raus. Es interessierte mich schlichtweg nicht. Es interessiert mich gar nichts außer Trudy.

Und als ich am Abend nach Hause komme, bin ich noch mieser drauf. Es wird nicht besser, denn sobald ich die Haustür öffne, schwingt sie erstmal gegen einen Umzugskarton. Der ganze Flur steht voll damit und mir wird übel.

Scheiße. Was soll das? Dreht meine Mutter jetzt durch?

»Mom?«, frage ich ins Haus und tausche einen zweifelnden Blick mit meiner Schwester.

»Jaaaa, hier bin ich, Baby!«, ruft sie aus dem Wohnzimmer und ich ahne schon, was für ein manisches Bild uns erwarten wird. Trotzdem schiebe ich mich an den Kartons vorbei und räume auch gleich ein paar aus dem Weg, sonst kommt Trudy nicht vorbei. Aber das sollte sie, denn ich brauche sie jetzt als seelische Unterstützung.

Das Wohnzimmer ist ein einziges Chaos. Mom packt eindeutig für einen Umzug und wuselt völlig irre durch die Gegend. Alle Schränke sind aufgerissen, teilweise ist der Inhalt über dem Boden verstreut und gerade versucht sie, den Fernseher in einen Karton zu stopfen. Das ist nicht der richtige Karton für diesen Fernseher, aber das ist nicht das größte Problem an alldem hier.

»Mom«, halte ich sie auf und nehme ihr das schwere Gerät ab. Keuchend stelle ich ihn zurück auf den TV-Tisch.

»Jaja, was ist denn?«, fragt sie gehetzt und ich packe ihre schmalen Schultern. Es ist wichtig, dass sie mir jetzt in die Augen sieht.

»Mom, hör auf«, fordere ich eindringlich und ihr Blick fokussiert sich nur schwerfällig auf mich. Mein Gott, sie steht wirklich völlig neben sich.

»Womit denn?«

»Du drehst gerade durch.«

»Nein, nein, ich bereite nur schon mal vor.«

Wieder tausche ich einen Blick mit meiner Schwester, die ein Stück näherrollt. Trudy wirkt nicht nur besorgt, sondern auch leicht verängstigt von alldem hier.

»Setz dich«, fordere ich und drücke meine Mutter auf die Couch, zumindest auf das Stückchen, auf dem sich kein Krimskrams stapelt. Ich muss sie jetzt runterbringen, sonst dreht sie wirklich völlig durch. Das kenne ich zu gut von ihr, wenn man es nicht rechtzeitig stoppt, nimmt es richtig üble Ausmaße an. Dann gehe ich vor ihr in die Hocke und nehme ihre feinen Hände in meine.

»Jetzt atme erstmal tief durch«, sage ich und sie verdreht ihre Augen.

»Eden, mir geht es gut«, antwortet sie fest. »Aber wir müssen hier trotzdem weg.«

»Nein, das müssen wir nicht. Es ist bis jetzt nichts geschehen, also *wird* auch nichts mehr geschehen.« Außerdem *will* ich hier auch nicht weg. Ich will nicht wieder neu anfangen, es war für uns alle schon schwer genug.

»Sie wissen, wo wir wohnen«, wispert sie und ich drücke ihre Finger fester.

»Wenn wir jetzt umziehen, werden sie es wieder herausfinden. Wir können nicht vor ihnen davonlaufen.« Ich kann vor Drake nicht für immer davonlaufen und mich verkriechen, das weiß ich. Aber das tut jetzt nichts zur Sache.

»Ja ... ja, du hast recht«, murmelt Mom zerstreut.

»Wir räumen das hier jetzt auf und dann schauen wir nach einem billigen Alarmsystem.« Ich brauche irgendwas, das meine Mutter beruhigt.

»Okay, das ist eine gute Idee. Es gibt welche, die direkt mit der Polizei verbunden sind.« Das werden wir uns nicht leisten können, aber erstmal nicke ich. Erstmal verspreche ich ihr alles. Hauptsache, sie kommt runter und packt diese Kisten wieder aus.

»Ja.«

»Okay.« Sie lächelt, bevor sie auch Trudys Hand einfängt. »Ich kann euch nicht auch noch verlieren.« Und sofort blockiert es in mir. Ich kann mit solchen Emotionen nicht umgehen, aber Trudy drückt ihre Finger leicht, denn sie kann es perfekt. Sie weiß, was zu tun ist und ich lasse sie das jetzt einfach machen.

»Das wirst du nicht. Uns geht es gut«, versichert sie unserer Mutter.

»Euch geht es gut«, wiederholt Mom zittrig und zieht uns in ihre Arme. Plötzlich bin ich an die beiden gepresst und es will schon wieder alles aus mir herausschießen. Aber ich halte dagegen. Ich werde jetzt nicht losheulen. Es reicht. Allerdings klammere ich mich an ihnen fest wie eine Ertrinkende. So fühle ich mich ohne Drake nämlich. Als würde ich ertrinken – in den Gefühlen, die er aus mir hervorgeholt hat.

»Uns geht es gut«, murmle ich, aber ich meine es wirklich gar nicht so. Gar nicht.

Ich fühle mich mit jedem Tag ohne ihn mieser. Jeden Tag muss ich mich davon abhalten, zu ihm rüber zumarschieren und ihn einfach an mich zu reißen. Ihm zu sagen, dass mir egal ist, wieso er in mein Leben kam, aber dass ich ihn darin haben will. Ihm zu sagen, dass ich gern neu anfangen würde. Aber ich kann nicht. Ich kann einfach nicht. Also beseitige ich bis mitten in der Nacht das Chaos in diesem Haus. Aber nicht das Chaos in meiner Seele – denn das kann nur einer.

herzschutz

• • •

EDEN

ETWAS GLEITET über meine Wange und ich ziehe unwillig die Brauen zusammen. Ich *bin* doch gerade erst eingeschlafen. Ich *will* nicht schon wieder aufstehen. Es war noch nicht genug, das alles war noch nicht genug. Ich habe außerdem gerade etwas wirklich, wirklich Schönes geträumt und ich will nicht, dass es aufhört, denn ich glaube, da war Dad und da war Drake. Sie haben sich kennengelernt und wir saßen in New York in einem Dachgarten und haben Limonade getrunken. Aber es verpufft langsam alles.

Langsam komme ich zu mir. Wie ekelhaft.

»Wach auf«, wispert eine dunkle, gar nicht ekelhafte Stimme und ich reiße die Lider auf.

Fuck, Drake ist hier! Er hockt neben meinem Bett! Er. Ist. Hier. Und plötzlich presst er seine Hand auf meinen Mund. »Shhht«, macht er und als er mich berührt, explodiert es tief in meinem Magen, in meinem Herzen, in meinem Kopf, in meinem gesamten Sein. Als sein Duft in meine Nase steigt, dreht alles in mir völlig durch und ich reiße meinen Kopf zurück.

»Was tust du hier?«, blaffe ich ihn an und setze mich ruckartig auf. Scheiße, er ist in meinem Schlafzimmer! Ist er etwa in unser *Haus eingebrochen*? Ich kann es nicht glauben. Was erlaubt sich dieser Bastard eigentlich?

»Ich wollte mit dir reden.« Er setzt sich tatsächlich neben mich auf das Bett und sein Duft trifft mich härter. Er lässt alles in mir völlig wirr durcheinanderwüten. Und auch er sieht wirklich abgefuckt aus. Er ist unrasiert, seine Augen sind blutunterlaufen und er gefällt mir gar nicht, aber gleichzeitig ist er so wunderschön. So anziehend, es hat kein bisschen nachgelassen. Er hat immer noch diese Wirkung auf mich und eigentlich würde ich mich am liebsten sofort auf ihn werfen. Aber ich tue es nicht. Ich kann gegen alles ankämpfen, was mein Herz will.

»Und deswegen brichst du hier ein?«

»Ich bin durch dein offenes Fenster geklettert«, antwortet er und spießt mich mit seinem Blick förmlich auf. »Ich wollte wissen, wie es dir geht.«

»*Wie es mir geht*?«

»Deine Vorhänge sind seit Tagen zu.« Ha, ha, ha, ha. Will der mich eigentlich verarschen?

»JA, WEIL ...«, brülle ich drauf los, aber wieder presst er seine Hand auf meinen Mund. Und verdammt nochmal, er will mich wohl foltern. Sein Duft dreht mir den Magen um.

»Sht!«, fährt er mich an, aber ich schlage seine Hand weg.

»Nein! *Du* sagst mir nicht, wann ich still bin! Du hast überhaupt kein fucking Recht mehr! Du hast mich verarscht!«

»Ich weiß«, knurrt er und ballt seine Faust.

»Du hast mir nichts erzählt, obwohl du alles wusstest! Du wusstest, was er meiner Schwester angetan hat, was er *mir* angetan hat! Wegen deinem Bruder ist unser Leben kaputtgegangen!« Ist ihm das eigentlich klar? Ist ihm klar, was Devon Hollow uns angetan hat? Ist ihm klar, was *er mir* mit dieser Lüge angetan hat?

»Das weiß ich auch, Eden, und wenn ich könnte, würde ich ihn abhalten, aber ich kann nicht. Ich habe es schon damals versucht, aber er war völlig außer sich, völlig krank, völlig blind.«

»Das ist mir egal! Du hättest mir die Wahrheit sagen sollen!«

Er sagt, er liebt mich, aber er hat mich belogen. Man kann doch jemandem nicht ins Gesicht lügen, den man liebt, oder?

»Ich konnte nicht!«

»Wieso?«, blaffe ich ihn an und sein Kiefermuskel spielt. Die Antwort ist einfach: Er ist ein Feigling.

»Ich konnte nicht«, wiederholt er verbissen.

»Wieso nicht?«, dränge ich. »*Wieso* konntest du es mir nicht sagen?«

»Weil ich dich dann verloren hätte!«, blafft er mit einem Mal und dann bricht alles aus ihm raus. »Scheiße, ich hatte doch keine Ahnung, wer du wirklich bist, als ich dich das erste Mal gesehen habe. Ich dachte, du wärst eine verwöhnte New Yorker Göre, ein Miststück. Aber das warst du nicht! Du bist mutig und stark und atemberaubend und ich war völlig fasziniert von dir – von dir und deinem Stolz! Aber ich wusste, dass genau dieser Stolz dich von mir treiben würde, wenn du die Wahrheit erfährst. Ich wusste, dass du dich immer für *sie* und niemals für mich entscheiden würdest. Und ich bin nun mal der Bruder des Mannes, der euer Leben zerstört hat. *Ich. Bin. Es.* Ich weiß, Eden. Glaub mir, ich habe es nicht eine Sekunde vergessen.« Plötzlich nimmt er meine Hand und drückt sie an seine Brust. Als ich fühle, wie hart sein Herz schlägt, erhöht sich auch meine Frequenz und ich beiße die Tränen zurück. »Ich habe in jedem einzelnen Moment genau gewusst, was ich dir antue, und ich habe mich selbst dafür gehasst, aber ich konnte nicht mehr zurück und ich konnte dich auch nicht verlieren. Also habe ich geschwiegen, aber es tut. Mir. Leid, Baby. So sehr.« Fuck, ich sehe in seinen Augen, dass er die Wahrheit sagt. Ich sehe, wie zerstört er ist. Ich sehe, wie sehr ihm das hier zusetzt, und das zerfetzt auch mich fast. Und als er seine Stirn an meine lehnt, gleiten meine Lider automatisch zu.

»Ich habe es noch nie getan, aber bei dir tue ich es. Ich liebe dich«, flüstert er an meinem Gesicht und mein Herz verkrampft sich heftig. Es will aus meiner Brust springen und in seine kriechen, es will sich einfach für immer bei ihm verstecken, an diesem einen Ort, an dem es mir immer gut ging. Ich liebe ihn auch. Ich will ihn auch. Ich will ihm verzeihen, ich will neu anfangen. Ich will ihn.

Aber ich kann nicht. Ich komme nicht über die Mauer, die seine Lüge zwischen uns erbaut hat.

»Ich kann nicht«, wispere ich, doch er packt meinen Kiefer.

»Sag das nicht! Ich weiß, dass du kannst. Ich weiß, dass du mich auch willst. Ich weiß, dass du es auch gefühlt hast.« Ich schüttle den Kopf, während Tränen meine Wangen fluten. Jaja, ich habe es gefühlt, aber ich kann ihm trotzdem nicht vergeben. Nicht wegen mir, sondern wegen ihr. Wegen meiner Schwester. Ich könnte niemals mit ihm zusammen sein. Ihm niemals mit dem Wissen in die Augen sehen, was seine Familie uns angetan hat. Nie.

»Nein, Drake.« Ich will meinen Kopf zurückziehen, aber er presst plötzlich seinen Mund auf meinen und in mir explodiert es sofort. Oh Gott, was tut er denn da? Er drückt mich aufs Bett zurück und mein Körper schmiegt sich sofort an ihn, sofort kralle ich mich in seinen Pullover. Sofort will ich ihn, so nah es geht. Ich will ihn nackt, ich will ihn in mir. Ich will, dass er sich für immer mit mir verbindet, damit ich ihn nie wieder verlieren muss. Ich will ihn so sehr. Deswegen schiebe ich meine Zunge in seinen Mund und küsse ihn wild. Es fegt nur so durch mich hindurch.

Wieso hat er das alles nur getan?

Wieso hat er mich angelogen?

Wieso hat er alles kaputtgemacht?

Wieso hat er mir meine einzige Chance auf Glück genommen?

»Du willst mich, ich weiß es! Hör auf dich, zu wehren. Hör endlich auf, dir selbst wehzutun«, wispert er an meinen Lippen und streicht unter mein Schlafshirt. Als seine rauen Finger meinen Bauch berühren, erschauere ich tief. »Hör auf, dich zu bestrafen.« Er schiebt seine Hand in mein Höschen und stöhnt an meinem Mund, als er mich berührt und auch in mir schießt die Lust hoch. Ich verkrampfe meine Zehen und meine Fäuste krallen sich fester in seinen schwarzen Pullover. Gott ja, ich will einfach loslassen. Es wäre so leicht, aber es ist doch so schwer. Er presst seinen Mund wieder auf meinen und auch die Wut explodiert in mir, denn ich komme einfach nicht über diese Mauer. Ich kann nicht. Ich darf nicht.

Ich bin keine Verräterin.

»Nein«, stoße ich an seinem Mund aus und er stockt. Als er seinen Kopf leicht zurückzieht, sind seine Augen tiefdunkel. So liebe ich sie am meisten, aber so darf ich sie nicht mehr sehen. Ich darf ihn nicht mehr anfassen. Er hat alles kaputtgemacht und ich hasse ihn dafür. »Es ist vorbei, Drake. Fass mich nie wieder an.« Ich ziehe seine Hand aus meinem Höschen und er beißt die Zähne aufeinander. Als ich ihn von mir schiebe, sträubt er sich erst, jeder seiner Muskeln spannt sich an, aber gerade, als ich darüber nachdenke, mein Knie einfach zwischen seine Beine zu rammen, zieht er sich zurück. Ich erhebe mich sofort, denn ich muss dringend Abstand zwischen ihn und meinen verräterischen, schwingenden Körper bringen. »Ich will, dass du verschwindest! Mir egal, wohin. Verschwinde einfach!«

»Eden ...«, murmelt er gequält und steht auch auf, aber ich hebe eine Hand.

»Du bist ein Lügner und ich will nichts mehr mit dir zu tun haben, Drake«, sage ich fest. »Akzeptiere es und mach so etwas nie wieder. Es ist armselig.« *Ich hasse dich. Ich will dir wehtun. Ich will, dass du fühlst, was ich fühle.* »Und ich liebe dich auch nicht. Du hast mich gut abgelenkt, du hast mir mein altes Leben wieder gezeigt, du hast mich rausgeholt, dafür danke ich dir, aber du warst nie mehr als ein Zeitvertreib. Nie mehr als irgendein Typ.«

Jetzt explodiert die Wut in seinen Augen und das ist gut so. Er soll wüten, er soll mich hassen, er soll mich in Ruhe lassen. Einfach in Ruhe lassen. Ich brauche jetzt meine Zeit, um meine Wunden zu lecken und weiterzumachen.

»Du hast recht, vor dir war ich fast tot, ich habe mich eingesperrt, aber du hast meine Ketten gesprengt und jetzt ... werde ich einfach nur noch tun, was sich gut anfühlt. *Du* fühlst dich nicht gut an. Du fühlst dich verdammt beschissen an, du widerst mich an ...« Gott, was tue ich denn da? »Ich verabscheue dich und deinen Bruder und ihr könnt beide zur Hölle fahren.« Er ballt seine Fäuste und macht einen Schritt auf mich zu. Ich muss mit allem dagegenhalten, um nicht zurückzuweichen. Aber ich bleibe stehen, als er mir direkt in die Augen sieht und seine Wut mich fast erschlägt.

»Lügnerin«, knurrt er, aber ich lasse mich jetzt nicht verunsichern. Ich zeige ihm jetzt nicht, wie sehr es in mir wütet. Ich zeige ihm nicht, wie sehr ich ihn will.

»*Du* bist der Lügner«, flüstere ich und er beißt die Zähne aufeinander. »Und wenn du jetzt nicht gehst, rufe ich die Polizei.« Einen Moment blitzt es so heftig in seinen Augen, dass ich denke, er geht gleich auf mich los. Aber dann macht er ruckartig einen Schritt von mir weg.

»Dein letztes Wort?«, fragt er kalt und ich nicke.

Mein fucking letztes Wort.

Ich schaffe es gerade so, mich zusammenzureißen, bis er aus dem Fenster verschwindet. So lang kann ich die Tränen zurückhalten, aber dann bricht wieder alles aus mir hervor. Und ich habe langsam die Schnauze voll davon, aber diesmal bricht mein Herz noch ein bisschen mehr. Denn jetzt weiß ich, dass es keinen Weg zurückgibt.

Ich habe selbst dafür gesorgt.

ein bastard und seine freunde

. . .

EDEN

ICH KONNTE nach meinem letzten Heulkrampf kein Auge mehr zumachen. Also liege ich nun wach da und sehe dabei zu, wie die Schatten des Kastanienbaums vor dem Haus über die Decke spielen. Meine Daumen kreisen umeinander, denn ich bin nervös. Ich bin getrieben.

Ich will wissen, was er tut. Ich will wissen, was er denkt. Ich will wissen, wo er war. In seinem Haus war es die letzten Stunden dunkel. Erst vor dreißig Minuten ist er nach Hause zurückgekehrt. Wahrscheinlich war er in seiner Stadtwohnung, hat dort wilde Partys gefeiert und über das Mädchen gelacht, das so bescheuert war, ihm zu verfallen.

Ich war auch *wirklich* bescheuert. Zu bescheuert. Vorsichtig drehe ich mich auf die Seite, um Trudy nicht zu wecken. Vorhin kam sie völlig schlaftrunken mit ihrem Rollstuhl in mein Zimmer gefahren. Manchmal hat sie einen leichten Schlaf, aber meistens schläft sie wie eine Tote. Das tut sie auch jetzt, wenigstens *sie* ruht friedlich. Ganz im Gegensatz zu mir. Seit ich Drake weggeschickt habe, herrscht der reinste Terror in mir.

Als ein neuer Schatten über die Decke streicht, halte ich inne.

Wer ist das jetzt? Selbstverständlich sehe ich sofort nach. Ein beiger, uralter Mercedes parkt hinter Drakes Wagen und ich hebe die Brauen. Vielleicht seine kleine *Leona*, vielleicht seine abgefuckten kriminellen Freunde. Und tatsächlich steigt ein ziemlich abgefuckter Typ aus. Einige Tätowierungen prangen an seinem Körper und er wirkt, als wäre ihm einfach alles scheißegal. Auch die dunkelhaarige Frau, die sich an seine Seite gesellt, passt perfekt in das Gesamtbild. Aber wenigstens ist es nicht Drakes Ex. Er nimmt ihre Hand, als die beiden auf die Tür zuschlendern. Doch als ihr Blick über mein Fenster streift, ziehe ich mich leicht zurück.

Sind das Freunde von ihm?

Ich habe noch nie welche hier gesehen und ich luge wieder neugierig hervor, als Drake die Tür öffnet. Leider oder besser gesagt zum Glück, sehe ich ihn von hier aus nicht. *Aber* ich kann die drei wieder beobachten, sobald sie sein Wohnzimmer betreten und Drake das Licht anmacht. Das Fenster steht offen und seine Vorhänge wehen leicht im Wind. Außerdem wirkt es da drin extrem verraucht. Die beiden Fremden setzen sich auf die Couch, Drake lehnt sich ans Fensterbrett und foltert mich mit seinem muskulösen Rücken, seinen breiten Schultern und dem Silberkettchen über dem eintätowierten Kreuz in seinem Nacken ... und er wirkt noch abgefuckter als vorhin. Verdammt, ich vermisse ihn. Ich vermisse ihn wirklich wie verrückt. Vorhin war er mir wieder so nah, er hat mich geküsst, er hat alles wieder aufgewühlt. Und ich hasse mich dafür, was ich vorhin zu ihm gesagt habe. Aber so ist es besser. Dennoch bin ich froh, dass ich ihn wenigstens beobachten kann. Und tatsächlich scheint es sich wohl um Freunde zu handeln, denn die beiden bleiben länger und meine Beobachtung zieht sich über Stunden.

Musik dröhnt über sein Grundstück, als die drei miteinander trinken und auch einige Joints rauchen. Dabei fällt mir auf, dass der tätowierte Typ seiner Begleitung immer wieder nachschenkt. Ein mulmiges Gefühl macht sich in mir breit. Ich sehe trotzdem oder gerade *deswegen* nicht weg. Gefühlt ohne zu blinzeln beobachte ich die drei. Ich will wissen, was er jetzt tut, und es ist mir egal, wie spät es wird.

Drake setzt sich auch irgendwann auf den Sessel und ich kann sein Profil ausmachen. Er ist immer noch unrasiert und wirkt, als hätte er ein paar harte Tage hinter sich. Als sein Blick zu mir gleitet, ziehe ich mich zurück. Ich kann es jetzt nicht gebrauchen, dass er mich bemerkt. Ich will nicht, dass er mich bei dieser Dummheit erwischt, aber ich kann auch nicht wegsehen. Er zündet sich noch eine Zigarette an und betrachtet träge, wie die zwei miteinander rummachen.

Doch dann wird es komisch, als die Tussi ihr Oberteil plötzlich über ihren Kopf reißt. Und das tut sie ziemlich wütend, aber dem Mann an ihrer Seite scheint das egal zu sein.

Die beiden diskutieren, während Drake langsam seine Zigarette ausdrückt. Er wirkt nicht gerade überrascht über die plötzliche Entblößung der Frau, sondern eher, als hätte er es schon geahnt. In mir verkrampft es sich hart – richtig hart, als die Frau sich zu ihm umdreht, ihn ansieht ... *das* ansieht, was ich so gern hätte. Drakes Freund schnippt auch noch ihren BH auf und der schwarze Spitzenstoff sinkt zu Boden. Es kommen zwei wirklich perfekte Brüste zum Vorschein, viel voller als meine, viel besser als meine und ich beiße die Zähne aufeinander. Das sind die Frauen, mit denen er sich normalerweise abgibt, oder? Perfekte, abgefuckte Bräute, die alles tun, die keine Grenzen haben, die nicht so verdammt verkorkst sind wie ich und die aussehen wie verdammte Models.

Und als sie sich Drake zuwendet und er langsam die Schnüre seiner Trainingshose öffnet, würde ich am liebsten brüllen. Was macht er denn da? Wird er sie jetzt anfassen? Ich dachte, er würde nur zuschauen, aber das ist offensichtlich *nicht* der Fall. Mir wird schlecht.

Was er zu ihr sagt, verstehe ich nicht, aber es wird sicher etwas sein wie: *willst du diesen Schwanz, Baby?* Und sie wird sicher nicht Nein sagen. Verdammt. Das wird sie nicht, keine würde das. Ich sollte einfach wegsehen, ich sollte mein Fenster schließen und mir das hier nicht antun. Aber ich kann mich nicht bewegen. Ich bin wie festgefroren.

Sie öffnet ihre Jeans und reißt sie ihre langen Beine herab. Ich balle meine Faust immer fester. Besonders fest, als sie vor ihm auf die Knie sinkt und er seine Hose herabzieht. In der nächsten Sekunde schließt sie die Lippen um ihn und ich würde gern meine Lider schließen. Ich würde diesem Albtraum gern irgendwie entkommen. Doch ich kann nicht. Es ist wie ein Unfall und die Wut lähmt mich. Er *weiß* es, oder? Er weiß, dass ich zusehe. Wieso macht er das? Wieso tut er mir das an?

Er schiebt seine tätowierte Hand in ihr dunkles Haar, dirigiert ihren Kopf und beobachtet mit glühendem Blick ihr Tun. Ich will das nicht. Ich will das nicht. ICH WILL DAS NICHT!

FUCK.

Im nächsten Moment zieht der Fremde sie von ihr weg. Ich habe keine Ahnung, was er ihr zuraunt, und ich will es auch wirklich, wirklich nicht wissen. Ich sollte Drake wirklich, wirklich erschießen. Hätte ich *jetzt* eine Waffe in der Hand, bei Gott, ich würde sie benutzen. Ich würde einfach gern in dieses verräterische Herz schießen. Ich würde sein elendiges Dasein beenden.

Erst jetzt weiß ich, was richtiger Hass ist. Während der andere die Frau packt und besitzergreifend küsst, reißt Drake das Muskelshirt von seinem verschwitzten Oberkörper. In der nächsten Sekunde drückt sein Freund die Frau auf seinen Schoß und sie lässt sich hart auf ihm herab. Sein Schwanz verschwindet einfach in ihr – *mein* Schwanz. Mein. Verdammter. Schwanz.

Sofort bewegt sie sich auf ihm. Drake ballt eine Faust und dann sieht er wieder zu mir. Er spießt mich mit seinem Blick auf. Der Hass lodert so heftig durch mich, dass er mich völlig zerfetzt. Noch schlimmer, als Drake hart in sie stößt und sie aufstöhnt.

Er fasst zwischen ihre Beine und macht sie völlig wahnsinnig. Aber wir sehen uns immer noch an. Alles verschwimmt und wird doch so scharf.

Bastard.

Gottverdammter Bastard.

Und jetzt zieht der andere sie wieder von ihm, aber Drake

erhebt sich sofort und schubst sie auf alle Viere. Ihr perfekter Arsch streckt sich ihm entgegen und ich hasse es, wie er sie ansieht, als er von hinten an sie herantritt. Ich hasse es, wie er über ihren Arsch streicht. Als er einen Daumen in sie schiebt, versuche ich, das Brennen in meinen Augen zu unterdrücken. Ich versuche, das Brennen in meiner Brust zu unterdrücken, aber ich schaffe es nicht. Verdammt. Ich hasse ihn. Ich hasse ihn so sehr. Der tiefe Stoß, mit dem er in ihr versinkt, ist wie der Stoß eines brennenden Dolches in mein Herz.

Wichser.

Ich kralle mich in das Fensterbrett, kann ihn förmlich in mir fühlen, würde ihn am liebsten von ihr zerren. Würde am liebsten rüberbrüllen, aber mein gesamter Körper ist angespannt, ich kann mich nicht bewegen.

Hart fickt er sie und scheint es äußerst zu genießen. Sein Kopf sinkt in den Nacken und Schweiß glänzt auf seinen angespannten Muskeln. Ich kille ihn. Ich bringe ihn um. Ich hasse ihn, ich hasse ihn, ich hasse ihn.

Noch mehr, als er mich wieder ansieht.

Er bewegt sich langsamer in ihr, fast, als würde er mir zeigen wollen, worauf ich verzichte, und in meinem Magen ballt es sich heftiger zusammen. Ich kotze fast.

Sein Blick wird kühler, hasserfüllter, als würde *ich* ihm das hier antun. Doch als er sich wieder hart in sie schiebt, stoppt sie ihn mit einem Mal und stolpert davon. Trotzdem kann ich nur Drake anstarren und *er* starrt mich an. Seine Augen fragen, ob ich schon genug habe, während er seine Hose hochzieht, und ich forme ein bebendes »Fick dich«, mit meinen Lippen.

Dieser Bastard hat mein Herz zerfetzt.

Nochmal.

Wieso?

Hat das erste Mal nicht gereicht? Hat es nicht gereicht, wie weh er mir bereits getan hat? Wieso das hier noch?

WIESO?

Ehe ich mich versehe, stürme ich drauf los.

Nichts könnte mich jetzt noch aufhalten.

Nicht mal ein Weltkrieg.

Ich stürme die Treppe herab und auf die Straße, wo die anderen beiden sich lautstark streiten. Aber sie bekommen gar nichts von mir mit und sind mir auch scheißegal. Nur dieser Mann zählt. Nur er. Dieser Lügner. Dieser Betrüger. Dieser Bastard.

Bastard. Bastard.

hass oder liebe

. . .

EDEN

ICH WEISS NICHT, ob ich jemals in meinem Leben so wütend war, aber jetzt will ich ihn umbringen. Ich will ihn einfach killen. Deswegen stürme ich geradewegs in sein Haus. In das verdammte Haus, in dem ich die schönsten Stunden meines Lebens verbracht habe und was *er* zerstört hat. Er hat alles kaputtgemacht. Ich hasse ihn, ich hasse ihn, ich hasse ihn. Und als ich ins Wohnzimmer biege, wird der Hass noch größer. Denn er sitzt auf seinem beschissenen Sessel und raucht in aller Ruhe eine Zigarette. Sein Körper ist noch verschwitzt, der Sex steht noch in seinem Gesicht und es riecht sogar danach. Und als sein Blick auf mich fällt, finde ich darin keine Reue, keine Schuld. Nichts.

Wichser. Gottverdammter arroganter Wichser.

»Ja?«, fragt er und in mir explodiert es richtig.

Ehe ich mich versehe, schlage ich die Zigarette aus seiner Hand. Ich balle meine Fäuste, während Drake der Kippe seelenruhig beim Fall zusieht. Das tut er ja gern. Er sieht gern Dinge und Menschen fallen.

Dann strandet sein Blick wieder in meinen Augen. Langsam erhebt er sich und es geht völlig mit mir durch. Sofort hole ich aus und verpasse ihm eine verdammte

Ohrfeige. Meine ganze Wut und Enttäuschung schmettern aus meinen Fingern direkt in sein Gesicht. Laut klatscht es und sein Kopf ruckt zur Seite. Anschließend wird es so still, dass es in mir dröhnt. Umso lauter tost es in mir, ich würde ihn am liebsten völlig zerfetzen, so zerfetzen, wie er mich zerfetzt hat, als er eine andere fickte.

»DU HAST GESAGT, DU LIEBST MICH!«, brülle ich ihn an, aber als ich nochmal aushole und meine Hand gegen seine Wange schmettern will, fängt er sie blitzschnell am Handgelenk ab.

»Es reicht jetzt«, fordert er kalt und senkt meinen Arm, aber er lässt mich nicht los, seine Finger pressen sich fast schmerzhaft in meine Haut. »Du hast gesagt, ich interessiere dich nicht. Du hast gesagt, du liebst mich nicht. Ich bedeute dir nichts. Ich bin nur irgendein Typ. Was willst du dann hier?«

»Ich war wütend, weil dein Bruder meinen Vater getötet und meine Schwester verkrüppelt hat!«, rufe ich aus und versuche, mich fortzureißen, aber er lässt mich nicht. »Lass mich los, Drake! Du tust mir weh!« Aber er hält mich fester.

»Ich habe dir alles entgegengekotzt, Eden. Ich bin in dein Zimmer geklettert, ich habe dir gesagt, dass es mir leidtut. Ich habe dir gesagt, dass ich dich liebe, aber das reicht nicht, weil dir nichts reicht. Und weißt du was? *Mir* reicht es jetzt.« Die Panik schnürt meine Kehle ab und Tränen steigen in meine Augen. Das will ich nicht. Ich will nicht, dass es ihm reicht. Ich will nicht, dass er mich loslässt. Ich will nicht, dass er sich mit anderen vergnügt. Ich will nicht, dass er aufhört, mich zu lieben. Aber ich will auch nicht, dass er mir wehtut.

»ICH HASSE DICH! ICH HASSE, WAS DU AUS MIR GEMACHT HAST! ICH HASSE, DASS DU SO EIN BASTARD BIST! ICH HASSE ES, DASS ICH DICH NICHT MAL MEHR KÜSSEN KANN!«, rufe ich also aus, aber er zieht mich mit einem Ruck näher.

»Fuck, ich wollte das nicht!« Auch in seinen Augen wütet die Verzweiflung, aber wäre er gleich ehrlich gewesen, wären wir nicht hier. Er hat alles kaputtgemacht und er wollte genau das! Er wollte mich zerstören. Er wollte meine ganze Familie zerstören!

»Doch, das wolltest du!«

»Nein, ich liebe dich!«

»Du liebst mich nicht.« Sonst hätte er niemals geschafft, mich so lang zu belügen. Ich habe in seinen Armen Frieden gefunden, ich habe bei ihm losgelassen, ich habe bei ihm geschlafen und er hat mich. Nur. Benutzt.

»Ich. Liebe. dich.«

»Dann hättest du mich nicht belogen und das hier getan! Lass mich jetzt endlich los!«

Und dann zerfetzt er mich fast, als er seinen Mund auf meinen presst und mich tief küsst. Es zerfetzt mich, als ich seine Verzweiflung förmlich schmecke. Ein Teil von mir will darauf eingehen. Er will sich einfach fallenlassen, dieser Teil, der ihn auch liebt, der es hasst, dass ich ihn angelogen und verletzt habe. Der Teil, der es hasst, was wir uns gegenseitig antun. Aber da existiert noch der andere Teil und der wird das hier niemals zulassen. Er wird nicht zulassen, dass Drake mich mit diesen Händen berührt, mit denen er gerade eine andere berührt hat. Er wird nicht zulassen, dass er mich jetzt fickt. Egal, auf welche Art. Er wird nicht zulassen, dass ich mein Gesicht verliere und dass er mich noch einmal hintergeht. Ich werde nicht meinen Stolz verlieren. Ich werde nicht kriechen. Egal, wieso. Niemals.

Also schiebe ich ihn hart von mir. »Ich kann nicht, Drake.«

»Warte«, bringt er heiser hervor, aber ich schiebe mich schon an ihm vorbei.

Es ist leichter, sich abzuwenden, leichter, davonzulaufen, leichter, mir selbst das Herz zu brechen, als zuzulassen, dass er es noch einmal tut.

(k)ein feigling

. . .

EDEN

ALS ICH ZU HAUSE ANKOMME, überrenne ich fast Trudy, die mit ihrem Rollstuhl mitten im Flur steht. Fast brülle ich vor Schreck auf, denn es ist völlig dunkel und als sie das Licht anschaltet, blinzle ich angestrengt. Ihre Haare sind ein einziges Chaos und ihre Augen gerötet, weil sie so müde zu sein scheint.

»Was machst du hier?«, frage ich erschüttert und sie rollt verkniffen näher. Schon an ihren blitzenden blauen Augen merke ich, wie wütend sie ist. Hat sie irgendetwas beobachtet?

»Weißt du eigentlich, wie kacke es war, hier allein runterzukommen?«, blafft sie mich an, denn der Treppenlift hat wahrscheinlich mal wieder gesponnen.

»Du...«

»Du bist einfach verschwunden! Ich dachte, ich muss dich suchen!«, ruft sie erzürnt und ich beiße die Zähne aufeinander. Scheiße, das wollte ich nicht. Ich hasse es, dass sie sich immer wieder Sorgen um mich machen muss. »Wo warst du?«

»Bei dem Wichser!«, gebe ich unwirsch zu und knalle endlich die Haustür hinter mir zu. »Aber keine Sorge, es hat sich gegessen. Er ist für mich gestorben ...« Ich fege an ihr vorbei in die Küche und sie folgt mir auf den Fuß.

»Wieso?«

»Er ist ein Wichser.«

»Aber du wolltest ihn doch so oder so nicht mehr.«

Ich reiße den Kühlschrank auf und wühle darin herum, ohne zu wissen, was ich suche. »Ich meine, wie stellt er sich das vor? Soll ich einfach mit ihm in den Sonnenuntergang reiten, oder was? Er hat mich belogen, dieses Arschloch hat mir die ganze Zeit etwas vorgemacht und er ...«

Trudy schließt die Kühlschranktür, weswegen ich zurückzucke. »Eden«, sagt sie, aber ich will diesen Blick jetzt nicht. Ich will diesen Tonfall jetzt nicht. Ich will diesen Schmerz nicht. Ich will diese ganze Scheiße jetzt nicht.

»Nein!«

»Eden ... hör mir zu.« Sie packt meine Hand und zieht mich zu sich herab, so dass ich direkt in ihre eindringlichen blauen Augen sehen muss. »Du musst endlich aufhören, davonzulaufen«, sagt sie sehr, sehr klar und deutlich und ich beiße die Zähne aufeinander. So etwas Ähnliches hat Drake auch mal zu mir gesagt, aber ich wollte es nicht hören und ich will es auch jetzt nicht hören. Ich will das alles nicht fühlen. »Ich weiß, dass er nicht ohne ist. Ich weiß, dass er gefährlich sein kann und etwas mit Dad zu tun hatte. Aber das alles ist egal. Das alles ist Vergangenheit. Ich weiß, dass es dir Angst macht, was du für ihn fühlst, und ich weiß, dass er dich verletzt hat. Aber er hat dich auch geschützt. Er hat dich auch zum Lachen gebracht und er hat dir geholfen, als niemand sonst es konnte. Er hat dich dazu gebracht, wieder rauszugehen, Spaß zu haben, er ... tut dir gut.«

»Er hat mich belogen«, flüstere ich heiser. Darüber kann ich einfach nicht hinwegsehen. Diese Lüge war zu groß und die Enttäuschung sitzt zu tief.

»Weil er dich nicht kannte, aber dann hat er dich kennengelernt und *natürlich* hat er sich in dich verliebt.«

»So natürlich ist das nicht.« Ich bin ein schrecklicher Mensch! Ich habe Trudy hintergangen, ich habe Rob benutzt, ich habe Drake eiskalt ins Gesicht gelogen. Ich habe so viele Menschen verletzt.

»EDEN!«, blafft Trudy mich an, bevor ich mich weiter hineinsteigern kann. »HÖR JETZT AUF DAMIT, DIR ALLES KAPUTTZUMACHEN!«

»Aber...«

»NEIN! Du bist ein Feigling, weißt du das eigentlich?«, fragt sie und ich hebe die Brauen. Hat sie das gerade wirklich gesagt? »Weißt du eigentlich, was ich dafür tun würde, von einem Mann nur *einmal* so angesehen zu werden, wie er dich ansieht? Merkst du das eigentlich? Oder *willst* du es gar nicht merken, weil du zu große Angst davor hast, etwas zu finden, was gut für dich ist, nur weil es irgendwann vielleicht wehtun oder dich zerstören könnte? Du verbietest dir jegliches Glück und jede Erfüllung, nur weil es vielleicht irgendwann schmerzhaft werden könnte. Das ist so verdammt traurig, denn dein ganzes Leben zieht an dir vorbei. Du könntest reisen, du könntest aufregende Dinge erleben, du könntest Leute kennenlernen und so viel Spaß haben. Diese Welt hat so viel Schönes zu bieten, aber du konzentrierst dich lieber auf das Schlechte und versteckst dich. Du bist von allem genervt und alle machen immer etwas falsch. Du siehst immer nur die schlechten Seiten. Du hasst lieber, als zu lieben, weil du so verdammte Angst vor der Liebe hast. Und irgendwann wirst du das bereuen! Denn du wirst nicht immer diese Möglichkeiten bekommen. Das Universum wird dir nicht immer solche Menschen und Chancen schicken. Wenn du sie alle nur immer ziehen lässt, wirst du am Ende mit *nichts* dastehen. Du wirst dein Leben in einer Höhle verbracht haben, obwohl du eigentlich den Sonnenschein liebst. Du wirst dir immer nur Schlechtes tun, obwohl es so viel Gutes gibt. Und du wirst diesen unglaublichen Mann vergraulen, obwohl er so gut zu dir passt und dir so viel geben könnte. Und das kotzt mich ehrlich an! Es kotzt mich an, wie dumm du bist! Es kotzt mich an, dass du nicht schätzt, wofür andere töten würden! Es kotzt mich an, dass du so verdammt undankbar bist!«, platzt es aus ihr heraus. Das war zu viel. Sie hat mein Hirn völlig lahmgelegt. Ich starre atemlos in ihre mit Tränen gefüllten Augen, versuche, zu verstehen, was sie gesagt hat. Versuche, nicht wütend zu werden, weil sie mich dumm genannt hat, aber tief in mir weiß ich, dass sie die Wahrheit gesagt hat. Sie hat recht. Ich verstecke mich. Ich tue so, als würde ich mich wegen Trudy von allem fernhalten, aber eigentlich hat ihr Unfall mich zu Tode erschreckt. Eigentlich habe ich plötzlich Angst vor dem Leben bekommen und es gemieden, wo ich nur konnte.

Als die Kraft mich verlässt, sinke ich vor ihr auf die Knie. Schwer lehne ich meine Stirn gegen ihren Oberschenkel und fühle, wie sie durch mein Haar streicht. »Du hast recht«, wispere ich. »Aber ich kann nicht anders.«

»Du musst es nur versuchen, dann kannst du es auch«, flüstert sie. »Du kannst alles, wenn du es willst.«

Ich schüttle meinen Kopf.

»Doch. Denn du warst einmal der mutigste Mensch, den ich kannte. Du hast alles einfach gemacht, ohne groß darüber nachzudenken. Du warst wie ein Sonnenstrahl, der durch ein Gewitter bricht, aber dann starb Dad und als ich meine Beine verlor, hast *du* deinen Mut verloren.«

»Weil es sowieso nichts bringt.« Egal, was man tut, man hat im Endeffekt keine Kontrolle. In solchen Momenten entscheidet das Schicksal und man ist machtlos.

»Sag das nicht! Das stimmt nicht!«

»Du hast nie etwas Böses getan und trotzdem hattest du diesen Unfall«, antworte ich verbissen und starre genauso zu ihr hoch. Trudy umfängt meine Wangen und bohrt ihren tränennassen Blick in meinen.

»Ich wünschte mir so oft, es wäre nicht geschehen, aber vielleicht ist es ja zu was gut. Vielleicht waren diese Beine nicht für mich gedacht, vielleicht ist diese Tragödie genau richtig so in meinem Leben. Und wenn es nur dazu dient, dass *du* ihn kennengelernt hast und er dein Herz berührte. Ich bin so froh, dass er dich wieder zum Leben erweckt hat, dass ich meine Schwester wieder zurückbekomme. Willst du das wirklich wegwerfen?«

»Nein!«, antworte ich sofort und lege meine Hand über ihre.

Nein, wenn sie so ein Opfer dafür gebracht hat, will ich das sicher nicht. Aus dieser Perspektive habe ich das Ganze bisher nicht betrachtet.

»Dann geh da rüber und hol dir deinen Mann, Eden.« Und verdammt, wenn ich es so sehe, kann ich das nicht einfach aufgeben. Dann kann ich nicht einfach so weitermachen wie zuvor. Ich kann nicht einfach ungeschehen machen, ihn getroffen zu haben. Ich liebe Drake. Er macht mich glücklich und wenn meine Schwester das für mich will, werde ich es sicher nicht sabotieren. Verdammt, sie hat recht. Sie hat immer recht.

»Danke«, flüstere ich und sie lächelt leicht, bevor sie meine Stirn küsst.

»Ich liebe dich und du bist liebenswert, vergiss das nicht«, wispert sie und auch mir steigen Tränen in die Augen. Was ist das nur mit mir? Wieso heule ich in letzter Zeit so viel? Hat Drake wirklich diese Mauer in mir zum Einsturz gebracht? Und kann ich sie wieder aufbauen? Ich glaube nicht. Ich glaube, ich muss es einfach wagen und den letzten Schritt darüber machen, mich so zeigen, wie ich bin. Mit allen Schwächen, Ängsten, Ecken und Kanten. Vielleicht hat Trudy ja recht. Wenn er der Richtige ist, wird er mit mir umgehen können, oder?

Also erhebe ich mich auf zittrigen Knien und wische nochmal über mein Gesicht. Trudy lächelt mich an, während sie ebenfalls ihre Tränen fortwischt. »Du wirst irgendwann auch jemanden finden, der dir alles gibt, was du verdienst«, versichere ich ihr und sie zuckt ihre Schultern.

»Vielleicht«, antwortet sie lakonisch, aber ich weiß, dass sie tief in ihrem Inneren genau das will. *Liebe.* Das, worüber in Büchern geschrieben, worüber in Filmen gesprochen wird. Das, was die Welt zu einem besseren Ort macht. So ein guter Mensch wie sie sollte alles bekommen, was er will und noch viel mehr. Denn sie *ist* praktisch die Liebe, findet sie aber nicht. Das ist so unendlich tragisch.

»Ganz sicher«, sage ich fest und sie scheucht mich davon. Ich folge, weil sie einfach schon immer die Schlauere von uns war, weil sie schon immer am besten wusste, was gut für mich ist. Ich verlasse einfach wieder dieses Haus und gehe zu ihm.

Im Wohnzimmer brennt immer noch Licht, aber ich habe keine Ahnung, was er macht. Ich weiß nicht mal, ob er öffnen wird, wenn ich vor seiner Tür stehe. Vielleicht war das wirklich meine letzte Chance und er wird mich fortschicken. Dann habe ich es wenigstens versucht. Verdammt.

Ich traue mich nicht, einfach hineinzustürmen, sondern klopfe an der Eingangstür. Dann verkrampfe ich meine Hände zu Fäusten. Ich weiß nicht, was man in so einem Moment sagen sollte. Ich weiß nicht mal, was ich machen soll. Wie gesteht man sich selbst ein, dass man jemanden will, den man eigentlich nicht wollen sollte, nur weil das Herz es so will? Wie?

Ich komme nicht dazu, es mir nochmal anders zu überlegen, denn die Tür schwingt auf und Drake steht vor mir.

Mittlerweile trägt er einen weißen Hoodie und graue Trainingshosen. Er wirkt immer noch abgefuckt und verhärtet und ich würde ihm am liebsten in die Arme fallen und losheulen. Aber das kann ich nicht. Ich sollte etwas sagen, *irgendwas*. Ich sollte irgendwas tun, aber ich kann nicht, verdammt. Wieso bin ich denn so kompliziert?

»Ja?«, fragt er und seine Finger verkrampfen sich an der Tür.

»Ich...« Verdammt, was soll ich denn sagen? Was würde Trudy jetzt sagen? Was würde sie jetzt tun? Ich schaue zum Haus zurück und sehe ihren Umriss hinter der Haustür. Sie ist da, sie passt auf mich auf, sie wird immer da sein. Und mit ihr im Rücken ist es viel leichter. »Es tut mir leid«, murmle ich also schwerfällig und sehe wieder zu Drake. »Ich ...« Ich komme nicht weiter, weil er plötzlich mit beiden Händen mein Gesicht umfängt und seine Lippen auf meine presst. Er küsst mich einfach und ich sinke sofort gegen ihn. Fast heule ich vor Erleichterung einfach los, während ich mich an ihn klammere wie eine Ertrinkende und das bin ich ohne ihn auch irgendwie. So stürmisch wie der Kuss begonnen hat, so sanft lässt er ihn ausklingen, bevor er seine Stirn an meine lehnt.

»Fuck, kleiner Kaktus. Ich weiß«, wispert er und ich atme zittrig aus.

Ein paar Tränen rinnen aus meinen Augen, aber Drake streicht sie mit den Daumen fort. Er hält mich, er ist hier. Und er ist perfekt.

»Ich liebe dich auch«, flüstere ich mit belegter Stimme.

»Ich weiß.«

»Woher?«

»Weil du hier bist.«

himmel

• • •

DRAKE

ALS ICH KLEIN WAR, hat meine Mutter mich ständig gezwungen, mit ihr zum Gottesdienst zu gehen. Für sie war das eine Möglichkeit, ihre hübsche, perfekte Familie zu präsentieren, aber für mich war es immer die reinste Folter. Während Devon wie ein Soldat neben mir saß und sich nicht regte, und Abigail einfach alles lustig fand, wurde mir mit jedem Wort des Pfarrers schlechter. Er sprach von der Gütigkeit Gottes, aber Gott hat gleichzeitig solche Gräueltaten über die Sünder gebracht. Er hat darüber entschieden, ob jemand in den Himmel oder in die Hölle kommt und das Paradies war nur zwei Menschen vorbehalten. Ich habe mir das Paradies immer anders vorgestellt als die meisten Menschen. Erst war es vollbehangen mit Zuckerstangen, Süßigkeiten und allerhand Leckereien. Später wurde es immer dunkler, immer abgefuckter. Später war es voll mit unendlichen Strömen an Whisky und einer weichen Pussy nach der anderen.

Aber jetzt weiß ich, dass mein Paradies Eden Flowers ist. Sie ist der Ort, an dem ich mich am liebsten aufhalte, an dem ich wahren Frieden finde, der Ort, an dem ich ich selbst sein kann. Und das hätte ich niemals für möglich gehalten. Aber sie ist die

Frau, die mich an den Eiern hat, die mein Herz besitzt und die es auch haben kann. Die Frau, die nun in meinen Armen liegt.

Die Sonne ist gerade aufgegangen und scheint auf ihre glatte Haut. Sie schläft noch tief und fest. Sie hat ja auch einiges durchgemacht und wirkt völlig ausgelaugt, aber ich bin wach und ich beobachte mein Paradies.

Ich dachte gestern nicht, dass sie zurückkommen würde. Nach meiner Einlage mit Mason und seiner Summer war mir klar, dass ich sie für alle Zeiten abgefuckt hatte. Eigentlich weiß ich gar nicht wirklich, was ich mir in dem Moment dachte, als Mason und ich beschlossen, seine Kleine zu benutzen. Und das, obwohl er eindeutig Gefühle für sie hat, aber vielleicht war es mal wieder seine kranke Art, jemanden von sich zu stoßen. Ich weiß schon sehr gut, wieso ich mit Eden umgehen kann. Sie ist ein weiblicher Mason Black. Natürlich habe ich gemerkt, dass Eden uns beobachtete, und ich wurde mit jeder Minute wütender. Ein Glück, dass ich Masons Frau nicht völlig zerrissen habe und mich aus Respekt ihm gegenüber beherrschen konnte. Und als Eden dann auch noch zu mir rüberkam und mir eine Ohrfeige verpasste, implodierte alles in mir. Ganz still und leise, dafür aber umso gefährlicher. Denn ich wusste, dass nun alles im Arsch war, dass ich sie nie wieder zurückbekommen würde und meine Chance auf meine persönliche Traumfrau vertan hatte. Und das alles nur wegen meinem verfickten Bruder und dieser beschissenen Wuteinlage.

Ich war gerade dabei in mein Stadtapartment aufzubrechen. Ich wollte dort einfach abfucken und vergessen, was Eden in mir gesät hatte. Ich wollte sie hinter mir lassen. Aber dann stand sie plötzlich wieder vor meiner Tür, so verdammt kaputt, so verdammt mein. Und ich konnte es nicht glauben. Im ersten Moment dachte ich, sie wäre eine Fata Morgana. Doch sie war wirklich da und sie wollte zurück zu mir. Nach allem, was ich getan hatte, strahlte mir immer noch diese unbändige Wärme aus ihren Augen entgegen. Ich konnte sie nicht gehen lassen. Ich werde sie nie wieder gehen lassen – koste es, was es wolle. Ich werde sie genau hier behalten, hier in meinen Armen und wer sie mir nehmen will, stirbt.

Ganz einfach.

Jetzt ist es besiegelt.

Sie hat gewählt und ich habe das auch schon längst getan. Ich habe das in dem Moment getan, als ich meinen Bruder in seinem Club zurückließ. Er hat mich nicht nochmal angerufen, ich habe gar nichts von ihm gehört, aber ich weiß, dass es noch nicht vorbei ist. Es wird erst vorbei sein, wenn Devon stirbt. Ich hoffe, dass er mich nicht dazu zwingen wird, ihn aufzuhalten, denn er weiß am besten, wie radikal ich werden kann.

»Das ist echt zu warm«, murmelt Eden mit einem Mal und wendet sich mir aggressiv zu. Sie versteckt ihr Gesicht an meiner nackten Brust und ich ziehe lachend den Vorhang über ihrem Kopf zu.

»Besser?«

»Ja«, brummt sie düster und ich bette mein Kinn auf ihrem Kopf. Ein paar Sekunden schweigen wir, aber ich merke, dass sie jetzt nicht mehr so tief atmet.

»Bist du jetzt wach?«, frage ich also.

»Eigentlich nicht.«

»Okay.« Wieder sind wir still und ich streiche über die zarte Haut an ihrem Rücken – wohlwissend, dass sie nicht mehr schlafen wird, wenn sie meine Finger erst richtig spürt. Und so kommt es auch nach ein paar Sekunden.

»Ich bin *doch* wach«, nuschelt sie an meiner Brust.

»Dachte ich mir.«

»Ja.« Ich lache wieder, weil sie so eingeschnappt klingt. Mit meinen Knöcheln streiche ich über ihr Steißbein, dann ihren Rücken wieder hoch und Gänsehaut explodiert auf ihrem Körper.

»Was hast du jetzt vor?«, frage ich und sie sieht vorsichtig zu mir auf.

»Weiß nicht, was hast *du* vor?«, erkundigt sie sich lauernd. Sie hat wahrscheinlich Angst, abgewiesen zu werden. Ich frage mich, wie schwer es sein muss, das Leben auf diese Art zu bestreiten. Aber ich werde sie sicher nicht abweisen. Ich weiß jetzt, dass sie mich liebt, und damit werde ich arbeiten, auch wenn sie mal wieder kompliziert wird. »Ich habe vor, einfach hier mit dir liegen zu bleiben.«

»Und danach?« Ah, ich weiß schon, worauf sie hinauswill, aber da muss Madam jetzt ein bisschen aus sich rausgehen.

»Danach wollte ich Sandwiches machen.« Sie verdreht ihre Augen und ich zucke mit den Schultern. Sorry, ich kann eben nicht kochen.

»Und danach?«

»Danach weiß ich es nicht, es hängt von dir ab.« Sie richtet sich auf die Ellbogen auf und ich streiche ihr eine Strähne aus dem Gesicht. So ein schönes Gesicht, so weiche Haut, so offene verletzliche Augen. So eine unsichere Frau – meine Frau.

»Und was, wenn du mit uns drüben frühstückst?«, fragt sie zögerlich und normalerweise würde ich jetzt in Gelächter ausbrechen und die nächsten Tage nicht mehr damit aufhören. So ein Typ bin ich nicht, aber für Eden will ich alles sein, was sie will und braucht.

»Okay«, antworte ich also und sie lächelt leicht.

»Wir ... wir sollten mit meiner Mutter reden.«

»Ja.«

»Sie wusste darüber Bescheid, was Dad getan hat.« Oh, okay, *dieses* Gespräch. Ich wusste, dass es noch kommen würde, aber wenn es nach mir ginge, hätte es auch später sein können.

»Ja, dein Vater und deine Mutter scheinen sich sehr geliebt zu haben.« Das hat man an jedem Blick und Wort gemerkt, wenn Pete über sie gesprochen hat. »Aber ich glaube, bei einigen Dingen hat er ihr nicht immer die Wahrheit erzählt.«

»Hast du ihn auch gekannt?«, fragt Eden vorsichtig. Ich seufze schwer, verschränke einen Arm hinter meinem Kopf und sehe an die Decke. »Ja, ich habe ihn ein paar Mal getroffen, denn Devon und ich haben das Geschäft zusammen aufgezogen. Devon war sozusagen der Kopf, ich der Körper. Aber mein Bruder war enger mit deinem Vater befreundet als ich und kannte ihn besser ...« Mir war ihr Dad schon immer nicht ganz geheuer, ich wusste, dass er eine andere Seite hatte, die uns gefährlich werden könnte. »Aber Devon hätte die Hand für ihn ins Feuer gelegt. Er hat an ihn geglaubt, bis er seine Frau und seine Tochter umgebracht hat.«

»Hat Devon Dad bedroht, weil er ihm Geld schuldete?«

»Nein, dein Vater hat Devon kein Geld geschuldet. Sie waren immer im Reinen.«

»Wieso hat er das nur getan?«, wispert Eden erschüttert und ich schiebe meine Hand in ihren Nacken, streiche mit dem Daumen über ihre zarte Haut.

»Weil er seinen Verstand verloren hat ... er hat sich durch das Kokain in Größenwahn und Paranoia verstrickt. Das passiert den besten Menschen, wenn sie nicht aufpassen. Er hat sich eingebildet, Devon hätte sich gegen ihn gewendet und sich mit den Leuten verbündet, mit denen dein Vater Probleme hatte. Egal, wie oft Devon ihm versicherte, auf seiner Seite zu sein, er hat sich seine eigene Meinung gebildet und dann ... hatten sie einen üblen Streit. Ich war nicht dabei, aber Devon war danach richtig abgefuckt ...«

Ich schlucke, denn eigentlich denke ich nicht gern an diese Nacht zurück. Diese Nacht, in der ich meinen Bruder das letzte Mal wirklich sah. Denn danach hat er sich verändert, danach wurde aus einem Mann ein Monster und niemand konnte ihm helfen. »Dein Vater hat sein Haus einfach angezündet. Devon war gerade mal eine Stunde weg ... und als er zurückkam, war es zu spät. Sie waren tot.« Gracie war tot ... Ich habe meine Nichte über alles geliebt, ich habe sie auf Händen getragen. Sie war so ein sanftmütiges, unglaubliches Wesen und hatte nicht verdient, so früh zu sterben. »Gracie war gerade mal fünf Jahre alt«, flüstere ich und erinnere mich an ihr losgelöstes Lächeln und ihre funkelnden blauen Augen. Und auch ihre Mutter Adina war eine wirklich gute Frau. Sie wusste genau, wie sie mit Devon umgehen musste, sie war so gestanden und doch liebevoll. Sie wusste genau, wie sie die Dämonen von ihm fernhalten konnte. Doch als er sie verlor, haben sie ihn völlig verschlungen. Ich merke erst, dass ich abgedriftet bin, als Eden ihre Hand an meine Wange legt.

»Es tut mir leid«, sagt sie mit tränenerstickter Stimme und plötzlich sehe ich in das Gesicht eines Häufchen Elends. »Ich habe nie darüber nachgedacht, dass du auch jemanden verloren hast«, flüstert sie und streicht mit dem Daumen über meine Wange. Ich lächle leicht und ziehe ihre Hand an meine Lippen. Ja, ich habe meine Nichte und meine Schwägerin verloren, ich habe meinen Bruder verloren. Aber dafür habe ich *sie* bekommen. Diese unglaubliche Frau, die vor mir im Bett kniet und völlig auseinanderfällt, weil sie sich in mich eingefühlt hat – die so ein weiches, reines Herz hat und es nur sehr hart verstecken musste.

»Es ist schon gut, Babe. Ich komme damit klar.« Mittlerweile zumindest. Die ersten Jahre war ich ein einziges Chaos. Ich habe mich jedes Wochenende in einen anderen Kampf gestürzt, war völlig außer Kontrolle. Niemand konnte mich bändigen, erst recht nicht ich selbst. Früher hat das mein Bruder öfter übernommen. Ich war schon immer der Aufbrausende, Impulsive von uns beiden, aber er konnte mich immer runterbringen. Als ich ihn verlor, verlor ich auch mich. Ich verlor an diesem Tag eigentlich auch alles. Aber ich habe es runtergeschluckt, weil ich kein Recht darauf hatte, zu leiden. Nicht so sehr wie er zumindest. In gewisser Hinsicht war es bei uns ähnlich wie bei Trudy und Eden.

»Es tut mir trotzdem so leid«, flüstert sie wirklich ergriffen und streicht mit ihrem Daumen über meine Lippen.

»Es ist jetzt gut«, wispere ich an ihrer Haut – und das ist es wirklich.

»Wirklich?«, fragt sie hoffnungsvoll und in meiner Brust verkrampft es sich. Was ist das nur für eine Frau? Alle denken, Trudy wäre der sanftere, sensiblere Teil der beiden, aber in Wahrheit ist es Eden. Sie ist wie ein Regenbogen, der sich über Jahre hinweg hinter einer dunklen Wolkendecke aus Hass und Abscheu versteckt, sich jetzt aber in den Sonnenschein gekämpft hat und in all seinen Farben strahlt.

Jetzt sieht man all ihre Schattierungen, all ihre Nuancen, all ihre Facetten und vor allem ihr reines, unglaubliches Herz.

»Ja, wirklich. Jetzt ist es besser als gut«, murmle ich und streiche durch ihr seidiges Haar. Als Eden leicht lächelt, ist sie die schönste Frau dieser Welt für mich und ich wünsche mir, sie hätte nicht so verdammt viel durchgemacht. Ich wünsche mir, ich hätte das alles irgendwie aufhalten, sie irgendwie schützen können.

»Ich hätte vehementer versuchen müssen, ihn zurückzuhalten. Es tut mir so leid, dass ich es nicht geschafft habe.« Eden schüttelt sofort den Kopf.

»Entschuldige dich nicht. Er war es, es war seine Entscheidung. Nicht deine. Und es bringt jetzt auch nichts mehr, es ändert nichts.«

»Damit hast du recht. Man kann die Vergangenheit nicht ändern, man kann nur versuchen, mit ihr zu leben.«

»Ich habe mir auch immer wegen Trudy Vorwürfe gemacht«, sagt sie und ich streiche über den eintätowierten Schmetterling auf ihrem Oberschenkel. Das Symbol ihrer unerschöpflichen Liebe zu ihrer Schwester.

»Es hätte nichts geändert, wenn du dabei gewesen wärst.« Ich denke, ich werde das noch sehr viel öfter sagen müssen, aber es ist kein Problem.

»Ich weiß ... aber dann hätte sie wenigstens nicht allein gelitten. Ich habe nur die ganze Zeit versucht, irgendwie normal für sie zu sein. So zu tun, als wäre es gar nicht schlimm, ohne Beine zu leben, aber ich habe es nicht gut geschafft. Ich kam damit gar nicht klar. Anfangs wusste ich nicht, wie ich sie behandeln sollte, denn ich wollte sie nicht verletzen, aber ihre ... ihr Aussehen hat mich so verstört. Ich wusste nicht, wie ich sie anfassen sollte und habe so sehr versucht, einfach besonders sanft zu sein.«

»Und damit hast du sie wahrscheinlich nur noch mehr verstört.«

»Ich wollte das nicht.«

»Ich weiß. Meine Großmutter saß am Ende auch im Rollstuhl, weil ihr wegen Diabetes die Beine abgenommen wurden. Sie hat es allerdings immer mit Humor genommen und wollte nie anders behandelt werden«, erzähle ich und denke an ihr weißes Wattehaar und ihre raffiniert blitzenden Augen. Eden hätte sie geliebt. »Es war eine Tortur, mit ihr einzukaufen oder mit ihr ein Amt zu besuchen, denn sie wollte einfach keine Extrawurst.«

»Du hast dich um sie gekümmert?«, fragt Eden ergriffen.

»Nur das letzte Jahr, als es richtig übel wurde. Da habe ich sie zu mir in die Wohnung genommen.« Sofort schiebe ich alles fort, was bei der Erinnerung an ihre letzte Zeit in mir hochkommt. Es war grauenhaft zu sehen, wie diese einst so starke Frau innerhalb kürzester Zeit absolut abbaute. Das kann ich jetzt nicht gebrauchen und zum Glück lenkt Eden mich auch ab, als sie sich auf mich setzt.

»Du bist ein guter Mensch«, stellt sie fest und ich runzle meine Stirn. Diese Frau hört wirklich nie auf, mich zu überraschen.

»Äh, ja?«

»Das dachte ich nicht«, lacht sie und verschränkt unsere Finger miteinander. Ich werde natürlich sofort hart, aber wir versuchen beide, es zu ignorieren. Es ist unangemessen, denn ich habe gerade an meine Granny gedacht, aber mein Schwanz hat einfach seinen eigenen Kopf und ist äußerst taktlos.

»Wieso?«

»Also bitte, du bist ein Gangster und machst Gangstersachen. Was ist das eigentlich alles?«

»Ach ... Darüber reden wir jetzt lieber nicht.« Ich will ja nicht, dass sie schreiend davonläuft.

»Wir sollten ehrlich zueinander sein, oder?« Eden weitet bedeutungsvoll die Lider und ich muss wieder lachen.

»Okay, wie du willst.« Ich werde es ihr einfach freundlich umschreiben. »Ich schmeiße Leute aus unseren Bezirken, die dort nichts zu suchen haben. Ich kümmere mich um den Abschaum, der uns etwas streitig machen will oder sonst irgendwelche Probleme macht. Ich bin der Mann für das harte

Zeug.« Eden verzieht ihr Gesicht und ich streiche über ihr Bein. Hat jemand schon mal so glatte Haut gefühlt? Ich glaube nicht. Wirklich nicht.

»Was heißt, du *kümmerst* dich?« Ja, es heißt genau das, wonach es klingt. Manchmal kommen diese Leute auch nie wieder zurück. Aber das sage ich ihr jetzt sicher nicht. Diese Seite von mir ist nichts, womit sie in Berührung kommen sollte. Niemals.

»Na ja ... ich bringe die Leute so weit, dass sie sich wünschen, niemals geboren worden zu sein.«

»Aha«, antwortet sie etwas zweifelnd und ich lache wieder.

»Keine Sorge, ich werde mich nicht um *dich* kümmern«, sage ich und ziehe sie an einer Strähne näher. »Nur um jeden Einzelnen, der dir oder deiner Familie zu nahe kommt. Das hätte ich so oder so getan, ob du dich für mich entschieden hättest oder nicht«, wispere ich an ihren Lippen und die Faszination strahlt mir nur so aus ihren Augen entgegen. Eine dunkle Faszination, eine ungesunde Faszination, aber ich werde sie sicher nicht aufhalten.

»Wieso?«

»Weil ich dich liebe.« Und damit küsse ich sie, denn jetzt will ich nicht mehr reden. Ich will sie nur noch fühlen, und fühlen und fühlen.

Fuck, ja. Das hier ist das Paradies, *mein* Paradies und ich gebe es nie wieder her.

fuck

• • •

EDEN

ICH KANN NICHT GLAUBEN, was ich tue, als ich mit Drake zu unserem Haus rübergehe. Ich kann nicht glauben, dass meine Hand in seiner liegt. Ich kann nicht glauben, dass ich ihn gleich offiziell als meinen Freund vorstellen werde. Ich kann es nicht glauben – und ich kann es auch nicht *erwarten*.

Er wird jetzt also der Mann an meiner Seite sein. Das, was ich eigentlich nicht wollte. Zumindest habe ich mir das eingeredet, weil ich wirklich Angst hatte. Trudy hatte recht und ich bin so froh, dass sie meinen Kopf gewaschen hat, denn jetzt fühle ich mich verdammt gut. So erleichtert. Irgendwie kommt mir die Sonne gleich etwas strahlender, etwas wärmer vor. Wahrscheinlich, weil ich mir endlich erlaube, ihre Strahlen zu genießen. Ich habe mich lang genug eingesperrt und zurückgehalten, das will ich nicht mehr tun. Für Trudy und auch für mich. Vielleicht auch für meine Mutter ...

»Sie wird wahrscheinlich total viel plappern«, bereite ich Drake schon mal vor und er ahnt wahrscheinlich, um wen es geht.

»Okay.«

»Sie wird dich löchern.«

»Kein Problem.«

»Und sie wird Angst vor dir haben.«

»Bin ich gewöhnt.«

»Das glaube ich dir«, nuschle ich in mich hinein und schließe die Haustür auf. Sofort dringt der Geruch von Pancakes in meine Nase, was ein gutes Zeichen ist. Solange Mom Pancakes macht, ist sie nicht völlig hinüber.

»Ich bin da«, rufe ich schon mal als Warnung. »Und ich habe jemanden dabei.« Mein Gott, bitte ... *Bitte mach, dass sie nicht total durchdreht. Bitte mach ...*

Aber ich stocke im Türdurchgang, als ich bemerke, dass Mom nicht allein ist und jemand am Tisch sitzt. Nicht nur eine völlig bleiche Trudy, nicht nur meine nervöse Mutter ... sondern auch ein Mann im Anzug.

Devon.

Devon Hollow ist hier – am Frühstückstisch meiner Mutter und vor ihm liegt eine Waffe.

Fuck.

der teufel an meinem tisch

. . .

EDEN

DER TEUFEL SITZT in meiner Küche und zwar direkt neben meiner Schwester. Vor ihm liegt eine Waffe. Er könnte sie mir nehmen. Er könnte mir den Menschen nehmen, der mir am meisten auf dieser Welt bedeutet. Den Menschen, den ich auf keinen Fall verlieren darf.

Und ich weiß nicht, was ich machen soll.

Ich weiß nicht, was ich sagen soll.

Die Zeit scheint still zu stehen.

Er ist hier.

Der Mann, der meinen Vater umgebracht hat. Der Mann, der meine Schwester in den Rollstuhl befördert hat.

Der Mann, der nur eines im Sinn hat: *Rache.*

Der Mann, der alles für diese Rache tun würde.

Der Mann, der uns töten will.

Der Mann, der uns töten *wird,* wenn ich nichts unternehme, ist hier und ich muss *denken.*

Ich muss etwas tun, aber ich weiß nicht was.

Was macht er hier?

Was soll das?

Was zum Teufel soll das?

Ich fühle mich, als wäre ich in einem falschen Film gelandet. Einem ganz, ganz falschen Film. Mein Blick zuckt zu Trudy, die mir mit ihren Augen deutet, nicht durchzudrehen. Schweiß steht auf ihrer Stirn und sie scheint kaum atmen zu können. Sie hat Angst. Todesangst. Und in mir legt sich ein Schalter um. Ich will blindlings drauf losstürmen, aber Drake zieht mich an der Hand zurück.

»Aah, und du bist auch hier, Bruder. Wie schön«, sagt Devon sanft und erst, als Drake sich vor mich schiebt, merke ich, dass meine Mutter kurz vor dem Zusammenbruch steht. Sie ist völlig bleich und regt sich nicht, ihre Finger sind so verkrampft, dass die Knöchel weiß hervortreten und Tränen stehen in ihren blauen Augen. In mir explodiert ein so heftiger Wuttornado, dass es mich fast umhaut. Fast gehe ich erneut auf ihn los, aber Drake hält mich wieder zurück.

»Drei Minuten«, knurrt er und Devon lächelt überheblich. »Du hast drei Minuten, um zu verschwinden.«

»Oder was, Bruder? Willst du mich erschießen? Oh, du hast ja gar keine Waffe dabei. Wie blöd. Setzt euch.« Unter dem Tisch kickt er einen Stuhl heraus und ich sehe, wie Drakes Nackenmuskeln zucken. Ich kann nicht atmen, aber ich folge, als Drake mich zu einem der Stühle nickt. Neben meiner Mutter lasse ich mich auf das Holz sinken und umfange sofort ihre verschwitzte, zarte Hand. Es wird alles gut, sie muss keine Angst haben. *Alles wird gut.*

Auch Drake setzt sich langsam an meine Seite, ohne Devon aus den Augen zu lassen. Dieser Bastard trinkt einen Schluck Kaffee.

»Schön, dass wir alle mal zusammensitzen. Das hätte ich ja nie gedacht, aber das Unmögliche ist eben doch möglich«, meint er im Plauderton und meine Mutter zuckt zusammen, als er die Tasse wieder abstellt. Er ist so ein glatter Bastard, ich steche ihm gleich die Augen aus. »Vielleicht sollte er sich auch mal vorstellen, ihn kennst du ja noch nicht persönlich, Clarice.« Er deutet auf Drake, der jede Sekunde explodiert. Sein weißes Shirt spannt so heftig um seine Oberarme, dass ich befürchte, es könnte gleich reißen. »Das hier ist mein Bruder Drake Hollow, einer der gefährlichsten Kriminellen New Yorks. Ach, und offensichtlich ist er auch der Bettgefährte deiner Tochter. Ist das nicht schön?« Moms schockierter Blick zuckt zu mir.

»Er ist mein Freund«, sage ich mit vor Wut bebender Stimme.

»Zwei Minuten«, knurrt Drake, aber Devon lässt sich davon nicht beirren und schwingt seinen Ellbogen locker über die Stuhllehne. Ich beiße die Zähne fester aufeinander, er müsste nur diese schwarz glänzende Waffe nehmen. Er müsste nur seinen Zeigefinger bewegen, dann wäre es vorbei. Einfach vorbei. Es darf nicht vorbei sein, für niemanden hier.

»Wie ihr sicher alle wisst, war euer Vater dafür verantwortlich, dass meine Frau und meine Tochter sterben mussten und da mein Bruder sich ja dazu entschieden hat, sich den Kopf vernebeln zu lassen, bin ich hier, um einen Tausch einzufordern. Zwei Leben habe ich *verloren*, zwei Leben *bekomme* ich von euch. Eine der Ladys darf weiteratmen.«

Ach ja? Das denkt er also? Dass er in unser Haus kommen und irgendwelche Forderungen stellen kann? Dass er uns *bedrohen* kann? Dass er meine Mutter in Todesangst versetzen und meiner Schwester die Angst ihres Lebens einjagen kann?

Scheiße, das kann er nicht. Das darf er nicht. Aber ich weiß gerade auch nicht, was ich dagegen tun soll. Ich bin machtlos, so verdammt machtlos, wie ich es schon so oft war. Als mein Vater starb, als meine Schwester ihre Beine verlor, als sie von den anderen fertiggemacht wurde. Als ich mein ganzes Leben verlor. Und das alles haben wir nur diesem Mann zu verdanken. Diesem beschissenen Bastard, der denkt, ihm würde die Welt gehören. Aber ich werde seine Welt in die pure Hölle verwandeln. Das schwöre ich mir.

Zumindest, wenn ich das hier überlebe.

»*Eine* Minute«, knurrt Drake, doch Devon lächelt ihn leicht an.

»Nein, kleiner Bruder«, haucht er und sein Blick schweift zu

Trudy. Sie spannt sich weiter an und kurz scheint die Luft im Raum zu knistern. Mein Blick zuckt zu Trudy, die ihn sofort erwidert. Was soll ich tun? Verdammt, wie kann ich das hier stoppen? Ich will nicht, dass sie mich so ansieht. Ich will nicht, dass ihr etwas zustößt. Ich kann doch nicht ohne sie leben. Allein bei der Vorstellung kann ich nicht mehr atmen.

»Du entscheidest«, fordert er weich und Trudy schluckt. Sie starrt ihn an, wie sie noch nie jemanden angestarrt hat. Ich habe sie noch nie so rasend gesehen, noch nie so hasserfüllt. Sie antwortet nicht und Devon beißt kurz die Zähne aufeinander.

»Wie du willst, kleines Blümchen.« Damit greift er nach seiner Waffe und ich fahre fast aus meiner Haut, fast stürze ich mich dazwischen, fast kann ich mich nicht halten, aber Drake packt meinen Unterarm und hält mich verbissen zurück.

»Devon!«, bellt er, vor Wut am ganzen Körper bebend. Gleich wird er sich nicht mehr halten können und detonieren. Aber Devon ignoriert das völlig und richtet die Knarre direkt auf mich. In seinen Augen lodert ein Hass, der die Welt vernichten könnte. Ein Hass, der sich dort seit Jahren festgesetzt hat, ein Hass, dem ich nichts entgegensetzen kann. Fest kralle ich mich an die Stuhllehnen und alles um mich herum verschwimmt. Mein Pulsschlag explodiert, es rauscht so laut in meinen Ohren, dass ich kaum noch etwas anderes wahrnehme.

»Dann du zuerst«, sagt er hohl und entsichert.

»NEIN!«, rufen Mom und Trudy gleichzeitig, als Drake auf die Beine schnellt. Er stößt den Tisch beiseite und das Geschirr knallt gegen die Wand. Meine Mutter schreit auf, als es lautstark zerspringt. Saft bespritzt mich von oben bis unten und Trudy keucht.

Dann brüllt Devon.

Er brüllt so laut und schmerzerfüllt, dass ich keine Ahnung habe, was passiert ist. Erst nach ein paar Sekunden realisiere ich, dass Trudy ihm ein Küchenmesser ins Bein gerammt hat. Im selben Moment stößt Drake ihn nach hinten. Hart krachen die beiden gegen die Wand und es löst sich ein Schuss – so laut, dass es in meinen Ohren pfeift und mein Herzschlag aussetzt. Die Kugel streift Drakes Arm, weswegen ich aufschreie.

Aber er scheint das gar nicht zu merken, die beiden starren sich an. Der Schuss hallt noch in meinen Ohren nach und die Zeit scheint stillzustehen. Nichts als blanke Wut spiegelt sich in Drakes Gesicht, während Devon nur voller Verwunderung zurückstarrt.

Erst weiß ich nicht, was geschehen ist, aber dann wispert Drake: »Eins ...« und ich sehe erst jetzt das Blut, das Devons Bauch herabrinnt. Schmerz und Erkenntnis explodieren in seinen Augen und Drake zieht seine Hand zurück. Darin schimmert sein Klappmesser blutrot. Verbissen hält er Devon vom Zusammenbrechen ab und mein Magen dreht sich um.

Er hat einfach zugestochen. Er hat einfach seinen Bruder abgestochen.

»Oh mein Gott«, murmelt meine zitternde Mutter und ich mache benebelt einen Schritt auf die zwei zu.

»Verräter!«, zischt Devon in Drakes Gesicht, während er seine Hand auf die Wunde presst, und der Hass tränkt jede einzelne Silbe.

»Nein, *du* hast dich verraten, Bruder«, antwortet Drake leise und Devon sackt gegen ihn, als er ohnmächtig wird.

»Drake.« Er packt seinen Bruder fest unter den Armen.

»Ich muss ins Krankenhaus, bleib bei ihnen«, knurrt er mir zu. Ich sehe zu Trudy, die mir sofort zunickt. Dann zu meiner Mutter, die schockiert, aber nicht völlig hinüber ist. Ihnen geht es gut. Ich kann gehen. Ich *muss* gehen. Ich kann ihn jetzt nicht allein lassen. Ich werde ihn nie wieder allein lassen, egal wobei.

»Ich komme mit«, beschließe ich und stürme mit Drake aus dem Haus.

Und während ich in Drakes Auto schlüpfe und er seinen Bruder zu mir auf die Rückbank hievt, wird mir eines klar: Dieser Mann liebt mich.

Er liebt mich wirklich.

Er hat sich einfach dazwischengeworfen, als Devon auf mich geschossen hat.

Er hätte sein Leben für mich gegeben und ab heute ist eines klar.

Ich werde es genauso halten.

Für immer.

meine göttin

• • •

DRAKE

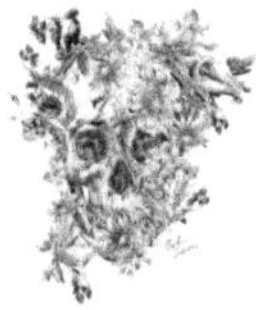

ICH HABE MICH STETS GEFRAGT, ob vielleicht noch ein kleiner Teil meines Bruders übrig ist, ob er vielleicht noch irgendwo in dieser Hülle steckt. Ich habe mich immer gefragt, ob er Eden, Trudy oder ihrer Mutter *wirklich* etwas antun könnte, wenn er vor ihnen stünde. Denn in einer anderen Zeit – als er sich noch nicht verloren hatte – war mein Bruder ein Mann mit Ehre. Kinder und Frauen waren für ihn tabu. Er hätte Adina niemals ein Haar gekrümmt, egal, wie unfair sie bei einem Streit auch wurde. Und ich dachte all die Jahre, dass er sich diese Ehre vielleicht tief in seinem Inneren bewahrt hätte, aber das hat er nicht.

Mein Bruder hätte tatsächlich die Frau erschossen, die ich liebe. Er hätte sie umgebracht, obwohl sie genauso unschuldig ist, wie es Gracie war. Er hat sich wirklich völlig verloren und somit habe ich *ihn* völlig verloren.

Ich kann nicht zulassen, dass ihr etwas zustößt. Ich kann nicht zulassen, dass irgendwer sie verletzt. Auch er nicht. Niemals.

In dem Moment, als er diese Waffe auf sie richtete, habe ich absolut instinktiv gehandelt. Ich wollte ihn einfach nur umbringen. Der Drang wurde so übermächtig, dass ich mich nicht beherrschen konnte, aber in der letzten Sekunde hat sich irgendwas in mir anders entschieden. Vielleicht der kleine Junge, der bei Gewitter immer in Devons Bett kroch.

Ich konnte ihn nicht töten – *ich* habe meine Ehre nämlich noch nicht verloren.

Aber Trudy hat ganze Arbeit geleistet und eine Ader getroffen.

Devon blutet wie verrückt, während ich durch Roxbury rase.

»Scheiße, es hört nicht auf«, ruft Eden und als ich in den Rückspiegel sehe, merke ich, dass sie ihre Hände auf die Wunde in Devons Bein drückt. Sie ist über und über voll mit seinem Blut. Angst steht in ihren grünen Augen. Sie tut alles, um ihn zu retten, obwohl er sie gerade erschießen wollte. Und das nur für mich. Sie handelt instinktiv, weil sie ein Engel ist, und er ist der Teufel. Vielleicht sollte ich ihr sagen, dass sie ihre Rettungsversuche stoppen soll. Aber ich kann nicht. Ich kann ihn nicht sterben lassen. Bei dem Gedanken dreht sich alles in mir schmerzhaft um. Ich kann nicht. Also zerre ich mein Shirt über meinen Kopf und reiche es ihr.

»Binde das Bein am obersten Ansatz seines Oberschenkels ab. Schnell«, weise ich sie an und sie dreht das Shirt abwesend ein. Dann schlingt sie es um Devons Bein. Er ist bewusstlos, bekommt davon gar nichts mehr mit, und das ist auch gut so. Sonst würde er wahrscheinlich jetzt noch versuchen, sie umzubringen, obwohl sie sein Leben rettet. »Fest«, knurre ich und Eden zieht den Knoten fester. »Nimm den Pullover im Fußraum und binde die Wunde ab.« Auch das tut sie mit bebenden Fingern und rutscht zweimal ab, weil sie so feucht sind und so stark zittern. Ich würde das gern tun, ich würde sie gern beruhigen, aber ich kann nicht. Völlig verbissen überfahre ich eine rote Ampel und presche über die Hauptstraße. Ich muss ins Krankenhaus. Ich muss. Ich muss. Ich muss. Schließlich schafft Eden es. »Jetzt leg das Bein hoch.«

Sie tut auch das, platziert Devons Fuß am Fenster und hält ihn dort verbissen fest.

»So?«, fragt sie und fast brülle ich, als ich in ihre grünen, sorgenvollen Augen sehe.

Ich nicke knapp und Eden tut es mir nach. In ihrem Blick steht der pure Stress und sie zittert am ganzen Körper, aber sie macht das hier mit mir durch. Sie lässt mich nicht allein. Diese Frau ist der absolute Wahnsinn. In diesem Moment verehre ich sie.

Wie unglaublich kann man eigentlich sein?

Sie killt mich einfach.

Aber jetzt darf mein Bruder nicht sterben, also biege ich mit quietschenden Reifen auf den Parkplatz des Krankenhauses und halte haarscharf vor der Notaufnahme. Sofort steige ich aus und stürme ins Gebäude.

»Ich brauche einen Arzt, mein Bruder wurde verletzt! Arterie, Bein«, rufe ich einer Krankenschwester an der Rezeption zu und offensichtlich versteht sie sofort den Ernst der Lage. Vielleicht liegt es an meinem blutigen Auftreten, vielleicht an dem Wahnsinn in meinen Augen, aber sie reagiert. Was sie in den Telefonhörer murmelt, verstehe ich nicht, denn ich habe mich bereits abgewandt und sprinte wieder nach draußen. Es fühlt sich an, als würde die Zeit mit einem Mal viel zu schnell laufen, als würden mir die Sekunden durch die Finger rinnen und jede einzelne ist ein Schritt weiter in die ewige Schwärze für meinen Bruder.

Als ich die hintere Tür aufreiße, spurten zwei Pfleger mit einer Liege hinaus und ich helfe ihnen, Devons schlaffen Körper darauf zu hieven. Sie eilen mit ihm davon und ich würde am liebsten mit in den OP stürmen, aber das darf ich jetzt nicht tun.

Ich darf ihnen nicht folgen.

Ich muss ihn gehenlassen.

Wirklich gehenlassen. Denn ich habe mich entschieden.

Meine Eingeweide sind verknotet und ich kann kaum atmen. Ein Teil von mir hat Todesangst um ihn, aber der andere weiß, dass es besser wäre, würde er nicht mehr aufwachen. Ich weiß, dass er sonst noch wirkliche Probleme machen wird, und ich will nicht der sein, der irgendwann tatsächlich sein Leben beenden muss. Ich will ihm das nicht antun. Er war nicht immer schlecht, er war nicht immer ein Monster.

Tief in seiner verrotteten Brust schlägt ein gebrochenes Herz. Nur deswegen ist er so hasserfüllt, nur deswegen hat er sich verloren.

Fuck, er ist doch eigentlich nur verloren. Er kann doch eigentlich nichts dafür. Der Schmerz hat dieses Monster aus ihm gemacht, er konnte es nicht anders ertragen.

Als sich eine kleine Hand zwischen meine Schulterblätter legt, presse ich die Lider aufeinander. Eden streicht über meinen Rücken.

»Er wird wieder«, sagt sie und ich merke, dass ich mich an meiner Motorhaube abstütze, weil die Kraft mich immer mehr verlässt. »Er ist zäh.«

»Woher willst du das wissen?«, frage ich verbissen und lasse meine Schultern rollen. Sie sind so angespannt, dass sie sich anfühlen, als würden sie jeden Moment brechen.

»Ich habe es in seinen Augen gesehen«, flüstert sie und schmiegt sich einfach von hinten an mich. Sie hält mich zusammen, obwohl sie so eine Angst vor Zurückweisung hat, obwohl dieser Mann gerade ihre Mutter und ihre Schwester bedroht hat, obwohl ich nur Unheil über ihr Leben gebracht habe.

Sie ist hier. Sie ist stark und sie hält mich. Fuck, sie hält mich, wie mich noch nie ein Mensch gehalten hat. Sie hält mich mit ihrer puren Liebe.

Ich ziehe ihre Hand an meine Lippen. Sie ist so blutverschmiert. Blut sollte niemals an diesen zarten Fingern haften. Niemals sollte sie etwas dermaßen verunreinigen.

Ich ziehe sie vor mich und sehe in ihre grünen Augen. Ich will mich jetzt ablenken und das schafft Eden immer mit nur einem Blick. Doch sogar in ihrem Gesicht befinden sich Blutspuren und ich beiße die Zähne aufeinander.

»Hör auf«, sagt Eden sofort und streicht über meine Brust. »Hör auf, ein schlechtes Gewissen zu haben.«

»Er ist ein Bastard.«

»Aber du bist das nicht.« Bin ich nicht? Wäre ich es nicht,

würde ich sie jetzt wirklich von mir stoßen, aber das werde ich nicht. Ich kann nicht. Stattdessen lehne ich meine Stirn an ihre und versuche, mich von ihrer Nähe beruhigen zu lassen. Und tatsächlich wirkt es.

Nach ein paar Minuten kann ich wieder freier atmen, ich kann wieder klarer denken und ich weiß jetzt, wofür ich kämpfen werde. Mein gesamtes Leben wird sich ändern, aber das ist gut, denn ich war schon lang nicht mehr glücklich. Auch ich war schon lang nicht mehr frei.

Nicht nur Eden war vor Schmerz gelähmt, auch mir ging es so. Auch ich bin völlig kaputt, aber sie könnte mich Stück für Stück zusammensetzen – und sie hat keine Ahnung davon. Sie weiß nicht, wie viel es mir bedeutet, als sie mich anlächelt und auf die Zehenspitzen geht. Sie weiß nicht, wie heftig es in meiner Brust explodiert, als ich meine Hand seitlich in ihr Haar schiebe und wir uns küssen.

Sie weiß nicht, wie sehr ich es liebe, wie vertrauensvoll sie sich an mich schmiegt. Sie weiß nicht, dass ich ab diesem Tag alles für sie tun würde. Kämpfen, Knien, Hassen, Lieben. Sie ist es, für die ich ab diesem Moment lebe.

Sie ist es. Immer nur sie.

mein lichtregen

• • •

EDEN

DRAKE WOLLTE GENAU SO LANG im Krankenhaus bleiben, wie sein Bruder in Lebensgefahr schwebte, aber kaum, dass klar war, dass er es schafft, sind wir gegangen.

Wir haben die letzte Stunde kein Wort geredet, aber ich habe Drakes Hand unentwegt gehalten. Ich wollte, dass er sich nicht so verdammt allein fühlt. Und ich habe es geschafft. Glaube ich. Ich weiß es nicht. Ich war schon lang nicht mehr auf diese Art für jemanden, außer meiner Schwester, da und selbst bei ihr habe ich es nicht immer geschafft. Aber ich glaube, ich habe es ein kleines bisschen besser für ihn gemacht.

Jetzt biegen wir wieder in unsere Straße und in mir verknotet es sich wieder. Ich habe Trudy bereits angerufen, um zu fragen, ob alles okay ist. Sie klang gefasst. Aber ich weiß, dass sie innerlich völlig verstört ist, und über Mom will ich erst gar nicht nachdenken.

Drake hält direkt vor unserem Haus, das so friedlich und rein in den blauen Himmel ragt. Aber hinter der Fassade ist nichts friedlich und rein. Ich kann nicht glauben, wie kaputt meine Familie ist. Und mein eigener Vater hat sie zerstört. Er stand mit einem Bein die ganze Zeit in einer anderen Welt, die nichts mit dieser Vorstadtidylle zu tun hat. Er hatte Geheimnisse, wahrscheinlich auch ein zweites Gesicht, das er uns nie gezeigt hat, und jetzt will ich alles von ihm wissen. Ich will wissen, wieso er uns all das angetan hat. Was sein Grund dafür war, sich mit Männern anzulegen, die seiner Familie ernsthaft gefährlich werden könnten.

Wieso?

Wieso hat er all das riskiert?

»Babe«, spricht Drake mich an und ich sehe abgelenkt zu ihm. Er hat sich die Hände und das Gesicht gewaschen, trotzdem ist sein nackter Oberkörper blutverschmiert. Seine dunklen Augen wirken müde und er ist völlig ausgelaugt. Viel zu ausgelaugt. Ich hasse Dad gleich noch ein bisschen mehr.

»Ja?«, frage ich viel zu spät. Irgendwie ist es wirklich schwer, zu reden, als wäre meine Zunge gelähmt.

»Schon gut«, seufzt Drake und steigt einfach aus. Als er meine Tür öffnet, tue ich es ihm nach. Die Sonne blendet mich wirklich extrem. Irgendwie mag ich das gerade noch weniger und ich komme auch gar nicht damit klar, weswegen ich meine Augen mit dem Unterarm abschirme. Drake legt einen Arm um meine Schultern und dirigiert mich zu unserem Haus. Kurz zögere ich, als wir an der Türschwelle ankommen, aber er streicht mit seinen Lippen über meine Schläfe.

»Es ist alles gut, er ist weg«, wispert er und ich nicke hohl. Erst dann öffnet er die Tür. Die Sonne scheint in den Flur und erhellt all die Familienbilder. All die Bilder von einer Zeit, in der ich glücklich war. Aber zu welchem Preis? Und war *Dad* glücklich? Oder wollte er mehr? Hat er unser Leben vielleicht sogar gehasst? Wer war er wirklich?

Wir gehen an all diesen Erinnerungen vorbei und stranden in der Essküche. Mom schrubbt den Boden. Meine Schwester sitzt in ihrem Rollstuhl an der geöffneten Terrassentür. Die Sonne scheint auf ihr Gesicht und lässt ihr Haar rötlich schimmern. Sie ist immer noch blass, aber scheint sich gefangen zu haben. Als wir eintreten, sieht sie über die Schulter, weil sie mich immer fühlt. Und ich stürze sofort zu ihr und falle um ihren Hals.

Fuck.

Wenn ich sie verloren hätte ...

Dann wäre ich auch gestorben. Aber sie ist hier und auch sie umarmt mich fest, klammert sich an mich. Sie war so verdammt tapfer. Sie hat mein Leben gerettet. Sie hat Devon mit einem Messer Schachmatt gesetzt. Sie würde alles für mich tun und ich für sie auch. Als ich mich zurückziehe, überschaue ich ihr Gesicht, aber sie ist wirklich gefasst und als sie beruhigend lächelt, lächle auch ich zittrig.

Ihr geht es gut.

Und erst jetzt entspanne ich mich und wende mich unsere Mutter zu.

»Mom?«, frage ich behutsam und Trudy seufzt schwer.

»Es ist alles gut, ich muss das nur wegputzen. Ich bin gleich fertig, Eden. Gleich bin ich fertig«, murmelt sie manisch in sich hinein und ich tausche einen Blick mit Trudy.

»Das geht schon die letzte Stunde so«, flüstert sie und ich atme tief aus. Ich muss mich jetzt zusammenreißen, also gehe ich neben Mom in die Hocke.

»Mom«, spreche ich sie sanft an und sie schrubbt noch ein bisschen fester.

»Er ist jetzt weg und er wird nicht mehr zurückkommen«, versichere ich ihr und ihr glasiger Blick schweift zu mir. Sie nimmt mich gar nicht wirklich wahr, sie sieht direkt durch mich hindurch, aber sie lächelt.

»Ja, Baby, ich weiß«, sagt sie, aber was weiß sie denn? Dass Dad uns alle kaputtgemacht hat? Dass sie einen Mann geheiratet hat, der nur Unheil über sie brachte? Dass sie das alles nicht verdient hat? Denn auch das Herz meiner Mutter ist äußerst zerbrechlich. Mir wird schlecht und ich tausche noch einen Blick mit Trudy.

»Ist schon gut, geh hoch und ruh dich aus«, sagt sie und sieht auffordernd zu Drake. Er nimmt wieder meine Hand.

»Wirklich?«, frage ich Trudy, aber sie nickt.

»Ja, geh!«

»*Wirklich*?« Ich fühle mich nicht gut, sie jetzt allein zu lassen. Am liebsten würde ich nur noch an ihr kleben.

»Eden, du bist stehend k.o. und über mit Blut. Geh duschen, leg dich hin, danach reden wir«, sagt Trudy und meine Mutter schrubbt noch ein bisschen fester. Das Geräusch zerrt an meinen Nerven und ich kann mich kaum konzentrieren, weil ich so überreizt bin. Die Sonnenstrahlen stechen in meinen Augen, in meinem Kopf und ich blinzle angestrengt. Ich weiß nicht, vielleicht sollte ich doch bei ihr bleiben ...

»Komm«, sagt Drake und beschwört mich mit seinem Blick, dass es okay ist, aber erst als meine Schwester das bestätigt, lasse ich mich von ihm durch unser Haus ziehen. Er war noch nie hier, glaube ich zumindest, und normalerweise wäre ich jetzt zu Tode aufgeregt, aber ich bin einfach zu ausgelaugt. Ich nehme gar nicht wirklich wahr, wie wir nach oben gelangen. Doch als er die Zimmertür hinter uns schließt, legt sich die Dunkelheit und Ruhe wie eine warme Decke über mich. Und endlich entspannt sich auch mein Kopf etwas.

Drake führt mich zum Bad und zieht mir einfach das Top über den Kopf.

»Wenn du geschlafen hast, wird es besser sein«, sagt er und öffnet auch die Schnüre meiner Hose.

»Mir geht es gut«, beharre ich, aber er glaubt mir nicht. Ich sehe es in seinem Gesicht, dort sehe ich übrigens auch Blutspritzer. Er darf nicht bluten, niemals so bluten, wie es Devon heute getan hat, und ich werde alles dafür tun.

»Okay«, sagt er trotzdem und stellt das Wasser an. Laut rauscht es in die Wanne und genauso laut rauscht es auch in mir.

»Wirklich, mir geht es gut. Wie geht es *dir*?«, frage ich nachdrücklicher. Schließlich hat er gerade seinen Bruder abgestochen und ihn im Krankenhaus zurückgelassen.

»Ich bin wütend«, antwortet er und zieht meine Hose mit dem Höschen herab. Jetzt stehe ich nackt vor ihm, aber es ist mir egal. Auch Drake streift die Jeans ab und steigt zuerst in die Wanne. Dann zieht er mich zu sich ins warme Wasser. Als mein

Rücken an seiner harten Brust landet und auch meine pochenden Muskeln sich langsam entspannen, tut es mein Kopf gänzlich. Ich habe gar nicht gemerkt, dass die ganze Zeit ein Orkan darin wütete. Erst jetzt legt er sich langsam.

Ich schließe die Augen und lehne den Hinterkopf an Drakes Schulter. Er wäscht mein Gesicht, meine Arme, meine Finger und sogar meine Nägel. Langsam finde ich aus meiner Starre. Langsam schaltet sich mein Überlebensmodus wieder aus und ich komme wirklich in der Realität an. Ich merke erst jetzt, dass ich fast gestorben wäre und wie knapp es eigentlich war. Ich hätte meine Mutter verlieren können, ich hätte Trudy verlieren können und ich hätte auch Drake verlieren können. Ich habe ihn doch gerade erst gefunden. Ich will ihn nicht schon wieder hergeben. Ich will alles von ihm kennenlernen. Ich will alles von ihm wissen. Ich will nicht, dass er irgendwann verschwindet und ich nicht weiß, wen ich so sehr geliebt habe.

Also drehe ich mich zu ihm um und treffe auf seinen gequälten Blick. Trotzdem nehme ich sein Gesicht in meine Hände.

»Ich will alles von dir wissen«, sage ich genau so laut, dass es das Rauschen des einlaufenden Wassers übertönt. Die Qual in seinem Blick wird noch größer, aber er ist auch so warm und bewundernd. So hat mich schon ewig niemand angesehen, vielleicht noch nie. Seit ich denken kann, war ich immer die hyperaktive Eden, das Problemkind, das keine Ruhe geben konnte und meinen Eltern peinlich war. Schon immer war irgendwas an mir falsch, aber Drake sieht mich nicht an, als wäre irgendwas an mir falsch. Er sieht mich an, als wäre ich genau richtig. Richtig für ihn. Richtig, um von ihm mit ganzem Herzen geliebt zu werden.

»Okay«, antwortet er einfach und streicht mir ein paar Haare aus der Stirn.

»Keine Geheimnisse mehr«, flüstere ich und lege mich einfach auf ihn. Mein Herzschlag passt sich seinem sofort an.

»Keine Geheimnisse mehr«, wiederholt er mit einem müden Lächeln und streicht über meinen Rücken. Ich merke, dass er offen ist, dass er nichts zurückhält. Ich sehe seine Seele und sie ist wunderschön. Nach außen hin wirkt er so dunkel, aber in seinem Inneren strahlt er so hell. Weiß er das eigentlich?

Ich streiche ich mit meiner Nase über seinen Hals, ziehe seinen Duft ein, ziehe ihn mit jeder meiner Fasern ein und merke an meinem Schenkel, wie er härter wird. Aber er reißt sich zusammen, und auch das liebe ich. Ich liebe es, wie sehr er mich respektiert. Sanft küsse ich seinen Puls.

»Eden«, wispert er warnend und ich liebe es, dass er mich so sehr begehrt. Ich liebe es, dass er mich so machtvoll fühlen lässt. Auf den ersten Blick könnte man meinen, Drake Hollow wäre der typische Macho und Frauenunterdrücker. Aber das ist er nicht. Er ist ein Mann mit Ehre – und die sind so selten in dieser ehrlosen Welt, in der es nur um schnellen Sex und das Äußere geht.

Ich verlagere mein Gewicht, sodass er zwischen meine Beine rutscht.

»Fuck«, zischt er, als ich mich an ihm reibe, und er packt meine Hüfte, um mich aufzuhalten, aber ich will nicht aufhören. Ich will das hier. Ich will ihn spüren – tief in mir spüren. So tief, wie noch nie ein Mensch war.

»Ich will dich, ich will dich spüren. Ich will, dass du mich die Welt vergessen lässt«, flüstere ich und drehe mein Becken so, dass er leicht in mich gleitet. »Ich will, dass es nur noch dich in mir gibt. Und nur noch mich in dir.« Wir stöhne beide auf und Drake packt mich fester. Ich wusste, dass er das tun würde und als er sich mit mir aus dem rötlich verfärbten Wasser erhebt, umklammere ich ihn schnell. Er presst seinen Mund auf meinen und bohrt seine Finger in mein Fleisch, während er aus der Wanne steigt und das Bad durchquert. Wir hinterlassen eine feuchte Spur bis zu meinem Bett. Dort legt er mich behutsam ab und als er sich leicht aufrichtet, als seine Augen so warm und doch so dunkel glühen, als er auf mich herabsieht wie auf seine Göttin, weiß ich, was Liebe ist.

Mit den Fingerspitzen streiche ich über seine volle Unterlippe, während die Wassertropfen von seinem Körper auf mich herabregnen. Er soll alles auf mich herabregnen lassen, seine Seele, seine Gedanken, sein gesamtes strahlendes Inneres. Er soll mich damit einhüllen.

Er fängt meine Hand ein und küsst meinen Handballen.

»Ich will nur dich. Für immer«, flüstert er und die Härchen auf meinen Armen stellen sich auf. Ich will ihn auch. Nur ihn. Immer nur ihn. In mir beginnt es zu brennen, sogar in meinen Augen.

»Ich will dich auch für immer«, antworte ich mit bebender Stimme und Drake drückt seinen Mund stöhnend auf meinen. Sofort recke ich mich ihm entgegen, um seinen Kuss abzufangen, um ihn direkt in meine Seele zu lassen und nicht nur in meinen Körper. In diesen schiebt er sich langsam und ich fühle jeden Zentimeter, ich fühle jeden Muskel, ich fühle jedes Fünkchen dieses unglaublichen Mannes. *Meines Mannes.*

Und verdammt, ich kann nicht erwarten, zu erfahren, was er mich noch sehen, wie er mich noch fühlen lässt. Ich kann nicht erwarten, wirklich eins mit ihm zu werden und dieses Leben mit ihm aus vollen Zügen zu genießen.

Trudy hatte recht. Ich habe mir selbst das Leben verboten.

Ich habe mir die Liebe verboten, und ich weiß auch eigentlich gar nicht, wie Liebe funktioniert. Denn alles, was ich bis jetzt kenne, ist irgendwie krankhaft, aber ich weiß, dass Drake es mir zeigen wird. Er ist der Richtige für mich.

Er ist mein Lichtregen, entsprungen aus der Finsternis. Und ich werde ihn nicht loslassen.

Ich werde nicht mehr feige sein.

Ich werde mich nie wieder verstecken.

Vor der Liebe.

Vor dem Glück.

Vor dem perfekten Moment.

danksagung

. . .

OH MEIN GOTT, ich kann nicht glauben, dass dieses Buch fertig ist. Ich habe das erste Mal nach Jahren wieder allein ohne den Bro geschrieben und zu Beginn dachte ich, ich schaffe das nicht. Ich dachte, ich hätte es verlernt, ich dachte, ich könnte mein Herz nicht mehr allein für meine Protagonisten öffnen und das hat mich so traurig gemacht. Denn ich habe gefühlt, was Eden, Trudy, Drake und auch Devon für Potenzial hatten. Sie lebten in mir und sie wollten so sehr, dass ich ihre Geschichten erzähle. Sie wollten so sehr, dass ich alle hören lasse, was Eden zu sagen hat.

Denn auf einer Buchmesse habe ich mit dem Bro eine Leserin getroffen, die mich unglaublich berührt hat. Sie war auch körperlich eingeschränkt und hat es für uns das erste Mal gewagt, ohne ihre Mutter nach Frankfurzt (ja, ich schreibe das immer so) zu fahren, um uns zu sehen. Sie war so unglaublich mutig und hat mein Herz berührt. Deswegen habe ich dieses Buch geschrieben. Die Grundidee lag schon lange in meiner Schublade, aber plötzlich hat etwas in mir danach gebrannt, über dieses Thema zu schreiben.

Johanna, ich hoffe, ich habe es gebührend erzählt. Ich hoffe, ich konnte dir eine Stimme verleihen. Danke, dass du bei der

Messe bei uns warst. Irgendwie hast du damit mein Leben ein bisschen verändert.

Aber trotzdem war Eden ein harter Weg. Während ich so vor mich hinschrieb und die Selbstzweifel mich zerfraßen, habe ich gemerkt, dass es gar nicht so schlecht war, was ich hier tat.

Mein Gott, Jenny. Ich danke dir so sehr, dass du mich so unglaublich motiviert und durchgeprügelt hast. Danke für jede Idee, die du hattest! Danke, dass du mir selbst in der Nacht noch geantwortet hast. Danke, dass ich mich immer auf dich verlassen kann. Du warst die Erste, der ich vorsichtig ein paar Zeilen schickte, und ich werde niemals die Sprachnachricht vergessen, die du mir danach geschickt hast. Du warst völlig hin und weg – und damit hatte ich null gerechnet. Dein Feuer ging auf mich über, deine Liebe für meine Worte ging direkt zu mir zurück, und plötzlich konnte ich nicht aufhören zu schreiben. Plötzlich war ich so tief in Eden und Trudy und dann rutschte ich in Drake und verliebte mich völlig in ihn. Es war mir plötzlich egal, ob die Leser ihn heiß finden (das ist immer das größte Bestreben eines Romance-Autoren). Ich wollte einfach nur, dass er eine würdige Geschichte bekommt, und ich glaube, das hat er gekriegt. Das haben Eden und auch Trudy. Oh, meine süße Trudy ...

Trudy wird wahrscheinlich noch ein eigenes Buch bekommen und wie ich mich kenne werden sich auch die ein oder anderen Eden und Drake-Kapitel dort verirren.

Lange Rede gar kein Sinn.

Ich danke jedem Einzelnen von euch, der Teil meines Lebens ist.

Kerrin, dass du immer ein offenes Ohr für mich hast und mir Lunafotos schickst. Dass ich dich einfach random zumüllen kann und du sofort da bist.

Lisa, dass du so einfühlsam bist und immer weißt, wie du mich beruhigst. Danke für deine unglaublichen Ideen! Danke für die Lachflashs! Und vielleicht teile ich ihn ja irgendwann wirklich mit dir ...

Denise, dass du immer so ehrlich bist und dafür, dass du Dorian liebst. Danke, dass du für mich jeden wegstarre würdest.

Danke an dich Vanessa, dass du uns so treu ergeben bist. Danke, für das Klopapier.

Danke an dich Jaqueline, weil du einfach so ein krasser Mensch bist und die meisten Fehler findest.

Danke an dich Jasmin, weil ich weiß, was für ein großes Herz du hast und wie sehr du dieses Buch vielleicht gebraucht hast.

Jennifer, danke, dass ich deine Dusche kaputtmachen durfte und dass du mich immer wieder mit deinen genialen Gedanken und Nachrichten erfreust. Danke auch für die Leucht-Augentropfen.

Danke an Marion, weil du einfach unser größter Fan bist. Wir lieben das wirklich sehr und sind mit unserem ganzen Herzen bei dir.

Danke an Sophie, dass du mich immer wieder aufbaust und motivierst – und dass du einfach immer sofort antwortest.

Danke an dich Ella, weil du einfach Spaß machst und vor allem, weil du einfach echt bist. Liebe deine Berliner Schnauze einfach.

Danke an dich Julia, weil du einfach so ein liebenswerter Mensch ist. Glaube, das weißt du gar nicht so wirklich.

Danke an dich Christina, dass du meine Weltsicht mit deinen Nachrichten so unglaublich geöffnet hast und dass ich mich so gut mit dir über das Buch unterhalten konnte. Danke, für deine tiefgründigen Gedanken. Danke für deine Vorschläge. Danke für alles.

Danke Tanja, dass du mir so offen und ehrlich deine Meinung gesagt hast. Danke, dass du mir geholfen hast. Danke, für deine Ideen!

Danke an Jacki – ich hatte ja keine Ahnung, was für ein intellektuelles Genie in dir steckt. Ich liebe tiefe Menschen einfach wirklich. BITTE WERDE PROFESSIONELLE VIDEO-MACHERIN!

Sina, du hast es beim Testlesen einfach nur mit mir gefühlt

und das war so unglaublich schön! Danke dafür, dass du mich aufgebaut hast.

Schani, einmal getroffen und sofort ins Herz geschlossen. Bitte bleib immer so wunderbar, wie du bist!

Danke natürlich auch an dich Marie Grasshoff, danke, dass du jedes Mal so unglaublich geduldig bist. Danke, dass du immer für unsere Bücher da bist. Danke, dass du so ein krasser Mensch bist!

Danke an Isabella Kaden, danke, dass du mich seit über zehn Jahren erträgst. Danke, dass du immer ein offenes Ohr für mich hast. Danke, dass du meine Freundin und nicht nur Lektorin bist.

Aber einer Person, danke ich natürlich am allermeisten. Ihr dachtet doch wohl nicht, ich würde die wichtigste Person in einem Leben vergessen?

Meinem Bro. Meiner zweiten Hälfte. Meinem Caden zu Carter. Meinem Schwarz zu Weiß.

Niemals hätte ich mich ohne dich so sehr entwickelt. Niemals hätte ich ohne dich Eden schreiben können. Denn ich habe all deine Eigenschaften, die ich an dir so sehr bewundere in sie hineingepackt. Dein großes Kämpferherz, deinen Gerechtigkeitssinn, deine unendliche Liebe für mich und meine unendliche Liebe für dich. Ich liebe dich wirklich, Bro. Ich glaube, ich liebe dich sogar mehr, als ich Alex geliebt habe. Denn du tust mir so unglaublich gut. Durch dich habe ich so viele wichtige Schritte in meinem Leben gemacht und du hast mich auch aus meinem Schneckenhaus befreit, wie Drake bei Eden. Du hast mich aus einer toxischen zwanzigjährigen Ehe befreit, du bist jeden Schritt mit mir gegangen, du warst wirklich immer für mich da und du wirst immer für mich da sein. Das weiß ich. Und das brauche ich auch. Bei dir macht mir das keine Angst, weil ich weiß, dass du immer nur mein Bestes willst. Danke, dass du Eden nochmal in letzter Sekunde gelesen hast.

Danke für die Rushs, danke für die de Lucas, danke für die Romanos.

Danke für dein Herz.

Oh je, jetzt habe ich mich selbst gefickt. Ich sitze hier und heule. Aber ich hoffe, das jede einzelne Träne in dieses Buch fließt.

Ich hoffe einfach nur eins: dass ihr Eden fühlt.

Und jetzt werde ich mich unglaublich auf eure Rezensionen freuen.

Ich verneige mich vor euch.

Eure Don

über den autor

Don Both alias Bethy Zimmermann ist 36 Jahre alt.
Ihre Eltern stammen ursprünglich aus Prag.
Als sie zwölf war, veranstaltete ihre Klasse einen Kurzgeschichten-Wettbewerb und sie entdeckte sie ihre einzig wahre, große Liebe: das Schreiben.
Im Jahr 2010 wagte sie den großen Schritt und ging mit ihren Romanen an die Öffentlichkeit. Durch ihren unvergleichlichen Schreibstil erlangte sie schnell eine begeisterte Fanbase. Zu der Zeit gewann die junge Frau auch einige Wettbewerbe und Preise - zum Beispiel als "Bester Fanfiction Autor" und "Beste erotische Geschichte".
Leider ging es gesundheitlich mit ihrem Mann bergab und auch die Firma, bei der sie als Bäckereifachangestellte arbeitete, ging

in Insolvenz. Praktisch über Nacht wurde die kleine Familie zu Hartz 4 Empfängern. In größter Not entdeckte die verzweifelte Mutter Amazon Selfpublishing und bezahlte von ihrem letzten Geld das Lektorat für "Immer wieder samstags". Das was sich jeder Autor wünscht passierte. Das Buch wurde über Nacht ein Bestseller und gehört seitdem zu den meist gelesenen Ebooks auf dem deutschen Markt.

Mehrere Bild-Bestseller und Amazon-Bestseller folgten. Unter anderem bei den Mafia-Reihen mit Maria O'Hara.

Verschiedene Zeitungen schrieben Artikel. RTL, Sat 1 und auch Pro 7 brachten Beiträge über die Bayerin.

Privat engagiert sich die Powerfrau für den Tierschutz und für den Kampf gegen Bodyshaming, versucht jeden Tag etwas Gutes zu tun, liebt Yoga und lebt mit ihren Katzen, ihrem deutschen Schäferhund und Sohn in einem kleinen Schweizer Ort.

facebook.com/DonBothAutorin

instagram.com/donboth

bücher von don both

Immer wieder samstags - Reihe

Unter deiner Haut - Reihe

Rock oder Liebe - Reihe

Deep Waters - Reihe

Mit Maria O'Hara

Obsessed - Reihe

Run Baby Run - Reihe

Garden of Sins - Reihe

XX - Reihe

Sempre - Reihe

Deadly Sins - Reihe

Black Rose - Reihe

Scandalous - Reihe

Seine Dunkelheit - coming soon

Russian Roulette - coming soon

kennst du schon?

. . .

RIDE OR DIE

Seine Liebe ist Gift. Aber ich folge ihm.
Bis zum Ende.

Ein Badboy mit harter Vergangenheit. Eine Frau, die immer mehr wollte. Ein Paar, das sich gegenseitig nur zerstören kann. Summer Williams ist alles, aber kein braves Mädchen. Und sie sucht alles, aber keinen braven Jungen.

Genau genommen will die Studentin nur einen: Mason Black. Und der ist alles andere als brav. Rau, tätowiert, geheimnisvoll –

mit Blicken, die sich in ihre Seele graben. Seit einem Jahr ist Summer absolut besessen von dem mysteriösen Badboy und ihr dunkelster Traum geht in Erfüllung, als er sie endlich anspricht. Sie hat keine Ahnung, worauf sie sich einlässt, als sie das erste Mal auf sein Motorrad steigt. Aber schon bald verläuft sie sich in seinem toxischen Labyrinth und findet nicht mehr hinaus. Denn Mason hat sich unter ihre Haut tätowiert. Sein Name fließt durch ihre Adern und nach dieser Abwärtsfahrt wird Summer nie wieder dieselbe sein. Genau so, wie sie es gewollt hat. Oder?

Sie dachte, er sei ihre Nacht. Aber eigentlich ist er ihr Ende.

Teil eins der Ride Or die Dilogie.
Tauche ein in das heiße Saint Louis und lerne abgefuckte Gangster und motorradfahrende Badboys kennen. Doch Vorsicht, die Machtspiele werden nicht nur die Protagonisten an die Grenzen treiben. Starke Frauen, die stark bleiben müssen, toxisches Verhalten, das auch dich vergiften wird, und Grenzüberschreitungen, die du lieben und hassen wirst.

kennst du schon?

. . .

ALL I EVER WANTED

Zehn Jahre lang habe ich Brian nicht mehr gesehen.
Zehn Jahre, in denen so viel passiert ist.
Zehn Jahre, bis das Schicksal - oder besser gesagt sein Auto - uns kollidieren lässt.
„Eine Liebe, wie ihr sie hattet, ist etwas besonderes. Ihr habt beide Fehler gemacht. Aber die Hoffnung sollte man nie verlieren", sagte einst ein weiser Mann.
Doch ich will die trügerische Hoffnung nicht.
Werde nicht zulassen, dass er mein Herz in Brand setzt und nichts als Asche hinterlässt.
... wie vor zehn Jahren.

kennst du schon?

. . .

SONS OF HELL

Nur die kläglichen Reste ihres Lebens nimmt die 24 jährige Faith im Rucksack mit, als sie überstürzt vor ihrem Ex in die USA flieht. Die Angst gefunden zu werden, treibt sie bereits nach wenigen Tagen von einem Ort zum nächsten, bis sie bei dem berüchtigtsten Motorradclub Amerikas in Texas landet. Sie lernt die ›Sons of Hel‹ kennen und ihr Vorhaben weiterzureisen gestaltet sich schwieriger als erwartet. Sobald die Nomads samt ihrem Presidenten Tyr eintreffen, erhebt er Anspruch auf sie und stellt ihre Welt auf den Kopf.
Doch ist es auch das, was Faith will? Wird ihr Ex-Freund Julian aufgeben – oder seine Drohung, Faith zu finden wahr machen, um das zu Ende zu bringen, wovor sie geflüchtet ist?